龙驹寨传奇

张富仓◎著

天津出版传媒集团

天津人民出版社

图书在版编目（CIP）数据

龙驹寨传奇 / 张富仓著 . —天津：天津人民出版
社，2019.8
ISBN 978-7-201-14978-3

Ⅰ.①龙… Ⅱ.①张… Ⅲ.①长篇小说 – 中国 – 当代
Ⅳ.① I247.5

中国版本图书馆 CIP 数据核字（2019）第 162730 号

龙驹寨传奇

LONGJUZHAI CHUANQI

张富仓　著

出　　　版　天津人民出版社
出 版 人　刘　庆
地　　　址　天津市和平区西康路 35 号康岳大厦
邮政编码　300051
邮购电话　（022）23332469
网　　　址　http://www.tjrmcbs.com
电子信箱　reader@tjrmcbs.com

责任编辑　谢仁林
装帧设计　知库文化

制版印刷　天津雅泽印刷有限公司
经　　　销　新华书店
开　　　本　710 毫米 ×1000 毫米　1/16
印　　　张　18
字　　　数　285 千字
版次印次　2019 年 8 月第 1 版　2019 年 8 月第 1 次印刷
定　　　价　52.00 元

序

　　秦岭山中的龙驹寨，地处商於古道中段，丹江河畔，过去是水旱码头。如今 312 国道、沪陕高速、西南铁路自西向东横穿而过，龙驹寨现在是交通要道，是丹凤县城。龙驹寨西面一二公里是商鞅封邑遗址，八公里是商山四皓碑林、商洛县遗址，十五公里是宋金边城棣花；龙驹寨里有张紫阳羽化成仙的紫阳宫，凤冠山石窟群，船帮、马帮、盐帮、瓷器帮等会馆，其中船帮会馆花戏楼与曹操故里亳州花戏楼是一对孪生姊妹，号称"南戏北楼"，它们在中国建筑史上，独具一格，各领风骚。龙驹寨东面五十里就是关中要塞之一：武关。

　　龙驹寨西边古城村，是商国遗址。商国历经尧、舜、禹、夏、商、周、春秋和战国。商鞅实施变法，推行郡县制，改商国为商县，县治设在商城，人称商鞅封邑。商县历经西汉、东汉、曹魏、晋、北朝、隋。

　　619 年（唐武德二年），商县从古城村迁到秦阳村（今丹凤县商镇），更名为商洛县，又经五代、北宋。

　　1154 年，金废商洛县为商洛镇，并入商州。

　　1761 年，乾隆二十六年，在龙驹寨里设州同衙门，隶属商县（今商洛市商州区）。

　　1915 年，撤销龙驹寨州同衙门，设立龙驹寨县佐公署。

　　1946 年，撤销龙驹寨县佐公署，设立陕西省第四区行政督察专员公署龙驹寨办事处。

1948 年，撤销龙驹寨陕西省第四区行政督察专员公署，设立龙驹寨设治局。

1949 年 6 月 1 日，成立丹凤县，龙驹寨为县城。

1958 年 12 月，撤销丹凤县，划归商县（今商洛市商州区）。

1961 年 10 月 1 日，恢复丹凤县，龙驹寨成了县城。

龙驹寨是连接中国西北与东南的交通要道，每逢朝代更迭，一直是兵家必争之地。据史料记载，从春秋战国到明清时期，出入古道的大小战役不下五十多次。

周昭王五十年，昭王出武关攻楚，死于汉水。公元前 635 年春，晋伐郜出兵武关。公元前 622 年秦穆公出兵武关，攻打并占领郜国。公元前 611 年，楚大饥，庸国率"蛮"兵攻打楚，秦康公出兵，帮助楚国灭了庸国。公元前 506 年，吴、唐、蔡联军侵楚郢都，楚大夫申包胥求救于秦哀公，哭了七天七夜，秦哀公派子蒲、子虎，率兵车五百救楚国。公元前 299 年，楚怀王在武关被秦国劫持，囚于咸阳。公元前 292 年、前 279 年，秦国大将白起，从武关出兵，夺取了楚国宛城、郢、邓等五城。公元前 223 年，秦国大将王翦，从武关出兵，攻入楚国都成寿春，俘虏楚王负刍。公元前 209 年，陈胜、吴广农民起义军南路军，自南阳攻武关进攻咸阳。公元前 207 年，刘邦率十万农民军自宛西出兵，破武关，经黑龙峪兵分两路西进蓝田，入关中，攻咸阳灭秦。

公元前 154 年（汉景帝前元三年），西汉发生"七国之乱"，大将周亚夫出武关，攻克洛阳武库。23 年，绿林军申屠建、李松率兵攻入武关，进入长安，灭了新莽。24 年（刘玄更始二年）赤眉军樊崇部攻入武关，讨伐刘玄，进据长安。192 年（汉献帝初平三年），丞相王允设美人计，吕布刺杀董卓后，携貂蝉出武关，投奔袁术。208 年（汉献帝建安十三年），曹操率二十万大军南下，其中一路出武关攻占襄阳。汉献帝建安十七年，蓝田人刘雄鸣聚众数千人占据武关，曹操派夏侯渊征剿，曹植随军到商山瞻仰"四皓庙"，题写《商山四皓赞》。

354 年（东晋永和十年），权臣恒温自江陵率四万步骑北伐前秦，自淅川取道武关，进攻上洛（今商洛市商州区），俘获前秦荆州刺史郭敬。四月已亥日，在蓝田打败符苌，在白鹿原击败符雄军，进据霸上，关中各郡县全部归降。537 年（东魏天平四年），东魏丞相高欢举兵攻打西魏，多次征战。554 年（梁成圣三年），西魏由武关出兵，俘杀梁元帝。

763 年 10 月（唐代广德元年），吐蕃入侵长安，郭子仪入上洛、商洛，在武关收相州旧部散卒及武关防兵数千人，阅兵上洛、洛南。766 年，吐蕃反唐军抵达商州，关内河东副元帅郭子仪出兵迎击，吐蕃降。791 年（贞元七年），商州刺史李西华主持，投役工万余，从商州西至蓝田，东抵河南内乡，修筑新道六百余里，俗称"商淤道。"883 年 4 月 8 日晚（中和三年），黄巢兵败，率十五万撤离长安，由蓝田入商州过武关，经商南出中原。

1133 年（南宋绍兴三年）1 月，金将撒离喝围攻四川，率主力攻下商州，绕道金州（今陕西安康市）攻克元兴府。1141 年（绍兴十一年）金将撒离喝命令珠痕男勒率步骑五万攻陷商州，宋将邵隆先败后胜，收复商州。

明崇祯年间，1633 年（明崇祯六年）12 月下旬、1635 年（明崇祯八年）1 月、1636 年（明崇祯九年）3 月初、1638 年（明崇祯十一年）10 月初、1639 年（明崇祯十二年）6 月、1640 年（明崇祯十三年）11 月、1643 年（明崇祯十六年）10 月、1645 年（明崇祯十七年）1 月，李自成转战商洛山，七次出没于商淤古道。

从 1932 年至 1937 年间，五支红军转战商於古道。它们分别为：第一支，1932 年 11 月 5 日徐向前所率的红四方面军；第二支，1932 年 11 月 21 日贺龙率领的红三军；第三支，1933 年 6 月刘志丹率领的红二十六军；第四支，1934 年 12 月 8 日徐海东率领的红二十五军；第五支，1937 年 1 月 15 日程子华率领的红十五军团。

1946 年，李先念带领中原野战军转战商洛。（摘自丹凤县文史资料第十四辑《商於古道之丹凤》，陕西出版集团三秦出版社 2014 年 9 月第 1 版）

我站在鸡冠山上，俯视龙驹寨，眺望丹江河，思绪万千。遥想当年，龙驹寨先民勤劳、善良、勇敢、睿智、宽容，始终生生不息，顽强地耕耘在这片古老而神奇的土地上，他们饱受战乱之苦，留下了许许多多可歌可泣的事迹，是后世龙驹寨人取之不尽的精神财富，激励着龙驹寨人大步向前，开拓迈进，不断开创龙驹寨的新局面。

目 录
CONTENTS

小 引

　　龙驹寨向西不到十五公里地，就是棣花。棣花这个沉寂多年的小镇，因当代著名作家贾平凹而被世人所知，因《秦腔》而被世人所识。棣花厚重的历史，在开发商淤古道旅游资源时，被彻底地挖掘了出来。白居易三过棣花，流连忘返，写下了"遥闻旅宿梦兄弟，应为邮亭名棣花。"的名句。

　　在宋金边城棣花，人们仿佛听到了鼓角连营，看到了金戈铁马的厮杀。看到了残阳如血，血流成河，尸横遍野，伤兵绝望的眼神，痛苦地呻吟。百姓流离失所，荒村孤鸦，城破山河碎。又好像听到了老人无奈地叹息，女人儿童悲哀地哭泣。

　　朦胧中，我热血沸腾，拿着刀，跟着邵隆，冲锋陷阵，从笔架山杀到了棣花，冲进宋金鏖战的古战场。刀枪箭雨，我伤痕累累，扑倒在地。绝望中，我想起了白发苍苍的父母，孤苦伶仃的妻儿，他们无依无靠该如何生活？不一会儿，我成了一具僵尸，泛起死鱼一样的白眼。四周树上的乌鸦，急不可待地叫着，妒忌地看着野狗正在毫不留情地撕咬着我的尸体，嚼着我的骨头和肉。乌鸦们多么想从狗嘴里分到一口美餐，啄食我的肉啊。

　　一阵清风徐来，我打了个冷战，深深地吸了一口清新的空气。阳光灿烂，生活在太平盛世，是多么的惬意啊！

　　想起宋金往事，我长吁短叹。仰望星空，环视群山，历史给出了答案。金国穷兵黩武，南宋委曲求全。百姓跟着遭殃。统治者的淫威与腐败都消失在历史的烟尘中。怀古思今，以民为本是多么的重要啊。

沐浴着和煦的阳光，观赏着万亩荷塘美景，品尝着清风街美食，欣赏着贾平凹书画、文学作品展。走进棣花驿，站在宋金街中。漫步在棣花景区，慨叹世事变迁的同时，倍加珍惜如今的大好时光。

人生短暂，史海茫茫。道不完的兴衰，叹不完的沧桑。说不尽的恩爱情仇，写不清的坎坷人生。都消失在历史的烟云中。

907年，大唐帝国灭亡了。大一统的中国，又一次步入了形同春秋战国、三国、南北朝时期的大分裂。中原群雄逐鹿，王朝更替频繁。北方契丹族首领耶律阿保机利用这个大好机会，统一了契丹各部，称"天皇帝"，国号为契丹。936年，耶律阿保机南下中原，攻灭五代后晋，改国号为大辽，建都上京。

960年，宋太祖赵匡胤发动陈桥兵变，从后周手里夺取政权，定都开封，建立北宋。

1038年，党项人李元昊称帝，建立西夏。

1115年，完颜阿骨打建立金国。

1125年，金国灭辽国。

1127年，金国灭北宋。同年，南宋建立。

1132年，西辽国建立。

这真是你方唱罢我登场。百姓颠沛流离，不能安居乐业。百姓任人摆布，成了野心家手中的工具。野心家有了用武之地，百姓成了你们的牺牲品。

兴，百姓苦；亡，百姓更苦！

抚古思今，遥想当年，龙驹寨先民饱受兵灾之苦，面对强暴，他们从不低头，敢于抗争。在历史的长河中，英雄们的业绩令我敬仰。其中有一位英雄人物，让我牵挂，他就是南宋商州守将邵隆。邵隆带领龙驹寨人民，抗击金国的英雄事迹，让我叹服。

翻开厚重的历史，揭开薄薄的几页，我看到了不同的人生。邵隆和商虢在相同的事件面前，做出了不同的选择，后世给出了不同的评价，对我们启迪甚大。

1007年（景德四年），丹江通航。

1022年（乾兴元年），寇准随举出巡到商洛县，留有《秋日武关道中》。

1043年（庆历三年）8月，商州人张海、郭邈山、李铁枪率领农民举行起义，京西路的农民纷纷响应。

1130 年（南宋建炎四年）9 月，商州观察使吴玠与弟弟吴璘扼守和尚塬，大败金兀术十万大军，官拜副总管，移镇商洛。

1132 年（邵兴二年）12 月，金兵攻陷商州，南宋罢免张浚川陕宣抚使之职。商洛县县令商虢降了刘豫（金国封刘豫为齐国皇帝）。

1134 年（邵兴四年）1 月，金兀术亲率大军自商洛县出发，攻占龙驹寨，由武关、竹林关向上津、金州进犯。

1136 年，岳飞收复陕南、豫西；1136 年，南宋封邵隆为商州知州。绍兴，又名隆，字晋卿，解州安邑人（今山西省运城）。金人侵略南宋到龙驹寨后，遇到南宋将士的奋力抵抗，久战不分胜负。

1142 年（绍兴十二年），宋金议和，秦桧割"鹊岭之半畀金"。邵隆不肯割地给金国，被朝廷从商州调任金州知州（今安康市），邵隆在天竺山（今商洛市山阳县境内）一带与金军激战达数年之久。金国迫使南宋把邵隆从金州调走，秦桧就把邵隆调到叙州（今四川宜宾）。

邵隆想起自己带领南宋军民，在商洛县抗击金军的事，悲愤交加，挥毫写下了两首诗作《笔架山》。

> 南宫泪眼看山河，浩劫只等奈若何。
> 栋宇成灰人物尽，含悲临安哭风波。

> 金房寇陕西，豫贼侵河南。
> 何处干净土，惟有笔架山。

1145 年，秦桧指使手下用毒酒把邵隆暗害在了叙州任所。

商洛县在宋金反复争夺中，几易其手。残酷的战争，使商洛县人口锐减，十室九空。

1154 年，商洛县被金国降为镇，划归商州。

延续了千年的古县，就这样在宋金交战中湮莫了。

1161 年（绍兴三十一年），宋将任天赐收复商洛镇、丰阳镇和商州，俘虏金将完颜守能。

1206 年，孛儿只斤·铁木真统一蒙古各部，在斡难河源头召开库里尔台大会，建立大蒙古国，尊号成吉思汗。

1211 年（金大安三年）金国为了立志表界，修建了二郎庙。二郎庙以东为南宋，以西为金国，棣花成了宋金分界线。

1218 年，大蒙古国灭了西辽。

1227 年，大蒙古国灭了西夏。

1234 年，大蒙古国灭了金国。

1279 年崖山海战，蒙元灭了南宋，统一了中国。

柴米油盐酱醋茶，笑看春秋和冬夏！大一统的中国，是民心所向，众望所归。安居乐业一直都是百姓的期盼啊！

万里长城今尚在，不见当年秦始皇。

英雄不是凭空想象，它是老百姓对英雄的敬仰！

英雄是人类最重要的精神支柱，英雄的光辉事迹，深得民心，百姓口耳相传，或逮后世。

邵隆不死，精神千秋。请向邵隆致敬吧！

第一章　从军被俘

春天，万物复苏，在这个放飞希望的季节里，白马仙人和青牛仙姑在仙人山前不期而遇，一见钟情，互生爱慕之心，天为媒，地为证，结为夫妻，过起了神仙般逍遥快活的日子。白马仙人和青牛仙姑繁衍的后代被后人称为契丹人，白马仙人与青牛仙姑被尊为契丹先祖。契丹人在土河、潢河流域繁衍生息，组建了契丹八部，称雄中国北方。907 年，耶律阿保机在契丹八部基础上，建立了契丹国。中原群雄逐鹿，战乱不止，无心北顾。936 年，耶律阿保机趁机南下，消灭了后晋，建都上京，改国号为辽。辽国日渐强盛，成为北方的新霸主。

燕云十六州是中原北部屏障，地势险要，幽、蓟、瀛、莫等位于太行山北支东南，其余九州在太行山西北（大致就是今天的北京、天津和河北北部，山西北部的大片土地），是屯田牧马的好地方。燕云十六州本来是中原固有领土，也是中原抵挡北方游牧民族的天然和人工屏障。五代十国时期，石敬瑭向辽借兵，大辽皇帝曰："朕封汝为大晋皇帝，助汝灭唐，汝事成之后，必把燕云十六州予朕。"石敬瑭称帝心切，不顾一切地说："臣绝不出尔反尔。"大辽出兵协助石敬瑭灭了后唐，建立了后晋。石敬瑭按照与大辽约定，后晋把燕云十六州献给了大辽。

马匹是战略资源，是国家强盛的基石。西夏占据河套平原，辽国又占据燕云十六州，大宋没有牧场牧马。大宋在买马和养马上，每年都要花费大量的钱财和人力。但是，大宋马的素质无法满足军队的要求，无法与西夏、大辽马匹比。宋太祖深知燕云十六州重要，在内府库专置"封桩库"，打算用钱赎回燕云十六州。大宋在北方修建了大名府，还在汴梁城附近植树造林，主要是提防大辽骑兵突然南下。进攻是最好的防御，宋与辽为了争夺燕云十六州，始终战火纷纷，狼烟不断。

大宋不顾百姓死活，强行征兵。百姓负担很重，大宋社会矛盾重重。大宋各级官吏为了政绩，都在积极完成征兵任务，没人考虑百姓的感受。百姓虽怨声载道，但人为刀俎吾为鱼肉，百姓只能忍着。

张忠义为人忠厚善良，住在商洛县龙驹寨冯家涧，多次参加了对辽战争。张忠义负伤累累，立过军功，受到多次嘉奖，被封队将（管五十人）。张忠义如今上了年纪，腿疾又犯，步履艰难，行动不便。朝廷这次对辽作战，又把张忠义列入了名册。

大宋重文轻武，好好读书，就能出人头地。张忠义没有文化，知道靠军功光宗耀祖之路十分艰难。二儿子张梦圆天资聪慧，成了张忠义的希望。张梦圆参加县学应试优秀。张忠义十分欢喜，张梦圆进了县学就能高中进士，就会光宗耀祖。张忠义一家人省吃俭用供张梦圆在县学里读书。

张忠义每次征战回来，就给张梦圆讲战场的残酷，辽地风土人情、边疆风貌、军中趣事，还带些牛羊肉干，对此张梦圆十分喜爱。张梦圆在父亲教导下，从小树立了治国安邦志向，很想到龙驹寨外实际去看看。无奈家贫，自己年幼，张梦圆至今没有出过商洛县。

张梦圆天不明就从龙驹寨出发去商洛县县学，下午放学再赶回家，中午在县学里啃干粮。张梦圆勤奋努力，从不耽搁，每次都是第一个到校，深得叶先生喜爱。

叶先生德高望重，家住商洛县，是商洛县境内最有名的秀才。先生看透了官场，不愿入仕，在家开私塾度日。先生学生很有出息，考上了进士，入朝为官。学生不忘师恩，请叶先生当幕僚，都被先生拒绝了。先生关心国事，关注民生，好爱打抱不平，最爱为民伸张正义，凡是百姓求他，先生就找商州王知府。王知府是先生的得意门生。有些事情，王知府也感到非常棘手，对先生十分头疼。王知府就让李县令给先生寻份差事，省得先生没事干，尽出难题。

李县令身为读书人，比一般读书人更懂世事。李县令不仅讲名誉，还注重实际。一般读书人目中无人，自视清高，不爱钱财，只讲虚名，死心塌地卖弄学问。先生就属此类。先生进县学，是最佳选择，最能满足先生的虚荣心。

李县令就对王知府说："县学乃商洛县之最高学府，最适合先生矣。"

王知府说："妙哉，妙哉，读书之人皆是好高骛远，贪图虚名，汝此计甚高。"

李县令说："大人，知人善任，吾即刻前往。"

李县令来到先生家中，谦卑地说："商洛县最有学问之人，莫过于先生矣。"

先生推辞着说："李大人过谦矣，若李大人无学问，岂能高中进士乎？商洛县境内，最有学问之人莫过于李大人矣。"

李县令接着说："若先生参加科举，必定高中无疑。先生学富五车，德高望重，无人能比，先生莫要推辞矣。"

先生见李县令言辞恳切，充满诚意，欣然答应了李县令的请求。

先生进了商洛县县学之后，有了用武之地。先生早出晚归，来去匆匆，一心扑在学问上，把县学办得有声有色、红红火火的。商州学子，慕名而来，纷纷到商洛县县学读书。李县令和王知府都相安无事。王知府夸奖李县令有头脑、点子多。

张梦圆这天下午从县学里回到家里，看见母亲愁眉苦脸，听见哥哥嫂嫂唉声叹气。张梦圆缠住哥哥张德才再三盘问："兄长，家里究竟出了何事？"

张德才说："贤弟，父亲接到征兵令矣。"

张梦圆说："兄长，父亲年迈，岂能再上战场？"

张德才说："贤弟，木已成舟，无法修改矣。"

张梦圆说："兄长，吾定要想方设法阻止父亲前往。"

张梦圆看着白发苍苍、腿脚不便的父亲，抱头痛哭。若父亲这次上战场，无异于羊入狼口，必定有去难回。

张梦圆早上到校后，对叶先生说："先生，吾肚痛难忍。"

叶先生疑惑地看着张梦圆说："吾看汝无恙。"

张梦圆说："先生，吾忍不住矣。"

叶先生说："汝坚持到下午，吾送汝归。"

张梦圆说："先生，吾痛得难受。"张梦圆说着，便声唤起来。

叶先生说："吾亦要授业，如何为好？"

张梦圆说："先生，不必担心，吾能坚持到家。"

张梦圆说着，给叶先生深深地鞠了一躬，捂着肚子，慢慢地出了县学。张梦圆走到大街上，回头朝身后看了看，见后面没有人，撒腿来到县衙。衙役拦住张梦圆，说："汝乃何人？意欲何为？"

张梦圆说："大人，先生派吾为李县尉捎话。"

衙役放张梦圆进了县衙。张梦圆找到李县尉，跪下磕头说："县尉大人，为父年事已高，腿疾亦范，上战场形同送死。求求大人，莫让为父前往矣。"

李县尉说："汝乃何人之子？"

张梦圆说："县尉大人，为父乃张队将。"

李县尉说："张队将作战勇敢乃英雄也。此次乃朝廷点名，吾亦无能为力，汝应谅解吾之难处。"

张梦圆说："县尉大人，吾能替父从军乎？"

李县尉说："汝年庚几何？"

张梦圆说："县尉大人，吾十五矣。"

李县尉说："汝休要骗吾。"

张梦圆低着头说："县尉大人，吾刚过十三。"

李县尉说："汝甚小，亦不够从军之条件。"

张梦圆说："县尉大人，古有花木兰，今岂能无张梦圆乎？"

李县尉说："吾敬佩汝之孝心，然吾岂能为汝将吾送进大牢乎？"

张梦圆说："县尉大人，吾父何时前往？"

李县尉说："明日一早。"

张梦圆心事重重地返回了龙驹寨家中，对张德才说："兄长，吾欲替父从军。"

张德才说："贤弟，汝正在读书，替父从军，亦让吾往！"

张梦圆说："兄长，汝腿脚不便，父母、嫂嫂、侄儿侄女皆要靠汝矣。"

张德才说："贤弟，汝去，吾如何对棣棠交代？"

张梦圆说："兄长，汝亦将这门亲退矣。"

张德才说："贤弟，棣棠乃好姑娘，汝退这门亲，实在可惜。"

张梦圆说："兄长，到何时言何语，吾等亦有何法？"

晚上，张梦圆拿着酒壶，来到冯家酒肆，打了一壶酒，买二斤猪头肉。又来到李家药铺，李掌柜问："汝买何物？"

张梦圆说："掌柜，有蒙汗药乎。"

李掌柜说："汝要蒙汗药有何用？"

张梦圆说："掌柜，先生睡不着觉，吾心疼先生。"

李掌柜说："汝有心。"

张梦圆说："掌柜，人心皆为肉长，先生待吾如子，将心比心，吾为先生买包蒙汗药治失眠有何不可？"

李掌柜说："蒙汗药乃禁药，汝可有依据？"

张梦圆说："掌柜，先生经常用。"

李掌柜说："蒙汗药治失眠吾亦是首次听汝言。介于先生份上，破例予汝一包，汝要适可而至。如若闹出人命，概不负责。"

张梦圆说："掌柜，谨遵汝之吩咐。"

张梦圆拿着蒙汗药出了李家药铺，走到僻静处，偷偷地倒进了酒壶里。张梦圆怀着忐忑的心情，快步返回了家。

嫂嫂把酒温热，把菜端上桌，张梦圆把父亲、母亲请到桌前坐下后，张梦圆给父亲倒了一大碗，给母亲、哥哥和自己倒了小半碗，对父亲说："父亲，明日汝将要出征，吾等敬父亲一碗！"

张忠义接过酒碗，嘱咐着说："汝等于家定当听从母亲之言。梦圆，汝应当发奋苦读，为家争光。"

张梦圆和张德才说："父亲，孩儿知道矣。"

父母端起酒碗，一饮而尽。

不一会儿，蒙汗药发作，父母倒在桌子底下。张梦圆和张德才把父母扶上床，掩好房门。张梦圆回到自己房间，给贾棣棠写了一封信。张德才来到张梦圆的房间里，张梦圆拿出信，对张德才说："兄长，汝定将此信交予棣棠。"张德才叹息着回到了屋，难以入眠。天未亮，张梦圆就起了床，拿上父亲的武器，兄弟俩悄悄出了屋。张德才一瘸一跛地把张梦圆送出了龙驹寨。张梦圆快步朝商洛县走去。

商洛县役卒陆续来到检阅场上。官差站在李县尉身边。李县尉拿着名册，正在点名，点到的人陆续应着。

李县尉低头喊着："士卒张忠义！"

士卒里没有人应声。

李县尉抬起头，在新征的士卒扫着，继续喊："士卒张忠义！"

士卒里还是没有人吭声。

李县尉来到士卒跟前，大声地喊："士卒张忠义！"

张梦圆跑进了检阅场，士卒站得整整齐齐。张梦圆听见李县尉喊父亲的名字，连忙应着："县蔚大人，士卒张忠义到！"

李县尉走到张梦圆身边，压低声音说："汝胆大包天！"

张梦圆低声说："大人，吾父病矣，吾替之。"

李县尉看着官差，故意对张梦圆高声地喊："士卒张忠义，入列！"

张梦圆挤进士卒当中。

冯军旗疑惑地看着张梦圆，悄声说："汝非张队将。"

张梦圆低声说："伯父，吾乃张忠义。"

冯军旗说："吾与张队将出生入死，张队将乃吾头领，吾甚敬重尔，汝骗吾。"

张梦圆说："伯父，汝父腿疾亦犯，吾来替之。"

冯军旗抚摸着张梦圆的头，说："贤侄，汝做得对。"

李县尉来到官差身边，报告说："上差大人，商洛县士卒全已到齐！请大人接收！"

官差傲慢地扫了士卒一眼，不耐烦地说："向商州开拔！"

张忠义口干舌燥，浑身无力，醒来后，唤着："梦圆，梦圆——"

张德才听见，赶紧走进屋，说："梦圆已替汝从军矣。"

张忠义从床上翻起身，训斥说："胡闹！吾找梦圆去！"

张德才说："父亲，梦圆已去一日矣，今去追，已晚矣。若今找梦圆，全家亦犯欺君之罪矣。事到如今，汝躺于家中，继续称疾，能瞒一阵乃一阵。"

张忠义说："唉，梦圆亦小，亦非参军之人。梦圆天资聪明，乃读书之才，光大张家门厅之重任亦落于梦圆身哉！"

张德才说："今有何法？听天由命乎。"

张忠义说："汝等毁灭吾之希望，吾活于人世亦有何义？"

张德才说："父亲，梦圆因祸得福，皆有可能。"

张忠义说："汝等皆是椿树下做梦。梦圆不够年龄，莫有上过战场，此次参战，必定凶多吉少。"

张德才听父亲这么一说，心里怦怦直跳，为弟弟担心了起来。

这天，叶先生早早下了课，突然想起自己的得意弟子张梦圆，叶先生回家给内人打了声招呼，就风尘仆仆出了商洛县，朝龙驹寨而来。叶先生来到了冯家塝，找到张家，张忠义赶紧从家里跑出来，把叶先生像神似的迎进家中，对叶先生说："先生，梦圆替吾从军矣，莫有对汝言？"

叶先生说："张队将，梦圆乃好男儿，无愧于吾之弟子。但愿佛祖保佑，能平平安安归来。"

张梦圆来到商州，又从商州翻过陡峭的秦岭，出了蓝关就是一眼望不到边的关中平原。久居商洛山的张梦圆眼界大开，世上还有这么美的地方。这里土地广阔肥沃，若能在这里安家，该有多好啊。张梦圆兴致勃勃，忘了旅途劳顿。到了长安后，陕西士卒被集中到一起，再一路折转，来到了抗辽前线，就被投进了战场。

辽军威猛彪悍，装扮怪异，武器奇特，像饿狼一般，虎视眈眈地盯着宋军。张梦圆没有见过契丹人，更没有见过这种场面，难免心惊肉跳。燕云十六州前，北风呼啸，战马嘶鸣，战旗飘展，显得杀气腾腾。死亡的阴影笼罩在战场的上空，士卒紧紧地握住武器，瞠目以待。

张梦圆心惊胆战，暗暗地说："完矣，完矣，父亲、母亲，汝等多保重，孩儿再也回不到龙驹寨尽孝矣。"

冯军旗压低声音对张梦圆说："贤侄，莫怕，进攻之时，汝藏于吾后。若吾战死，汝帮吾收尸。"

张梦圆靠在冯军旗身上，就好像趴在父亲背上一样。小时候，父亲只要从战场上回来，背着张梦圆在村子里，寨子里，自家屋里，四处转悠。张梦圆只知道父亲爱尔，根本就不懂父亲的心。此时，张梦圆理解了父亲，想起在龙驹寨读书、生活的日子，日子虽苦，但有安全感，一家人团团圆圆、和和美美，每天都看到太阳，都满怀希望。

双方主帅把令旗一挥，宋辽军队立即展开了攻击队形。

张梦圆打了个冷战，辽骑张牙舞爪，挥舞着大刀，像魔鬼幽灵一样，向自己冲来。张梦圆两腿发颤，心怦怦跳，拖着长矛，紧紧地跟在冯军旗身后朝前冲。

宋辽两军像两条急流，猛然在一条河道里相遇，爆发出猛烈地撞击声，轰然作响，地动山摇。他们的厮杀声惊飞了林中的鸟儿，吓跑了野兽。这群类人猿的后代，为了地盘，为了利益，像野兽一样，回到了荒蛮时期。他们刀光剑影，人喊马嘶，血腥地屠杀着。

张梦圆小时候爱看村里人下棋。楚河汉界，各路棋子各尽所能。下棋人一会儿摸摸胡须，一会儿盯着棋盘，若有所思，他们为了一步棋，有时争得面红耳赤。张梦圆笑他们小气。此时，张梦圆身在战场，明白了棋局如战场，没有后悔的余地。自己就是下棋人手中的一个棋子，任他们摆布。这盘棋的主人，应该就是宋、辽两国皇帝吧。

冯军旗既要进攻，又要保护张梦圆，顾此失彼，施展不开。辽军刺中了冯军旗，冯军旗身子向后一仰，像座山似的，倒在了张梦圆面前。张梦圆失去了靠山，像发疯的狮子，挥着矛，忘记了害怕，盲目地捅着，喊着，骂着。辽兵步步紧逼，杀得宋军士卒步步后退。宋军主帅见大势已去，带头落荒而逃。宋军士卒见主帅跑了，转身就走，逃得慢的宋军士卒被辽军骑兵所围。辽骑挥舞着刀，围着战利品，狂笑着。张梦圆看着头发晕，拿矛的手战栗着，心慌意乱，不知所措。

辽兵喊："放下武器，饶汝等不死！"

不愿投降的宋军士卒，拿着武器，孤注一掷地喊着："老子与汝等拚矣！"勇敢地冲向辽兵。辽兵毫不手软，像切菜一样，杀光了他们。他们的尸体横七竖八，倒在辽兵脚下。有几个人还在痛苦地挣扎着，辽兵毫不手软，刺死了他们。

张梦圆心中只有愤怒，忘了恐惧，面对强大的辽军，不得不放下了武器，跪在了地上，向辽军投降。辽军骂着，赶着，打着，像驱赶牲口似的，把宋军降卒赶到驻地，辽军把他们集中起来，不屑地说："宋军降听好矣，卒年长与受伤之人，站于左边。年轻之人，站于右边。"有些宋军降卒受伤行动迟缓，辽兵用脚踢着，用枪杆打着，骂着，嘲笑着。

张梦圆觉得自己此时还不如一头猪，没有一点儿人的尊严，活得异常屈辱，任凭辽兵赶来赶去，不如去死。张梦圆慢慢地向右边移动着。一个辽将用刀拦住他，对他呵斥着说："小矮子，滚于左边。"

张梦圆看着辽将，只得向左边走。

耶律亥不屑地看着宋军降卒，突然发现了张梦圆，宋军怎么把小孩都派上了战场，真的是没有兵了？耶律亥对张梦圆说："汝过来。"

张梦圆抬起头，盲目地看着。耶律亥说："唤汝。"

辽将对张梦圆说："蠢货！大人唤汝，汝聋矣，无闻乎？快去大人面前。"

张梦圆低着头，走到耶律亥跟前，耶律亥说："汝为何从军？"

张梦圆说："为父有疾。"

耶律亥说："汝如何称呼？"

张梦圆说："张梦圆。"

耶律亥说："何方人士？"

张梦圆说："大宋陕西商洛县龙驹寨。"

耶律亥说："与吾来。"

张梦圆说："为何？"

耶律亥说："莫要多问。"

集中到左边的宋军降卒，被辽兵强行押进了一条山沟里，辽兵残忍地处死了他们。

张梦圆随耶律亥来到上京。上京异常繁华，商贾云集，熙熙攘攘。张梦圆左盼右顾，目不暇接，忘记了自己的处境，被异域风光所吸引。人们遇见耶律亥，纷纷让路，行礼问好。张梦圆来到耶律亥门前，巍峨的门楼前，站着四个彪形大汉。他们看见耶律亥，赶紧迎上前来，从耶律亥手里接过马缰绳。张梦圆随耶律亥走进家里。家里金碧辉煌，别有洞天。张梦圆第一次见过这么美的房子，惊喜万分，正在东张西望时，一个跟他年纪相仿的人跑到耶律亥面前，兴奋地喊："爹爹，爹爹！"说着扑进耶律亥怀里，耶律亥抱起尔，指着张梦圆说："尔名为张梦圆，年幼亦替父从军，乃孝顺之人，今后尔与汝一起习武，一起玩。"

耶律达说："爹爹，汉人皆贱民，吾不与尔一起。"

耶律亥说："吾儿，大辽西北乃西夏、蒙古，东北乃女真，南边乃大宋。女真韬光养晦，对大辽示弱，迷惑大辽。女真离大辽最近，如若女真强大起来，女真亦乃大辽最强之对手。"

耶律达说："爹爹，大辽天下无敌，蒙古、女真、西夏、宋，皆非大辽之对手。"

耶律亥说："吾儿，帮人亦是帮己。物极必反，水满必溢，月圆必亏。世上万物，相互依存。人生在世，世事难料。"

耶律达勉强地点点头。

张梦圆聪明伶俐，自小在村子里野惯了。耶律达从小生活在高墙大院里，对外面的事情一无所知。耶律亥上朝后，耶律达和张梦圆偷偷溜出耶律府，他们有时出了上京，在田野里骑马，在小河里抓鱼，用箭射鸟雀。他们有时漫步在上京大街小巷，看杂耍，买小吃，逛庙会，观灯会，买小商品，看蒙古人、西夏人、女真人、波斯人，耶律达异常开心。张梦圆教耶律达放风筝、放孔明灯，耶律达感到十分新奇，觉得张梦圆这个汉人不像自己想的那么笨，渐渐地放弃了成见，跟张梦圆愉快地生活在一块儿。

张梦圆虽过得无忧无虑，但无时无刻不在思念龙驹寨的亲人。梦中，张梦圆常常回到龙驹寨，梦见父母、哥嫂、叶先生、贾棣棠等，龙驹寨的一山一水，时常在张梦圆眼前晃动。张梦圆思乡心切，盼望早日返回龙驹寨。

月是故乡明，又是一年中秋节。耶律亥一家人在院中赏月，饮酒，观看歌舞，其乐融融的样子勾起了张梦圆的思乡之情。张梦圆情绪低落，一声不吭，坐在桌边喝闷酒。

耶律亥关切地问："梦圆，汝过来。"张梦圆走到耶律亥身边，耶律亥说："汝有何事？"

张梦圆说："大人，吾来上京三年多矣，吾想爸爸妈妈矣。"

耶律亥说："如今辽宋亦在打仗，若汝此时归去，亦重返战场，必定凶多吉少。汝莫要急，安心于此再待几年，等宋辽和议，吾让汝归。"

张梦圆说："亦要等到何时？"

耶律亥说："久战必和。"

又过了数年，耶律达大婚，耶律府上，喜气洋洋，前来祝贺的人，络绎不绝，张梦圆忙前忙后，招呼客人。晚上，最后一拨客人酒足饭饱，闹过新房，慢慢离去，热闹的耶律府，渐渐恢复了宁静。张梦圆劳累了一天，喝得晕乎乎的，回到房间准备睡觉。耶律亥派人把张梦圆叫进书房，说："汝于大辽生活多年矣，汝应于大辽成家。"

张梦圆说："大人救命之恩，吾永生难忘。大人厚爱，吾铭记在心。大人，故土难舍，吾欲回归故里。"

耶律亥不快地说："莫非大辽不好？"

张梦圆说："大人，大辽甚好，乃吾第二故乡。如今家里人亦不知道吾之死活，尔等皆为吾操心。"

耶律亥说："汝再作考虑，夫人贴身侍女虽非亲生，然夫人待尔如掌上明珠。"

张梦圆说："大人，汝对吾有再造之恩，不亚于吾之亲生父母。夫人侍女赛过天仙，然父母于商洛县为汝定亲矣。父母养育之恩，吾必回去尽孝。"

耶律亥说："吾欣赏汝之孝心，吾不强求。"

张梦圆感激地说："谢大人。"

1004年，宋辽在澶州签订停战协议，史称"澶渊之盟"，宋辽边境结束了战乱，迎来了长期的和平。耶律亥莫有食言，把张梦圆送出了上京。耶律达和张梦圆抱头痛哭，耶律亥擦了擦眼角，在他心里，已经将张梦圆当儿子看，虽心里有一万个不舍，然天下没有不散的筵席，该放手还是要放手。张梦圆不属于大辽，他属于大宋，有缘必定再相识，何必苦苦相求？张梦圆给耶律亥磕了三个头，站起来说："大人救命之恩，吾永生难忘。虽吾等相隔万里，大人有事，梦圆必万死不辞，听从大人召唤。"耶律亥说："汝年幼替父从军，吾甚为感动。吾不图回报。"张梦圆说："大人，吾要找画师，予大人画像，挂于吾家，早晚于大人像前请安！吾亦要将大人救命之事写于族谱，代代相传，不忘大人恩德。"张梦圆又给耶律亥磕了三个头，和耶律达紧紧地抱在一起，过了一会儿，耶律达推开张梦圆，擦了擦眼角，说："一路保重！"张梦圆说："大人多多保重。"张梦圆翻身上马，离开上京，顺着官路，朝大宋龙驹寨而来。

第二章　回归故里

张梦圆快马加鞭，晓行夜宿，日夜兼程，从晨雾里走，在暮色里歇，恨不得插上翅膀，马上就能到家。张梦圆越过了草原，山谷，平原，进入了山地。马儿汗津津地，张大了嘴，望着遥遥无期的路，打着战，不停地跑着，跑着。张梦圆屁股和两腿之间生出了一层厚厚的皮，像死猪皮一样。经风吹日晒雨淋，脸皮粗糙不堪。一路上的美景，挡不住回家的诱惑。回家，早日回家，与家人团聚，是唯一的目的。多少个日日夜夜，梦回故乡，梦见了父母，梦见了棣棠，醒来时泪水打湿了枕巾。张梦圆擦干眼泪，暗自叹息："父亲母亲，儿想汝等！"张梦圆回到龙驹寨，直接从寨子里悄悄地回到了冯家碥。张梦圆来到家门口，推开衰败的院门，一个上了年纪的妇人，从屋里出来，妇人上下打量着他，张梦圆看着老妇人，恍如隔世。妇人惊喜地叫着："梦圆兄弟，归来矣！德才，快来看。"

张梦圆热泪盈眶，亲切地喊："嫂嫂——"

张德才一瘸一拐地跑出了屋，来到张梦圆跟前，抱住张梦圆大哭，说："贤弟，吾等皆以为汝不在人世矣。老天保佑，汝亦健在。"

张梦圆含着眼泪，哽咽着说："兄长，吾归来矣。"

张德才说："贤弟，父亲母亲走时，亦在牵挂于汝。"

张梦圆说："兄长，父亲母亲去世矣？"

张德才含着泪说："贤弟，汝替父从军，对父亲打击甚大，那年父亲亦去世矣。父亲去世莫几年，母亲亦去世矣。"

张梦圆跪在地上，大声痛哭，说："父亲、母亲，孩儿不孝。"

张德才说："贤弟，莫要伤心，汝归来亦好。"

张德才把张梦圆扶起来，兄弟两走进堂屋，张梦圆在父亲母亲的灵位前，烧了香，磕了头。张德才把张梦圆拉起来让他坐下来。张梦圆把遭遇告诉了张德才。张德才说："贤弟，耶律亥大人乃汝之救命恩人，亦为张家恩人，吾等应将耶律亥大人救汝之事写进族谱，传于张家后人。有朝一日，耶律亥之后人来龙驹寨，吾应像对待父亲似的对待尔等。吾等定要知恩图报。"

张梦圆说："兄长，汝所言极是。"

侄儿侄女从屋里出来，一一拜见了张梦圆。

张德才陪着张梦圆来到父亲母亲的墓前，张梦圆跪在父母坟前，想起父母对自己的好，伤心地哭诉着说："父亲母亲，孩儿不孝，莫有送汝等最后一程。孩儿今生今世，皆无法报答汝等养育之恩。"张梦圆边哭边用头在墓碑上碰着。张德才流着泪，说："贤弟，汝已尽孝矣，父母地下有知，不会怪罪于汝。"张德才连拉带劝，把张梦圆扶了起来。张梦圆一步三回头，两人慢慢地回了家。

亲戚邻里听说张梦圆平安回来，都来探望。张德才高兴地来到寨子里，买来了酒菜，招呼乡邻。张梦圆对乡邻说："吾在战场上负伤之后，从死人堆里爬出来，遇到好心之契丹人，尔将吾带回家里，帮吾治好伤，吾亦帮尔放羊。宋辽和议后，尔让吾回家。"

乡邻说："梦圆替父从军，于商洛县传为美谈。好人必有好报。"

张梦圆端起酒杯，对乡邻说："多年来，吾不在家，多亏汝等照料，此杯酒，吾敬诸位高临！"

乡邻们端起酒杯，一饮而尽。他们边吃边聊，向张梦圆打听辽国风土人情，张梦圆毫不吝啬，一一道来。张家小院，气氛祥和，乡情人情亲情经过酒精发酵，变得更加融洽了。

李县令听说张梦圆回到了家，马上派差役去冯家涧。差役站在张德才门外，大喊："此乃张梦圆之家乎？"

张德才连忙问："差役大人，汝等有何公干？"

差役说："张梦圆乃何人？"

张梦圆说："吾便是。"

差役说："随吾等走一趟！"

张梦圆说："为何？"

差役说："汝随吾等去了县衙便知。"

张德才说："差役大人，吾弟所犯何法？"

差役说："朝廷有令，凡是从辽国回来之人，皆要接受审查。"

张德才说："差役大人，梦圆乃普通士卒。"

差役说："吾等只负责抓人。"

张德才长吁短叹，眼睁睁地看着差役把张梦圆从屋子里带走了。

张梦圆被带进商洛县衙大堂，差役一边撖着手中的棍子，一边齐喊："威武——"

张梦圆跪在李县令面前，李县令把惊堂木一拍，说："大胆刁民，从实招来，辽国派汝回来为了何事？"

张梦圆说："县令大人，宋辽议和，吾思念亲人，苦苦哀求，随为辽人所放。"

李县令说："汝再不老实交代，必动大刑！"

张梦圆说："县令大人，吾句句实话，无半句虚言，请大人明察！"

李县令说："大胆刁民，真是不见棺材不落泪！耶律亥为何将汝带往上京？"

张梦圆说："县令大人，小的不知——"

李县令说："重打八十大板！"

差役如狼似虎，把张梦圆拉出大堂，毫不留情，重重打了八十大板，打得张梦圆皮开肉绽，几乎要晕死过去。

差役用水把张梦圆泼醒，拉进大堂，李县令说："张梦圆，汝招亦是不招？"

张梦圆说："县令大人，吾已言矣，汝让吾招何事？"

李县令说："拉下去，再打五十大板！"

师爷对李县令悄声说："不敢再打矣，若再打，亦会出人命。今莫有审出结果，不如暂且关进大牢。"

李县令说："暂且如此。"

张德才赶到商洛县，进了县学，对叶先生说明情况，叶先生二话不说，就随张德才来到商洛县衙。

　　李县令说："叶先生，汝有何事？"

　　叶先生说："大人，张梦圆所犯何罪？"

　　李县令说："叶先生，张梦圆于耶律亥府生活多年，朝廷下令，让吾严查，吾岂敢怠慢？吾亦是秉公办事。"

　　叶先生说："大人，汝查出尔通敌之证据乎？"

　　李县令说："叶先生，暂时莫有。然张梦圆乃朝廷钦点犯矣。"

　　叶先生说："大人，莫有证据，亦不能一直关于大牢。"

　　李县令说："叶先生，吾无能为力。"

　　叶先生说："大人，宋辽已经议和，虽尔在耶律亥府里待过，然尔亦是耶律府里之奴仆，尔一个下人能对大宋有多大危害？"

　　李县令说："叶先生，汝有所不知，上令难违。"

　　师爷压低声音对李县令说："大人，僵持下去对吾等莫有好处，不如暂且送叶先生一个顺水人情，省得叶先生麻烦王知府。"

　　李县令说："如何送？"

　　师爷附耳对李县令叽咕了几句，李县令点了点头，对叶先生说："叶先生，看于先生面上，暂且让张梦圆回家。然张梦圆与别人不同，乃朝廷钦犯，尔不能离开商洛县半步，必须做到随传随到。"

　　叶先生说："大人，吾替张梦圆担保。"

　　张梦圆在张德才的搀扶下，咬着牙，艰难地挪出了阴森森的大牢，来到大街上，张梦圆看着阴沉沉的天，含着泪，伤感地对张德才和叶先生说："大宋官吏昏庸，迟早要亡。"

　　叶先生说："梦圆，莫谈国事，莫要惹祸上身？"

　　张德才说："兄弟，忍住，听先生所言。"

　　张梦圆说："叶先生，此乃何事焉？大宋百姓亦要遭殃矣。"

　　叶先生说："梦圆，汝好好治病，吾等百姓亦应学会过百姓之日。汝不要杞人忧天，想入非非？百姓亦是百分之百正确，何人听百姓所言？如今大宋能人多如牛毛，汝与吾算什么？汝要学会克制自己，顺应形势。"

　　张梦圆说："叶先生，不是经常教育吾等——"

　　叶先生说："梦圆，此一时，彼一时。凡成大事者，不拘小节。世事艰难，学会变通。若对抗下去，无路可走。命皆不保矣，一切皆为妄谈。今后做何打算？"

张梦圆说："叶先生，呆于龙驹寨里，好好生活。"

叶先生说："梦圆，如今辽宋已经议和，应该到县学继续读书，了却汝父之心愿，争取早日入仕为官，大展宏图，实现抱负。"

张梦圆说："叶先生，吾已经想明白矣，如今朝廷昏庸，社会矛盾重重，必定会生变故，文虽能安天下，然在动乱时期，亦依靠会武之人。吾待于冯家堎好好种地，与家人一起好好生活，将自身武学传于后人，教育尔等为国出力。"

叶先生说："梦圆，汝甚实际，这样最好，吾等皆要好好活着。"

张德才雇了辆牛车，对叶先生千恩万谢之后，跟张梦圆坐着牛车，出了商洛县东门，顺着商淤古道，一路颠簸着，来到龙驹寨王记药铺前。张德才在车把式的帮忙下，把张梦圆扶进了药铺。王郎中马上从柜台后站起来，把张梦圆扶到椅子边坐下。张梦圆伤痕累累，明显是受过杖刑。

王郎中问："德才，梦圆所犯何法？"

张德才说："王郎中，官府怀疑梦圆通辽。"

王郎中长叹一声，摇头不语。王郎中轻轻揭起张梦圆的衣服，张梦圆的衣服跟肉已经贴在了一起，痛得张梦圆咬紧牙关，出了一身冷汗。王郎中用药水轻轻地在张梦圆身上擦拭。王郎中说："德才，吾先开六付中药，一天一包，一天服三次，再用药水在伤处擦三回。伤筋动骨，回家精心伺候。"

张德才说："王郎中，谢谢。"

车把式和张德才把张梦圆扶上牛车，回到了冯家堎。张德才喊开家门，给车把式付过车资，跟妻子一道把张梦圆扶进了屋。嫂嫂抹着眼泪，气愤地说："欺负百姓，有何本事？"

张德才说："天下乌鸦一般黑，衙门朝南莫进来。多少能人闭嘴矣，少说几句憋不死。"

嫂嫂熬好药，就要用勺子给张梦圆喂。

张梦圆难为情地说："嫂子，让吾哥来。"

嫂子说："母亲去世矣，哥嫂为母，兄弟不必拘礼。"

在嫂嫂精心照料下，张梦圆身上的烂肉掉了渣，脱了皮，长出了嫩肉。嫂嫂忍痛割爱，杀了家里下蛋的黄母鸡，哥哥从对门山上挖回天麻，给张梦圆炖汤补身子。张梦圆慢慢地康复了，渐渐地有了精神，在院子里转转。

张德才对张梦圆说："弟弟，汝归来矣，吾等将汝与棣棠之婚事办了。"

张梦圆说："哥哥，汝将吾信莫有予棣棠乎？"

张德才说："汝走后，吾托媒人将汝信交于棣棠，棣棠看后对媒人言，愿等汝归。棣棠家里每年皆派人来打探汝之音信。"

张梦圆擦了擦眼角，深深地吸一口气，说："这几年，棣棠为吾担惊受怕，操尽心矣。"

张德才说："兄弟，汝岂能辜负棣棠一片痴心乎？"

张梦圆点了点头，想起了与棣棠初识的情景。

那年正月十五，张梦圆跟哥哥到商洛县看灯会，看灯会的人很多，哥哥紧紧地拉着张梦圆，担心张梦圆走丢了。哥俩如痴如醉地看着。迎面来了一伙儿，哥哥连忙松开手，张梦圆仰着头，兴致勃勃地继续朝前看着。棣棠拉哥哥的手也被人流冲开了，棣棠跟张梦圆一样兴奋地看着灯，继续朝前走着，盲目地伸着手，张梦圆伸着的手和棣棠伸出的手凑巧碰在了一起，两人马上紧紧地拉在一起，棣棠和张梦圆不知不觉来到一盏牛郎织女灯前，棣棠兴奋地扭过头，对张梦圆说："哥哥，汝看，牛郎织女——"棣棠发现张梦圆拉着自己的手，脸上火辣辣的，赶紧抽出手，说："汝拉吾为何？"张梦圆大方地说："汝吓着吾矣，汝先拉吾手，吾以为汝乃哥哥。吾叫张梦圆，住于龙驹寨冯家塆。"棣棠低声说："对不起，吾亦以为乃吾哥哥。吾叫棣棠，棣花人氏。"这时，哥哥和棣棠的哥哥赶了上来，棣棠的哥哥拉住棣棠说："棣棠，汝将吾魂吓飞矣。"说着拉着棣棠慢慢地朝前走去。哥哥拉住张梦圆说："弟弟，汝走丢矣，吾如何予父母交代？"棣棠走了几步回过了头，张梦圆赶紧对棣棠挥了挥手，哥哥看见后对张梦圆说："汝与尔有缘，吾回家告知父母。"

这时，棣棠的哥哥拿着礼物进了张家，打断了张梦圆美好的回忆。张梦圆和哥哥赶紧起身相迎。嫂嫂从龙驹寨里买了酒肉，盛情款待棣棠的哥哥。吃罢饭，张德才郑重其事地对棣棠的哥哥说："吾等欲将梦圆与棣棠之婚事完矣。"

棣棠的哥哥说："妙，吾等皆盼此日。"

张德才说："规矩莫能倒，莫要委屈棣棠，吾遣媒婆马上蹬汝门送吉日。"

棣棠的哥哥说："妙，妙。"

　　张德才让媒婆拿着礼钱，到贾家定日子。贾家十分干脆，一口应了下来，张梦圆与贾棣棠的婚期很快定了下来。张家与贾家都在积极为婚礼准备着。

　　张家好长时间都没有热闹过了，为了把张梦圆的婚事办得有声有色，张德才倾其所有，还借了不少账，买了大肥猪、羊、鸡和鱼，请了寨子里最好的厨子，给所有的亲戚都打过了招呼，提前三天就请邻里过来帮忙。张家门上大人忙，小孩闹，人头攒动，人们都在积极为张梦圆的婚礼奔忙着，张家门上热闹非凡。

　　张梦圆在媒人的陪同下，带着吹鼓手和花轿，早早地来到棣花，接回了棣棠。中午，迎亲的队伍进了龙驹寨。寨子里街道两旁的人停了手中的活，他们站在街道两旁，看着迎亲队伍，谈论着。

　　一个老头说："此人替父从军，心地善良，好人皆有好报。"

　　一个老妇人说："姑娘好眼力，嫁于张梦圆，必有后福。"

　　一个女人说："不嫁张梦圆岂不傻乎？"

　　青楼上的女人，有的趴在窗户上，有的站在门口，看着迎亲的队伍，对着张梦圆喊："张梦圆，男子汉！张梦圆，大丈夫！"

　　张梦圆骑在马上，脸红脖子粗，很不好意思。

　　贾棣棠坐在花轿里，心里热烘烘的，感到特别知足，特别幸福。跟张梦圆走到一起，是千年修来的福分。执子之手，共度此生，此生何憾？

　　张梦圆婚后，日子过得滋润，夫妻相敬如宾，相亲相爱，夫唱妇随，苦中有乐。张梦圆为了弥补棣棠，忘了所有的不快，一年十二月，月月都不一样。正月，他们看花灯，逛紫阳宫庙会；二月，他们到小龙河边摘野菜；三月，他们到丹江河边来采野花，编柳帽；四月，他们蹬商山，采商芝；五月，他们到寨子山下摘豌豆角，看麦浪滚滚，闻浓浓麦香；六月，他们到丹江河嬉水，在芦苇荡里抓鱼；七月，他们在小院里看星星，躲在葡萄树下说悄悄话；八月，他们到小龙河畔看萤火虫；九月，他们上鸡冠山登高望远，采野菊看南山；十月，他们到寨子沟里抓螃蟹；十一月，他们赶集逛龙驹大街；十二月，他们喝烧酒，吃腊肉，赏瑞雪，置年货。

　　嫂子羡慕地看着棣棠和张梦圆出双入对，对张德才说："吾等何时亦学棣棠与梦圆？"张德才苦笑着说："老夫老妻，若与尔等一样，亦不让人笑掉大牙。"嫂子说："年轻之时，汝亦莫有那样对待于吾。"张德才苦笑着说："诺，那天吾陪汝往丹江河边走走。"

棣棠善良、贤淑，勤快，做一手可口的饭菜，每次先端给哥哥嫂嫂。家里的活棣棠抢着干，地里的活张梦圆从不让哥哥安排，尔和棣棠把屋里屋外收拾得井井有条。张家的日子渐渐有了好转，慢慢地还清了账，还有余钱添件新衣服了。

兄弟两在地里干活歇息的时候，张德才点着烟袋抽了一口，把旱烟叶递给张梦圆，说："梦圆，哥予汝说件事。"

张梦圆吸了一口旱烟，说："哥，汝说，吾听。"

张德才说："吾与汝嫂已商定，吾等分家。"

张梦圆说："哥哥，吾不分，一家人聚一起，其乐融融。"

张德才说："天下莫有不散之宴席，亲兄弟亦要勤算账，生分接长远。吾等亦是各过各之日。"

张梦圆说："哥哥，如今父母不在矣，汝与嫂嫂于吾与棣棠心里，已取代父母之位。吾等今生乃兄弟，不论贫富与贵贱，不论今后发生多大之事，吾等皆应好好相处，好好生活。莫非棣棠予汝等脸色乎？亦是棣棠于汝面言难听之语？"

张德才说："梦圆，此乃吾与汝嫂之意，与棣棠无关。"

张梦圆说："哥哥，人生无常，只要吾等平安快乐，和和睦睦，即使吃得差，穿得破，住得烂，吾亦心甘情愿。吾不分家！"

张德才说："委屈汝与棣棠矣。"

张梦圆说："哥，今后莫要言此语。"

在棣棠的料理下，张家小院，时常回荡着欢声笑语，一家人和和美美，生活虽艰难，但却高兴，年年有盼头，天天有指望。不知不觉之中，张梦圆就有了儿子张和平，看着儿子一天天长大，张梦圆在享受天伦之乐的同时，又重新为儿子编织理想。

1007 年（景德四年），丹江通航。南来北往的客商来到了龙驹寨。龙驹寨一下子热闹了起来，舟楫往来，客商不断。江南的丝绸、茶叶，北方的皮革、食盐，交汇在龙驹寨，龙驹寨成了南北货物的集散地，成了水旱码头，一下子繁华了不少，热闹了不少。

张梦圆不是在地里，就是在家里，很少到寨子里。张德才知道张梦圆的心思，对张梦圆说："兄弟，今日歇一日，吾陪汝往丹江河边看舟。"

张梦圆说："哥哥，如今李县令亦限制着吾之人身自由，吾不去。"

张德才说："兄弟，去丹江河边看舟，莫有离开商洛县，莫要怕。"

张梦圆说："哥哥，吾莫有兴致。"

张德才也失去了兴致，陪张梦圆下了地。

张梦圆边种地，边教儿子习武。儿子天资聪慧，悟性较高，长进很快，渐渐地得到了张梦圆的真传。叶先生的后人叶治国继承了父辈的优良基因，继续主持县学。张梦圆就把张和平送进县学读书，叶治国对待张和平就像对待儿子一样，既严厉又慈爱，叶治国把女儿嫁给了张和平。

每年除夕祭祖的时候，张梦圆都要翻出族谱，对张和平宣讲耶律亥救了自己的事，等宣讲结束，张梦圆和张和平以及张家所有人一齐跪在耶律亥灵位前，看着耶律亥画像，烧香叩拜，就像对待张忠义一样虔诚。

德兴元年秋天，寇准随举出巡到商洛县，叶治国马上对张梦圆说："汝来商洛县喊冤，寇准大人为人正直，必定为汝主持公道。"

张梦圆已经不相信社会了，在叶治国的劝说下，抱着试一试的心态，来到商洛县击鼓喊冤。李县令和寇准正在大堂上谈公事，李县令听见鼓声问衙役："何人击鼓喊冤？"

衙役说："龙驹寨张梦圆。"

李县令说："亦是尔，亦不死心，将尔赶走！"

寇准说："李县令，有人喊冤，让尔进来。"

李县令说："大人，汝有所不知？此人之事上面已有定论。"

寇准说："李县令，传尔进来！"

李县令只得命衙役传张梦圆来到大堂。张梦圆跪在堂上，将冤屈向寇大人陈述了一遍，寇准说："壮士，请起！李县令，如今宋辽议和二十多年矣，边境安宁，暂无战事。而百姓负担很重，生活困苦，社会矛盾重重。汝作为地方官，应该因势利导，于发展农业生产上多动心思，想尽一切办法为百姓造福，而非限制百姓人身自由，搞人身迫害。"

李县令说："寇大人，此人于辽国耶律亥府上生活多年。"

寇准说："李县令，陈年往事，提它为何？如今既往不咎。"

李县令无言以对。

张梦圆说："寇大人，多谢。"

寇准说："壮士，陪吾去武关一游如何？"

张梦圆说："大人，感激不尽。"

张梦圆陪着寇准，离开了商洛县，出了龙驹寨，来到了武关。站在关城上极目四望，秋天的武关，层林尽染，滔滔的武关河像碧绿的翡翠向东南流去，火红的枫叶赏心悦目，而关内商业萧条，百姓衣着破烂，生活困苦。壮丽的河山，跟百姓的生活现状极不相称。寇准没了兴致，走下城墙，信步来到大街上，眼前一亮，街中有一茶馆，挂着"秦鼎"招牌。寇准对张梦圆说："好招牌，有些来头，进去看看。"张梦圆跟着寇准进了秦鼎茶馆，店家连忙泡了壶茶，端到寇准面前，斟了一杯，双手捧给寇准，热情地说："大人，请品尝。"

寇准搭在嘴边，一股奇香沁入口鼻，顿感神清气爽，污浊之气瞬间荡然无存。寇准连忙说："店家，泡茶之水，可曾是茶圣陆羽当年所用西洛之水？"

店家说："大人，正是。"

寇准说："商鞅一诺千金，铸就秦鼎，成就商鞅一世英名，亦成就大秦帝国之伟业。"

店家说："大人，茶馆取名秦鼎，正有此意！"

寇准说："水亦是原来之水，国已不是原来之国矣。经商之道贵于一个'诚'字，莫要辜负金字招牌矣。"

店家说："大人，诺！"

店家的话勾起了寇准的思绪，寇准环顾关城，怀古思今，感慨万千，提笔写下了《秋日武关道中》："行尘漠漠起西风，来往征轩似转蓬。驻马几多愁思苦，乱蝉衰柳武关中。"

张梦圆发自肺腑地说："大人，好诗，好诗！"

寇准说："大好河山，百姓莫能安居乐业，生活如此困顿，身为朝廷命官，深感惭愧。"

张梦圆说："大人，忧国忧民，体察百姓疾苦，乃百姓之福。"

寇准说："回朝之后，定当向圣上禀明。"

张梦圆说："吾替商洛县百姓谢谢大人。"

寇准返回开封，痛心疾首地在朝堂上陈述了这次出巡的见闻，慷慨激昂提出了自己的建议，遭到了保守派的强烈攻击，寇准的建议不了了之，就此搁浅。

张梦圆在龙驹寨渡过了人生最美好的时光，日子过得辛苦，但有人身自由，跟正常人一样，可以随便转转，已经很知足了。

张和平成家后，有了儿子张得全，张和平把武学传给了尔。张梦圆去世后，除夕祭祖时，张和平又把耶律亥救了张梦圆的事讲给了张得全。

张叶两家世代交好，友谊代代相传。叶家诗书传家，张家武学传家。张和平有了张得全，父辈的血液流淌在张得全身上，张得全边种田，边习武，边读书，深得家传，喜欢听杨家将的故事，渴望建功立业，报效国家。常常对人说："人生苦短，战死沙场，青史留名，方显男儿本色。"

北宋中期，政治腐败，社会矛盾异常尖锐，百姓生活困顿，赋税很重，加之自然灾害，对统治者极度不满。1043 年（庆历三年）夏，陕西遭遇大旱，饥民达数十万，得不到朝廷救济。百姓怨声载道，大旱持续到八月间，饿殍遍野，百姓忍无可忍，张海、郭邈山、李铁枪在商州（今商州区）发动千余农民，举兵起义。

商州起义军派人来到龙驹寨，找到张得全说："如今朝廷腐败，民不聊生，汝甚有本领，不如随吾等造反。"

张得全说："吾胸无大志，徒有虚名，汝等还是另找他人。"

起义军联络人说："大宋如强弩之末，迟早要亡。汝不是欲建功立业、光宗耀祖乎？此等佳机，千万莫要错过。"

张得全委婉地说："父母年事已高，吾走不开。"

起义军联络人说："张得全，汝莫要后悔。"

张得全说："多谢汝等看得起，吾实在走不开。"

龙驹寨一部分人，参加了商州起义军。商州起义军来到了虢州（进河南灵宝东）、卢氏以东，洛阳、长白山一带，四处活动。京西路各地的农民积极响应，商州起义军随后长驱南下，直抵襄（今湖北襄樊）、邓（今河南邓州市）、均（今湖北均县北）、郢（今湖北钟祥）各州，攻到光化军（今湖北光化北）。光化驻军宜毅卒五百余人，由于不堪统治者的虐待，在原僚属邵兴的带领下发动兵变，投靠了商州起义军。商州起义军攻到商于（今河南淅川西南），打败了永兴东路都巡检使上官珙军，杀死了上官珙。邵兴揭榜号召宋铸钱监士卒起义，铸钱监士卒本来就有反抗的念头，邵兴一揭榜，二千多名士卒积极响应，商州起义军队伍迅速壮大了起来。商州起义军在兴元府（今陕西汉中市）与官军展开了激烈战斗，宋军校赵明率众阵前投降，官军惨败。朝廷大为惊慌，赶忙调集大军前来镇压。商州起义军避开宋军主力，从洋州（今陕西洋县）北部循山西进。朝廷派出重兵，围追堵截，11月29日，邵兴在兴洋界湑水战败被杀，12月间，张海战败牺牲，商州起义军失败。

投奔商州起义军的龙驹寨百姓，有家难回，尔们隐姓埋名，逃亡去了江南。家人受到了株连，有的坐牢，有的服徭役，有的交罚款，日子更加艰难了。

第三章　女真崛起

女真族，别称女贞与女直，源自三千多年前的肃慎，汉朝至晋朝被称为挹娄，南北朝时称为勿吉，隋朝到唐朝时，被称为黑水靺鞨。女真族生活在辽国东北面，靠打猎游牧为生。女真有生女真、熟女真之分。生活在大辽里的女真人，被称为熟女真；生活在大辽以外的女真人被称为生女真。生女真分几十个部落，完颜部较大。完颜绥可结束游牧后，定居在了虎水（黑龙江哈尔滨东南阿什河）。

大辽南征北讨，对外疯狂杀戮，对内残酷镇压，北方少数民族，除西夏、蒙古外，都不敢反抗，纷纷臣服，向辽国纳贡。

女真贵族完颜绥可审时度势，把各部首领召到自己帐中，对他们说："吾等南面，乃辽国。如今辽国十分强大，北方各个部落不是向辽国称臣，亦是与辽勾结。若不及时向辽国称臣，辽国亦会派兵绞杀吾等，吾等就会被逐个击破，女真族群就会有灭顶之灾。若吾部首先向辽国称臣，讨到酋长封号，吾部亦能名正言顺号令女真其尔部落。若女真其尔部落向辽称臣纳贡，讨到酋长封号，尔等亦会受到辽国保护，虽吾部势大，到时也必须听从尔等指挥。只要女真各部统一起来，定能打败辽国，成为北方新霸主，到时亦能逐鹿中原，统一整个中国。"

完颜各部统领齐说："大统领，吾等听汝言。"

完颜绥可说："各部统领，欲成大事者，必先忍辱负重，不拘小节。马上返回部落，精心挑选礼物，尽快送到吾帐前。"

完颜各部统领齐说："大统领，诺！"

过了几天，完颜各部统领把北珠、貂、桦、名马良犬、海东青等名贵特产送到完颜绥可大帐前，完颜绥可齐齐一看，说："各位统领，请跟吾前往辽国。家里大小事务，让吾儿完颜石鲁暂且料理。"

完颜绥可与完颜各部统领，带着贡品，日夜兼程，快马加鞭，朝辽都上京而来。

辽国皇帝得到边关密报。早朝的时候，辽国皇帝对群臣说："完颜绥可定居虎水，野心勃勃，正欲统一女真各部。若女真各部结成部落联盟，对大辽东北边境必定构成威胁，众爱卿有何良策？"

辽国元帅说："陛下，生女真各部如一盘散沙，尔等成不了气候，陛下不足为虑，末将愿带兵予以剿灭。"

辽国丞相说："陛下，万万不可。女真各部，居住分散，隐居山林，打猎游牧，野蛮彪悍，顽固不化。若派大军征讨，犹如老虎打蚊子，出力不讨好，难以彻底奏效。"

辽国皇帝说："丞相，汝有何计策？"

辽国丞相说："陛下，臣有一计，不知可行？"

辽国皇帝说："丞相，但说无妨。"

辽国丞相说："陛下，不如派使者，封完颜绥可为女真酋长，将完颜绥可收到大辽麾下，让完颜绥可为陛下效力。若完颜绥可不识抬举，不愿臣服于大辽，到时吾等再举兵剿灭，亦不算晚。"

辽国皇帝说："准奏。"

这时，上京守将派人进来奏报："陛下，完颜绥可觐见。"

辽国皇帝说："宣！"

侍从高喊："完颜绥可觐见！"

完颜绥可和女真各部统领进了大殿，完颜绥可快步来到辽国皇帝面前行礼，完颜绥可说："陛下，完颜绥可携女真各部统领觐见，祝陛下万岁，万岁，万万岁！"

辽国皇帝说："完颜绥可，免礼！赐座。"

完颜绥可说："谢陛下！"完颜绥可没有入座。

辽国皇帝说："完颜绥可，汝有何事？"

完颜绥可说："陛下，臣带薄礼，敬献陛下，请陛下过目！"

完颜绥可呈上礼单，侍从把礼单递给辽国皇帝。

辽国皇帝说："完颜绥可，皆是上乘物品，难得汝对朕一片孝心。"

完颜绥可说："孝敬陛下，乃臣本分。臣有一事，不知陛下是否答应。"

辽国皇帝说："完颜绥可，请讲！"

完颜绥可说："陛下，女真各部，自由不羁，臣唯恐女真其他各部冒犯陛下天威，离间臣部与陛下之关系。因此，臣恳请陛下封臣为女真酋长，臣愿替陛下管理女真各部，年年纳贡，岁岁朝拜，辈辈甘愿为大辽效命，听从陛下调遣。"

辽国皇帝看着完颜绥可，试探着说："完颜绥可，等吾与众臣商议之后，再予汝回复，汝以为如何。"

完颜绥可匍匐到辽国皇帝面前，抱住辽国皇帝的脚，边吻边说："陛下，臣誓死效忠，如有二心，天打雷劈！"。

辽国皇帝晚上饮酒过量，突然感觉不适，一阵咳嗽，没有忍住，咳出一口痰，落在地上。在众臣跟前，随地吐痰，有失皇帝威仪。完颜绥可二话不说，马上舔起地上的痰，咽到肚子里。群臣看得胃反恶心，辽国皇帝龙颜大悦，高兴地说："完颜绥可，汝一片真心，朕与诸位臣工有目共睹，朕封汝为女真酋长。"

完颜绥可说："谢陛下。"

辽国皇帝说："完颜酋长，为彰显大辽恩德，朕派使随汝同往虎水，代朕主持汝受封大典，汝以为如何？"

完颜绥可说："陛下给臣天大之面子，臣感激不尽。"

辽国皇帝异常兴奋，在大殿上摆筵席，招待完颜绥可一行。

辽国丞相不敢掉以轻心，经过认真挑选，终于选好了出使女真的使者。辽国丞相把使者叫进相府，说："汝到女真部落之后，定要胆大妄为，多做不义之事，越荒唐越好，若能将完颜绥可激怒甚好，汝此次主要是试一试完颜绥可是否真心称臣。"

辽国使者说："丞相，完颜绥可造反，应如何处置？"

辽国丞相说："正好借机剿灭完颜部落。"

辽国使者说："丞相，谨记丞相吩咐！"

辽国使者带着辽帝赐予完颜绥可的铁卷金印，随完颜绥可一同前往虎水。完颜部落巫师经过隆重占卜，挑选了一个黄道吉日，完颜绥可派人通知了各部。其他各部虽心里对完颜绥可不满，但碍于辽国威势，都不敢反抗，带着贺礼，按时参加完颜绥可受封典礼。在辽使主持下，完颜绥可受封典礼搞得轰轰烈烈。完颜绥可成了女真各部名副其实的首领。

完颜绥可大摆筵席，招待辽使与各部统领。筵席从中午一直持续到天黑，辽使喝得迷迷糊糊地来到帐外，小便起来。一阵冷风顶来，辽使打了个哆嗦，胃翻口张，"哇"的一声，呕吐不止。

侍卫甲马上走过来，大声呵斥："大胆，如此放肆，此乃酋长大帐，汝不想活矣？"

辽使踉踉跄跄，回身拔出佩刀，杀了侍卫甲。

侍卫乙连忙喊："杀人矣，杀人矣——"

侍卫们闻声纷纷赶了过来，拔出刀，把辽使围在中央。

辽使酒醒了大半，用刀指着侍卫，训斥着说："吾乃辽使，汝等意欲何为？汝等岂要造反乎？"

完颜绥可闻声随众人出了大帐，看到这种情景，大声呵斥侍卫说："不得无礼，将刀放下！辽使乃吾等最尊贵之客！"

侍卫乙说："完颜酋长，尔在帐前撒尿，不听制止，亦杀一名兄弟。"

完颜绥可用刀背把侍卫乙砍倒在地，呵斥其尔侍卫说："吾命皆为大辽陛下所有，辽使大人杀一两个侍卫有何大惊小怪？赶紧滚！"

侍卫们不敢怠慢，赶紧把侍卫甲、乙抬走了。

辽使冷冷地说："完颜绥可，汝可知罪？"

完颜绥可来到辽使跟前，低声下气地说："辽使大人，怨吾管教无方，让辽使大人受惊矣。"

辽使蛮横地说："完颜绥可，汝想造反乎？"

完颜绥可说："辽使大人，吾等岂敢！"

辽使一阵狂笑，说："完颜绥可，谅汝也莫有此胆！"

完颜绥可赶紧挽着辽使的胳膊，把辽使扶进了帐中。完颜绥可当着所有人的面，自罚三杯，说："若有人再冒犯辽使大人，定斩不赦！"

酒宴继续进行，女人载歌载舞，以助酒兴。

辽使色眯眯地对完颜绥可说："完颜酋长，听说汝等女真女人与契丹女人不同，女真女人野性十足，莫有开化，别有一番滋味，让吾玩玩儿，让女真女人陪陪吾，感受感受，也不枉来女真一回。"

完颜禧德高望重，听了辽使的话，勃然大怒，把酒碗往桌上一扔，说："放肆！此处非汝撒野之地！"

完颜绥可说："拉出去砍了。"

统领们赶紧跪下求情说："完颜酋长，请饶恕完颜禧此回。"

完颜绥可说："完颜禧，看在众位统领求情份上，汝死罪暂免，活罪不饶，拉出去重打五十大板。"侍卫把完颜禧拉出了帐外，杖责行刑。完颜绥可接着说："各位统领，吾等向大辽称臣，吾等乃大辽皇帝之奴仆，大辽皇帝乃吾等之主子，满足主子之愿望，乃做奴才之责任。"完颜绥可虔诚地对着辽使说："大人，区区几个歌女，大人玩玩有何不可？宴会结束后，只要大人愿意，想玩几个带几个。"

辽使说："完颜酋长，汝对大辽陛下忠心耿耿，吾耳闻目睹。等吾返回大辽，吾定于陛下面前，替汝多多美言。"

完颜绥可说："辽使大人，吾感激不尽。"

宴会结束后，完颜绥可把歌女全部送进辽使帐中，辽使已被灌得如一摊烂泥，滚到床上，如死猪一样，打起了呼噜。

完颜绥可派人厚葬了侍卫甲，对侍卫甲家属说："这笔账先记到契丹人头上，等吾等崛起之时，血债亦要血来偿！"

完颜绥可带着最好的棒伤药，来到完颜禧帐中，说："老前辈，吾为振兴女真，今天多有得罪，请老前辈从大局出发，体谅吾一片苦心。"

完颜绥可亲自上门道歉，给足完颜禧天大的面子，完颜禧挣扎着从床上翻起身说："酋长一席话，使吾茅塞顿开。老夫愚钝，差点儿坏了酋长治国大计。"

完颜绥可说："老前辈，只要吾等上下一心，何愁女真不兴？今天吾等误打误撞，演了一场好戏。"

完颜禧拉住完颜绥可的手说："周瑜打黄盖——一个愿打，一个愿挨！"

完颜绥可和完颜禧同时哈哈大笑起来。

辽使走时，完颜绥可十分慷慨，送给许多珠宝，大度地说："辽使大人，要是喜欢女真女人，不妨多带几个，回去好好享用。"

辽使笑着说："女真女人，还莫开化，不会伺候人，莫有风情，尝尝鲜亦可，若长时间玩，亦莫有滋味，亦是契丹女人好，懂风情，善解人意。"

辽使返回上京，在早朝的时候，当群臣的面，说了完颜绥可酋长许多好话。辽国皇帝和辽国丞相深信不疑。大辽帝国放松了对完颜绥可酋长的警惕。

完颜绥可去世后，其子完颜石鲁顺理成章继承酋长，继续奉行贯彻父亲的治国策略，征服了附近部落，成立了部落联盟，壮大了完颜部落的势力。石鲁之子完颜乌古乃又合并了许多部落，完颜部落在几代人的努力下，慢慢地强大了起来。

历届辽使无视女真部落的崛起，尔们一如既往，变本加厉，在女真部落作威作福。他们不仅索要高额赋税，而且要求酋长为他们提供年轻貌美处女陪睡，当他们私欲满足后，他们越来越放肆，要求酋长为他们提供部落贵族姑娘侍寝，辽使做法，引起了女真贵族强烈的不满。

辽使在路过完颜先部落时，完颜先出嫁女儿。辽使来到婚礼现场，傲慢地说："新娘初夜权必须奉献给吾。"

完颜先说："大胆！吾乃酋长之弟，她乃吾之女。"

辽使说："亦是酋长之女，吾欲要睡她，酋长不敢不答应。"

完颜先勃然大怒，完颜先部的人围住了辽使。

辽使指着完颜先，傲慢地说："汝想造反乎？"

完颜先说："诺！"

完颜先部落的人杀了辽使的随从，把辽使捆了起来，吊到树桩上，狠狠地抽打着。

完颜乌古乃听到报告，带人围住完颜先，暗地里对完颜先说："吾等乃兄弟，莫要伤自家和气，吾攻汝逃，暂且留下辽使狗头，莫要坏振兴女真之大业，女真与契丹人之账，迟早要算。"

完颜乌古乃虚张声势，发起攻击，完颜先大败而逃。完颜乌古乃把辽使救了出来，说："辽使大人，怨吾管教无方，让您受惊矣。"

辽使说："完颜酋长，不能这样算矣。"

完颜乌古乃说："辽使大人，吾定将叛贼完颜先缉拿归案，给汝一个说法。"

完颜乌古乃找了几个处女人给辽使侍寝压惊，又送给辽使许多珍宝，好言劝抚，辽使只得作罢。

辽使离开女真后，各部贵族对完颜乌古乃说："酋长，契丹人在女真头上拉屎拉尿，将女真不当人待，吾等都能容忍。此次辽使欺负完颜先，亦是藐视酋长，吾等反了辽国。"

"酋长，契丹人变本加厉，吾等岂要忍到何时？"

完颜乌古乃说："各位统领，女真族要想立国，扬名神州大地，必须学会忍。此点儿耻辱都忍受不下，岂能成就大业？若如今反契丹人，女真先祖之努力，亦会付之东流。吾等如今亦无实力与大辽对抗。汝等莫要忘，当一个民族或者一个国家，私欲膨胀到一定程度，此民族或者国家已经离灭亡不远矣。汝等要耐心地等待此日。"

各部统领叹着气出了酋长大帐。

辽道宗去世后，传位给耶律延禧，人称天祚帝。天祚帝昏庸腐败，荒淫无耻，只会饮酒作乐，不理朝政。辽国已经没落，政权摇摇欲坠。女真族得到了空前的发展。

阿骨打父亲去世后，阿骨打向辽国禀告之后，带着礼物来到辽都上京，听候辽帝召见册封。天祚帝饮酒作乐，醉生梦死，不理朝政，对阿骨打置之不理。阿骨打在上京等了一个多月，没有等到召见，阿骨打怒气冲冲离开了上京，回到了女真部落。此时的女真，已经今非昔比，强大了起来，成了名副其实的东北虎。

在辽国大臣的进谏下，天祚帝派使出使女真。辽使趾高气扬，一如既往，没有把女真人放在眼里，在女真各部，饮酒作乐，索要财物，索取美女，作威作福，对女真各部的发展变化，熟视无睹。辽使的做法已经引起了女真各部强烈的不满。女真各部碍于阿骨打的面子，只得忍着。女真胸中的怒火在辽使的添薪下，已经越烧越旺了。女真上上下下，都盼着与辽开战，一泄心中的怒气。

辽使看见三个美女，其中一个年轻貌美，端庄秀丽，妩媚婀娜，赛过了天仙，称得上绝世佳人。辽使两眼发直，腿脚发软，不管三七二十一，冲上前去，拦住貌美的女人说："美人，陪哥哥玩玩，哥哥不会亏待汝等。"

女人"啪"的给了辽使一耳光，骂着："汝乃何人？色胆包天！竟敢于吾面前撒野？"

辽使厚着脸皮说："哥哥知道，汝乃天上七仙女。"

侍女说："此乃吾家夫人，休得无礼！"

辽使说："什么夫人，明明是吾之小亲亲。"

辽使的侍从拿起刀就向侍女砍，侍女边逃边喊："快来人，契丹人调戏夫人！"辽使的随从举刀朝侍女追着。

阿骨打听到呼喊，飞快地出了大帐，怒喝说："休得无礼！"

辽使转过身，傲慢地对阿骨打说："阿骨打，汝想造反乎？"

阿骨打说："辽使大人，此乃吾妻。"

辽使说："阿骨打，汝何必较真？妻乃男人身上之垢痂，汝再娶一个不是结矣。"

阿骨打说："欺人太甚！吾等非畜生！岂能任凭汝等任意践踏？"

辽使说："阿骨打，女真族皆为大辽奴仆，汝女人吾玩不得乎？吾看上尔，乃尔之福！亦是汝之福，汝何必生气？若吾于陛下面前参汝一本，汝亦完矣。汝三思。"

阿骨打杀了辽使的侍卫，一脚把辽使踢翻在地，对自己的侍从说："绑了尔！"

辽使说："阿骨打，汝欲造反乎？"

阿骨打说："大辽终结矣，吾等亦要翻身做主人。"

辽使面如土色，瘫软在地，求饶说："阿骨打酋长，汝大人不记小人过，汝放吾一马，饶吾此回。"

阿骨打冷冷一笑说："辽国何时放过吾等？"

辽使见软的不行就来硬的，威胁着说："阿骨打，大辽帝国疆域辽阔，人口众多，雄兵百万，大宋皆要向大辽帝国纳贡。凭汝们区区人马，岂是大辽帝国之对手？吾念汝无知自大，不与汝一般见识，汝不计较。"

阿骨打说："大辽百万士卒于吾眼中如草芥，汝不用狐假虎威。吾等历代酋长装聋作哑，任契丹人宰割，亦是为了此日！"

阿骨打一刀杀了辽使。

统领阿疏恃才傲物，对阿骨打用人抱有成见，一直想离开女真投奔大辽，苦于没有机会。阿骨打杀了辽使，阿疏逃到了大辽给耶律延禧报信。阿骨打派迪古乃带着礼物，向耶律延禧陈述缘由，索要阿疏，遭到了耶律延禧拒绝。战争已经无法避免，随时都会爆发。阿骨打调兵遣将，命令女真各部扼守要冲，筑城制械，加强战备。

　　1114年春，辽国派遣东北统军司节度使挞不野率军在宁江州集结。宁江州突入女真部落，是契丹进攻女真的桥头堡，对女真威胁很大。阿骨打命完颜银术可、完颜娄室、移烈、阇母为将，征调各部两千五百人来到涞流河，在石碑葳子屯进行誓师大会，阿骨打说："勇士们，契丹从来就莫有将吾等当人看，尔等吃吾等、拿吾等，于吾等头上作威作福，欺负吾等女人，将吾等当牲口，吾等亦要忍到何时？"

　　士卒喊："酋长，打过宁江去！吾等与契丹人拼矣！"

　　阿骨打说："勇士们，阿疏叛逃到辽，吾遣迪古乃往辽国索要多次，遭到辽国拒绝。而今辽国腐败，不修武备，正是吾等一展身手之最佳时机。勇士们，有莫有信心？"

　　士卒高喊："酋长，有！有！"

　　阿骨打说："勇士们，振兴女真，在此一战。光荣与梦想，属于女真！"

　　宁江州是辽国控制女真的前哨重地，而辽国却没有派重兵把守。阿骨打进入辽境后，途中与辽军遭遇后，阿骨打为了麻痹辽军，故意避开辽军锋芒，佯装撤退，阿骨打派渤海军向辽军发起进攻。两军正在激战，阿骨打率军向辽军发起反击，阿骨打一马当先，射杀了辽骁将耶律谢十。辽军败退，自相践踏，死伤无数。

　　女真攻破宁江州，天祚帝命令都统萧糾里、副都统萧挞不野，率领十万步骑来攻宁江。辽军先锋萧嗣先率七千辽兵屯出河店，与阿骨打隔鸭子河对峙。阿骨打亲率甲士三千七百人，在夜幕掩护下，偷渡鸭子河，奇袭辽军。就在此时，狂风大作，尘土飞扬，遮天蔽日，刮向辽军。阿骨打率军趁机穷追猛打，辽兵望风而逃，阿骨打乘胜追击，攻取了辽宾州、祥州、咸州。辽军接连失利，天祚帝一怒之下，罢免了枢密使萧奉先，起用南府宰相张琳统领辽军。张琳为了挽回颜面，扳回战局，仓促征兵十万，兵分四路，朝阿骨打扑来。辽军一路突出了涞流河，被阿骨打打败，其余三路辽军不战而退。天祚帝恼羞成怒，不断派辽军东征女真，均以失败而告终。

　　阿骨打以少胜多，连战连捷，女真士气旺盛，饱受契丹贵族欺负的辽兵也投降了阿骨打，阿骨打兵力剧增，女真地盘不断扩大。大辽帝国如强弩之末，岌岌可危。1115年正月，阿骨打顺应时势，在女真部落贵族的一直举荐下，建国立号为大金，年号收国。

第四章　燕云之战

1120 年 4 月，阿骨打亲率金军向辽都上京进发。辽宋休兵多年，契丹人已经从马背定居了起来，习惯了半牧半农的的生活。金兵整天在马背上摸爬滚打，过着游牧生活，一个个生龙活虎，打辽兵如同杀鸡宰羊一般。辽军七十多万士卒，竟然不堪一击，畏敌如虎，一败再败。金军攻城略地，势如破竹，每占领一个地方，便废除苛法，减免赋税，优待降俘，争取民心，巩固后方。辽俘不断加入金军，金军不断发展壮大。

1120 年 5 月，阿骨打亲率金军进抵上京城下。阿骨打派使来到上京城下，金使对辽上京留守挞不野说："赶紧投降，保汝享不尽荣华富贵。"

挞不野站在城上，傲慢地看着金使，说："上京城池坚固，囤积丰厚，汝等有本事就来攻！别人怕阿骨打，吾不怕尔！何必啰唆？"

金使指着城上的挞不野说："休言大话。"

挞不野狂妄地说："阿骨打有本事就来攻，何必多言？"

金使回到金营，把挞不野的话原封不动地转告了阿骨打，阿骨打对金将说："挞不野真是不见棺材不掉泪。何人愿为先锋？"

阇母说："陛下，末将愿往！"

阿骨打说："好！"

阇母带着金兵向上京发起了进攻。

天祚帝对辽兵说："大辽帝国乃雪山上之雄鹰，草原上之骏马，高原上之恶狼。勇士们，吾等先祖白马仙人与青牛仙姑于天上看着汝等！汝等必拿出百倍之勇气！砍下女真人之头颅！活捉阿骨打，在此一战！"

辽兵挥刀应着："血战到底！绝不认输！"

天祚帝说："勇士们，上京是阿骨打葬身之地！"

辽兵挥刀喊着："活捉阿骨打！"

阿骨打亲临上京城下督战。

金军箭法十分高超，辽兵防不胜防，辽兵刚从垛口探出头，就被金兵射下了城墙。金军大将阇母赤膊上阵，手拿盾牌和大刀，怒目圆睁，带着金兵冒着辽兵箭雨，冲到城墙下，搭起云梯，顺着云梯朝城上爬。辽兵用石块、滚木朝阇母砸来，阇母用盾牌左推右挡，挡住了石块和滚木，奋力前进，首先冲上城头，杀死辽兵，带领金军左右追击，把辽兵赶下了城墙。阇母带着金兵一路追击，把辽兵追到了外城。

挞不野在城楼上对辽兵说："勇士们，冲啊！"

阇母力大无比，外城中的辽兵冲到阇母跟前，阇母怒喝着抢起手中的刀，辽兵连惊带吓，被阇母给消灭了。辽兵发起了冲锋，被阇母消灭了。

挞不野继续说："勇士们，为了汝等高贵之血统，冲啊！"

阇母挥舞着刀，杀得辽兵步步后退。辽兵冲了几次，看见阇母，畏怯不前。阿骨打带着金兵进了外城，天祚帝见大势已去，抛下群臣，逃出了上京。挞不野见上京难保，于是率军出城而降。

耶律亥死后，耶律达世袭了爵位，耶律达死后，耶律延又接着世袭了爵位。耶律延不愿降金，带领所部人马奋力反击，身中数刀，浑身鲜血淋漓，所部已经溃不成军了。耶律延见无力回天，连忙逃回家里，对耶律胡说："吾儿，上京已经失守，金军不会放过吾等，必定将耶律家族斩尽杀绝。为父身负重伤，目标较大，难以脱身，汝赶紧逃。"

耶律胡说："父亲，吾等一起走。"

耶律延说："吾儿，已来不及矣。"

耶律胡换上下人的衣服。金兵冲进了家门，耶律延把耶律胡向身后一拉，带着家兵朝金兵冲去，家兵不是金兵的对手，慢慢地倒在了血泊中，耶律延顽强地与金兵拼着。金兵一拥而上，砍死了耶律延。耶律胡看见父亲被杀，仓皇出了后门。大街上一片混乱，到处都是金兵。耶律胡躲躲藏藏，慌忙钻进了一条巷子，七绕八拐，来到城门口，发现有金兵把守。耶律胡从死人堆里翻出一个金兵，剥掉金兵衣服，换在身上，出了巷子，来到大街上，遇见金兵下了马，蜂拥冲进耶律恒家里。耶律胡来到马前，解开马缰绳，翻身上马，来到城门口，

守城门的金兵拦住了耶律胡的去路，说："站住！"

耶律胡说："吾有重要文书在身，需要马上出城。"

金兵说："将出城文书拿出来。"

耶律胡装着从怀里掏文书，继续朝城门前金兵走，走到金兵跟前，趁机剁了金兵，纵马冲出了城门。金兵喊着："莫要让尔跑矣！"其他金兵慌忙骑马来追。耶律胡一刀刺在马屁股后，马受到了惊吓，一路狂奔，甩掉了金兵，来到一片树林，耶律胡从飞奔的马上跳了下来，朝相反方向逃去。马受到惊吓，继续朝前跑着。

耶律胡摆脱了金兵，来到一户农庄，看到庄里有位老头，上前连忙说："老人家，金兵追得紧，请借吾一匹马，再予吾干粮。"

老头说："壮士，耶律大石正在组织抗金，汝干脆去投奔尔。"

耶律胡说："老人家，谢谢汝！"

在老头的指点下，耶律胡千恩万谢之后，朝耶律大石营地而来。

1122年，宋金联手攻辽。大宋派使绕道从海路到达金国，对金国说："大宋只想收复燕云十六州。"金国担心大宋与辽国结盟，不利于金国灭辽，十分干脆，同意与宋结盟。说："金与大宋结盟，共同攻打辽国，等辽国灭亡之后，燕云十六州归大宋。"宋金这一联盟，被后世史家称为："海上之盟"。

张得全接到了征兵令，告别亲人，从商洛县出发，与商州所征集的士卒合兵一处，顺着秦岭峪口，沿着蜿蜒的小路，越过陡峭的秦岭，出了蓝关，走进了广阔无垠的关中平原，来到西京，与陕西宋军合兵一处，马不停蹄，继续向北开拔。

二十万宋军前不见头，后不见尾，连绵几十里，浩浩荡荡，雄赳赳，越过了平原，越过了山地，树木、村庄越来越稀少，等出了山，眼前豁然开朗，缓缓的丘陵上到处都是肥美的牧草，燕云十六州就在眼前。

童贯金盔金甲，骑着一匹枣红蒙古马，洋洋得意地说："将士们，吾军取燕云十六州，如囊中取物。"

部将骄横地说："大帅，区区两万辽兵，亦不够吾等塞牙缝。此次作战，

大帅莫要去矣，大帅于中军摆庆功宴，等吾等凯旋。"

童贯说："将士们，收复燕云十六州乃千古奇功，必定载入大宋史册，此等大事，岂能离开本帅乎？"童贯说着仰天大笑，部将骄横地笑着。

宋军深受鼓舞，尔们根本就没有把辽军放在眼里。辽军已经被金军打得落花流水，溃不成军了。辽军听说宋军背信弃义，撕毁和议，与金国结盟，率领大军前来夺取燕云十六州。辽军上下同仇敌忾，耶律大石号召辽军积极备战，挖深壕，储备守城物资。童贯带军来攻，耶律大石装着不敌，故意弃城而逃。童贯带着宋军顺利攻进外城，埋伏在内城里的辽军与逃出城的辽军前后夹击，向宋军发起猛攻。宋军知道中了计，人心惶惶，没有斗志，童贯带头逃跑。辽兵惧怕金军，然不怕宋军。辽兵把所有的仇恨都发泄在宋军身上，打得宋军狼狈逃窜，只恨爹妈少给自己生了两条腿。张得全只得跟着宋军撤退。

耶律大石大喊："勇士们，抓住童贯，赏黄金万两。"

童贯听见喊声，吓得跟兔子似的，逃得更快了。

耶律大石说："勇士们，戴金盔传金甲之人乃童贯。"

童贯赶紧脱掉盔甲，扔在地上。

耶律大石马上说："勇士们，莫穿盔甲之人乃童贯。"

童贯暗暗叫苦："吾命休矣！"

童贯逃到张得全跟前，喊着："快快脱下衣服，予吾换上。"

张得全马上脱去上衣，递给童贯。

童贯对张得全说："快上马，帮吾引开辽兵。"

童贯穿上张得全的衣服，混进宋军里，仓皇而逃。

张得全翻身上马，耶律胡带着辽兵追了上来，张得全回身相迎。

耶律胡指着张得全说："童贯，快快下马投降！"

张得全说："辽将，休得猖狂！"

耶律胡说："汝乃何人？"

张得全说："吾乃征西大将军童贯。"

耶律胡说："童贯乃太监，汝一开口亦露马脚。"

张得全说："辽将，休要多言！"

耶律胡说："擒贼先擒王，吾不杀无名之辈，放汝一条狗命，汝快滚。"

张得全见大势已去，马上调转马头，向南而逃。耶律胡带兵追杀，辽兵趁机放箭。张得全被流矢射中，双手紧紧地抓着马鬃，伏在马背上，跟在溃败的宋军身后。宋军丢下武器、辎重，像牛羊似的，被辽兵赶着跑。

金军站在高处，看着宋军不堪一击，被辽军打得落花流水。金国元帅嘲讽地对金国将领说："宋军貌似强大，实则乃纸老虎。二十万宋军打不过二万辽兵，简直乃天大笑话。吾军灭辽之后，必伐宋！"

金国将领附和着哈哈大笑。

金国元帅见时机已到，果断地说："众将听令！"

金军将领齐说："大帅，诺！"

金国元帅说："全军出击，消灭辽军！"

金兵如虎狼一般，冲向辽兵。辽兵见金军来攻，就像兔子见了鹰。耶律大石赶紧收兵回城。金兵奋不顾身，抓紧时间攻城。辽兵畏惧，无心恋战。耶律大石主动放弃了燕云十六州，向可敦城转移。辽军在转移的时候，溃不成军，四散而逃，无心抵抗。金军紧追不舍，耶律胡中箭从马上摔了下来。风呼呼地刮着，耶律胡微微地睁开了眼，挣扎着从草地上坐了起来，寂静的原野上躺满了辽兵尸体。

金军攻进燕云十六州，烧杀抢掠，跟蟒蛇一样，把燕云十六州吞得一干二净，剩下一座空城。童贯打了败仗，很没面子，当初在朝廷夸下海口，无法向朝廷交差。童贯心生一计，派使者来到金营。宋使对金国元帅说："大帅，大宋愿出钱赎回燕云十六州，不知大金以为如何？"

金国元帅说："此事需要禀明金帝。"

宋使说："大帅，吾在此静候佳音。"

金国元帅派人回复金国皇帝，金国皇帝阿骨打说："如今燕云十六州已为大金帝国掠夺一空，已经失去价值。若大宋出百万贯，朕亦将燕云十六州予大宋，兑现朕曾经与大宋之盟约。"

金使来到宋营，把阿骨打的圣旨告诉了童贯，童贯满口答应说："百万贯钱换回燕云十六州于大宋乃九牛一毛，吾马上奏报大宋陛下。"

宋徽宗接到童贯的奏章，早朝时对群臣说："众爱卿，金国要百万贯钱，答应归还燕云十六州，众爱卿以为如何？"

蔡京说："陛下，百万贯钱，对大宋而言，乃九牛一毛。童贯大人此次立大功矣，先帝费尽九牛二虎之力皆未完成之事，于陛下手中大功告成，陛下乃中兴之主！陛下应重赏童贯大人。"

朝臣心知肚明，大宋奸臣当道，没有忠臣喝的米汤，就是忠臣仗义执言，陛下也不会采纳，何必自寻烦恼，给自己仕途找麻烦。

朝臣为了讨好蔡京，齐声说："陛下，太师高见！"

宋徽宗说："众爱卿莫有异议，朕即刻向边关送百万贯钱，防止金国变卦。等童贯大人班师回朝，朕再另行封赏。"

朝臣齐声说："陛下英明！"

童贯用百万贯从金国手里赎回了燕云十六州这座空城，自诩自己是中兴将军，又恢复了往日的傲慢。此时，童贯突然良心大发，想起了自己的救命恩人。派手下经过一番细查，终于打听到救命恩人就是张得全。张得全躺在帐篷里正在疗伤，童贯亲自探望，嘱咐属下："尔救本帅之命，乃本帅之救命恩人，汝等用最好药物为尔疗伤，勿要怠慢。"

属下说："大帅，诺！"

童贯俯身对张得全说："汝有何求，尽管道来。"

张得全说："大帅，吾无所求。"

童贯说："汝莫要封赏，会使吾落下忘恩负义之骂名，汝于心何忍？汝提一二，汝吾皆好。"

张得全说："大帅，吾无求。"

童贯说："汝不言，吾替汝做主。吾封汝为帐前校尉，汝以为如何？"

张得全说："大帅，吾欲回龙驹寨故里。"

童贯说："汝早言，即日起，汝乃龙驹寨守将。"

张得全说："大帅，龙驹寨守将乃刘将军。"

童贯说："汝如今后乃吾人，吾让汝当，何人敢异议？"

童贯用民脂民膏为脸上贴金，终于大功告成，胜利班师回朝，受到了宋徽宗的隆重嘉奖。张得全返回了龙驹寨，悄悄地回到了家中，觉得很不光彩，有助纣为虐之嫌。张叶氏从龙驹寨买回酒菜，庆祝张得全平安归来。

第五章　意想不到

　　清早，商洛县其尔官吏早早地来到县衙，尔们在堂上等了很久，也不见商虢上堂，尔们一致推举师爷到后衙去看看。师爷来到后衙，商虢已经换好了官服，师爷说："商大人，众大人早于大堂之上静候。"

　　商虢说："今日莫议事，汝即刻置办礼物，让尔等随吾一起往龙驹寨为张得全庆贺。"

　　师爷说："商大人，尔一般士卒，汝为何高抬尔？"

　　商虢说："张得全已非昔日之张得全矣，尔救童贯大人之命，如今有童贯大人为靠山，何人敢小瞧尔？若张得全于童贯大人处参吾一本，吾小小商洛县县令，于童贯大人手中，如同蚂蚁。如今童贯大人封张得全为龙驹寨守将，吾送点薄礼，联络联络感情，有何不妥？"

　　师爷说："商大人，吾外甥如何安置？"

　　商虢说："吾已打听清道矣，朝廷文书即刻就到，张得全为龙驹寨守将，刘将军亦为龙驹寨副将。"

　　师爷说："商大人，岂有此理！"

　　商虢说："事已如此，言这些有何用？如今张得全有童贯大人为靠山，吾皆要敬尔，让尔三分。汝多劝刘将军，莫要节外生枝，给吾等制造不必要之麻烦。"

　　师爷说："商大人，诺！"

　　商虢组织县衙一班人，来到龙驹寨守将府，刘国忠马上起身相迎，说：

"商大人、舅舅、各位大人，龙驹寨新开一家酒馆，吾请汝等先尝为快。"

商虢说："刘将军，张将军乎？"

刘国忠说："商大人，龙驹寨守将府除吾，莫有第二个将军。"

商虢说："刘将军，新任龙驹寨守将张得全。"

刘国忠说："商大人，张得全要钱莫钱，要关系莫关系，要本事莫本事，尔当将军除非狗头上长犄角。"

商虢说："刘将军，人不可小量，水不可斗量。说话要为己留余地，千万莫要将地方占完。如今张得全已为龙驹寨守将矣！"

刘国忠说："商大人，何出此言？"

商虢说："刘将军，张得全乃童贯大人救命恩人，汝言尔够不够为龙驹寨守将？"

刘国忠就像泄了气的皮球，师爷对刘国忠说："国忠，随商大人前往张得全家，庆祝张得全荣升龙驹寨守将。"

刘国忠说："舅舅，勿去。"

商虢说："刘将军，遇事学会变通方为能人，唯有迂腐之人方为一根筋。"

师爷说："国忠，商大人乃一片好心，所言皆是肺腑之语，汝可要识相。以后有机会，商大人再帮汝出谋划策。"

刘国忠极不情愿地跟着商虢和舅舅来到了冯家堨。张得全门上冷清清的，商虢自言自语地说："莫不是来错地方矣？"

叶治国听说张得全平安回了家，把县学安排好，早早地朝张得全家里赶。叶治国来到张得全门前，看见商虢，赶紧说："商大人、刘将军、各位大人，何风将各位大人吹来矣？"

商虢自嘲地说："吾在等叶先生，叶先生请！"

叶治国说："商大人，您请！张得全乃吾外甥。"

商虢说："叶先生，原来如此！"

刘国忠陪着笑，师爷推开院门，商虢和叶治国一道进了院子。

叶治国朝屋里喊："得全，即刻出来迎商大人。"

张得全听见舅舅喊，兴奋地出了屋，看见商虢、刘国忠、师爷尔们和叶治国，连忙说："舅舅，商大人，刘将军、各位大人，屋里请！"

商虢对院子里所有人说："各位大人，汝等有所不知，张将军乃童贯大人救命恩人，如今名扬大宋，商某钦佩！"

刘国忠极不情愿地说："恭喜张将军，贺喜张将军。"

张得全说："商大人，童贯大人信口而言，吾亦莫有接到正式文书，不敢张扬。"

商虢说："张将军，汝过谦矣。童贯大人乃金口玉言，皆是迟早之事。"说着商虢拉住刘国忠和张得全的手继续着说："二位将军，龙驹寨乃商洛县第二东大门，商洛县之安危吾就拜托给汝等矣，希望汝等携手共进，共同搞好龙驹寨防务。"

刘国忠违心地说："商大人，请放心，吾定当服从张将军指挥，听从朝廷安排。"

商虢说："刘将军，顾大局，识大体，吾亦放心矣。"

叶先生对商虢说："商大人，今日一醉方休，如何？"

商虢说："叶先生，于汝外甥处，吾听汝言。刘将军、各位大人，吾等不醉不归。"

商虢进屋落座后，张叶氏赶紧给商虢行礼。

商虢站起来，连忙说："免礼，免礼！"

商州官差走了进来，给商虢行过礼之后，说："张将军，董知府送来贺礼，请张将军查收！"说着把礼单递给了张得全。

张得全说："董大人何必客气？"

叶治国附耳对张得全说："得全，吾乃董知府之师，董知府从未莫有予吾送过如此大礼，亦是外甥面子大。"

张得全压低声音，对叶治国说："舅舅，非吾面子大，亦是童贯大人权大。吾救童贯大人，尔等以为童贯乃吾靠山。"

这时，一队官差来到张得全家里，送来了张得全的正式任命文书，商虢带头祝贺。寨子里、村子里的人听说张得全当了龙驹寨守将，认识不认识张得全的人，都带着礼物赶到了张家捧场。张家门上人潮似水，热闹非凡。张叶氏赶紧派人进寨中置办酒菜，招呼来宾。

酒席散后，刘国忠喝得不省人事，被抬回了守将府。商虢和师爷离开了张得全家，师爷对商虢说："商大人，还是为官好！只要当官，亦有好人缘，亦显得人甚有修养。"

商虢说："勿怨张得全，整个社会皆是这副德行，攀龙附凤，人之常情。若吾莫当官，何人巴结吾？何人对吾恭恭敬敬乎？汝等所看之物非为吾，而是吾手中之官印。汝等非恭维吾，而是恭维吾之官印。张得全刚刚步入官场，尔比吾好，亦甚单纯，应该得到好报。大宋好人已少矣，吾亦非好人，身在官场，身不由己。汝等不在其位，不知艰难。吾等人人处境不同，然为了自身生存，不得不左右逢源，言违心话，办违心事。"

师爷说："商大人，汝乃商洛县最大之好人。"

商虢说："汝莫要恭维吾，吾知道吾乃何物。虽吾于官场混，但吾骨子里亦心存善念，欲将事情办好，然事与愿违。命中注定吾乃普通人，何必与自己较真？"

师爷说："商大人，英明！"

商虢说："大宋皆晕头矣，脚再清醒，亦要听头言。"

张得全来到龙驹寨守将府，刘国忠还在呼呼地睡着。张得全派人把刘国忠叫起来，对刘国忠说："吾欲整修龙驹寨城池。"

刘国忠说："张将军，吾劝汝还是省省心。龙驹寨人力财力有限，意欲整修城池，比登天亦难。"

张得全说："刘将军，吾等一起往商洛县，找商大人商量。"

刘国忠说："张将军，吾身体不适，恕不奉陪。"

张得全也不强求，独自来到商洛县，进了县衙，跟商虢客套之后，张得全直入主题，恳求说："商大人，吾打算整修龙驹寨城池。"

商虢不露声色地说："张将军，修筑城池乃天大之好事，吾大力支持，然大宋与西夏、辽作战多年，商洛县财力有限，府库空虚，吾亦是心有余而力不足耶。"

张得全说："商大人，能否先将库银挪用一下？"

商虢说："张将军，万万不可，挪用库银朝廷要治罪于吾等。"

张得全说："商大人，辽亡之后，宋金必有战事。"

商虢说："张将军，朝廷贤臣数不胜数，尔等高居庙堂，必定高瞻远瞩。吾等身处穷乡僻壤，如井底之蛙，孤陋寡闻。国家大事，岂能轮到吾等高谈阔论，指手画脚。汝杞人忧天，何必多虑？"

张得全说："商大人，人无远虑必有近忧。"

商虢说："张将军，大宋内忧外患，危机四伏，吾何尝不知耶？然吾等位卑权轻，言有何用？非吾不支持汝，吾亦无法也。"

张得全闷闷不乐地出了县衙，回到了龙驹寨里，纠结不已。身在其位，不谋其政，还不如回家卖红薯。若战火绵延到龙驹寨，百姓就得遭殃。龙驹寨寨墙年久失修，又遭到起义军的破坏，几任守将都是得过且过不作为，如今到了自己手里，再不整修，若战事爆发，自己怎么能对得起龙驹寨的父老乡亲？

商洛县山大林深，土地稀少，资源欠缺，经济滞后。虽丹江航道已开，然商路阻隔，百姓生活还很困苦。没有经济，商洛县这个掌柜也不好当啊？张得全看着大街上的铺子，心生一计，为什么不能动员寨子里的商户捐款呢？张得全快步回到守将府，对刘国忠说："刘将军，吾欲请龙驹寨商家出资修筑城池。"

刘国忠说："张将军，吾等整天喊狼来矣，狼却莫有来。若莫有铁的事实，商户不吃亏，何人信汝所言？"

张得全说："刘将军，若狼来矣，一切皆晚矣。"

张得全派人拿着请帖，把寨子里的商户都请进了守将府。商户们面面相觑，不知道张得全请他们来要干什么。

张得全对商户们说："各位乡亲，吾欲请汝等帮忙。"

王胖子说："张将军，不必客气，有事请讲！"

张得全说："龙驹寨城池年久失修，吾欲请各位出资。"

李大牙说："张将军，修复城池亦不是一笔小数目。这几年朝廷赋税一直再加，边贸阻隔，生意很不景气，非吾等不支持汝，亦是吾等无能为力耶。"

张得全说："大辽灭亡之后，宋金之战不可避免，若不早做准备，吾等亦要遭殃。"

张大嘴说："张将军，龙驹寨地处大宋腹地，汝何必多虑？"

张得全说："若宋金发生战争，龙驹寨亦会无险可守，必定沦为金人之手。"

刘豁豁说："张将军，危言耸听，金人岂会打到龙驹寨？"

张得全说："龙驹寨地处商淤古道中段，自古亦为兵家必争之地。若金军打到龙驹寨，损失最大之人应为汝等商户。"

王胖子说："张将军，到何时言何语，吾等认命。"

商户都不愿出钱，张得全暂时放弃了整修城池的打算。

龙驹寨守军器械不全，大多数已经生锈。士卒懒散，缺乏训练，最基本的动作要领都不懂。张得全就从士卒抓起。张得全把士卒召集起来，当着刘国忠的面对士卒说："从今日起，吾与汝等按时训练。如若迟到，军法从事。"

训练结束后，刘国忠腰酸腿痛，上气不接下气，累得直不起腰。有几个士卒累倒在地，其余士卒挪不动脚步，感觉骨头都快要散了。

刘国忠私下对士卒说："张得全小题大做，龙驹寨地处偏僻，岂能爆发战争？简直是杞人忧天，胡折腾，不让人好好过。明日吾不去出操，看尔能将吾如何处置？"

刘国忠心存侥幸，抱着试试看的想法，第二天早上，刘国忠和有几个士卒爬不起床，迟到训练场了一会儿，张得全毫不客气，说："将刘国忠尔等拉下去重打三十军棍。"

刘国忠指着士卒说："汝等岂敢？"

张得全说："纵是阎王老子进军营，亦要服从军规。"

士卒押着刘国忠来到张得全身边，刘国忠瞪着张得全说："张得全，汝等着！"

张得全说："行刑！"

士卒狠狠地打了尔们三十军棍。刘国忠尔们痛得直不起腰，立不起腿。

张得全对刘国忠尔们说："若再犯，决不轻饶。"

小校见刘国忠一瘸一拐出了军营，偷偷地来到张得全跟前说："张将军，刘将军乃商洛县师爷外甥，汝惹麻烦矣。"

张得全说："吾行得端，走得正，何惧之有？"

小校说："张将军，刘国忠乃商洛县有名破落户，野蛮彪悍，于商洛县西关开肉铺，欺行霸市，聚敛钱财，仗师爷撑腰，投机钻营，陷害前任守将挪用公款，贪污军饷。前任守将革职之后，刘国忠参加武考，贿赂主考官，补录龙驹寨守将空缺。刘国忠进守将府，变本加厉，比前任守将亦贪。"

张得全说："大宋贪官当道，百姓跟着遭殃耶。"

刘国忠带着上好的猪肉和排骨，来到师爷家里，说："舅舅，张得全仗势欺人，当着士卒面，打吾三十军棍。请舅舅为吾做主！"

师爷说："国忠，如今张得全有童贯为靠山，如日中天，商大人皆要让尔三分。汝先忍忍。君子报仇，十年不晚。"

刘国忠说："舅舅，吾天天皆予汝与商大人食肉，汝等岂能吃献祭不保护吾？"

师爷说："国忠，汝是否糊涂？若非商大人与吾暗中操控，汝杀猪之人岂能为守将？"

刘国忠说："舅舅，张飞亦是杀猪之人耶。"

师爷"啪"的给了刘国忠一耳光，说："愚蠢！汝好好醒醒耶！"

刘国忠捂着脸，看着师爷，灰溜溜地出了师爷家，回到家里，躺在床上，唉声叹气。商虢和舅舅，他们没事的时候，吃自己的，拿自己的。自己有了事，就把自己推得远远的，见死不救，简直就是喂不熟的狗。

张得全连刘国忠都敢打，士卒知道张得全是动真的主，再也不敢以身试法了。士卒就是爬都按时来到了训练场，刘国忠强打精神，进行操练。张得全跟士卒一道，按时训练，吃住都在军营。士卒看在眼里，没人偷懒，拿起精神认真训练。

第六章　知恩必报

耶律胡从死人身上找了些吃的喝的，填饱肚子，忍住疼痛，拔掉箭头，痛得出了一身冷汗，躺到草地上。耶律胡歇了一会儿，寻了些草药，敷在伤口上。耶律胡从死人身上找到水袋和牛羊肉干，背在身上。耶律胡挂着枪，蹒跚着。这时，耶律恒弯着腰，踉踉跄跄走到耶律胡跟前，沙哑地说："行行好，予吾些水与食物。"

耶律胡连忙把水和牛肉干递给耶律恒，耶律恒抓住水袋，一仰脖子，大口大口地吞咽着，整把的牛肉干往嘴里塞着，噎得耶律恒眼睛向上翻了数次。

耶律胡连忙拍着耶律恒的后背说："兄弟，慢点，慢点，莫急，莫急。"

耶律恒缓过了神儿，仔细一看，惊讶地说："兄弟，为何是汝？吾两天滴水未进，汝意欲何为？"

耶律胡说："兄弟，吾家之人于上京皆为金人所杀，吾追随耶律大石将军于燕云十六州抗金，受伤落伍。吾醒之后，走到此地迷路矣，不知如何走？"

耶律恒说："兄弟，赶紧返。"

耶律胡说："兄弟，为何？"

耶律恒说："兄弟，吾家之人亦遭金军屠杀，吾与少数家人死里逃生，逃出上京，在去可敦城路上，遇见金军巡逻队，吾与尔等为金军冲散。金军在去可敦城四周设有关卡，吾无路可走。兄弟，逃命要紧。"

耶律胡说："兄弟，吾不怕。"

耶律恒说："兄弟，汝身体如此之差，纵是金军不杀，亦会累死。"

耶律胡说："兄弟，吾欲为家人报仇雪恨。"

耶律恒说："兄弟，报何仇？亦不如寻世外桃源，安度晚年耶。"

耶律胡说："兄弟，有仇不报，妄为人！"

耶律恒说："兄弟，人各有志，不可强求。顺此道，一直朝西北方走。"

耶律胡说："兄弟，谢谢汝。"

耶律胡告别耶律恒，来到山口，发现有金军把守。耶律胡躲在石头后面，观察了数天，找不到其他道路。没有食物和水，耶律胡饥渴难忍，饿晕在石头旁。晚上，凉风阵阵，狼嚎不断，惊醒了耶律胡，耶律胡看着满天的星星，突然想起了父亲讲过的事，挣扎着往回折。

耶律胡日夜兼程，来到了大宋边境，站在山头仔细观察之后，悄悄地下了山，进了村庄，来到一户人家门前，偷了身晾晒的衣服换在身上，连忙溜出了村庄，朝大宋腹地走去。耶律胡走州过县，费尽周折，终于在商鞅封邑遗址上看到了龙驹寨。耶律胡一路小跑，进了龙驹寨西门，顺着人流沿着龙驹大街，盲目地朝东走着。走到中街，感觉口渴肚子饿，进了一家酒馆，要了二斤牛肉一壶烧酒，边吃边问："店家，龙驹寨冯家塝怎么走？"

店家上下打量着耶律胡，小心翼翼地说："出了寨子向南走三四里地便是。"

耶律胡吃罢酒肉，付过饭钱，出了酒馆，按照店家的指点来到了冯家塝，看见一个村人，连忙上前询问："张家住于何处？"

村人发现耶律胡是契丹人，不敢怠慢，把耶律胡带到张得全门上，张叶氏出了家门，疑惑地看着耶律胡，问："汝有何事？"

耶律胡说："吾姓耶律名胡，乃辽人。"

张叶氏连忙问："耶律亥、耶律达为汝何人？"

耶律胡说："耶律亥乃吾祖父，耶律达乃吾爷爷。"

张叶氏连忙把耶律胡让进家，对张龙驹说："儿子，赶紧去龙驹寨，将汝父亲唤回，家里来贵客。"

张龙驹跑进龙驹寨守将府，来到训练场，上气不接下气地对张得全说："父亲，家里来贵客矣，吾妈让汝即刻回家。"

张得全抱起儿子，翻身上马，急急忙忙出了训练场，来到龙驹大街，对街上的百姓喊着："诸位让一让！吾有急事！"百姓闪开一条道，张得全飞马疾驰，出了龙驹寨东门，跟闪电似的，来到家门口，抱着张龙驹翻身下马，进了家门，张得全吃惊地看着耶律胡。

张叶氏连忙说："得全，此乃耶律兄弟。汝岂能忘矣？尔先人可是张家恩人耶。"

张得全连忙对耶律胡深深地施礼，说："耶律兄弟，多谢汝于燕云十六州放吾一马！汝大恩大德吾永生难忘。"

耶律胡说："假扮童贯之人为汝？"

张得全说："耶律兄弟，正是在下。"

耶律胡说："莫非吾立功心切，急于抓住童贯，亦铸成大错矣。"

张得全说："耶律兄弟，汝吾先祖于天有灵，尔等时刻皆庇护于吾等。"

耶律胡说："金军攻破上京，杀吾全家。吾等于燕云十六州打败汝等，亦为金军所败，耶律大石去可敦城亦，金军封锁去可敦城之路，吾无路可走，亦来大宋投奔汝。"

张得全说："耶律兄弟，汝等十分勇敢，于燕云十六州将童贯打得落花流水，童贯令吾假扮尔，吾因祸得福，被童贯封为龙驹寨守将。如今大宋破坏宋辽金西夏战略平衡，促使金国一家独大。大宋引狼入室，自食其果，搬起石头砸自己脚，宋金必有一战。"

耶律胡说："大宋见利忘义，勾结金军，必定自食其果。"

张得全说："耶律兄弟，吾祖父临死之时，对为父反复交代，耶律亥、耶律达乃张家恩人，有朝一日来龙驹寨，定应厚礼相待。从今往后，此处亦为汝家，吾等一位兄弟。如今吾于龙驹寨为守将，请随吾一道入军营，帮吾训练士卒，早作准备，共同抵御金军。"

张叶氏说："得全，自汝入住守将府，刘国忠亦与汝面和心不和。耶律兄弟乃辽人，宋辽已经反目，汝亦要提防刘国忠此等小人。"

耶律胡说："嫂嫂，汝说得对。"

张叶氏说："耶律兄弟，一家人不言两家话。"

张得全说："耶律兄弟，吾正缺帮手，汝来得正是时候。"

耶律胡装成宋人，进了守将府，帮忙训练龙驹寨士卒。士卒骑射技艺提高很快。每次训练结束之后，张得全与耶律胡独处的时候，发自心底地说："耶律兄弟，功不可没。汝大大地提高了吾军的作战能力。"

耶律胡："得全兄弟，金军凶猛，亦要再下功夫。"

刘国忠抓不到张得全的把柄，就在耶律胡身上找缺口。刘国忠为了探知耶律胡的底细，想办法跟耶律胡套近乎。刘国忠请吃请喝，耶律胡每次都婉言谢绝了。耶律胡尽量与刘国忠保持距离。刘国忠很不甘心，继续派心腹跟踪耶律胡。耶律胡生活很有规律，不是去张得全家里，就是在军营里。刘国忠仍不死心，继续派人跟踪耶律胡。

耶律胡自从来到龙驹寨，每晚都会梦见父亲和家人，父亲和家人满脸血迹，看着自己。父亲说："孩子，汝要隐姓埋名，好好生活。莫有一个朝代万世统，当契丹人于女真人头上作威作福之时，契丹人何曾体晾到女真人之苦楚。大金灭大辽，顺应历史潮流。人生短暂，不能将仇恨代代相传下去。冤冤相报何时休？为父想很久矣，吾等家仇汝亦莫要报矣。汝于龙驹寨好好生活，忘却出身，做位普通之人，安家快活了此一生，岂不快哉？"

耶律胡跪在父亲面前说："父亲，吾家仇大，孩儿一定要报！"

父亲说："孩子，汝为何如此固执？"

耶律胡说："父亲，汝不是经常教育吾，有仇必报乎？"

父亲面带怒色，冷冷地说："孩子，有舍必有得，唯有学会放下才能得到。吾不能将吾等这代人之仇恨绑架到汝身之上，改变汝之人生，影响汝之幸福。"

耶律胡十分困惑，父亲为什么会给自己托这样的梦？耶律胡把梦告诉了张得全，张得全百思不得其解，带着耶律胡来到舅舅家里，叶治国说："得全，想必这位就是张家恩人，耶律家族后人。"

张得全说："舅舅，好眼力。"

叶治国说："得全，做人首先必须知恩图报。"

耶律胡说："先生，得全将吾当兄弟待。"

张得全说："舅舅，吾等此来为——"

叶治国对张得全摇了摇手，对耶律胡说："汝报仇心切，噩梦缠身，无法解脱。是否如此？"

耶律胡连忙说："先生，真乃神人。吾应如何？"

叶治国说："命中注定，顺其自然。"

耶律胡说："先生，吾愚钝，请再明示。"

叶治国说："大金兴起，大辽灭亡，一切皆有定数。人活于世，本来亦不易，不仅要与老天爷斗，亦与狼虫虎豹斗，与疾病斗，亦与人斗，与己斗，斗来斗去有何意？人生短短几十年，转眼而逝。人与人之间为何不能和谐相处？为何要鱼死网破？争来争去有何用？听汝父亲之言，好好珍惜，于龙驹寨安家立业，好好生活。"

耶律胡说："先生，吾亦是做不到。"

叶治国说："圣贤亦有犯浑之时，汝慢慢为之。"

耶律胡从叶治国那里回来后，反复琢磨叶治国和父亲托的梦，始终解不开心中的疙瘩。闷闷不乐，在龙驹大街上闲转。突然，耶律恒把头从车篷里伸出来，对赶车的说："寻饭铺，休息一下。"耶律胡尾随马车来到城南一家酒馆，耶律恒下车进了酒馆，找了张桌子坐下。耶律胡跟着走了进去，来到耶律恒的饭桌前，用母语跟耶律恒打招呼："兄弟，别来无恙。"

耶律恒吃了一惊，低着头用生硬的汉话说："汝言何事？"

耶律胡说："兄弟，吾乃耶律胡。"

耶律恒一把抓住耶律胡的手，说："兄弟，汝岂会流落在此？汝莫去可敦城？"

耶律胡说："兄弟，金军守住所有路口，吾单枪匹马，无法逾越。只好逃于龙驹寨。大辽如今如何？"

耶律恒说："天祚帝为完颜活女率兵追获，为金世宗降为海滨王。耶律大石已于可敦城称王，部分贵族投奔尔，部分贵族投降女真矣，部分贵族为女真所杀，金军在大辽大开杀戒，耶律家族已所剩无几矣。"

耶律胡接着问："兄弟，吾听说矣，汝今后有何打算？"

耶律恒说："兄弟，如今吾家破人亡，吾九死一生，逃出大辽，吾已经看破红尘，决定遵循上天旨意，向南找一世外桃源，于大宋安度余生。"

耶律胡说："兄弟，吾等乃大辽主人。请汝留于龙驹寨，到时再笼络志同道合之人，一起抗金，恢复大辽帝国，汝以为如何？"

耶律恒说："兄弟，吾已经想开，若大唐帝国不灭，岂会有西夏、大辽、大宋、大金？大金帝国如日中天，吾等杀几个金兵又能如何？"

耶律胡说："兄弟，汝为何如此悲观？"

耶律恒说："兄弟，血腥屠杀之场面令吾心灰意冷。"

耶律胡失落地说："兄弟，既然如此，吾尊重汝之选择。店家，上壶好酒，上最好之菜肴。"

刀疤是龙驹寨的混混儿，是刘国忠豢养的走狗，受主子委托，一直在监视耶律胡的行踪。这天，刀疤尾随在耶律胡身后，看见耶律胡进了饭馆，马上跟了进去，在饭馆里另一张饭桌前坐下。

伙计来到刀疤跟前热情地问："客官，吃啥？"

刀疤没好气地说："吃怂，汝有么？"

耶律胡气愤不过，起身来到刀疤面前说："汝是吃饭亦是找茬？"

刀疤瞪着耶律胡说："吾不吃饭进饭馆为何？吾来的岂是茅厕？"

掌柜拦住耶律胡，转身对刀疤陪着笑说："有！有！"

刀疤冷冷地看着掌柜说："来一老碗。"

掌柜笑眯眯地说："麻辣，亦是三鲜？"

刀疤没好气地说："随便！"

掌柜笑容可掬地说："好勒，客官稍等。"

伙计对掌柜说："一看亦非善茬，鸡蛋里挑脆骨子。尔要一点儿吾亦有办法弄，尔要甚多吾去何处找。"

掌柜说："此种人吾见多矣，唯有智斗，勿要胡来，令尔拿住把柄，后悔莫及。汝将鲜葱拿来，吾给尔整！"

不一会儿，掌柜把一老碗"怂"端到刀疤跟前，和气地说："客官，请品尝！"

刀疤恶心地出了饭馆，在大街上大口地吐着。

耶律胡好奇地问："掌柜，汝从何处搞到？"

掌柜拿起一根鲜大葱，用刀切开葱叶，把葱叶里形似"怂"的东西刮进碗里。

耶律胡竖起大拇指，激动地说："龙驹寨卧虎藏龙，久闻不如一见。"

掌柜说："客官，不足为奇。"掌柜从柜台下拿出一壶好酒，对耶律胡说："客官，这年头人皆怕事，能出手相帮之人乃凤毛麟角。此壶老酒有些年头，吾一直舍不得喝，今儿与汝有缘，请汝品尝如何？"

掌柜拧开壶盖，一股酒香直沁口鼻，耶律胡连说："好酒，好酒！"

耶律胡内心烦闷，多喝了几杯，老酒劲儿大，耶律胡控制不住自己的大脑，跟耶律恒用契丹语交谈了许久，躲在饭馆外面的刀疤，如获至宝，马上来到守将府告诉了刘国忠。刘国忠借故出了守将府，来到县衙，找到师爷说："舅舅，张得全与契丹人勾结一起。"

师爷说："张得全有童贯大人罩着，莫有真凭实据，动尔不得。汝派人继续监视，等证据充足，再收拾尔也不迟。"

刘国忠很不甘心，返回了守将府。

耶律恒酒足饭饱之后，他们出了小酒馆。耶律胡送尔们出了龙驹寨东门。耶律胡孤零零站在东门口，看着他们远去的背影，心里空荡荡的，感觉心里憋得慌，很想找个山谷，大喊几嗓子。他们这些耶律家族的后人，曾经是那片广袤土地的主人，如今变得如此懦弱，像虫豸一样，被金人赶着跑，有些还向金人乞怜摇尾巴，这还是那个曾经在北方称王称霸的民族吗？现如今惧怕金人竟然到了这种程度，变得让人不可思议了。想想自己：曾经贵为契丹显贵，而今混迹于龙驹寨市井之中，沦为一个不为人知的普通百姓。耶律胡心灰意懒地返回了守将府，碰见了张得全。

张得全看见耶律胡脸色不好，关切地问："耶律兄弟，汝有何事？"

耶律胡说："心里憋得慌。"

张得全说："耶律兄弟，出去喝几杯。"

耶律胡说："借酒消愁愁更愁。"

张得全说："耶律兄弟，汝多保重。"

耶律胡点着头，进了守将府，来到训练场，对士卒要求更严了。

第七章　英雄本色

881 年（唐朝中和元年），拓跋思恭占据夏州（陕北横山县），被唐朝封为定难节度使、夏国公，世代割据相袭。1038 年，李元昊建国时便以夏为国号，称大夏，又因为在宋的西边，被称为西夏。宁州彭厚（甘肃宁县）李家村，处在大宋与西夏北方边境上。夏收刚过，李家村家家户户，摆酒设宴，庆祝忙罢节。整个李家村笼罩在节日的气氛中，显得热闹、祥和。族长家里，高朋满座。宴席上，菜肴丰盛，九盘凉菜九盘热菜。酒席上，气氛热烈，人们喜气洋洋，纷纷提议说："族长，今年大煦应，五谷丰登，国泰民安，吾等敬汝一杯。"

村民站起身，端起酒杯，向族长敬酒。

族长站起身，端起酒杯，慈祥地说："第一杯，吾等应敬老天爷，今年风调雨顺，麦子得到大丰收。"

村民齐说："诺。"

族长带领村民对着天敬酒之后，把酒倒在了地上。

族长端起酒杯，继续说："第二杯，应该土地爷，要不是这片沃土收留吾等，吾等亦不会在此繁衍生息。"

村民说："诺。"

村民又把酒倒在了地上。

族长端起酒杯，继续说："第三杯酒，吾等应感谢当地驻军，要不是尔等保境安民，吾等亦不能安居乐业。"

村民说："诺。"

族长说："第四杯酒，吾等应感谢祖宗——"

族长的敬酒还没有结束，村子北边的人跑进屋，结结巴巴地说："族长，西夏人闯进村子里，杀人越货，无恶不作。"

族长说："吾等莫有防备，不宜与西夏人死拼，即刻通知大家逃命，吾去搬驻军。"

村民扑出了族长家，看见村子里乱糟糟的，鸡飞狗跳，人们亡命而逃。西夏人肆无忌惮，在村子里杀人放火，抢粮食，拉牲畜。等族长请来了官兵，西夏人已经满载而归撤离了李家村。

村子里一片狼藉，哀号不断。族长带着校尉来到死者家里，对校尉说："将军，汝为吾村做主。"

校尉说："李族长，为何不早报告？"

族长说："将军，吾亦不知西夏人何时来。"

校尉说："李族长，西夏皆骑兵，神出鬼莫，行动迅速，而吾等步兵多，骑兵少，赶不上趟，亦是爱莫能助，对西夏防不胜防。"

族长说："将军，既然汝有难处，吾等想办法。从明日起，男人于村子四周修建栅栏，晚上集中训练。儿童、妇女、老人，轮流放哨。"

村民说："诺！"

第二天，族长指挥村人伐树，修栅栏，利用村子里的地形，重新规划碉楼、瞭望台。另外在村子的主要入口，安装机关，派人把守。

西夏人上次得到了甜头，趁着秋收刚过，来李家村抢劫。在村外放牧的老人，发现西夏人越过了边境，马上返回了村子，向族长报告："西夏人来矣。"族长把村人召集到祠堂，马上派人去给官兵送信。不一会儿，西夏人挥舞着长刀，冲到村前，李家村人连忙放箭，射死了冲在前面的西夏人。西夏人没有讨到便宜，不愿就此罢手，继续进攻。宋军接到求救，马上赶到了李家村，西夏人只得撤走了。李家村人初战告捷，大家欢欣鼓舞。

除夕，西夏人越过了大宋边境。放哨的儿童报告了族长，族长把村民集中起来，从村民里面挑选了一部分敢死队，让他们埋伏在村口的小树林里，派人去联系官兵。村子里，妇女们跟往常一样，准备年夜饭。家家户户张灯结彩，村子上空飘着酒肉的清香，儿童不时点燃了爆竹和烟花，照亮了李家村的夜空。整个李家村充满了年味。

西夏人在村口观察了一番，看不出什么破绽，急急忙忙地穿过村口的小树林，朝李家村里扑来。埋伏在小树林里的敢死队，放过西夏人，西夏人摸到村子跟前，族长指挥村民放箭，西夏人知道村子里有防备，只得后撤，敢死队从树林里冲出来，喊着杀向西夏人："汝等已被包围，快快投降！"村民两面夹击，西夏人不敢恋战，狼狈逃窜。这时官兵及时赶到，李家村人主动出击，与官军一起把西夏人赶出了边境。

李家村人与官兵共度除夕。酒宴上，族长说："乡亲们，西夏人不会善罢甘休，亦会再来。"

村民说："族长，应该如何？"

族长说："吾等非西夏韭菜园子，应与其他村联手，共同对付西夏人。"

校尉说："李族长，此法甚好，吾支持汝。只要大宋军民团结一心，西夏人亦不敢犯边。汝等亦可安居乐业矣。"

族长说："乡亲们，事不迟疑。"

族长趁着春节，四处游说。在当地驻军的支持下，边境村庄互助联盟在李家村成立，李家村族长被推选为盟主。他们割腕歃血为盟，共同约定：一村有事，其余村庄必须积极帮忙。若消极应付，天打五雷轰。

李族长请来当地驻军，教村民习武。逢年过节，农闲时节，村村组织武林大会，不论男女老幼，都可闪亮登场，交流切磋武艺。李家村习武之气，蔚然成风。

李孝忠在父辈的熏陶下，自幼习武，擅长弓马，是同辈中的佼佼者。种师中多次来请，都被婉言谢绝了。李孝忠广交朋友，为人豪爽，仗义疏财，拜访的人络绎不绝。李孝忠对拜访者就像对待老朋友一样，杀鸡宰羊，热情款待。他们走时，送上盘缠。李孝忠上山打猎回来，每次都是挑最好的肉送给村中的老人。谁家有难，从不推辞，总是热情地伸出援助之手。李孝忠是百姓心中的英雄。

王老汉一家人赶庙会回来，走到半路，遇到了西夏人，西夏人抢走了王老汉的财物，还劫走了王老汉的女儿。王老汉坐在地上，拍着大腿哭诉："天杀西夏人，汝等将吾王妮带走，令吾如何活？老天爷，老天爷！亦不如令吾死矣！"

王家庄的人听了王老汉的哭诉，说："李孝忠，文武双全，为人仗义，汝赶快去找。"

王老汉一拍大腿，说："吾真是气糊涂矣，岂能忘尔？"说着连忙从地上翻起身，跑到李孝忠家里，说明情况，跪下说："李壮士，请汝救回吾王妮。"

李孝忠扶起王老汉，说："老伯，汝是为何？使不得！吾马上去。"

王老汉说："李壮士，多谢！"

李孝忠翻身上马，拿起长矛，出了家门。王老汉追出来说："李壮士，西夏人多，汝一人如何使得？"

李孝忠说："老伯，莫要担心。"

王老汉说："李壮士，小心，西夏人野蛮。"

李孝忠一溜烟消失在王老汉的视野里，仗着路熟，进入西夏境内，闯进一户人家，向西夏人打听："打扰一下，请问今日何人从大宋劫走一位姑娘？"

西夏人见李孝忠独自一人，也不答话，拿棍就打。李孝忠用长矛轻轻一拨，西夏人一个狗吃屎，跌倒在地，西夏人很不心甘，翻身拿棍就要再打。

救人如救火，李孝忠没时间跟他纠缠，回身用长矛指住他们的儿子，对西夏人说："吾再问一遍，人在何处？"

西夏女人从屋里扑出来，赶紧说："手下留人，不管吾家男人事，被抢大宋女人亦在前面刘家堡里。"

李孝忠问："请问在刘家堡哪一家？"

西夏女人说："进刘家堡，向左第一家。"

李孝忠说："若骗吾，杀汝们全家！"

西夏女人说："吾不敢，吾不敢。"

李孝忠纵马疾驰，飞奔闯进了刘家堡。刘家堡人正聚在一起喝酒庆祝。李孝忠单枪匹马进了院子，西夏人一齐放下酒碗，拿起身边的武器，围住了李孝忠。

刘堡主也不答话，拿刀就砍，李孝忠不敢怠慢，使出九分力气，用长矛一挑，刘堡主手中的大刀脱手而飞。李孝忠唯恐夜长梦多，回手一枪，刺在刘堡主胸口上，随手一带，"噗"的一声，血喷如泉，一命呜呼。

孤胆英雄，必有过人之处。铁蛋知道大事不妙，赶紧溜了出刘家堡，来到临近堡子，说："宋人闯进了吾等堡子，正在大开杀戒。"

"大胆宋人，竟然小瞧西夏无人？走，一起会会尔！"

"胆大包天，西夏亦不是尔撒野之地。"

铁蛋说："诸位赶紧去，吾再找些人。"

铁蛋又通知了几个堡子，西夏人陆续朝刘家堡赶。

刘家堡人蜂拥而上，李孝忠抡起长枪，左右开弓，把他们放翻在地。李孝忠说："何人阻拦，吾必杀之！"刘家堡人躺在地上痛苦地呻吟着，尔们眼睁睁地看着李孝忠走进了屋里，把王妮从他们眼皮子底下带了出去。

李孝忠带着王妮出了刘家堡，赶到的西夏人合兵一处，纵马朝李孝忠追来。李孝忠见西夏人多，带着王妮，恐怕有失，不敢恋战，仗着熟悉地形，钻进了山谷里，扔掉了马匹，上了山。李孝忠和王妮在山上绕来绕去，绕到天黑，终于甩掉了西夏人，然却在山中迷了路。王妮累得气喘吁吁，说："大哥，吾实在走不动矣。"

李孝忠看了看天，对王妮说："好，歇息片刻。"

王妮说："大哥，吾冷。"

李孝忠脱下衣服递给了王妮，王妮说："大哥，汝不冷？"

李孝忠看了看夜色，说："汝在此等着，吾去附近看看，有无合适山洞供吾等躲一躲。"

王妮说："大哥，吾怕。"

李孝忠等了一会儿，说："赶紧走。"

王妮走了几步，哎呀叫了起来。

李孝忠问："又如何？"

王妮说："大哥，脚崴矣。"

李孝忠只得牵着王妮走。

突然，传来一阵狼嚎，王妮吓得一哆嗦，一下子钻进了李孝忠的怀里，紧紧地抱住了李孝忠。李孝忠用手推了推，没有推开。

李孝忠说："莫事，吾在，汝莫怕。"

王妮说："大哥，吾怕，吾怕。"

李孝忠说："莫怕，听声音，狼离此地亦远。若找不到合适山洞，遇上狼群，吾等亦得喂狼。"

王妮松开了手，脸热辣辣的，很不好意思。

李孝忠找到了一个山洞，在附近找来柴火，在洞口点起了熊熊大火。

王妮看着李孝忠说："大哥，如何称呼？"

李孝忠说："李孝忠。"

王妮惊喜地说："大哥，汝乃大名鼎鼎之李孝忠？久闻大名，如雷贯耳。"

李孝忠说："一般，一般。"

王妮抿着嘴，沉思了一会儿，说："大哥，汝成家否？"

李孝忠说："莫有。"

王妮说："大哥，缘分！汝看吾合适不？"

李孝忠说："睡吧，吾来守夜。"

王妮说："大哥，吾一大姑娘，与汝呆于山洞，传出去亦如何嫁人？"

李孝忠说："吾负责救人，汝亦将吾粘住矣。"

王妮说："大哥，汝救人亦救到底。"

李孝忠说："睡。"

王妮说："大哥，吾在屋里乃好手，王家庄吾百里挑一，不委屈汝。"

李孝忠朝王妮看了看，果然是美人胚子，王妮豪爽坦率，符合自己的口吻。王妮见李孝忠看自己，觉得有戏，继续穷追猛打说："大哥，现在不说清楚，吾就不走矣。"

李孝忠为了把王妮稳住，只好说："吾答应便是。"

王妮看着李孝忠，幸福地笑了。

天亮后，李孝忠带着王妮上到山顶，走了一天，打了只野兔，李孝忠杀好后找来柴火，王妮把野兔烤得外焦里黄，撕下一条腿递给了李孝忠，说："大哥，尝尝吾手艺。"

李孝忠一尝，赞不绝口说："好吃，好吃！"

王妮说："大哥，好吃汝就多吃些。"

李孝忠狼吞虎咽，吃得津津有味。

下午，李孝忠打了只山鸡，到了晚上，尔们找了一个山洞，点燃火，把山鸡架到火上烤，肉香吸引来了狼群。李孝忠守住洞口，狼们嗷嗷叫着，一齐朝洞口冲。李孝忠枪头乱点，顾了这头顾不上那头，应接不暇。情急之中，王妮从火堆里抽出燃着的柴，扔进了狼群，狼们极不情愿，胆怯地呜呜叫着，扭头而跑。

李孝忠长长地出了口气，发自肺腑地说："汝刚才之做法，令吾刮目相看。"

王妮说："大哥，吾身上优点亦多，以后嫁于汝，汝亦慢慢发现，好好欣赏。"

王老汉在村口从早上等到天黑，又从天黑等到天明，时间对于王老汉来说就像凝固了一样，黑夜不得明，白天不得黑。王老汉在家里心急如焚，坐立不安，汤水不进，眼圈黑，大脑痛，整个消瘦了一圈。已经三天了，还是没有李孝忠和王妮的消息。王老汉晕倒在村口，被村人抬回了家。老伴请来了郎中，郎中看过之后说："莫有大碍，吃点食物亦好。"

李孝忠带着王妮回到王家，母亲正在给父亲喂吃的，父亲躺在床上对母亲说："王妮不回来，吾何物都不食。"王妮扑到父亲床边，哭着说："爹爹，女儿归来矣，令父担心矣。"

王老汉一骨碌从床上翻起身，抓住王妮和李孝忠，就要给李孝忠下跪。李孝忠赶紧拦住王老汉说："老伯，汝是为何？"

王老汉说："壮士，汝大恩大德吾如何报答？"

王妮边喊着："爹爹！"边给父亲使眼色。

王老汉一下子醒悟了过来，把李孝忠叫到一边说："壮士，若不嫌弃，吾将小女许配于汝！"

李孝忠说："老伯，使不得，使不得！吾不图回报。"

王妮说："李孝忠，汝不是亲口答应吾矣？"

王老汉说："男大当婚，女大当嫁。只要壮士看上吾女，一切皆好商量。"

李孝忠真诚地说："王妮乃好姑娘，吾愿娶尔。"

王妮害羞地跑进了厨房，帮母亲去做饭。

王老汉请来了村里德高望重的人，王妮摆上酒菜，人们入席之后，王老汉端起酒杯，说："第一杯，应敬李壮士！"

李孝忠说："不敢当，不敢当！"

王老汉对来客郑重地介绍说："各位高邻，从今往后，李孝忠乃王家女婿。"

人们说："王老汉，因祸得福，恭喜恭喜！"

王老汉兴奋地说："各位高临，同喜！"

李孝忠经常利用农闲时间，站在边境上，观察山川地形，牢记于心，时刻做好备战的准备。李孝忠与村子里的年轻人，到山上打猎的时候，他们跑到了边境线上，发现西夏人正在牧马，石头对李孝忠说："李孝忠，种师中将军不是夸汝本事大？吾不相信，若汝去西夏将马盗回，吾会服汝。"

其他几个同伴跟着附和说："就是，就是，令吾等开开眼。"

李孝忠说："汝等莫要激吾，此言莫用。"

石头说："李孝忠，种师中将军为组建骑兵，苦于莫有良马。"

李孝忠说："是。"

石头说："李孝忠，汝既知，何不快去！莫非舍不得王妮？"

李孝忠说："既然如此，汝等等着瞧！"

李孝忠悄悄下了山，来到西夏人牧马的地方，仔细观察，发现了不少良马，见西夏防守甚严，李孝忠无处下手，一直尾随马群来到西夏人的驻地。马是战略物资，西夏人不敢懈怠，派有重兵把守。李孝忠在马厩周围转来转去，无法得手。

石头他们在原地等了好长时间，听见了阵阵狗叫。石头说："坏矣，此等玩笑开大矣，李孝忠可能被西夏人逮住矣，赶紧回去报告族长。"

"如何向族长开口？还是再等等。"

石头他们不敢回家，在山上寻了个避风处，搭起火，耐心地等候李孝忠。寂静的夜空，繁星闪烁，流星不是拖着长长的尾巴，从空中划过，他们在遐想的时候，不时被阵阵狼嚎惊醒了，站起来朝西夏方向看看，没有一点儿动静。

李孝忠躲开狗，在马厩前等到夜深人静，潜入马厩，打开栅栏，学着狼嚎。马听见狼嚎，受到惊吓，四处胡扑。李孝忠打开马厩，马一齐冲了出来，朝原野上飞奔。守卫马厩的人被惊醒后，大声呼喊："马惊矣！马惊矣！"守卫赶紧出来拦马。李孝忠趁着夜色，冲进马群，翻身上马，健步如飞，追上头马，抓住马鬃，把头马训得服服帖帖的，后面的良马跟在头马的后面，随李孝忠朝大宋边境奔去。

天亮了，杂沓的马蹄声越来越近了，惊醒了石头他们，石头他们躲在岩石后一看，发现是李孝忠，兴奋地冲到李孝忠跟前，石头他们摸着马说："李孝忠，汝真有本领，吾等彻底佩服。"

李孝忠说："汝等都上马。"

石头他们翻身上马，跟着李孝忠，把马送到当地驻军秦凤军种师部。

种师中高兴地对李孝忠说："李孝忠，汝乃英雄。若吾军将骑兵建成，西夏人岂敢侵犯吾大宋边境？”

李孝忠说：“将军，汝保境安民，乃边民之福！区区几匹马，何足挂齿？”

种师中说：“李孝忠，若大宋男儿皆如汝一样忠勇，何愁西夏不灭？不如汝来军中效力。”

李孝忠说：“将军，谢谢美意，只是吾懒散惯矣，约束不住自己。”

种师中说：“李孝忠，吾封汝为帐前校尉，不受军规约束，汝以为如何？”

李孝忠说：“将军，谢谢栽培！”

种师中十分看好李孝忠这根好苗子，总是给李孝忠机会。西夏人犯边，种师中带军迎敌。李孝忠带着预备队埋伏在宋军侧翼，等两军激战的时候，李孝忠从西夏军后，发起猛攻，直插西夏军中军身后。西夏军中军前后受敌，不战而退。李孝忠带军追击，一直追进西夏境内，杀敌无数。种师中惜才，马上鸣金收兵，李孝忠停止了追击，带人返回了驻地。

李孝忠带着十几个人，在边境巡逻时，与二百多名西夏军遭遇在了一起，李孝忠且战且退，仗着熟悉地形，把西夏军带进了一个峡谷，西夏军在山谷里迷了路，李孝忠派人火速报告了种师中，种师中派来援兵。李孝忠发起冲锋，两路宋军前后夹击，消灭了这股西夏军。

在种师中的指点下，李孝忠成长很快，很快就懂得了带军用兵之道，常常独当一面。李孝忠常常主动出击，重创西夏军，成了种师中军中一员不可多得的骁将。

第八章　初战告捷

阿骨打病逝后，完颜晟继承大位，史称金太宗。金国牢牢地卡住了西夏的经济命脉，西夏失去靠山辽国，不得不向金国称臣。金国西部和西北部不再有后顾之忧，金国威恩并举，征服了奚族和辽国残余势力，使占领区日趋稳固。金国没有了后顾之忧，为统一中国，实现霸业，决定首先向北宋开战。

1125 年 10 月，金国经过充分准备，金太宗封谙班勃极烈兼领都元帅，统领金军，分东西两路大军，同时进攻大宋。

宋金开战的消息传到龙驹寨后，耶律胡激动地说："张将军，宋金已经开战，吾报仇之日为时不远矣。"

张得全说："耶律兄弟，家仇事小，大宋百姓亦要遭殃矣。"

金军西路军由左副元帅完颜宗翰统领，从云中（今山西大同）进攻太原；金军东路军由右副元帅完颜宗望统领，从平州（今河北卢龙）进攻燕山府（今北京）。燕山府守将郭药师不战而降。金军首战告捷，暂且罢兵。

张得全密切关注战局发展，忧心忡忡地对耶律胡说："金军尝到甜头，不会就此罢休？吾等亦要抓紧时间训练士卒。"

耶律胡认同地说："金国胃口很大，必定要灭亡大宋，统一中国。"

童贯知道金军厉害，惊慌失措，弃城而逃，由太原逃到开封。宋钦宗下诏降旨封童贯为东京留守，童贯不服政令，没有接受，随同宋徽宗继续南逃。宋钦宗一怒之下，下诏派人在南雄斩了童贯。宋钦宗手下把童贯的人头带回京城，在京城悬首示众。

　　商虢得到暗报，为了防止张得全趁机叛乱，命师爷通知刘国忠做内应，带人从商洛县来到龙驹寨守将府，刘国忠带着亲信围住了守将府。商虢对张得全说："童贯叛逃，已为朝廷正法，童贯首级悬挂于京城城门上。汝乃童贯救命恩人，属童党。按大宋律，从今日起，削职为民，永世不得录用。"

　　刘国忠冲到张得全身边，拿去张得全官帽、官印，冷笑着说："张得全，汝此德行，亦欲为龙驹寨守将乎？回去撒泡尿好好照照自己。"刘国忠又指着耶律胡说："契丹已亡，汝亡国奴逃到龙驹寨里亦欲成精？"

　　耶律胡生气地说："汝——"

　　刘国忠说："亡国奴，亡国奴，吾言错乎？"

　　张得全对耶律胡说："耶律兄弟，吾等走！"

　　耶律胡和张得全出了军营，顺着龙驹大街，慢慢地朝张家走。百姓指桑骂槐，骂着童党余孽，龙驹寨的耻辱，罪当应诛。还有几个胆大包天的百姓，向尔们扔石子。骂着："里通外国，与契丹人穿条裤子！"张得全忍气吞声，没有理会，拉住耶律胡继续快步往家里走着。

　　耶律胡说："兄弟被革职，亦被扣上卖国贼之冠，吾报仇希望亦成泡影矣。"

　　张得全说："耶律兄弟，宋金已经爆发战争，百姓已经遭殃。龙驹寨处于商淤古道中段，地理位置十分重要，金军迟早会来。"

　　张叶氏说："得全，村里人皆言汝乃童党，乃奸贼，对吾等莫有好声气。"

　　张得全说："呆于家中，不理尔等便是。"

　　张叶氏说："得全，莫想到如今之人见风使舵，落井下石，弯子转得如此快，让人心寒耶。"

　　张得全说："嘴长在尔等头上，尔等想怎么言随尔们便，只要吾等问心无愧，对得起良心亦可。刘国忠贼心不死，一直耿耿于怀，想致吾于死地，汝等尽量减少不必要外出，避免发生正面冲突，让刘国忠抓到口实。"

　　张得全解职回家后，没有消沉，带着耶律胡，深入鸡冠山、商山、笔架山，拜访老者，察看地形，了解当地山川地貌，为日后复出积极准备着。

　　耶律胡说："得全兄弟，如此做有何用？"

　　张得全说："耶律兄弟，闲着收拾忙着用。宋金必有一战，商洛县地理位置独特，必定成为宋金争夺之焦点。"

　　耶律胡说："得全兄弟，汝已解职，何必操那份闲心？"

张得全说："耶律兄弟，报效朝廷乃吾平生夙愿，马革裹尸乃军人之荣耀，吾等不仅要有一颗悲悯济世之心，更重要的是必须学会能屈能伸。成大事者，皆是不拘小节与有计划之人焉。"

黄河以北，战事不断，宋军一败涂地，每天都是战败的消息。张得全在长吁短叹的时候，利用这难得的闲暇，饱读兵书，预设金军如何攻打商洛县，推演战事，提高自身的指挥能力。秋高气爽，张得全和耶律胡来到天竺山下，望着高耸入云的天竺山，两人兴致勃勃地边走边看。突然，从路侧密林里杀出一路人马，拦住了他们的去路。

小头目上前一步说："汝等乃何人？"

张得全说："吾等路过此山，见此山与众不同，很想上山看看。"

小头目说："滚！趁吾心情好，放汝等一条生路。"

耶律胡说："休得无礼。"

张得全说："好汉，网开一面，请容吾等上山看看。"

小头目说："汝等找死！"小头目说着挥刀朝张得全砍来。张得全一闪，让过小头目，轻轻一掌，打掉尔手中的刀。小头目恼羞成怒，说："弟兄们，上！"

耶律胡冲进人群，抓住小头目指着喽啰说："将刀放下！吾饶尔不死！"

小喽啰跑上了山寨，对寨主说："大事不好，山下来了两个人，捉了吾等之人。"寨主不敢怠慢，带着众喽啰来到山下，对张得全和耶律胡说："汝等乃何人？"

张得全说："吾乃龙驹寨张得全，尔乃吾兄弟。"

寨主连忙说："张将军，难怪吾昨晚梦见绿油油菜地，原来是张将军要来。张将军，威名如雷贯耳，失敬，失敬！山上请！"

张得全说："寨主，请问尊姓大名？"

寨主说："张将军，免尊姓彭名豹子。"

张得全说："彭寨主，为何落草为寇？"

彭寨主说："张将军，主要是看不惯当官做派，想过闲云野鹤生活。"

张得全说："彭寨主，天竺山地势险要，易守难攻，乃打伏击之地。"

彭寨主说："张将军，实不相瞒，官军剿数次皆未得手。"

张得全说："彭寨主，好男儿应该报效国家，为民出力。如今正是彭寨主大显身手之时。彭寨主，切莫坐失良机。"

彭寨主说："张将军，汝都闲着，吾又能怎样？"

张得全说："彭寨主，吾虽被解职，然吾莫有闲着。吾一直在商洛县附近察看地形，为以后抗金积极准备着。"

彭寨主说："张将军，高瞻远瞩，在下佩服！若金军得寸进尺，再次入侵大宋，吾定当万死不辞，报效国家。"

张得全说："彭寨主，一言为定，不见不散。"

彭寨主说："张将军，君子一言，驷马难追。"

张得全和耶律胡随彭寨主上到山寨，极目远眺，秋天的风采在天竺山中尽情渲染，火红的枫叶，金灿灿的桦栗树，青翠的松柏成了秋天的主打色，层峦叠嶂的群山像一幅巨大的山水画挂在了眼前。

张得全从天竺山上回来，刘国忠来到商洛县，对商虢说："张得全图谋不轨，刚刚从天竺山回来，勾结匪首彭豹子。"

商虢说："刘将军，马上将张得全抓捕归案。"

刘国忠来到张得全家里，张得全说："刘将军，汝意欲何为？"

刘国忠说："张得全，抓汝归案。"

张得全说："刘将军，吾犯何罪？"

刘国忠说："张得全，汝勾结匪首彭豹子。"

张得全说："刘将军，吾上天竺山察看地形。"

刘国忠说："张得全，汝休得狡辩！"

刘国忠把张得全带进商洛县，商虢说："张得全，老实交代，上天竺山意欲何为？"

张得全说："商大人，吾上天竺山察看地形。"

商虢说："张得全，亦不老实。来人，拉下去重打五十！"

张得全说："商大人，吾实话实说，绝无谎言。"

商虢说："行刑！"

张得全被打得皮开肉绽，又拉进了大堂。

商虢说："张得全，从实招来！"

张得全说："商大人，吾句句属实，绝无谎言。"

商虢说："再打！"

张得全被打得晕死了过去。

耶律胡来到商洛县，找到了叶治国，说："叶先生，刘国忠陷害得全勾结匪首彭寨主，现已将得全抓进县衙。"

叶治国说："岂有此理！"

耶律胡说："叶先生，吾去找彭寨主，令彭寨主将得全从县衙里救出来。"

叶治国说："万万不可。"

耶律胡说："叶先生，为何？"

叶治国说："汝这样做，正中尔等圈套，亦会要得全命。"

耶律胡说："叶先生，如何是好？"

叶治国说："尔等莫有把柄，不会将得全如何。到时吾可以用董先压压商虢。商虢不给吾面子，然董先之脸，尔应该会给。"

耶律胡和叶治国来到县衙，看见衙役正在行刑，叶治国对衙役说："住手！"衙役见是叶治国，马上停止了行刑。叶治国来到商虢面前，说："商大人，为何听信刘将军一面之词，致张得全于死地？"

商虢说："叶先生，张得全已经承认去天竺山矣，铁证如山，岂能是一面之词？"

叶治国说："商大人，不能凭得全上天竺山就定得全勾结匪首罪名。汝手里有得全勾结彭豹子铁证乎？"

商虢支支吾吾地说："这——"

叶治国说："商大人，既然莫有，应该放人。要不要麻烦董大人？"

商虢说："叶先生，吾亦是秉公办案。既然如此，马上放人。"

张得全被耶律胡和叶治国送回了家，张叶氏马上请来郎中为张得全治病。等郎中走后，叶治国对张得全说："得全，汝不是要像杨家将一样建功立业乎？刘国忠心胸狭窄，为报私仇，想致汝于死地。若中刘国忠圈套，将命都搭上，汝理想抱负亦成梦矣。汝今后尽量减少外出，少接触一些人，静静心，多在家里读读兵书。"

张叶氏说："得全祖上亦遭陷害，皆是命。"

叶治国说："有何奇怪？自古忠臣多磨难。"

1126年初，金军尝到甜头后，金太宗再次命令完颜宗望、完颜宗翰两路大军挥师南下，郭药师引导金军长驱黄河，金军诸路围攻大宋都城汴梁（今河南开封），汴梁告急。在这生死存亡的关键时刻，宋徽宗不顾群臣反对，宣旨退位后，向南逃跑。赵恒临危受命，继承大位，称宋钦宗。宋钦宗起用主战派李纲，向北宋各地发出诏令，号召全国军队到汴梁勤王。宋钦宗封九王子康王赵构为北宋天下兵马大元帅。北宋各郡县积极响应朝廷诏令，募兵勤王，召集士卒。

张得全听说后，积极响应，暗暗动员彭寨主加入了募集的大军，悄悄地率领二千士卒，投奔到康王帐下，被康王封为忠义郎。

募兵勤王的消息传到宁州彭厚（甘肃宁县），李孝忠变卖了家财，把家乡百姓召集起来，恳切地说："金军侵略大宋，如今汴梁危急，朝廷发出募兵令，吾们皆为大宋男儿，愿意抗金之人，请随吾走。"

深受儒家思想影响的百姓，早就忘了昔日所受的罪，尔们听说国家有难，纷纷响应李孝忠的号召，在李孝忠帐下报名参军。李孝忠带着三千余人，投到康王帐下，被授予承节郎。

康王没有作战经验，经验不足，硬着头皮与金军对垒。金军马蹄踩在地上，如同擂鼓一般。大宋勤王之兵已经吓破了胆，无心恋战，与金军一触即溃，被金军打得七零八落，溃不成军，落荒而逃。张得全带的士卒所剩无几，兵败返回了龙驹寨，彭豹子又上了天竺山。

刘国忠知道后，大喜过望，马上来到县衙，对商虢说："商大人，张得全勾结匪首彭寨主，此次终有铁证，吾等马上捉尔归案。"

商虢说："刘将军，张得全带彭豹子勤王，被康王封为忠义郎。康王兵权在握，吾等亦不能动尔矣。"

刘国忠说："商大人，天高皇帝远，吾等杀张得全何人知晓？"

商虢说："刘将军，汝别忘张得全亦有舅舅叶治国。"

刘国忠说："商大人，吾等不如将尔等一锅烩。"

商虢说："董知府此关如何过？汝莫要将吾与汝绑于一辆战车上，汝是汝，吾是吾，吾不想为汝而给吾仕途制造障碍。"

刘国忠暗暗地说："小人得势，皆一路货色。"

刘国忠无奈地返回了龙驹寨守将府，把士卒的训练放在一边，克扣军饷，不是进赌场，就是喝花酒，每天醉生梦死，不理政务，心甘坠落。张得全听到后，痛心不已。龙驹寨士卒训练刚刚在自己手里有了些眉目，如今却葬送在刘国忠这种酒囊饭袋手里。若金军打到龙驹寨，龙驹寨宋军该如何御敌呢？

这是什么世道啊？有本事的人没有用武之地，酒囊饭袋却得到重用。小人得志。

康王战败，率军而逃。汴梁无兵可调，宋钦宗害怕不已，急得在大殿上团团转，对群臣说："众爱卿，勤王之师已为金军所败，金军现已兵临城下，这如何是好，如何是好。"

丞相张邦昌昂首挺胸，上前一步，走到宋钦宗面前说："陛下，当初若听臣所言，岂有今日之事？有臣在，陛下莫怕！"

宋钦宗说："好啦，好啦，朕已心急如焚矣，汝提过去何用？张爱卿，汝有何策？快快予朕道来！"

张邦昌说："陛下，勤王之师已败，如今只有议和之路可行。"

宋钦宗说："张丞相，议和之事，朕交汝圈圈处置。"

张邦昌轻蔑地看了李纲一眼，说："陛下，诺。"

李纲上前一步，说："陛下，还莫有到最坏之时。"

宋钦宗说："李丞相，岂要等到金军攻破汴梁城，朕为阶下囚乎？"

李纲无言以对。

张邦昌派使请求议和，金国提出：大宋割让太原、中山、河间三镇给金国，并增加岁币。张邦昌满口答应，与金国订下"城下之盟"，金军暂且退兵。

种师中带领两万秦凤军，日夜兼程，赶来勤王的时候，宋金已经和议，金军已经退兵了。李纲为了加强汴梁的防务，防止金军再次南下，让种师中部暂且驻守在滑州（今滑县东）。

宋钦宗胆战心惊，觉得汴梁极不安全，很想迁都，在李纲劝抚下，宋钦宗下旨派李纲宣抚两河，笼络民心，安抚士气。李纲来到河北军中，李孝忠年轻气盛，不懂世事险恶，凭着意气用事，指责李纲说："李丞相，汝不懂用兵之术。如今有何面目前来宣抚吾等？"

李纲手下说："李孝忠，汝算老几？竟然如此大胆放肆，指责李丞相！"

李纲不露声色地说："李将军，金军来势汹汹，东京无险可守，无兵可用，老臣临危受命，保卫汴梁。汝指责吾，吾不怨汝！朝堂之事，异常复杂，吾不便向汝细说，请将军理解吾之难处。"

李孝忠说："李丞相，吾要上奏朝廷，弹劾于汝。"

李纲说："李将军，小心惹祸上身。"

李孝忠说："李丞相，不要以为汝为丞相，用权欺吾，吾不怕汝！"

李纲说："李将军，老夫做事一向光明磊落，吾为汝好。汝一介武夫，如何懂得朝堂险恶。朝堂之上可以将白说成黑，将黑说成白。真相是什么？尔等言算矣！"

李孝忠说："李丞相，莫用威胁吾，吾不怕汝！"

李纲说："李将军，汝是不撞南墙不回头。吾欣赏汝才干，才给汝忠告，请汝好自为之，仔细思量。"

李孝忠认为李纲做事心虚，为掩人耳目，故意为汴梁保卫战的失败给自己找借口。李纲走后，李孝忠就给宋钦宗上了道奏章。

李孝忠在奏章中写道："李纲不知用兵之术，导致汴梁保卫战失败，请陛下罢了李纲之相位，治李纲罪，莫要寒了天下人心。"

宋钦宗看过李孝忠的奏章，恼羞成怒，对大臣说："李孝忠，妄议国政，明着弹劾李丞相不懂用兵之术，实则嘲笑朕不懂用人。"

张邦昌主张和议，跟主战派有隙，看不起武将。御使大夫秦桧是丞相张邦昌的走狗，见张邦昌用眼睛暗示自己，秦桧马上上前一步，不依不饶地说："陛下，李孝忠越级上奏，竟敢弹劾李丞相，可见武将凭着手中有兵，目无朝纲，罪当应诛！"

李纲说："陛下，李孝忠不懂礼数，情有可原，请陛下念在尔带兵勤王份上，暂且饶尔此回。"

秦桧说："李丞相，李孝忠功过难抵，汝身为丞相，应该积极维护朝纲，怎能为一介武夫而不顾朝廷法纪？汝与李孝忠岂有瓜葛？"

李纲说："陛下，金军来势汹汹，李孝忠乃将才，如今国家正是用人之际，请陛下从大局出发，不要寒了将军们心。"

秦桧说："李丞相，李孝忠不懂规矩，冒犯圣上，亦是有再大本事，皆不能偏袒，令尔胆大妄为，践踏朝纲。"

张邦昌说："陛下，大宋人才济济，有李孝忠不多，无李孝忠不少，不能因李孝忠而坏了朝纲纵容尔。如今金军已经罢兵，大宋离开武将，不是照样国泰民安乎？请陛下下旨将李孝忠抓捕归案，交于三司秉公处理，以正朝纲。"

宋钦宗说："丞相，朕准矣，秦桧即刻去办。"

张邦昌冷冷地看着李纲，对宋钦宗说："陛下，英明！"

李纲说："陛下——"

太监高喊："退——朝——"

李纲无奈地看着宋钦宗的背影，长叹一声，出了大殿，心事重重地赶紧往丞相府里走着。大宋重文轻武，将相明争暗斗，一直不和。皇帝对武将一直怀有猜疑，为将贵忠不贵勇啊。如今李孝忠越级上奏，坏了大宋的规矩。宋钦宗拿李孝忠开刀，其实是给其他将领看。李孝忠是位难得的将才，杀了李孝忠是大宋的损失。李纲深深地知道，张邦昌心狠手辣，一直打击主战派。秦桧是张邦昌得力的走狗，为了达到上位的目的，不惜用国家利益为自己换取高位，必定是大宋以后最大的奸臣。陛下目光短浅，只图眼前安逸。宋金战争刚刚开始，若一味退让，大宋就会为金国所亡。

河北、山西失陷后，百姓为了自保，纷纷组织义军，在河北、山西、河南设立秘密联络点。李纲积极抗金，为人正直，义军一直与李纲暗中来往，互通消息。

李纲来到河北忠义军秘密的联络点济世药铺，说："刘掌柜，派人出城，令李孝忠赶紧离开军营逃命。若李孝忠落入秦桧之手，亦是死路一条。"

刘掌柜说："李丞相，请放心，吾马上派元兴去办。"

秦桧急急忙忙回到府，对手下说："快去将李孝忠缉拿归案，防止李纲派人为李孝忠通风报信，不得有误。"

秦桧手下说："大人，诺。"

李纲回到相府，发现相府周围有可疑的人在活动，李纲暗暗地为李孝忠担心。

元兴出了汴梁城，抄近路来到李孝忠军营前，对小校说："吾受李丞相委托，有要事当面禀告李将军。"

小校说："汝先等一等，吾去给李将军通报。"

小校进了大帐，对李孝忠说："将军，李丞相有要事派人求见。"

李孝忠果断地说："李纲之人，吾不见。"

小校说："尔言李丞相有要事当面要禀告。"

李孝忠勉强地说："好吧，让尔进来。"

元兴进了大帐，李孝忠对元兴说："吾与李丞相素昧平生，莫有来往，是否吾弹劾李丞相，触及李丞相痛处？李丞相派汝为吾回话。吾李孝忠不吃这一套。"

元兴说："李将军，李丞相大人大量，乃人中君子，不会为此事斤斤计较。"

李孝忠说："那是为何？"

元兴看了看李孝忠的左右，李孝忠说："汝言，尔等皆为吾心腹，不会坏事。"

元兴说："李将军，汝闯大祸矣，犯死罪矣，竟然还蒙于鼓中？秦桧已经派人来缉拿将军归案，请将军赶紧逃命。若将军再不逃命，落入秦桧手中，关进大牢，就是死路一条。到时将军想报效国家，亦是场梦。"

李孝忠说："吾实话实说，何罪之有？吾怕什么？吾不走！"

元兴说："李将军，李丞相念将军乃人才，为保护将军，不惜动用吾等河北忠义社设在汴梁城联络点为将军送信，现在吾已经完成李丞相交办之任务，请将军好自为之，自己定夺。"

李孝忠的部下见事情严重，马上劝说："李将军，留得青山在不愁莫柴烧。将军还是暂避避风头为上策。"

李孝忠说："请汝回去转告李丞相，李某不知天高地厚，错怪他老人家矣。"

元兴说："李将军，吾一定将话为李丞相带到。"

李孝忠换上便装，顺着小路，匆匆出了军营，走了莫有多长时间，秦桧的人就进了大营，张扬跋扈地问："李孝忠何在？"

小校说："大人，小的不晓。"

秦桧的人还不死心，在大营里找了找，没有找到李孝忠，他们只得空手返回了汴梁，报告了秦桧。秦桧气得暴跳如雷，大骂道："汝等饭桶，这点儿事都办不好，让吾颜面尽失，如何给张丞相交差？"

秦桧手下说："大人，一定是李纲走漏消息。"

秦桧咬牙切齿地说："李纲，汝与吾作对，亦是吾敌人。"

秦桧参了李纲一本，对宋钦宗说："陛下，李丞相倚老卖老，破坏国法，为罪臣李孝忠通风报信，罪当下牢。念李丞相为国操劳多年，陛下应网开一面，令李丞相辞去相位，告老还乡，颐养天年。"

宋钦宗说："秦爱卿，莫要多言，如今金人无心议和，正是重用武将之时，若罢免李丞相，何人替朕分忧？李孝忠乃李孝忠，李丞相乃李丞相，一码归一码，两件事暂时不能混淆，秦爱卿早日将李孝忠缉拿归案，一正朝纲。"

秦桧知道罢免李纲时机不成熟，只得说："陛下，高瞻远瞩，臣谨遵陛下吩咐。"

李孝忠离开军营后，不敢回老家宁州彭厚（今甘肃宁县），东躲西藏，逃到巩州（甘肃陇西），隐姓埋名。有司向全国发出了通缉令，缉拿李孝忠的风声一天紧似一天，李孝忠万般无奈，只得从巩州逃匿到河东。

河东是中华民族的主要发源地，是华夏文明的摇篮，上古时代尧舜禹的都城皆在河东。黄河流经山西、陕西，自北而南一段东部，置河东路。李孝忠深居简出，为了减少不必要的麻烦，很少跟人来往。李孝忠待在家里，认真反思，觉得自己还不够沉稳，遇事急躁，考虑不周。李孝忠想到这里，渐渐地静下心来，利用这难得的闲暇，暴食大量的兵书，为效命国家，积极准备。

宋金和议之后，各地战事不断，宋军处处失利，哀歌遍野，大宋摇摇欲坠，岌岌可危。李孝忠一直关注时局，认真分析天下形势，密切关注金军动向。李孝忠听到宋军溃败，金军长驱直入，在大宋如入无人之境时，李孝忠拍案而起，大骂宋将无能。李孝忠听到主和派委曲求全，出卖国家利益，迫害抗金志士时，李孝忠恨自己空有一身本事，却不能为国出力，救民于水火，而常常寝食不安。李孝忠听说大宋将军战死沙场时，痛哭流涕，默默念叨，发誓要血债血偿。李孝忠每当心里烦闷之时，就走出家门，站在房后高高的山岗上，望着滚滚黄河，感觉自己就像鲸鱼上了岸，空有一身本事而报国无门，发出了无奈的长叹。大好河山，饱受金军蹂躏，男儿壮志，难展宏图。

1126年8月，金军左副元帅完颜宗翰、右副元帅完颜宗望再次率领金军攻打北宋。金人所到之处，四处抢劫，滥杀百姓，百姓流离失所，纷纷逃过黄河，向南而逃。金军左副元帅完颜宗翰攻下太原后，继续向河东发兵。金军来势汹汹，锐不可当，河东守将张师正惊恐万状，无心恋战，准备弃城而逃。河东一带百姓，人心惶惶，收拾行装，准备南逃。

李孝忠忍不住心中的愤懑，激动地对家人说："金军亦要打到河东，吾决定募集人马，保家卫民，抗击金军。"

妻子说："汝别忘记，汝亦是朝廷通缉犯，若汝暴露身份，随时皆为有司逮住杀头。"

李孝忠说："金军亦要攻打河东城，吾顾不上想这么多。"

妻子说："汝呀汝，江山易改本性难移。朝廷那样待汝，汝亦是一厢情愿为朝廷卖命。"

李孝忠说:"男子汉大丈夫亦应为国出力,不必计较个人得失。"

李孝忠拦住从太原逃来的百姓,说:"汝等逃到何处?"

牛蛋说:"逃得越远越好。"

李孝忠说:"两条腿逃不过金军四条腿,亦是逃到天涯海角,金军亦会追上来。到那时,汝能如何?"

牛蛋说:"想那么多干啥?混一天是一天。"

李孝忠说:"人无远虑,必有近忧。应有长远想法。"

牛蛋说:"兵荒马乱的,老百姓又能怎样?"

李孝忠说:"吾等抱成团,对付金军。"

牛蛋说:"金军势不可挡,官军都不是金军的对手,老百姓能把金军怎样?吾们去打金军,还不是肉包子打狗,羊往狼窝里送。"

李孝忠说:"人善被人欺,马善被人骑。兔子急了亦要咬人。若一味忍让,亦会无路可走。金军远离本土,不熟悉地形,已经引起民愤,乃不义之师,只要吾等齐心协力,亦能打破金军不可战胜之神话,到时亦会有更多百姓加入到抗金队伍中来。到那时,何愁金人不灭?"

牛蛋说:"鸟无头不飞,人无头难聚。何人领头?"

李孝忠说:"吾——李彦仙。"

牛蛋说:"李彦仙,汝有何能耐?"

李孝忠从家里取出长矛和弓箭后,把一枚铜钱挂在榆树上,李孝忠一个百步穿杨,射落了铜钱,围观的百姓齐说:"好!好!"

李孝忠拿起长矛,耍得风生水起,呼呼生风,滴水不透,使人看得眼花缭乱。牛蛋欢呼着说:"李彦仙,好枪法!吾跟着汝干!"

李孝忠从此更名为李彦仙。

河东大户人家,听说李彦仙组织义军抗金,纷纷捐钱捐粮,慰劳义军。李彦仙召集铁匠,打造武器,根据自己多年跟西夏军的作战经验,积极训练义军。每天都有百姓来投,义军士气高涨,李彦仙很快就招募到了几千余人。

金军进攻河东,河东宋将张师正得到探报,马上命令军队收拾行装,准备弃城而逃。河东百姓就像捅了的马蜂窝,纷纷涌出了河东城,准备逃过黄河。

牛蛋从河东城里打探消息回来后,气愤地对李彦仙说:"李头领,张师正饱食君恩，妄为人臣，听说金军要来，马上要逃跑了。"

李彦仙二话不说，把义军召集起来，赶到河东城，对守卫城门的小校说："义军首领李彦仙，率领三千人马前来投奔张将军。"

小校来到将军府，进去通报后，张师正硬着头皮来到城门口，把李彦仙放进了城，假惺惺地说："李头领，金军势大，河东兵微将少，不知李头领有何御敌良策？"

李彦仙说："张将军，金军不足为虑，只要吾等团结一心，定当将金军拒于河东城外。大战将至，只要将军坚守河东城，李某愿带所部人马，于半路设伏，杀杀金军锐气。不知将军以为如何？"

张师正说："李头领，吾于河东城等汝凯旋，到时吾为汝请功。"

李彦仙说："张将军，为国出力，乃男儿本色。高官厚禄，吾莫有奢求。"

李彦仙带领所部人马出了河东城，张师正对部下说："吾等暂且在河东城里等候，若李彦仙胜，吾等亦驻守河东城；若李彦仙败，到时撤出河东城亦不算晚。若朝廷追究起来，吾们亦有理由推脱。两全其美之事，何乐而不为呢？"

李彦仙带领人马走了一阵，选择了一个理想的埋伏所在，命令义军埋伏在大路两侧，让一部分义军扮成逃亡的百姓，拿着行李，蹒跚而行。义军把路边大树用锯拉得似断非断，躲在树后，静等金军而来。

金将看见逃难"百姓"，放松了警惕，纵马来追。"百姓"扔掉行李，仓皇朝树林里逃。金骑就要追上"百姓"，藏在树后的义军用手推倒大树，大树塌死部分金兵，拦住了金骑去路。

李彦仙挥着长矛高喊着："弟兄们，杀——"埋伏在大路两侧的义军，如猛虎下山，把金军团团围住。金兵自进入大宋以来，入无人之境。金兵今日遭到义军截击，吃了一惊，仓皇应战，没想到这些人都是不要命的主。金将与李彦仙战了一会儿，金兵伤亡较重，金将无心恋战，狼狈逃出了李彦仙的包围圈。义军紧追不放，缴获大量武器和马匹。

李彦仙对义军喊："停止追击，就地安营，埋锅造饭。"

牛蛋说："李头领，瘾还莫有过足。"

李彦仙说："弟兄们，莫急、莫急，有机会。"

天黑后，李彦仙把义军召集起来，说："弟兄们，现在偷袭金营，满足汝等要求，杀金军片甲不留。"

义军兴奋地说："李头领，好，好！"

李彦仙带领义军摸到金营，搞掉金营守卫。义军一齐杀进金营，金兵赤身裸体，睡得正香。李彦仙大喊："弟兄们，杀——杀——"义军一齐动手，杀死不少金兵。惊醒了的金兵，惊慌失措，四处乱窜。金将连忙穿起盔甲，拿起武器，组织金兵反击。金兵已无斗志，金将控制不住慌乱的场面，只得带军突围。金兵狼狈逃窜，自相践踏。义军紧追不放，趁机掩杀，金军丢掉辎重，死伤无数，狼狈而逃。

金将甩掉了义军，停下喘息，边清点金兵，边暗自说："宋军偷营，亦为首次。张师正莫有这么大胆，此次为何路宋军所为？今后宿营，不能麻痹大意，脱衣而睡。"

李彦仙收兵回到河东城下，张师正喜出望外，出城相迎，挽住李彦仙的手说："李头领乃河东救星，吾之福星耶。吾定当禀告朝廷，为李头领请功！"

李彦仙说："张将军，区区一战，不足挂齿？"

张师正说："李头领，过谦矣。"

张师正急于为自己表功，当天写好奏章，八百里加急送往汴梁。宋朝各地，每天都是战败的报告，宋钦宗在宫里大发雷霆，太监们胆战心惊，人人自危，唯恐宋钦宗看自己不顺眼，找自己茬儿。最近一段时间，张邦昌十分知趣，一直装病，很少上朝，不敢在人前照面，害怕宋钦宗召见自己。

张邦昌听说张师正部打了胜仗，喜上眉梢，来了精神，连忙进宫。太监对宋钦宗说："丞相大人求见。"

宋钦宗说："丞相有何事？尔疾痊愈乎？"

太监说："陛下，丞相大人正在门外候旨。"

宋钦宗说："宣丞相觐见。"

张邦昌来到宋钦宗面前，说："吾皇万岁，万岁，万万岁！"

宋钦宗说："丞相，三更半夜，汝有何事？"

张邦昌说："陛下，洪福齐天，喜从天降。"

宋钦宗板着脸说："丞相，为何戏耍朕？何喜之有？"

张邦昌说："陛下，臣刚听人言，胜捷军张师正于河东打败金军。岂不可喜可贺？"

宋钦宗龙颜大悦，说："丞相，快让枢密院将战报拿来，朕要好好瞧瞧。"

张邦昌说："陛下，诺。"

张邦昌刚刚起身，枢密使就来觐见。宋钦宗连忙对枢密使说："快、快，将战报拿予朕，朕要亲眼瞧瞧！"

枢密使把战报递给宋钦宗，宋钦宗看了又看，兴奋地说："大宋将军亦应如张师正，杀杀金军锐气，长长大宋威风，令金人明白，大宋卧虎藏龙，难以对付。丞相，汝等商议一下，对张师正如何封赏？"

张邦昌说："如今国库空虚，为张师正加官一级，义军首领李彦仙亦是布衣，赏尔一官半职为妥。"

宋钦宗说："丞相，此事交汝去办。"

张邦昌和枢密使齐说："诺！"

两人转身出了宫，枢密使对张邦昌说："丞相大人，佩服，佩服，不愧为千里眼，顺风耳。"

张邦昌说："大人见笑，为陛下分忧，乃臣子福分。如今坏事不出门，好事传千里。报喜不报忧，彼此心知肚明。大宋只要有胜仗，吾等皆有好日子过。"

枢密使说："丞相大人，向汝好好学习。"

张邦昌说："枢密使大人，彼此彼此，共同提高。"

张邦昌和枢密使相视而笑。

张邦昌命秦桧替宋钦宗拟了一道圣旨，秦桧差人火速送到河东。

差人来到河东城胜捷军中，对张师正说："胜捷军诸位将领，请接旨！"

胜捷军将领往地上一跪，说："吾皇万岁，万岁，万万岁！"

差人念道："皇帝诏曰：胜捷军主帅张师正临危不惧，周密安排，沉着应战，打败不可一世之金军，扬大宋国威，树立正气，张师正官升一级。义军首领李彦仙作战勇敢，封为石壕尉。钦此！"

张师正兴奋地说："谢陛下隆恩，末将领旨。"

胜捷军诸将高高在上，饱食俸禄，从骨子里就瞧不起平民出身的李彦仙。李彦仙的胜利，使诸将在士卒面前脸面尽失。诸将对李彦仙十分不服气。

张师正送走差人，返回大帐，诸将对张师正说："主帅，李彦仙瞎猫逮住了死老鼠，碰巧取胜，不足为奇。若大帅派吾等出战，亦能打败金军。李彦仙一介布衣，有何本事？主帅如何长尔威风，灭胜捷军诸将志气？"

张师正说："诸位将军，汝等皆是吾左膀右臂，吾等出生入死多年，有好处吾岂能忘汝等？如今金军压境，正是用人之际，此次朝廷只给李彦仙一个虚名，尔品级比汝等低，汝等立功矣，吾定当禀告朝廷，令朝廷重重奖赏。汝等都消消气，今晚吾请汝等喝酒。"

胜捷军诸将挽回了颜面，气儿也消了一半。

第九章 河东受挫

李彦仙在河东打败了金将，长了宋军志气，灭了金军不可战胜的神话。山西百姓，为了自保，纷纷组织义军，抗击金军。金军战线较长，辎重时常遭到义军抢夺和破坏。金军粮草供应不足，士气低落，严重制约了金军进攻大宋的步伐。

完颜宗翰气急败坏，把军需官叫进帐中，训斥道："粮草再不按时送来，军法处置！"

军需官说："主帅，息怒，容吾禀明原委。"

完颜宗翰说："请讲！"

军需官说："主帅，自从李彦仙在河东打败吾军之后，山西百姓纷纷组织起来，处处跟吾军作对，抢夺军需。"

完颜宗翰说："李彦仙乃何人？现在何处？"

军需官说："主帅，李彦仙现在河东张师正军中，位居石壕蔚。"

完颜宗翰大怒，对众将说："小小石壕蔚，竟想阻挡吾军南下步伐？诸位将军，不踏平河东，不杀张师正与李彦仙，吾誓不罢休。何人愿领兵攻打河东？"

金将达达儿上前一步，说："主帅，末将愿往。"

完颜宗翰说："好！予汝一万人马，只准胜，不许败。"

达达儿说："主帅，诺！"

天蒙蒙亮，李彦仙就把义军士卒组织起来训练。义军士卒拿着刀和长矛，挥舞着，喊杀着，气吞山河，个个精神抖擞。义军士卒的喊杀声惊醒了睡梦中的张师正，张师正翻身用被子裹住头，还是不顶用，张师正无法再睡，懊恼地穿衣起来，慢慢地向训练场走。张师正远远地看见这群衣着破烂的队伍，像一群逃难乞丐。张师正暗自思忖：同样都是大宋男人，为什么李彦仙义军就能打败金军？胜捷军就做不到呢？张师正不觉来到训练场，只见义军士卒精神抖擞，一招一式，做得有模有样，比正规军还标准。张师正暗暗地想，李彦仙绝非等闲之辈，一定在军中待过，接受过正规训练。

李彦仙马上来到张师正面前，说："张将军，请指示！"

张师正对义军说："将士们，汝等个个都是好样儿的，吾一定禀明朝廷，令朝廷为汝等加饷，为汝等换装。"

李彦仙说："张将军，吾等不贪图富贵，为保家卫国而战。"

张师正说："李将军，好，好。"

李彦仙说："张将军，金军不会善罢甘休，亦会来战。"

张师正说："李将军，胜捷军驻扎于河东城，亦是为对付金军。"

李彦仙说："张将军，不练兵，岂能打仗？"

张师正说："李将军，不必多虑，吾带兵多年，比汝清楚。吾军于河东城养精蓄锐，以逸待劳，才能重创疲惫之金军。"

李彦仙还想说，张师正摆了摆手，说："李将军，如今粮草短缺，填饱肚子已经不易，让士卒攒足劲，到战场上往金军身上使。"张师正说完，离开了训练场。李彦仙看着张师正的背影，摇头叹息。

金将达达儿把河东城围了个水泄不通，正在城下叫战。张师正接到报告，连忙通知李彦仙率部上到河东城头。李彦仙站在河东城头，向下一看，金军黑压压一片。

达达儿狂妄地叫阵："李彦仙，赶快出来受死？"

张师正为了给部将一个立功的机会，对达达儿的话充耳不闻，看着诸将问："诸位将军，何人应战？"

裨将冯彤唯恐李彦仙争功，马上抢先一步，说："主帅，末将愿往。"

张师正高兴地说："冯将军威武，予汝三千人马，祝汝旗开得胜！"

裨将冯彤提着长矛，出了城，看见金将，趾高气扬地说："来将报上名来！"

达达儿说："吾乃大金勇士达达儿，汝乃李彦仙乎？"

冯彤说："吾乃河东裨将冯彤，李彦仙乃石壕蔚，岂能与吾相提并论？吾劝汝乖乖下马受降，吾饶汝不死。"

达达儿说："吾不杀无名之辈，汝马上滚回去，让李彦仙出来与吾交战。"

冯彤说："大胆狂徒，笑看本将，看枪！"冯彤怒气冲冲，提长矛直奔达达儿而来。

张师正站在城楼，高喊："擂鼓！为冯将军助威！"

河东城楼上传来了"咚、咚、咚——"的鼓声。

冯彤冲到金将跟前，举长矛就刺。达达儿拿狼牙棒使劲一拨，冯彤感觉虎口震裂，暗说："不好！"冯彤手中的长矛已经脱手而飞，正想纵马而逃，达达儿反手一棒，把冯彤打下了马。金兵跑到冯彤跟前，砍下头颅，用枪尖挑着。金兵齐声呐喊着："将军威武！"

胜捷军见冯彤被斩，仓皇退回了河东城。金兵也不追赶，达达儿提着狼牙棒，高声喊着："李彦仙，快快出来与吾交战！"

张师正看着胜捷军诸将，问："谁还愿意再战？"

李彦仙看着城下不可一世的达达儿，恨不得马上出战，而张师正意图明显，偏袒部将，压制自己，李彦仙心知肚明。这群酒囊饭袋，占据高位，互相吹捧，不知道天高地厚，整天在老百姓面前趾高气扬，目中无人惯了。这次就让金军教训教训他们，给他们长长记性，让他们明白天外有天，人外有人，打消他们嚣张气焰也是功德一件。李彦仙看着达达儿，装着没有听见，站着没有动。

冯星平时骄傲自大，不知道半斤八两，在军中目中无人。打了败仗只会怨天尤人，找理由自吾安慰。随张师正南征北战，驰骋疆场多年，难道还不如李彦仙吗？若主帅派自己上次出战，打败金军的荣誉就是自己的，就不会轮到李彦仙头上。冯星不屑地看了李彦仙一眼，骄横说："主帅，末将愿往！"

张师正兴奋地说："冯将军！予汝五千人马。"

冯星领胜捷军出了城门，达达儿问："汝乃李彦仙乎？"冯星气得肺都要炸了，在金将眼里难道只有李彦仙吗？这次要让金军明白，大宋人才济济，胜捷军里除了李彦仙，还有自己。冯星也不答话，提刀直奔达达儿砍来。达达儿反手一棒，直接把冯星打了个头脑开花，跌下了马。胜捷军一哄而散，败回城中。金兵砍下了冯星的头颅，插在刀上，兴奋地欢呼着。

胜捷军诸将狐假虎威惯了，面对铁的事实，赶紧低下了尔们高贵的头颅。

冯彤冯星都是军中的佼佼者，达达儿一招就把他们打下了马，达达儿果然神勇，诸将忐忑不安，不敢正视张师正。

张师正看着部将已经胆怯，无人出战，命令说："快快悬挂免战牌，今日暂且休战。"

诸将马上齐刷刷抬起了往日不可一世的头颅。

达达儿嘲讽地喊："张师正，杀猪宰羊吾非行家里手，快快让李彦仙出战！"

李彦仙上前一步，对张师正说："张将军，末将愿往！"

张师正说："李将军，万万不可，今日吾军连失两员大将，士气低落，不宜再战，还是明天再言。"

达达儿狂妄地说："鼠辈宋军，皆缩头乌龟。"

李彦仙对张师正说："张将军，末将愿立军令状，不打败金将，绝不回河东城。"

张师正说："李将军，吾为汝好，不必中金将激将法，坏汝名声，落下前功尽弃。"

李彦仙说："张将军厚爱，李彦仙心领矣。金将不可惧，请主帅允许吾出战！"

胜捷军诸将都想看李彦仙的笑话，诸将心怀叵测，齐说："主帅，既然李将军如此有把握，令李将军出战，为二位将军报仇，挽回胜捷军颜面，以振士气。"

张师正异常为难，若李彦仙败了，自己还没有做好撤退的准备，自己苦心经营的河东城，就会落入金军手中，若不答应李彦仙出战，就会冷了胜捷军诸将的心，张师正思来想去，孤注一掷，说："李将军，多加小心，予汝一万人马，如何？"

李彦仙说："张将军，末将一个人足以。"

张师正说："李将军，金将非等闲之辈，切莫大意轻敌。"

李彦仙说："张将军，多谢！"

李彦仙单骑出了河东城，达达儿诧异万分，此人竟然如此嚣张，难道是吃了豹子胆？达达儿莫有把李彦仙放在眼里，傲慢地问："汝乃何人？快快下马投降，吾饶汝不死！"

李彦仙说："吾乃大宋石壕蔚李彦仙！"

达达儿一愣，问道："汝是河东城外打败吾军之李彦仙？"

李彦仙说："正是在下！"

达达儿上下打量了一下李彦仙，发现此人身材魁梧，手拿长矛，卧蚕眼中透着英雄之气，跟前边两个宋将大为不同。达达儿暗暗思忖：李彦仙果然与众不同。达达儿不依不饶地说："李彦仙，吾已经等汝多时了，今日送汝上西天。"

李彦仙说："达达儿，休要猖狂！"

达达儿挥舞狼牙棒，气势汹汹地朝李彦仙扑来，李彦仙提着长矛应战。

张师正趴在城楼上屏住呼吸，静观其战。

金兵挥刀为达达儿助威。

达达儿挥舞着狼牙棒，使出浑身力气，朝李彦仙扑来。李彦仙久经沙场，已在城头上看出达达儿力大无比，不与达达儿硬来，而是左躲右避，兜圈子。胜捷军诸将站在城头看着暗暗高兴，李彦仙也不是达达儿的对手，这次必定凶多吉少。张师正的心提到了嗓子眼，若李彦仙这次战败，河东城必定难保。达达儿左一棒，右一棒，棒棒扑空，就像狮子打蚊子，心慌意乱，没了章法，乱了阵脚，只顾进攻，忘了防守，累得够呛。李彦仙不失时机，抓住达达儿破绽，使劲用长矛一挑，达达儿狼牙棒脱手而飞。达达儿拨转马头，伏在马上，狼狈逃向金军。金兵大惊，跟着达达儿不战而逃。

张师正在城头高兴地喊："快，快，全军追击！"

胜捷军像潮水一样，涌出了河东城，一路追杀，金军只恨爹妈少给自己生了两条腿，逃得比兔子还快。胜捷军斩杀无数，夺回不少武器。张师正防止金军增援，见好就收，马上鸣金收兵，撤回了河东城，兴奋地说："李将军威武，真乃国家栋梁。"

李彦仙说："张将军，过誉矣，金军不会善罢甘休，亦会领兵来犯。请张将军坚守城池，末将领兵于半路设伏，不知张将军意下如何？"

张师正说："好，就依李将军之言。"

达达儿逃回金营，完颜宗翰大怒，说："饭桶！丢尽大金脸面，拉出去斩首！"

众将求情说："主帅，两国交兵，正是用人之际，请主帅高抬贵手，饶尔一命。"

完颜宗翰说："看在众将脸上，拉下去重打八十鞭子。"

达达儿说："主帅，多谢不斩之恩。"

完颜宗翰说："何人去战？"

奥继尧上前一步，说："主帅，末将愿往。"

完颜宗翰说："好，予汝精兵两万，不得轻敌，必须拿下河东城，不得有误。"

奥继尧说："主帅，诺！"

李彦仙带领所部人马离开了河东城，向北走了五里地，发现这一带都是荒坡。荒坡上莫有树木，长满了野草。李彦仙站在南坡上向北看，发现大路处在东西两坡中间，沿着坡底向北延伸。李彦仙指着这里的地形对身边的士卒说："吾军占据东坡、西坡、南坡，既可以躲避金骑锋芒，又能发挥宋军步兵进攻的优势，还能集中优势兵力发起快速反击。吾守住南坡，堵住金军，到时东西两侧义军同时向金军发起进攻，金军必败无疑。"

奥继尧领兵出了大营，不敢怠慢，命令金军急速行军。金军每经过一个险要的地方，副将建议说："将军，宋军惯用偷袭，等吾军侦察之后，再走不迟。"

奥继尧说："李彦仙这群乌合之众，就是偷袭，亦非吾军对手。汝等何惧之有？"

副将说："将军，李彦仙十分狡猾，不得不防。"

奥继尧不耐烦地说："行，马上带兵去探。"

副将带领探马来到无名之地，经过仔细侦察，发现莫有异常，马上返回来，说："将军，前方莫有发现宋军伏兵。"

奥继尧一阵狂笑，说："张师正胆小如鼠，恐怕早就弃城逃跑矣。"

奥继尧带着金军一阵疾驰，金军来到了李彦仙埋伏的荒坡前，副将看着坡上的野草，心惊肉跳，脊背发凉，就像看到了十万宋军，赶紧阻拦说："将军，等探明前方情况后，吾军再走也不迟！"

奥继尧问："此地离河东城亦有多远？"

副将说："将军，大约五里。"

奥继尧说："汝居心何在？穿过此处，亦是河东城。若延误战机，主帅怪罪下来，吾拿汝是问！汝不必多言！"

李彦仙埋伏在南坡上，透过野草，发现金军止步不前，心里异常着急，难道金军发现了自己？李彦仙挥手示意，让士卒保持安静，注意隐蔽。

　　奥继尧不听副将所言，带领骑兵朝山谷里冲去，副将只得带兵紧跟其后。金军很快进入山谷。奥继尧带领金军前锋来到了南坡，李彦仙举起令旗，大喊："放箭！"埋伏在山坡上的宋军，一起放箭。金骑纷纷从马上跌倒在地，马受到惊吓，四处胡扑，踏倒了后面的金兵。金兵人马众多，在山谷里挤作一团，施展不开，发挥不了作用，被宋军射倒了一片。奥继尧发动反击，金兵向山坡上攻了几次，都被宋军赶下了坡。奥继尧控制不住局面，赶紧下令后撤。李彦仙不失时机，举长矛高喊："冲啊——"宋军猛冲猛打，冲下了山坡。金军犹如丧家之犬，大败而逃。

　　李彦仙追了十里，收兵返回河东城。探报把李彦仙的战况告诉了张师正，张师正喜出望外，带着胜捷军诸将出了河东城，亲自为李彦仙牵马，高兴地说："李将军，出城打败金军，半路设伏又立新功。金军在其尔战场势不可挡，屡战屡胜。唯独将军连战连胜，实在难得！可喜可贺！吾要奏请朝廷，为将军请功！"

　　李彦仙赶紧从马上下来，说："张将军，胜败乃兵家常事，何须挂齿？"

　　张师正说："李将军，重创金军，打破金军不可战胜神话，增强吾军自信，令金军不敢小觑大宋，岂是小事？此乃天大好消息。"

　　李彦仙说："张将军，只要吾等上下一心，何愁金人不灭？"

　　张师正说："李将军，一针见血，实在是高。"

　　张师正把战报送给朝廷，宋钦宗看后，拍着龙案，高兴地说："李彦仙杀金军威风，长大宋志气，朕这次要重重赏奖赏。"

　　张邦昌说："陛下，李彦仙此举必定触怒金军，金军不会善罢甘休，宋金和谈亦无希望矣。请陛下三思。"

　　宋钦宗说："张丞相，此一时，彼一时，形势所迫。金国一心想要灭亡大宋，若大宋莫有几次胜仗，岂能迫使金国坐下来与大宋和谈？大宋急需胜仗！要让金军知道，大宋人才济济，朕非酒囊饭袋。"

　　张邦昌说："陛下，请三思，武将忘恩负义，不可重用。"

　　宋钦宗说："张丞相，所言极是。然如今，金国欺人太甚，李彦仙帮朕挽回颜面，乃大宋大功臣，朕一定要奖赏尔，令大宋武将效仿尔。若大宋武将皆如李彦仙，朕就可以高枕无忧矣。"

　　张邦昌见宋钦宗态度坚决，赶紧改口说："陛下，臣愿举荐秦桧领旨犒劳李彦仙。"

宋钦宗说："张丞相，准奏。"

散朝后，秦桧对张邦昌说："丞相，河东乃前线，此去河东城，吾凶多吉少，丞相还是另派他人为好。"

张邦昌说："秦大人，吾派汝犒劳李彦仙，实际上是派汝探听胜捷军虚实，看一看胜捷军于河东城能坚持多久？如今黄河以北亦是大宋天下，汝不足为虑。"

秦桧说："张丞相，谢谢栽培！"

秦桧带着酒肉、金银、锦帛来到河东城胜捷军中。

李彦仙的心腹说："李将军，报仇机会来矣。"

李彦仙说："弟兄们，万万不可，朝廷本来就不相信武将，杀秦桧事小，破坏抗金事大。若让金人钻空，吾乃大宋罪人。汝等莫要轻举妄动，一定要保证秦桧安全。"

李彦仙放弃了个人恩怨，跟张师正快步来到秦桧面前，张师正、李彦仙施礼说："秦大人，远道而来，有失远迎。"

秦桧说："张帅、李将军，汝等乃国家栋梁，朝廷希望。"

张师正、李彦仙说："秦大人，实不敢当。"

秦桧说："张帅、李将军，吾奉旨犒劳军队，汝等接旨。"

张师正、李彦仙率领众将一齐跪下，说："吾皇万岁，万岁，万万岁！"

秦桧说："皇帝诏曰，张师正、李彦仙抗击金军有功，特赐美酒十坛，黄金一百两，银五百两，锦帛五匹，钦此！"

张师正、李彦仙说："陛下，谢主隆恩。"

秦桧传过圣旨之后，把张师正单独叫到一边，压低声音，问："张帅，吾来时，张丞相让吾问汝，汝等于河东亦能坚守多久？"

张师正说："秦大人，河东城兵微将少，李彦仙打败金军纯属巧遇。金军来势汹汹，兵员充足。若金军倾巢出动，河东城亦会沦为金人之手。议和为上策，战为下策。定国安邦，朝廷亦要仰仗汝等！吾等也能跟着沾光。"

秦桧说："张帅，一针见血，精辟！李彦仙此人，仅凭几次胜仗，就想替大宋翻盘，简直是痴人说梦。"

张师正说："大人，李彦仙此人越多，吾等才会安然无恙，坐享其成。"

秦桧走后，张师正把大量的财物据为己有，只给李彦仙分了极少一部分。张师正把诸将召进大帐，摆酒设宴，以示庆贺。

李彦仙站起来对张师正说："张将军，现在还不是庆贺之时。"

张师正说："李将军，金军已经为汝打怕，不会再来。汝亦放心喝酒。"

胜捷军将领附和着说："李将军，威名远扬，此次重创金军，金军闻风丧胆，必定不敢来犯。如此好酒，吾等今晚不醉不归。"

李彦仙说："张将军、诸位将军，小心驶得万年船。"

张师正说："李将军，汝多虑矣。"

李彦仙勉强喝了几杯，站起身对张师正说："张将军，吾身体不适，暂且告退。"

张师正淡淡地说："李将军，慢走，不送。"

李彦仙出了大帐，张师正对诸将说："李彦仙不识好歹，尔走，吾等可以开怀畅饮矣。"

诸将附和着说："主帅，李彦仙不识好歹，对主帅不敬，一直称主帅为张将军，外人不明事理，还以为主帅与尔平级。"

张师正装出一副大度的样子，说："诸位将军，像吾这么有修养之人，岂会与石壕尉一样莫有见识？传出去岂不令人笑掉大牙？"

胜捷军诸将说："主帅，虚怀若谷，吾等敬佩！"

张师正说："诸位将军，今晚不醉不休。"

胜捷军诸位将军说："主帅，诺！"

李彦仙回到义军营中，把士卒召集到帐前，把陛下赏赐的那坛美酒倒进水缸里，给每个士卒盛了一碗。李彦仙端起酒碗，说："弟兄们，莫有汝等支持，亦莫有吾之今日。陛下赐吾财物，吾等人人有份！现在，吾等同干此杯！"

李彦仙与义军士卒一饮而尽。

士卒十分感动，李彦仙有功不傲，有财不贪，有福同享，如今这样的好人，上哪里去找？李彦仙把他们当人看，没有把他们当成上位的铺路石。士卒的心与李彦仙紧紧地贴在了一起，对李彦仙更敬重了。

秦桧回到汴梁，把张师正的原话给张邦昌复述了一遍，张邦昌对秦桧说："秦大人，吾不盼大宋军队胜利，武将败得越惨，吾等就有用武之地，陛下就越会重用吾等，吾等就会大权在握，把持朝政，威风八面，一统江湖。"

秦桧施礼说："张丞相，英明！"

奥继尧逃回金营，完颜宗翰大怒，说："拉出去斩了！"

金军众将求情说："主帅，胜败乃兵家常事，请给尔一个戴罪立功机会。"

奥继尧说："主帅，怨吾轻敌，中李彦仙奸计。请主帅再给吾次机会，这次不破河东城，任凭主帅发落。"

完颜宗翰说："念在众将为汝求情份上，暂且记下汝狗头。若再败，定斩不赦。"

奥继尧说："主帅，末将谢不斩之恩。"

完颜宗翰说："吾等要想灭亡大宋，黄河以北，绝不能有宋朝军队存在。否则，大宋百姓有恃无恐，组织义军，与吾军对抗。这次予汝精兵三万，若再败，定斩不赦！"

奥继尧说："主帅，末将愿立军令状！"

完颜宗翰说："准！"

奥继尧不敢大意，步步为营，领兵来到河东城下。李彦仙赶紧派小校去给张师正报信。小校来到大帐，守卫大帐的士卒对小校说："主帅昨晚饮酒过量，现在还在酣睡。"

小校说："火烧眉毛，金兵已经兵临城下。"

守卫不敢怠慢，跑进帐中，对张帅正说："主帅，大事不好，金兵又来攻城。"

张师正睁着惺忪的睡眼，从床上翻起来，吃惊地说："汝言什么？金军岂能如此神速。"

守卫说："大帅，金兵已经来。"

张师正说："来了多少？"

守卫说："大帅，李彦仙军小校在外候着。"

张师正说："让尔进来。"

小校来到张师正面前，张师正说："为何现在才来。"

小校说："大帅，金军刚到，李将军派吾前来报告。"

张师正说："金军有多少人妈？"

小校说："大帅，估约三四万。"

张师正对守卫说："赶快召集士卒，将诸将召进大帐。"

　　胜捷军诸将满嘴酒气，迷迷糊糊进了大帐，说："参见主帅！"

　　张师正说："诸位将军，免礼，金军此次人多，大家议一议，吾军如何迎敌？"

　　李彦仙从城头来到帐中，对张师正说："张将军，兵来将挡，吾愿带领所部人马与金军决一死战。"

　　张师正说："李将军，今日之战，本帅亦仰仗汝矣。"

　　张师正带领诸将上了城头，金兵如蚂蚁一样，张师正头大了。这次凶多吉少。金兵不破河东城，是不会罢休的。张师正派亲信悄悄下了城，到中军帐里帮收拾金银财宝。

　　李彦仙率领所部出了河东城，与金军正面相对。

　　李彦仙看见奥继尧，嘲讽地说："手下败将，还不快滚！"

　　奥继尧说："李彦仙，休要猖狂！此次汝必败无疑！"

　　奥继尧吸取了上次的教训，处处小心，跟李彦仙战了一会儿，没有占到便宜。奥继尧返回金军阵前，把狼牙棒一举，金军迈着整齐的步伐，井然有序，列队出战。战鼓声声，宋金军队，展开了厮杀。李彦仙挥枪朝金军冲去，旌旗招展，义军士卒紧随其后，奋勇向前，杀向金军。金军与义军士卒像两块磁铁，使劲地碰在一起，轰然作响，你中有我，我中有你，你不让我，我不让你，像斗架的公鸡，红了眼，扇着翅膀，死缠硬打，一决高下。

　　奥继尧高喊说："后退者死，前进者赏！"

　　金兵跟义军士卒激战了一会儿，金军没有占到便宜。奥继尧举起狼牙棒一挥，金兵纷纷向后撤退，奥继尧平举狼牙棒，埋伏在金军步兵两翼的拐子马，号称"金军中的轻骑兵"，像闪电一样，迅速把义军合围了起来。金军拐子马飘来飘去，行动自如，飘忽不定，形同闪电，使义军防不胜防，难以抵挡，义军士卒在拐子马冲击下，纷纷倒在了血泊中，发出痛苦的呻吟。李彦仙杀红了眼，身上多处受伤，带领士卒反复冲杀，都被金军击败。义军乱了阵脚，向河东城方向慢慢地退却。河东城前，天昏地暗，烟尘滚滚，战马嘶鸣，尸横遍野。乌鸦发出得意的叫声，庆祝一场盛宴即将开席。张师正站在城楼上，看见李彦仙败局已定。张师正大惊失色，不顾李彦仙安危，下令撤军，带着胜捷军从南门仓皇逃出了河东城。

　　奥继尧知道张师正已经弃城而逃，命令金兵齐喊："张师正弃城而逃！活捉李彦仙！雪恨前耻！"

张师正听见金兵喊，纵马狂奔，胜捷军诸将紧随其后，尔们不管胜捷军士卒的死活，只管自己逃命。奥继尧也不追赶张师正，把李彦仙部死死地围住。李彦仙带部冲了多次，都没有冲破金军铁壁合围。

李彦仙豪迈地对士卒说："弟兄们，男子汉大丈夫，岂能怕死？杀一个够本，杀两个赚一个，来世吾与汝等继续为兄弟！"

义军士卒深受鼓舞，跟着李彦仙拼死冲杀。金军越聚越多，义军士卒纷纷倒在地上。英雄末路，义军就要全军覆莫。

牛蛋跪着恳求李彦仙说："李将军，留得青山在，不愁莫柴烧。若义军全部战死沙场，弟兄们的仇，还能指望谁呢？李将军，撤吧！给义军留下一点儿火种吧。"

李彦仙红着眼，看着倒下的士卒，痛苦地说："弟兄们，撤——"

义军士卒在李彦仙的带领下，像困兽冲破樊笼一样，前赴后继，怒吼着，一齐合力向南冲，渐渐在金军之中撕开一道口子。李彦仙正在杀敌，奥继尧恼羞成怒，拉弓搭箭，射向李彦仙。牛蛋看见后，连忙侧身，挡住了奥继尧的箭。李彦仙感激地对牛蛋说："兄弟，谢谢汝！"牛蛋憨厚地对李彦仙笑了笑，砍掉胳膊上的箭杆，继续杀敌。义军上下一心，奋力冲杀，终于杀出了金军的包围圈。

李彦仙逃到黄河边，看着滚滚地黄河，看着身边寥寥无几的士卒，悲痛地说："弟兄们，皆为国捐躯，吾有何面目苟活于人世？"李彦仙说着，就要投河自尽。

义军士卒一起跪下，牛蛋抱住李彦仙的腿说："李将军，吾等鲜血不能白流，金军让吾等死，吾等偏偏要好好活。吾等曾经像羔羊似的任金军宰割，是将军让吾等有了做人尊严。朝廷腐败无能，百姓跟着遭罪，吾等跟着将军抗金感到无比荣幸。若将军投河，吾等曾经努力抗金还有何义？将军，吾等愿意继续追随将军抗金！"

义军士卒苦苦相劝，李彦仙打消了轻生的念头。李彦仙扶起牛蛋，深情地看着士卒，回头看了看失陷的河东城，望着眼前滚滚的黄河，重新燃起了抗金的希望，毅然登上了渡船，带领残部朝黄河南岸而来。

第十章　草莽英雄

宋金开战以来，金军越过太行山，从太原南下黄河，时常四处袭扰。百姓担惊受怕，人心惶惶，生活在水深火热之中。神稷山一带，今年天照应，高粱获得了大丰收，百姓脸上都挂满了笑容，家家户户都沉浸在丰收的喜悦之中。

天不亮，胡家庄百姓陆续进了高粱地，抢收高粱。胡夜圣和妻子起了个大早，赶着牛车，来到高粱地，胡夜圣也顾不上与连垟的村人打招呼，一头扎进了高粱地，飞快地砍着高粱穗子。胡夜圣不时擦着脸上的汗水，看着身怀六甲的妻子，心里美滋滋地。

妻子对胡夜圣说："汝歇一歇。"

胡夜圣说："年年都是好收成，一家人平平安安在一起就好了。"

妻子说："是啊。"

胡夜圣笑着说："吃穿不愁，安安静静的过日子，该有多好啊。"

妻子说："兵荒马乱，谈何容易？"

胡夜圣说："快活一天是一天，给个神仙也不换。"

妻子说："等卖了高粱，先给汝做身新衣服。"

胡夜圣说："女儿大了，吾等应该好好打扮打扮她了。汝肚子里还有张吃饭的嘴。家里的开销还多着呢。"

妻子说："最好再是个女儿，吾等负担就轻了。"

胡夜圣说："还是生男好。"

妻子说："生男生女都一样，还是不生为好。"

胡夜圣说："老百姓期盼团团圆圆，和和美美的生活，这种日子何时才有啊？"

妻子说："是啊，啥时候才能国泰民安呢？"

兰兰提着水罐，来到地边，冲着胡夜圣和妻子喊着："爹，娘，汝等快来喝水啊。"

妻子幸福地应着说："兰兰，娘和爹在这里。"妻子转身又对胡夜圣说："汝也歇一歇，去喝口水吧。"

胡夜圣说："吾再割一会儿，好不容易天照应获得了大丰收。若金军南下，这么好的高粱就白白糟蹋了。"

妻子说："胡说什么？瞧汝那张乌鸦嘴！"

胡夜圣做了个鬼脸，连忙"呸、呸、呸"唾着。

妻子随手拿了捆高粱，扛着朝女儿跟前走去。

突然，北边传来了凄厉的声喊："金兵来啦，快逃啊！"

胡夜圣扔掉高粱，对妻子喊："汝先藏到高粱地里，我去救兰兰。"胡夜圣说着飞快地拨开高粱，跑出了高粱地，对女儿喊："兰兰，快到爹爹这里来。"

金兵挥舞着刀，纵马朝兰兰奔来。兰兰提着水罐，看到金兵，傻呆呆地站在路上，不知所措。高粱地里的百姓，四散逃命，金兵冲到百姓身边，毫不手软，把百姓砍倒在地。金兵如狼群一样，继续朝百姓追着。

胡夜圣刚刚冲到女儿身边，金兵把兰兰射倒在了胡夜圣眼前。金军铁骑眼看就要冲了过来，胡夜圣为了保护妻子，抱起女儿，越过了眼前的大路，跑进了对面的高粱地，对着金兵高喊着："孙子，老子在这里，有种就朝这里追。"金兵朝胡夜圣放了几箭，没有射中胡夜圣，金兵撇开胡夜圣，去追其尔百姓。

胡夜圣逃到对面山坡上，试着女儿已经咽了气。金兵挥着刀，来到妻子跟前。妻子举着镰刀，对着步步紧逼的金兵，绝望地挥舞着，哀求着："汝等不要过来，谁家里莫有妻儿。吾怀孕了，求求汝等行行好，放过吾。"金兵毫不手软，打落妻子的镰刀，一刀捅在了妻子肚子上。妻子抱着肚子，瘫倒在高粱地里。胡夜圣望着妻子倒下的身影，张大嘴地哭，像失去同伴的公狼，发出绝望地哀号："啊——啊——"等金兵走了，胡夜圣抱着女儿，来到妻子身边，脱下身上的衣服，擦去妻子脸上的血迹，用镰刀挖了坑，把妻子和兰兰埋在一起。胡夜圣跪在妻子、女儿的坟前，双手抓住泥土，咬牙切齿地说："既然汝等让吾家破人亡，吾要将汝等碎尸万段。"

胡夜圣拿着镰刀，像饿狼一样，瞪着发红的眼睛，趁着天黑摸到了金军营地。金军戒备森严，胡夜圣在金营四周转来转去，没法下手。胡夜圣不甘心，继续在金营四周转悠，没有找到下手的机会。胡夜圣长叹一声，准备离开金营。突然，胡夜圣发现一个金兵摇摇晃晃地从帐篷里走了出来。

巡营的金兵问："何事？"

金兵绕着生硬的舌头，说："尿尿。"

巡营的金兵说："莫要离得远。"

金兵说："宋人胆皆已吓破，有何惧哉？"

巡营金兵说："小心为上。"

金兵毫无察觉，出了营帐，径直朝胡夜圣走来。胡夜圣警惕地看了看金营四周，四周静悄悄地，跟来时没有两样。金兵走到胡夜圣跟前，朝前看了看，慢慢地解裤带。胡夜圣伸出双手，抓住金兵两腿，猛的拉到自己胯下。金兵还没有反应过来，胡夜圣一镰刀割在了金兵脖子上，用力一拉，金兵血溅了胡夜圣一脸，金兵人头滚下了坡。胡夜圣擦了擦脸上的血，换上金兵的衣服，大着胆子，走进了金营。巡营金兵看见胡夜圣，也莫有盘问。胡夜圣进了营帐，营帐里酒气熏天，鼾声四起，金兵睡得跟死猪似的。胡夜圣拿起金兵的刀，跟切瓜似的，切断了营帐里金兵的脖子。胡夜圣想起妻子和女儿，仍不解恨，拿着刀，又摸进旁边的营帐，毫不手软，像切菜似的朝酣睡中的金兵砍着。营帐里一个金兵被尿憋醒，翻身坐起来，看见胡夜圣正在用刀杀人，一下子清醒了过来，拿起身边的刀，朝胡夜圣扑来，大喊："来人！抓刺客！"

胡夜圣冲上去，砍死金兵，出了营帐，巡营金兵跑到胡夜圣跟前，问："刺客在何处？"

胡夜圣说："亦在营帐。"

巡营的金兵一窝蜂冲进了营帐。胡夜圣站在金营，大喊："抓刺客！抓刺客！"金兵迷迷糊糊出了营帐，金营里乱糟糟的。胡夜圣钻进马厩，翻身上马，冲出了金营。金将金刚一下子明白过来，马上带领金骑来追。胡夜圣仗着路熟，七绕八拐，甩掉了金兵。金刚追到一个三岔路口迷了路，凭感觉率军追了一阵，没有追上，只得返回了金营。

完颜活女问："刺客在何处？"

金刚说："大帅，刺客逃矣。"

完颜活女说："饭桶！一个刺客都抓不住，白白糟蹋大金粮食。大金颜面与吾颜面，皆令汝丢尽矣。想当年，天祚帝逃进沼泽地，藏得如此诡秘，皆莫逃出吾手掌。明日，汝必查出刺客下落。"

金刚说："大帅，诺！"

第二天，金刚带着金兵，四处查找，没有查到有价值的线索。金刚返回军营，遭到完颜活女一阵臭骂。金刚低着头，心里十分憋屈。

胡夜圣毫不罢休，每天晚上，像幽灵一样，神出鬼莫，出现在神稷山一带，杀金兵，烧粮草，使金兵闻风丧胆，夜不能眠。百姓对金兵恨之入骨，胡夜圣的做法深得民心，被百姓捧为英雄。百姓私下里说："胡夜圣是天兵天将转世，有神仙相护，会障眼法，还会空里来雾里去，飞檐走壁，武艺高强。金军作恶多端，人神共愤。就是金兵当面遇到，都看不见尔。"完颜活女气得暴跳如雷，连续几个晚上都莫有睡觉，亲自在金营四周设伏，而胡夜圣像长着千里眼、顺风耳一般，先知先觉，跟完颜活女藏猫猫，搞得完颜活女疲惫不堪。

完颜活女守到前半夜，没有等到胡夜圣，完颜活女让金刚接着继续守候，完颜活女休息去了。到了后半夜，瞌睡来袭，金兵打着盹，金刚放松了警惕，胡夜圣神不知鬼不觉，潜入金营，杀死十几个金兵后，又消失得无影无踪。金兵更加恐惧，金营人心惶惶。

完颜活女为了提振士气，打消金兵的顾虑，命令金刚抓回来一个百姓，五花大绑，吊在辕门上，打得奄奄一息，对金兵说："昨日晚上，金刚将军于帐外设伏，抓到刺客。从今往后，吾等可以安心而睡。"

胡夜圣躲在山上，看着完颜活女的把戏，轻蔑地笑着。

百姓听说"胡夜圣"被抓，暗暗相告，摇头叹息："可惜了，可惜啊。"

胡夜圣为了戳破完颜活女的谎言，决心夜闯金营。

第六感觉告诉完颜活女，刺客就在附近。晚上，金兵休息后，完颜活女不动声色，从军中选出精干士卒，分成数班，安排金兵轮流休息。

胡夜圣来到金营前，发现金营里漆黑一团，莫有异常。胡夜圣又仔细观察了一番，悄悄地摸进了金营。胡夜圣避开金军巡逻哨，摸进了金军营帐，埋伏在营帐里的金兵亮起火把，胡夜圣知道中了计，赶紧往外退。营帐外到处都是金兵，把胡夜圣围在了中间，胡夜圣无路可走了。

完颜活女说："抓活的！"

金兵围住胡夜圣，轮番上阵，胡夜圣左冲右突，体力不支，身中数刀，被金兵擒住，扭到完颜活女面前。

完颜活女问："汝如何称呼？"

胡夜圣说："老子行不改姓，坐不更名，姓胡名夜圣！"

完颜活女说："好大胆子，竟敢连闯吾军大营，杀害吾军士兵？谁派汝来的？"

胡夜圣说："汝等欺人太甚，杀吾妻女，吾替尔等报仇雪恨。"

完颜活女说："绑起来，狠狠打。明日游街示众，令大宋百姓皆好好看看，亦是天兵天将转世，亦逃不出吾手心。"

金兵把胡夜圣绑在辕门柱子上，用马鞭抽得皮开肉绽，晕死了过去。金兵朝胡夜圣伤口上撒了把盐，痛得胡夜圣睁开了眼。金兵接着继续抽，胡夜圣痛得死去活来，生不如死。金兵把胡夜圣折磨到第二天，完颜活女派金刚牵着胡夜圣，到杀胡镇游街示众。

胡夜圣步履蹒跚，艰难地仰起头，对百姓说："杀了胡夜圣，乃碗大疤。二十年后，胡夜圣亦是条好汉。金兵亦是肉体凡胎，白刀子进去，红刀子照样出来，莫要为金兵吓破胆，金兵有何惧哉？"

金刚狠狠地用马鞭子抽在胡夜圣脸上，打得胡夜圣口吐血水，扑倒在地。胡夜圣从地上爬起来，吐一口鲜血，挣扎着继续说："杀一个够本，杀两个赚一个——汝等杀吾，吾早就赚够本矣，死亦值矣——"

金刚对金兵说："让尔闭嘴！"

金兵从地上拾起一块石头，强行塞进胡夜圣嘴里，胡夜圣两腮鼓得圆圆的，喉咙里发出了愤怒地呜呜声。百姓看着心疼，面对金兵的暴行，敢怒不敢言。

解州安邑豪杰邵兴、邵云，自幼读书习武，有胆有略，抱着定国安邦的志向，无奈奸臣当道，不愿与小人同流合污，整日混迹于市井之中，结交豪杰，切磋武艺，饮酒消愁，为乡民伸张正义，深得乡民敬重，每天倒也逍遥快活。金军入侵后，宋军节节败退，百姓流离失所，苦不堪言。邵兴邵云看在眼里，急在心上。两人经过深思熟虑，暗暗发动百姓，准备组织义军，抗击金军。无奈没有名分，号召力不强，义军人数少，迟迟莫有举旗。胡夜圣在神稷山一带，神出鬼莫，使金军闻风丧胆，被百姓捧为神人，邵兴邵云认为举兵时机已到，邵兴对妻子说："国家兴亡匹夫有责，吾身为男儿，应为国出力，汝与继春在家好自为之。"妻子与儿子邵继春泪流满面，把邵兴送出很远，邵兴与妻子儿子挥手而别。邵兴邵云带领志同道合的人，前去神稷山投奔胡夜圣。

邵兴、邵云来到神稷山地界，不知道胡夜圣在哪里落脚。邵兴望见一户农庄，快步来到农庄前，见一位老者正在挖地。邵兴走上前去，给老者施礼后，说："老伯，请问胡夜圣大英雄现居何处？"

老者看了看邵兴，摇了摇头。

绍兴说："老伯，吾从安邑赶来，意欲投靠胡英雄抗金。"

老者听绍兴操着山西口音，见绍兴面善，激动地抓住邵兴的手说："壮士，汝还不知道，胡英雄为金军活捉矣，正在前面杀胡镇上游街。汝一定要想办法，救出胡英雄。胡英雄可是个好人啊。"

邵兴说："老伯，放心！吾一定救出胡英雄。杀胡镇如何走？"

老者出了家门，对邵兴说："顺着这条小道，向南走七八里，就到杀胡镇。金兵人多，汝要多加小心。"

邵兴说："老伯，吾等人多，汝不用担心。"

邵兴告别老者，把情况给邵云尔们一说，大家匆匆忙忙赶到杀胡镇，只见金兵押着胡夜圣正在游街，邵兴、邵云尔们分散混进了人群。

金刚看见邵兴、邵云身材魁梧，相貌出众，警惕地问绍兴："汝乃何人？"

邵兴笑着对金刚说："将军，吾乃百姓，从此路过，见此地热闹，随便过来看看。"

金刚指着胡夜圣对邵兴说："离尔远点儿。"

邵兴说："将军，尔又不是老虎，还会吃人？"

金刚说："滚！"

邵云悄悄地对身边百姓说："吾等来救胡英雄，请诸位多多帮忙。"

百姓压低声音说："金兵人多，拿着武器，汝等赤手空拳，如何与金兵斗？"

邵云揭起衣角，亮出武器，说："吾等早有准备。"

百姓心里有了底儿，悄声说："好。"

邵云对身边的百姓说："吾等演场戏。"

百姓说："诺。"

邵云"啪"的给了尔一巴掌，尔捂住脸对邵云说："为何打人？"

邵云扭住尔的衣领说："欠债还钱，天经地义。"

百姓说："吾莫有欠汝钱。"

邵云说："除汝亦有何人？欠条亦在吾手。"

百姓说："少讹吾？"

邵云说："这么多人吾不寻，为何寻汝？"

百姓说："吾岂能知晓？"

邵云说："快些还钱？莫时间与汝磨蹭！"

百姓围住尔两看热闹，金兵放松了警惕，都在看尔们撕抓。邵云扭住尔，拉到金刚面前，说："将军，此地数汝官大，汝为吾评评理。"

金刚挥手说："滚一边去。"

邵云嬉皮笑脸地说："将军，吾与犯人素昧平生，为何要帮尔。大宋军队都非大金帝国对手，吾一个百姓岂非活腻？岂敢与汝等作对？何人统治此地，吾等皆要缴税服役。百姓如蝼蚁一般，军爷抬脚亦能踩死一大片。老天爷亦是予吾一百二十个胆，吾都不敢造反。"

金刚说："算汝识相。"

金刚对邵兴尔们放松了警惕。邵云装着不小心，撞到金刚马前，金刚骂着："眼瞎，找死！"邵兴嘿嘿一笑，趁金刚不备，掏出短刀，刺在了金刚腿上，把金刚推下了马。金兵赶过来扶起金刚。

金刚抽出刀，指挥金兵说："杀光尔等！"

邵兴翻身上马，对百姓说："诸位快动手！"

邵云带的人，马上亮出武器，杀死了身边的金兵。金刚见邵兴邵云早有准备，一瘸一拐带着金兵边战边撤，狼狈逃出了杀胡镇。

邵兴冲到胡夜圣跟前，割断了胡夜圣手上的绳子，取出胡夜圣嘴里的石头，对胡夜圣说："胡英雄，吾等来晚矣，令汝受罪矣。"

胡夜圣就要向邵兴跪拜，邵兴赶紧扶住胡夜圣，说："胡英雄，使不得，使不得！"

胡夜圣说："多谢英雄拔刀相救。"

邵兴说："胡英雄，吾等慕名来投，还望胡英雄收留。"

胡夜圣说："话莫能如此言。此次吾总算明白，独木不成林，靠吾一个人是赶不走金兵报不了杀妻杀女之仇。汝等来得正好，吾正有此意。离此地不远，乃神稷山。神稷山易守难攻，是安营扎寨好地方，不如吾等组织义军，往神稷山抗击金军，汝等以为如何？"

邵兴、邵云兴奋地说："胡英雄，吾等听汝安排。"

胡夜圣在神稷山举起义旗，招兵买马，组织义军。太原百姓，扶老携幼，纷纷来投。神稷山寨，很快就召集了三四千人。胡夜圣自立为大头领，封邵兴、邵云为二头领、三头领，共同处理山寨事务。

金刚逃回金营，完颜活女听了金刚的报告，大骂说："煮熟鸭子岂能让汝放跑？汝有何用？"

金刚说："大帅，杀胡镇来伙不明真相之人，尔等将胡夜圣救走矣。"

完颜活女问："何人大胆，竟敢出手相助？"

金刚说："大帅，末将不知。"

完颜活女问："尔等将胡夜圣带到何方？"

金刚说："大帅，末将不晓。"

完颜活女说："予汝十日，查出尔等行踪。否则，军法从事，休怪吾无情！"

金刚说："大帅，诺！"

金刚灰溜溜地出了大帐，从军中挑选了一部分人，对尔们说："八天之内，查不出胡夜圣与那伙人下落，吾先砍了汝等脑袋。"

金兵出了军营，四处打探，终于打探到了胡夜圣他们的下落，回来报告了金刚。金刚马上向完颜活女报告说："大帅，这几日，吾四处打探，冒着极大风险，差点儿落入胡夜圣圈套，终于打探到胡夜圣这伙人正在神稷山接寨扎营，准备抗击吾军。"

完颜活女冷冷一笑，说："乌合之众，不足为虑，明日汝镇守大营，吾带三千人马，定将踏平神稷山，活捉胡夜圣，杀光尔等，消除后患。"

金刚说："大帅，杀鸡焉用牛刀？末将愿往！"

完颜活女说："汝懂什么？只要将尔等斩尽杀绝，才能令大宋百姓失去斗志，不敢与大金为敌，心甘情愿归顺大金。"

金刚说："大帅，高屋建瓴，末将自愧不如。"

完颜活女朝金刚摆了摆手，金刚长长出了口气，出了完颜活女大帐，总算交了差，完成了任务，保住了自己的性命。

第十一章　起兵抗金

邵兴、邵云派人找来郎中给胡夜圣治病，两人亲自带着神稷山寨义军昼夜抢修栅栏，积极做好防御准备。义军积极性很高，轮流挖壕沟，修栅栏，磊寨墙，神稷山寨一天一个样儿。这天，邵兴抬着木料，正在带人修筑碉楼，看见探报急匆匆返回山寨，邵兴对身边的人说："汝们抓紧时间好好干，吾去前边看看。"邵兴进了大帐，胡夜圣说："二头领，汝来得正好。完颜活女亲自带兵攻打神稷山寨。山寨还莫有竣工，不知汝有何良策？"

邵兴说："大头领，吾有一计，定可破敌。"

胡夜圣说："二头领，请讲！"

邵兴说："完颜活女趁吾军立足未稳，必定带领骑兵轻装出发，想打吾军措手不及。大头领和三头领镇守山寨，吾去抄完颜活女老窝。完颜活女知道老窝被端，必定回援后撤。大头领派三头领带领山寨余部主动追击，吾于半路设伏，与三头领前后夹击，定可大破完颜活女。大头领，以为如何？"

胡夜圣说："二头领，妙，甚妙，汝多加小心！"

邵兴在向导的带领下，带领一部分义军下了山寨，顺着小路，绕道朝金军大营而来。

完颜活女来到神稷山寨，只见寨门紧闭，莫有动静。完颜活女派金元来到阵前高声叫骂："胡夜圣小儿，赶紧投降，饶汝不死！"

大寨里没有动静。

完颜活女说："胡夜圣是不是怯了，弃寨而逃。"

金元说："大帅，杀鸡焉用宰牛刀。末将领兵冲进去，杀尔片甲不留。"

完颜活女说："好！"

金元带领金兵蜂拥来到大寨前，准备翻栅栏。

胡夜圣举起令旗，躲在栅栏后面的义军，一齐亮出武器，齐声呐喊："杀啊——"

金元吃了一惊，完颜活女知道金兵中了计，赶紧命令金兵向后撤退。

胡夜圣对完颜活女喊："完颜小儿，爷爷不怕汝！"

完颜活女说："胡夜圣，汝此次插翅难逃！"

胡夜圣说："汝大话说得早矣！"

完颜活女对金兵说："踏平神稷山寨，重重有赏！"

金兵拿着盾牌，左推右挡，冒着义军的箭雨，迅速冲到栅栏前，就向上爬。

义军站在栅栏上，左劈右砍，把攻上来的金兵砍了下去。金兵没有退缩，继续向前攻。金兵攻了一阵，没有进展。完颜活女停止了进攻，命令火箭手放箭。霎时间，神稷山寨里燃起了熊熊大火。义军既要救火，又要防守，两头难顾，人手明显不足。完颜活女下令进攻，金兵趁机冲上山，攻上了栅栏。胡夜圣拔掉肩上的箭，奋不顾身，朝攻上栅栏的金兵杀着。情势危急，胡夜圣高喊："金兵攻上来矣！"

邵云放弃了救火，带领义军及时上了栅栏，把攻上栅栏的金兵赶了下去。山寨内火势熊熊，刚刚筹集到的粮食烧掉了一半。胡夜圣陷入了两难之地，望着邵兴远去的方向，暗暗地说："二头领，汝得手乎？吾实在是扛不住矣。"

金军久攻不下，完颜活女咬牙切齿地对金兵说："后退者死，前进者赏！"

金兵在完颜活女的威逼下，向神稷山寨发起了新一轮强攻。胡夜圣带领神稷山寨义军，与金军展开了殊死搏斗。

神稷山寨危在旦夕。

邵兴带人冲进金军大营寨，留守大营的金刚做梦也莫有想到义军前来偷营，金刚仓促应战，被邵兴打得落花流水，狼狈逃窜。邵兴冲进金营，夺了粮草，烧了金营，顺着完颜活女进攻的路线，朝神稷山寨里返。

金刚逃到完颜活女跟前，说："大帅，卑职无能，大营已为宋军所占。"

完颜活女怒喝："宋军从何而来？"

金刚说："大帅，卑职不知。"

完颜活女一刀砍了金刚，下令说："撤！"

完颜活女带领金军火速撤退，胡夜圣留守山寨，组织山寨内年老体弱的义军赶紧救火。邵云率领山寨里精壮的义军，尾随在完颜活女身后。金军大部分都是骑兵，走的是大路。邵兴分兵两路，埋伏在大路两侧，静静地等着完颜活女。

完颜活女急急忙忙来到邵兴的埋伏圈，邵兴下令说："拉！"

完颜活女被绊马索绊倒在地。

邵兴喊："放箭！"

金元举着盾牌，边挥刀挡箭，边扶起完颜活女。完颜活女征战多年，经验丰富，从地上站起来，镇静自若地对金兵喊："勇士们，此群乌合之众有何惧哉？杀出去！"

邵兴喊着："弟兄们，报仇时日到矣，杀！"

邵云从后面赶上来，喊着："弟兄们，杀！"

邵兴和邵云前后夹击，把完颜活女围困在中间。

完颜活女久经沙场，临危不惧，对金兵说："大家不要慌，区区毛贼，能把吾们怎么样？勇士们，杀——啊！"金兵见完颜活女从容不迫，从慌乱中摆脱出来，开始反击。金军训练有素，马上恢复了战斗力，完颜活女镇静自若，带着骑兵，在前面开路，金兵紧紧地跟在完颜活女身后，齐心协力，奋力冲杀，如困兽一般，从邵兴阵中杀出一条血路，冲破了义军包围，夺路而走。

邵云说："弟兄们，莫让完颜活女跑矣，追击！"

邵兴说："三头领，穷寇莫追，见好就收！"

邵云说："二头领，应该扩大战果！"

邵兴说："三头领，首战告捷，吾等已达到目的。完颜活女非等闲之辈，莫要追击。"

邵云只得作罢。

神稷山寨义军打败完颜活女后，在山西名声大震，山西百姓纷纷来投。山寨人马不断增加，粮草供不应求。胡夜圣把邵兴请进帐中，对邵兴说："二头领，山寨每日皆有人来投，粮草严重不足，急需筹集。"

邵兴说："大头领，百姓来投乃好事，说明吾等人气旺，有号召力。让吾弟弟邵翼负责筹粮，大头领，以为如何？"

胡夜圣说："二头领，邵翼如今在何处？"

邵兴说："大头领，二弟在安邑老家。"

胡夜圣说："二头领，情况复杂，告诉邵翼筹集粮草之时，应多加小心！"

邵兴说："大头领，多谢厚爱，吾定转告邵翼。"

邵兴秘密潜回了安邑，回到家里，对邵翼说："弟弟，山寨严重缺粮，筹集粮草之事，吾拜托汝矣。"

邵翼说："大哥，不必多礼，能为神稷山寨办事，吾倍感荣幸。等筹集到粮食，吾立即给大哥带信。"

邵兴说："弟弟，如今局势复杂，汝多多保重。"

邵翼说："大哥，放心，吾定当小心从事。汝回家一趟，看看嫂嫂与继春。"

邵兴说："弟弟，男子汉，切莫儿女情长，应以国事为重。"

邵兴等到天黑，从小路悄悄地出了安邑城，秘密返回了山寨。邵翼来到韩家粮铺，对韩掌柜说："韩掌柜，吾有事相求。"

韩掌柜说："邵翼，吾等皆兄弟，汝但说无妨。"

邵翼说："韩掌柜，帮神稷山寨筹一千担粮。"

韩掌柜说："神稷山寨缺粮？"

邵翼说："韩掌柜，正是。"

韩掌柜为难地说："如今此事极不好办。"

邵翼说："韩掌柜，价钱好商量。"

韩掌柜摇摇头说："价钱不是问题。如今宋金交战，粮食乃战略物资，官府管控得紧，即使在安邑买到大批粮食，亦无从安邑运走。"

邵翼说："韩掌柜，汝有何法？"

韩掌柜说："要想帮神稷山寨筹粮，唯有在城外分头准备。"

邵翼说："韩掌柜，听汝言。"

韩掌柜说："如今情势复杂，筹粮之事，要秘密办。"

邵翼说："韩掌柜，诺。"

完颜活女重整旗鼓，召集旧部，派出细作，打听到胡夜圣正在山寨招兵买马。完颜活女心生一计，派冯作人混进了神稷山寨。山寨里伙食很差，每天都是清汤寡水，靠野菜充饥。开饭时，冯作人低声对身边的义军士卒说：

"山寨天天都是这饭，如何吃得消。"

伙夫悄声说："再不运粮，大家都得喝西北风。"

冯作人故作惊讶地说："山寨缺粮？"

伙夫说："天天增加人，能不缺粮乎？"

冯作人说："为何不派人筹粮？"

伙夫悄声说："筹粮之人，早已派出。只是现在还莫有回来。如今兵荒马乱，到处缺粮，粮也不好筹。"

冯作人装出善解人意的样子，说："附近皆是金人，筹粮之事，怕要泡汤。"

伙夫压低声音对大家说："实不相瞒，二头领弟弟邵翼正在安邑秘密筹粮，用不了多日，就能将粮食运回山寨。大家莫要着急，再忍一忍。"

人们理解地点了点头。

冯作人抽空溜出了神稷山寨，把探来的消息报告了完颜活女。完颜活女找来金元，吩咐一番。金元换上便装，带着几个随从出了金营，朝安邑而来。

金元混进安邑城，来到安邑府，对衙役说："汝告知王知府，老朋友求见。"衙役进了府，对王知府说："大人，门外有人自称为大人老相识。"

王知府说："让尔进来。"

金元进了府，王知府看见金元暗暗地吃了一惊，问："汝乃何人？"

金元淡淡一笑，说："王知府好眼力，吾乃金人，张丞相乃吾等主帅老相识。吾有一事，请王大人从中帮忙。"

王知府故作镇静地说："两国交兵，不斩来使。汝请回。"

金元来到王知府跟前，说："王大人，张丞相正在斡旋大宋与大金议和，若汝不帮，吾告到张丞相处，后果汝应该清楚。"

王知府看着金元，低声下气地说："将军，汝有何事？"

金元说："王大人，请汝阻止邵翼，不许将粮草运出安邑城。"

王知府说："邵翼乃何人？吾不认识。"

金元威胁着说："邵翼乃神稷山寨二头领邵兴之弟，邵兴派尔在安邑筹粮。若邵翼从安邑带走半粒粮草，完颜活女将军禀告完颜宗翰主帅，完颜宗翰主帅责成大宋丞相张邦昌，张丞相就会以破坏议和罪名治汝于死罪！王大人，汝好自为之，安邑有吾等眼线。"

王知府赶紧说："将军，卑职不敢。"

金元走后，王知府对手下说："如今官不好做，大宋非金军对手，必须为己留条后路，既不能得罪金人，亦不能得罪义军，必须两头讨好。"王知府出了府，来到韩家粮铺，找到韩掌柜说："韩掌柜，听人言，汝为神稷山筹粮？"

韩掌柜果断地说："大人，莫有此事。"

王知府说："韩掌柜，莫有就好。若汝将粮食运出安邑，本府如何坚守安邑？"

韩掌柜说："大人，小人岂敢！"。

王知府假惺惺地说："韩掌柜，胡夜圣抗击金军，本府应大力支持，无奈朝廷有令，本府必须照章办事，对神稷山寨筹粮之事，亦是爱莫能助。汝等可以往别处筹粮，本府绝不干预。"

韩掌柜说："王大人，吾乃守法商人，违法之事，吾绝不会干。吾明白大人难处，定不会为大人制造麻烦，请大人放心。"

王知府说："汝明白亦好。国法如山，吾亦是无能为力，请汝为神稷山义军多多解释。"

韩掌柜说："王大人，一心为国，吾能理解大人苦处。"

王知府说："汝如此想就对矣。吾等一举一动，皆受朝廷控制，而朝廷小人当道，为非作歹，吾乃下层官吏，生活于夹层之中，唯有战战兢兢，两头讨好。吾有妻儿老小，靠吾微薄俸禄过活，亦不容易。"

王知府走后，邵翼从书房后走了出来，说："韩掌柜，筹粮之事吾等不能耽搁矣，山寨一日不能无粮。若完颜活女围而不打，山寨亦不攻自破，后果不堪设想。"

韩掌柜说："大宋一心和谈，基层官吏为乌纱帽，左右逢源，都在设法自保，谁还会想到百姓死活？吾等抓紧时间，将城外收购之粮草，立即送往山寨。"

邵翼说："吾即刻前往，通知邵兴。"

韩掌柜积极动员，百姓热烈响应，把家里的余粮带出了城外，偷偷地卖给了韩家粮铺在城外设的收购点，韩掌柜把收购点收购数量逐个统计之后，已经收购二百多担粮食了。

邵翼亲自来到山寨，胡夜圣对邵翼说："如今粮草不好筹，官府管控得紧，汝辛苦矣。"

邵翼说："大头领，不必客气，能为神稷山寨做事，吾感到异常荣幸。"

胡夜圣说："二头领，汝火速下山，带人将粮食尽快运回山寨，不得有误。"

邵兴说："大头领，诺！"

邵兴随邵翼下山，带人悄悄地把粮食运回了山寨。

金元从安邑回来，对完颜活女说："大帅，神稷山寨目前还莫有从安邑筹到粮草。"

完颜活女听了金元的汇报，兴奋地说："天助吾也。"

完颜活女把诸将召进大帐，对他们说："诸位将军，整顿本部人马，火速进攻神稷山寨，不得有误。"

完颜活女拔寨起营，带领所部人马，浩浩荡荡，朝神稷山而来。

胡夜圣接到探报，跟邵兴、邵云商议之后，安排义军准备滚木、石块等防御物资，在山寨四周挖壕沟，挖陷阱，设障碍，积极备战。

完颜活女来到神稷山寨，派兵攻打，冲上来的金兵，大多数跌进了陷阱。完颜活女恼羞成怒，命令金兵继续进攻。金兵冲到山寨前，义军躲在栅栏后，向金军放箭。金兵又被打得退了下去。完颜活女命令金军轮番进攻，没有奏效。完颜活女亲自督战，金兵攻到壕沟前，义军用石块砸得金兵无法靠近，金兵久攻不下，没有进展。完颜活女无计可施，停止了进攻，在山寨前安营扎寨。

金元对完颜活女说："大帅，末将有一计。"

完颜活女说："但讲无妨。"

金元说："大帅，神稷山寨二头领邵兴之弟邵翼，正在安邑筹粮，将尔抓来引诱邵兴投降。"

完颜活女说："此计可行，快去快回。"

金元换成便装，带人潜入安邑，来到府，对王知府说："王大人，吾等又见面矣。"

王知府说："将军，又有何事？"

金元说："王大人，再帮吾忙？"

王知府说："将军，请讲！"

金元说："王大人，邵翼如今在何处？"

王知府说："将军，找尔为何？"

金元说："王大人，实不相瞒，吾军久攻神稷山寨不下，想用邵翼劝降邵兴。"

王知府说："将军，邵翼亦在韩家粮铺。"

金元说："王大人，汝能确定？"

王知府说："将军，前几日，吾路过韩家粮铺，曾经见过。"

金元说："王大人，多谢。"

金元出了府，带人来到韩家粮铺，站在门口左右看了看，见无人注视，径直进了粮铺，粮铺伙计马上迎上来，问："客官何事？"

金元压低声音说："邵翼在不？"

伙计看着金元，反问道："吾不清楚客官所言何人？"

金元看着伙计，抓耳挠腮，装出着急的样子，自言自语说："邵头领言尔在此，派吾为尔带话，如今见不到邵翼本人，吾莫法交差。如何是好？"

伙计见金元情真意切，马上改口说："客官，请稍等。"

金元装出无可奈何的样子说："诺。"

伙计进了里间，对韩老板说："邵头领有事派人来找邵翼。"

韩掌柜说："人在何处？"

伙计说："正在大厅。"

韩掌柜说："快请！"

金元进了里间，看见里面坐着两个人，金元不知道那个是邵翼，边施礼，边用眼睛余光扫着尔们说："金军正在攻打神稷山，神稷山粮草严重不足，大头领异常着急，令二头领派吾来催，何时才能将粮草送回山寨？"

邵翼着急地站起来说："粮草刚运回去矣。"

金元说："人多消耗大，而金军知道山寨缺粮，围而不攻，欲饿死吾等。"

邵翼转身对韩掌柜说："下一批粮食，何时筹到？"韩掌柜说："最近几日。"

金元拔出刀，冲到韩掌柜面前，韩掌柜说："汝意欲何为？"

金元把脸一板，狞笑说："吾乃金人。"

韩掌柜说："汝——"

金元手起刀落，杀了韩掌柜。

邵翼一下子明白了过来，想逃却无路可走，被金兵扭住了胳膊，金兵用毛巾塞住了邵翼的嘴，把邵翼绑了起来。

金元站在小房屋门口，对伙计说："韩掌柜有请汝等。"伙计马上进了小房屋，金元和金兵杀了伙计，掩上小房门，带着邵翼，出了韩家粮铺，上了马车，出了安邑。金元快马加鞭，带着邵翼来到神稷山金军营中。

完颜活女押着邵翼来到神稷山寨前，派人高声喊："邵兴，快快投降，吾饶汝弟不死。"

邵兴站在寨墙上，看见邵翼，指着完颜活女说："完颜活女，卑鄙无耻，小人勾当！有本事来攻山寨！"

完颜活女说："邵兴，若非汝救走胡夜圣，岂有今日之事？"

邵翼说："大哥，给吾痛快，莫要中金军奸计，来世吾等亦做兄弟。"

邵兴对邵翼说："兄弟，好兄弟，谢谢汝理解，来世吾等亦做兄弟。"

完颜活女对邵兴说："邵兴，降亦是不降？痛快点儿！"

邵兴说："完颜活女，汝休想！"

完颜活女对金元说："先拖一圈。"

金元骑着马，用绳子一头绑住邵翼的双手，另一头绑在马鞍上，抛开绳子，狠狠地抽了马一鞭子，马撒开四蹄，一路狂奔。邵翼踉踉跄跄跟在马后，跑了一段路后，精疲力竭，被马曳倒在地。金元拖着邵翼在阵前绕了一圈，返到邵兴面前，派金兵把邵翼扶起来，让邵兴看。邵翼的前胸、腿面上的衣服已经磨破了，血肉模糊，惨不忍睹，不成人样。邵翼咬紧牙关，看着金元。义军看着邵翼，心里哆嗦着。邵兴看着完颜活女残酷地折磨弟弟，眼睛快要从眼眶里蹦出来，邵兴怒骂道："完颜活女，汝乃畜生，不得好死！"

完颜活女说："邵兴，邵翼性命握于汝手，汝降亦是不降？"

邵翼使出浑身的劲儿，吐了完颜活女一口，骂道："完颜活女，汝休想！"

完颜活女说："吾看汝骨头硬，亦是地硬？再绕一圈。"

金元拉着邵翼绕回来的时候，邵翼的肋骨和腿骨已经完全暴露了出来，邵翼被金元活活地给拖死了。胡夜圣看着邵翼，把眼泪一擦，气愤地说："二头领，战死总比气死强，打开寨门，吾与完颜活女同归于尽。"

邵兴说："大头领，不能因小失大，中完颜活女奸计矣。汝心意吾已领矣，邵翼地下有知，亦会体谅吾等难处。"

胡夜圣说："二头领，邵翼乃汝亲弟，吾忍不下这口气。"

其尔人附和着说："大头领，杀出去，为邵翼报仇！"

邵兴说："大头领，请汝三思。"

邵云说："大头领，二头领所言极是，请勿中了金人奸计。"

胡夜圣说："二头领、三头领，汝等请勿多言，守好寨子，吾会会完颜活女，挫挫金军锐气。"

邵兴、邵云没有劝住，胡夜圣带着义军杀出了寨门。

完颜活女命令金元拖着邵翼的遗体，且战且退，胡夜圣为了夺回邵翼的遗体，紧追不放。邵兴站在碉楼上，对着胡夜圣大声喊："大头领，大局为重，小心中金军奸计矣。"

完颜活女转身对胡夜圣说："汝有何本事，亦欲抢回邵翼尸体，真乃自不量力。"

胡夜圣对完颜活女喊："有本事汝莫逃！"

完颜活女说："汝有本事亦来追！"

胡夜圣追了四五里地，金军停了下来，金军调转马头朝胡夜圣扑来。金骑绕到胡夜圣军身后，截断了胡夜圣的后路。金军步骑前后夹击，胡夜圣前后受敌，义军无法抵御，逼迫后撤。胡夜圣后悔莫及，知道上了完颜活女当。

邵兴对邵云说："吾救大头领，汝守山寨。"

邵云说："二头领，汝要多加小心。"

邵兴带着义军出了山寨，集中兵力，在金骑中部，撕开了一道口子，帮助胡夜圣冲出了金军的包围，义军丢下大批尸体。完颜活女紧追不放，大喊："拦住尔等，莫要放虎归山。"金军死死地咬住胡夜圣，胡夜圣且战且退，在邵兴掩护下，狼狈撤到寨门口，金军紧追不舍。情势危急，邵兴对邵云："三头领，快放箭！"

邵云说："二头领，伤及大头领如何是好？"

邵兴说："三头领，情况危急，到时大头领怪罪下来，吾担着，快快放箭。"

邵云赶紧下令说："放箭！"

寨内义军一阵乱箭，射退了追兵，也射在了胡夜圣的右臂上。胡夜圣逃回寨子，随从质问邵云："三头领，汝居心何在？汝欲夺权乎？"

邵兴说："大头领，情况危急，吾令邵云放箭。"

胡夜圣的随从反驳说："二头领，大头领是为汝弟而战。"

邵云十分难堪，邵兴无言以对。

胡夜圣说："二头领做得对，怨吾报仇心切，差点儿酿成大祸。"

神稷山寨这次损失惨重，伤亡了不少人，士气低落。每天早上，完颜活女派兵叫阵。在邵兴的建议下，胡夜圣据寨而守。

山寨缺粮，胡夜圣夜晚组织敢死队，夜袭金营，掩护信使突破了金军重围。信使找到附近州县宋军，信使对宋军说："完颜活女围攻神稷山寨，胡头领请汝等派兵增援。"

宋军将领说："汝回去告诉胡头领，吾军马上就到。"

信使冒着极大的风险，返回神稷山寨，兴奋地对胡夜圣说："大头领，吾等再坚守几日，官军马上就到。"

胡夜圣高兴地说："神稷山寨总算有希望矣。"

义军听说后，精神振奋。大家等啊，等啊，盼啊，盼啊，没有等到官军。胡夜圣把信使叫来，问："官军何时回到？"

信使说："官军令吾先行，尔等随后就到。"

邵兴说："大头领，不怨尔，官军畏金军如虎，岂会出手相救？"

胡夜圣说："二头领，如今吾等意欲何为？"

邵兴说："大头领，靠人不如靠己。"

北风呼啸，义军冻得瑟瑟发抖，缩着脖子，抱着武器，避着寒风，跺着脚，站在栅栏后面，看着山下金军边在烤火，边喝酒吃肉。守寨义军看着喉结一上一下，反复咽着唾沫，肚子不争气地叫着。感觉天更冷了，衣更单了。大多数义军已经冻伤了，手脚冻得圆圆的，像鳖，失去了知觉，用火烤后，痒得难受，越抓越舒服，抓破了皮，流出了血。还有一些体弱多病的士卒，被活活地冻死了。

神稷山寨难以攻克，完颜活女欣赏胡夜圣的骨气，打算劝降。完颜活女从军中找到一位能说会道的人，派尔来到阵前。金使冲着山寨高喊："胡头领，只要投降金国，完颜活女将军保证胡头领享不尽荣华富贵。"

胡夜圣站在山寨高声说："滚回去，请转告完颜活女，要想令吾投降，除非吾妻女起死回生。"

金使说："胡头领，人生苦短，该行乐时亦行乐，何必虚度光阴苦自己？汝投降之后，还愁莫有女人乎？"

胡夜圣说："滚，再不滚，吾射死汝！"

金使说:"胡头领,吾为汝好,也亦为神稷山义军弟兄们好。只要汝投降,马上有酒、有肉、有棉衣。"

胡夜圣说:"若分不清好坏,吾亦为人乎?"

金使说:"神稷山寨已经到山穷水尽地步矣,汝不投降,亦会困死。识时务者为俊杰,请胡头领做出明智选择!"

胡夜圣拿弓搭箭,射在了金使脚前,金使大惊失色,连忙返回金营,对完颜活女说:"主帅,胡夜圣誓死不降。"

完颜活女说:"莫想到胡夜圣一介匹夫,比大宋官吏亦有骨气。既然不降,吾成全尔。吾等围而不攻,困死尔等。"

完颜活女从年底一直把神稷山寨围困到第二年三月。山寨里的马匹杀完了,草根都挖遍了,老鼠洞都掏空了,能吃的都吃光了。士卒有病无药可治,义军减员严重,神稷山寨到了山穷水尽。邵兴、邵云每次巡寨,看到义军忍饥挨饿,心里很不是滋味。邵兴望着四周的群山,暗暗思忖:照这样继续坚守山寨,即使金军不打,义军也会寨毁人亡。

邵兴长叹一声,邵云说:"二头领,再不突围亦来不及矣。"

邵兴说:"三头领,岂能困死在此?"

邵云说:"二头领,找大头领再做商议。"

邵兴说:"诺。"

邵兴、邵云一起来到胡夜圣帐中,胡夜圣说:"二位头领,汝等有事?"

邵兴说:"大头领,若继续坚守神稷山寨,乃死路一条。"

胡夜圣说:"二头领,汝有何良策?"

邵云说:"大头领,吾等及早突围。"

胡夜圣看着邵兴,邵兴说:"大头领,树挪死,人挪活。现在亦非最坏之时,应早下决心。否则,再坚持下去,吾等想突围都莫有能力矣。"

胡夜圣说:"二位头领,令吾再想想。"

邵兴说:"大头领,突围乃神稷山寨唯一出路,莫有第二种选择。拖得时间越长,士卒战斗力越弱,对吾等越不利。"

胡夜圣出了大帐,看着死气沉沉的寨子,听到义军痛苦的呻吟,紧了紧破败的棉衣,从寨子里转了一圈,叹了口气,说:"二位头领,今晚突围。汝等抓紧时间安排。"

　　夜深人静，义军悄悄地出了神稷山寨。邵兴邵云带领敢死队来到金军大营，杀了金军岗哨，趁着金兵熟睡，带领敢死队一鼓作气，冲进金营。完颜活女出了营帐，组织金军反攻。邵兴邵云带领敢死队猛冲猛攻，杀退金军，为后续义军杀开一条血路，掩护胡夜圣突破了金军防线。邵兴邵云不敢恋战，趁着夜色，向约定地点集结。

第十二章　遭受挫折

　　宋朝割三镇予金国，宋金达成了"城下之和"。宋军为了加强汴梁的防守，马上派遣种师道、种师中援河北。姚古援河东的时候，李弥大身为河东宣抚副使，见河东防守空虚，马上上奏朝廷，请求朝廷把河东西境麟、府诸郡及陕西兵增援姚古，调遣河东路及京东近郡兵以济种师中、种师道，为腹背攻劫之图。朝廷不但莫有批准李弥大的计划，反而解除了李弥大河东宣抚副使的职务。李弥大不以为意，只要为国出力，个人得失算得了什么？李弥大带领所部，在河东一带，积极备战，随时待命，开赴新的战场。

　　张师正不顾李彦仙的安危，放弃了河东城。李弥大知道后，义正词严地对部将说："如今正是朝廷用人之际，张师正饱食君恩而不知图报，不顾李彦仙安危，弃城逃跑，影响极坏，为维护朝廷尊严，吾决定带领汝等，诛杀张师正，以正朝纲。"

　　部将说："主帅，诺！"

　　张师正如惊弓之鸟，狼狈逃窜。突然，胜捷军前面出现了一股人马，张师正心惊胆战地对部众说："完矣，完矣，刚出虎口，又进狼窝，这下完矣。赶紧调头，谨防金军前后夹击。"

　　胜捷军刚刚调头，部将突然发现是李弥大的旗帜，兴奋地对张师正说："大帅，大帅，乃李弥大将军队伍。"

　　张师正说："汝等不会弄错。"

　　部将说："大帅，不会错，汝快看！"

张师正定睛仔细一看，果然是李弥大的将旗，张师正长长地松了一口气，对胜捷军说："虚惊一场，原来是李将军。吾等终于逃出虎口，可以松口气，歇息矣。"

张师正来到李弥大跟前，双拳一抱，说："李将军，多谢出手相助。"

李弥大看着张师正，对手下说："将张师正拿下！"

张师正说："李将军，吾何罪之有？"

李弥大说："张师正，抛弃李彦仙，不战而逃，动摇军心，按大宋律，罪当应诛！"

张师正辩解说："李将军，吾于河东与金军激战多日，屡败金军，受到朝廷封赏数次。无奈此次金军势大，吾军非金军对手。为给大宋保留实力，日后为国家效力，万般无奈之际，唯有舍卒保车，吾只有带胜捷军转移。李将军，吾等不是逃跑，而是战略转进。"

李弥大说："张师正，身为朝廷命官，不知廉耻，死到临头，还在辩解，吾为汝脸红！拉出去，砍了。"

张师正大喊："李弥大，汝无权处置吾？吾要禀告张丞相！"

李弥大说："张师正，像汝此种败类，人人有权杀汝。"

张师正人头落地，李弥大用枪挑着张师正的人头对胜捷军士卒说："胜捷军诸位将士无罪，罪责全在张师正一人。朝廷养兵千日，用兵一时，现在正是汝等报效朝廷之时，希望汝等以大局出发，为国出力，抗击金军。若不战而逃，动摇军心，张师正乃汝等下场，吾绝不留情，杀无赦！如今完颜宗望率领金军攻打真定，吾愿与胜捷军众兄弟一道，驰援真定，吾决定与完颜宗望决一死战。汝等有莫有信心？"

胜捷军诸将士卒都慑于李弥大的军威，没有人敢反抗，胜捷军诸将士勉强地说："将军，吾等誓死效忠，听从将军调遣！"

李弥大说："吾在此先谢谢各位，现在，吾等合兵一处，开赴真定！"

真定（今河北正定），与北京、保定合称"北方三雄镇"，三国名将赵云的故乡，地处冀中平原，地理位置优越，交通便利，是兵家必争之地。北宋至道年间，分辖区为十五路；熙宁时，分为东西两路，东路治所设在大名府，西路治所设在真定府。

秋高气爽，在李弥大部的监视下，胜捷军将士万般无奈，只得按照李弥大设定的路线，硬着头皮朝真定进发。当晚宿营的时候，胜捷军趁着天黑全部逃走。

　　1126年9月，完颜宗望攻占井陉、真定。李弥大兵微将少，走到半路，听说真定已经失守了，只得率军撤了回来。

　　李弥大上奏宋钦宗，说明胜捷军张师正的情况。宋钦宗对群臣说："朕平时待张师正不薄，等到用尔之时，张师正不战而逃，胜捷军不战而散。武将靠不住，亦是文官一心为国，忠心耿耿。李弥大为替朕除害，功不可没。李弥大忠勇可嘉，朕封李弥大为陕州知州，汝等以为如何？"

　　张邦昌说："陛下，英明！"

　　李纲感到脸上无光，主战派都认为张师正死有余辜。

　　李彦仙过了黄河，四处打听，终于打听到李弥大除了张师正，被朝廷封为陕州知州，现驻守在陕州城。李彦仙就带领残部朝陕州城而来。

　　陕州（今河南三门峡市陕州区），东有崤山关，毗邻中原腹地；西有函谷关，与潼关、关中平原相接；南有雁岭关，与两湖相承；北临黄河，与山西相对；锁南北之咽喉，扼东西之要道。与三省为界居河而治，自古就是兵家必争之地。陕州守城士卒看见一支队伍，慢慢地朝陕州城而来。守城士卒立即关闭城门，拉起吊桥，严阵以待。

　　李彦仙命令余部停止前进，单骑来到陕州城下，对守城士卒说："城上弟兄，吾乃李彦仙，请汝们转告李大人，吾率领河东义军余部前来相投。"

　　守城小校说："汝就是在河东抗击金军之李彦仙？"

　　李彦仙说："正是在下。"

　　小校赶紧说："李将军，汝稍等，吾马上去通报李大人。"

　　小校跑下了城墙，来到陕州府，说："李大人，李彦仙带军来投。"

　　李弥大问："李彦仙人在何处？"

　　小校说："李大人，就在陕州城下。"

　　李弥大说："打开城门，快快有请。"

　　李弥大出了陕州城亲自来迎，李彦仙看见李弥大，赶紧下马，快步来到李弥大跟前，说："李大人，败军之将，用不着大人亲自来迎。"

　　李弥大说："李将军，河东一战成名，令人佩服！"

　　李彦仙说："李大人，愧不敢言。河东城现已落入金军之手。"

李弥大说："李将军，不是汝之错，乃张师正临阵逃脱，铸成今日之局。"

李彦仙说："李大人，匡扶正义，整肃朝纲，张师正罪有应得。"

李弥大说："李将军，过去之事，暂且不提，请随老夫进城！"

李彦仙说："李大人，您请！"

李弥大挽着李彦仙的手，同时进了陕州城。陕州城百姓出了家门，争着来看李彦仙。李彦仙身高八尺，气器宇轩昂，一表人才，果然名不虚传。李彦仙随李弥大进了府，李弥大设宴款待李彦仙及河东义军。酒过三巡，李弥大诚恳地问："李将军，汝与金军激战数次，胜多败少。金军大军压境，吾军人心惶惶，不知汝对西北防务有何高见？请据实道来。"

李彦仙说："李大人、诸位将军，李彦仙一介匹夫，在此献丑矣。如有不妥之处，请各位指正。既然李大人坦诚相见，吾矣不客气。西北地形复杂，多山地，不利于金骑作战。金军远道而来，后勤补给线长，打持久战于金军不利。金军急于速战速决，吾军正好利用地形上便利，据险而守，不与金军直接正面冲突，利用地形巧妙设伏，积小胜为大胜。发动百姓，组织义军，联合一切抗金力量，只有吾等众志成城，何愁金军不灭？"

李弥大说："李将军，说得好，说得好！汝战略思路与吾不谋而合，李将军乃难得之将才。"

李彦仙说："李大人，芈某愧不敢当。"

李弥大说："李将军，今后有何打算？"

李彦仙说："李大人，吾愿在汝麾下效力。"

李弥大说："李将军，吾求之不得。有李将军相助，如虎添翼。李将军，暂且委屈汝为陕州城裨将，汝以为如何？"

李彦仙从酒桌前站起来，把双手一抱，说："李大人，谢谢厚爱，末将遵命！"

李弥大说："李将军，崤渑多山地，地势险要，易守难攻，素有陕州门户之称。丢崤渑，陕州难保，陕西难保，恳请李将军带兵把守，不得有误。"

李彦仙说："李大人，请汝放心，末将尽心尽责，确保崤渑万无一失。"

李弥大说："李将军，有汝这句话，吾就放心矣。如今陕州城兵少将少，物资紧缺，困难重重，还望李将军能够晾解。"

李彦仙说："李大人，不必多滤，好男儿不图家产，吾一定想办法克服。"

李弥大把李彦仙送出了陕州城，两人恋恋不舍地告别。李彦仙来到崤渑一带，发现这里道路狭窄，多山地，是驻军的好地方。李彦仙经过仔细勘察，选择地势最高的山头安营扎寨，在营寨四周，深挖壕沟，就地取材，用石头修筑防护墙当掩体。李彦仙为了解决士卒不足，马上召集人马，为长期坚守在崤渑，积极备战。

1126 年 11 月，金军撕毁和议，派完颜宗望率领大军，渡过黄河，再次围困汴京。宋钦宗遣使下诏，命令永兴军统帅范致虚统帅六路大军，火速增援汴京。范致虚请李弥大来军中商议军务，李弥大不敢怠慢，马上把陕州城军务交于经制史王燮把守。

李弥大临行前，派小校对李彦仙说："一定要死守崤渑，崤渑丢了，陕州亦难保，将军切记！"

李彦仙对小校说："请汝回去转告李大人，李彦仙誓与崤渑共存亡！"

李弥大听了小校的汇报后，欣慰地说："李彦仙临危受命，真不愧大宋好男儿！"

李弥大带兵行至方城，道路阻隔，无法到达范致虚军中。于是，李弥大带领所部人马，奔赴康王大元帅府。

李彦仙只身从崤渑军中来到永兴军大营，小校问："汝乃何人？"

李彦仙说："陕州裨将李彦仙，有要事禀告范帅。"

小校说："李将军，等一下，容吾通报大帅。"

小校进了帅帐，对范致虚说："大帅，陕州裨将李彦仙有要事在帐外等候。"

范致虚不屑地说："让尔进来。"

李彦仙进了帅帐，对范致虚说："末将参见大帅！"

范致虚不耐烦地说："大战将至，汝不待在崤渑防地，来到此处为何？"

李彦仙说："大帅，崤渑多山地，乃险要关隘。大军前进后退首尾难顾，容易溃散。末将斗胆进言，恳请范帅出关之时，应派一路人马扼守陕西，大军分道并进，寻找时机出关，否则——。"

范致虚一阵冷笑，打断李彦仙的话，讥讽说："老夫带兵多年，岂能不如汝小小裨将乎？汴京危急，吾军应该快速出兵相救，怎能畏缩不前？像汝这等贪生怕死、沮丧军心之辈，李弥大怎能委任汝为陕州裨将？如若再发危险言论，蛊惑吾军，定斩不饶！来人，将李彦仙革职调离崤渑防地。"

李彦仙说："大帅，吾一片苦心，都是肺腑之言，切莫轻敌，切莫感情用事。"

范致虚对小校怒吼道："汝等还不赶快用乱棍将李彦仙打出大帐。"

李彦仙身中数棍，被范致虚赶出了军营。李彦仙跪在军营外，仰天长叹说："范致虚刚愎自用，不懂用兵，轻敌冒进，必败无疑。大宋自毁长城，岂能将国家重器交予范致虚此等酒囊饭袋之手？老天爷，睁睁眼！士卒无罪，百姓无罪，范致虚之错，岂能让千千万万百姓偿还？"

范致虚不听李彦仙的忠告，一意孤行，带领六路大军来到千秋镇（今河南义马市千秋镇）。宋军还没有来得及摆好阵形，拉开架势，完颜宗望命令金骑迅速出击，打得范致虚措手不及，招架不住。宋军全线溃败，诸将无心恋战，士卒争着逃命。金军紧追不放，草木皆兵，宋军惊恐万分，自相践踏，死伤无数。大宋集结起来六路大军，土崩瓦解。永兴军被范致虚这个庸碌之辈给毁了。

历史往往就是这样，位卑权轻者就是百分之百正确，由于无人重视，都被视为马后炮，也被所有的人给忽略了。

汴梁成了一座孤城，处在了金军重重包围中。宋钦宗成了金军的囊中物、盘中餐。

第十三章　巧取陕州

1126年闰11月，完颜宗翰与完颜宗望合兵一处，共同攻打汴梁。康王受命为天下兵马大元帅，宋钦宗命令康王率河北兵马救援汴梁。康王重兵在握，看到大宋摇摇欲坠，不甘居人之下，为给自己上位违反圣旨，移屯北京大名府（今河北大名）后，觉得还不够安全，继而又移到东平府（今山东），以避金军锋芒。汴梁城没有外援，完全暴露在金军面前。数日之后，大宋都城汴梁沦陷。

完颜宗翰遣使进入汴梁城，金使进了大殿，当着大宋君臣的面，傲慢地对宋钦宗说："大帅有令，请汝马上随吾往青城（河南开封）军中，不得有误。"

宋钦宗战战兢兢地看着群臣，说："朕身体不适，令张丞相替朕前往。大金有何条件，朕全部答应便是矣。"

金使瞪着宋钦宗说："此事由不得汝！汝今日不去也得去！"

宋钦宗满怀期望地看着群臣，群臣低头没人敢言。

宋钦宗失望地抬起头，看了殿顶一会儿，好像看到了列祖列宗发怒的眼神儿，宋钦宗感觉脊背有无数的钢针扎着自己，宋钦宗痛苦地低下头，对金使说："朕去，请莫要难为尔等。"

宋钦宗走下大殿，金使押着宋钦宗来到青城金营。

完颜宗望看着宋钦宗，明知故问："来者何人？"

宋钦宗咬咬牙为自己鼓劲儿说："朕乃大宋皇帝陛下赵佶。"

完颜宗望嘲讽地说："哦，原来汝就是大名鼎鼎之赵佶，久闻不如一见。

如今汝在何处，竟敢称朕？赐座！"

金人给宋钦宗搬了一个小木墩，宋钦宗面对完颜宗望，像犯人一样，只得坐下。金人把拟好的条款送到宋钦宗面前，宋钦宗抖抖索索接到手里一看，吃了一惊。金人提出赔偿金一千万锭，银两千万链，缣帛两千万匹，马七千匹，割两河地（黄河以北地），宋遣使臣往两河各州县宣旨开城投降。

金人狮子大开口，条件苛刻。金使把笔强行递到宋钦宗手里，宋钦宗抖抖索索，难以下笔。大帐里的金将拔出刀，恶狠狠地看着宋钦宗，宋钦宗把眼睛一闭，心里拔凉拔凉的，屈辱地在条款上签下了名字。

完颜宗望看着宋钦宗，一阵狂笑。宋钦宗心惊肉跳，瑟瑟发抖，不知道金人如何处置自己。完颜宗望指着宋钦宗，说："瞧，汝胆小如鼠，岂能配做大宋皇帝？为吾喂马亦不够格。"

宋钦宗低着头，金将"哈哈"大笑。

世人都知当官好，落架凤凰不如鸡，虎落平阳被犬欺，亡国之君不如普通百姓。此时此刻，宋钦宗理解了唐后主，明白了唐后主流传千古的佳句："问君能有几多愁，恰似一江春水向东流。"此时宋钦宗，真是生不如死啊！

1127 年 2 月，金军把汴梁城中公私积蓄洗劫一空，虏二帝及赵氏皇族、后宫嫔妃、朝臣等三千余人，统统押解北上。宋徽宗、宋钦宗已经失去了价值，金太宗下旨降诏，贬宋徽宗、宋钦宗为庶人，关押在五国城。赵太祖一手建立起来的宋朝，被金军灭亡了。中原温暖潮湿，金人待不惯，不愿久居，都想返回北方。金国内部经过反复权衡，决定在中原为大金帝国寻找一个代言人，一个傀儡的儿皇帝，保证宋的赔偿协议落到实处。同年 3 月，大金帝国封原宋相张邦昌为楚帝，建都汴梁城。

1127 年 5 月 1 日，康王赵构顺应时势，在南京应天府（今河南商丘）即位，改元建炎，成为南宋第一位皇帝。宋高宗迫于抗金形势，继续起用主战派李纲为宰相。

1127 年冬，大金帝国进攻南宋。完颜宗翰领诸将分征河南，右副元帅完颜宗辅率众征山东。金太宗下诏追击宋高宗，宋高宗听后心惊胆战，不听李纲忠告，主动放弃了应天府，罢了李纲的相位，起用奸臣汪伯彦、黄潜善等，仓皇逃到了扬州。

完颜宗翰派遣金军攻打陕州，经制史王燮抵挡不住，率众弃城而逃。陕州城宋军无法逃脱，在金军的威逼下，不得不投降了。金兵轻而易举，占领了中原门户重镇陕州城。金军攻城略地，不断扩大战果，完颜宗翰感觉兵力明显不足，完颜宗翰为了彻底消灭河南宋军主力，只得从占领区抽调兵力，支援前线金军。金军在陕州城留下少数金兵，其余金兵调往前线。

　　李彦仙被范致虚调离崤渑防地后，得知经制史王燮放弃陕州城已经逃跑，李彦仙马上在三嘴山以石壕尉身份招抚逃散宋卒，组织军队，继续抵抗金军。从陕州城逃出来的宋军士卒，听说李彦仙在三嘴山招兵，直接前来投奔李彦仙。如今形势险恶，唯恐金军奸细混入作乱。李彦仙不敢大意，对每个人都要进行详细的询问，李彦仙问："汝如何称呼？"

　　士卒说："报告将军，吾名王鹏。"

　　李彦仙问："汝从何而来？"

　　王鹏指着身边的人说："将军，吾等皆从陕州城逃亡而来。陕州城莫有逃走之人，逼迫投降金军矣。"

　　李彦仙说："不怨尔等，朝廷腐败无能，用人不当，造成今日之结局。汝等乃大宋好男儿。汝等想不想收复陕州城？"

　　士卒们齐喊："将军，吾等做梦都想。"

　　李彦仙说："王鹏，吾令汝带领尔等返回陕州城，做好潜伏准备，等时机成熟，吾派人到陕州城与汝联系。收复陕州城，吾为汝等请功。汝等以为如何？"

　　王鹏说："将军，听从安排。"

　　他们都说："将军，听从调遣。"

　　李彦仙说："好，收复陕州城，亦要仰仗汝等，到时汝等皆为大宋功臣！"

　　王鹏他们又返回到陕州城，守城金将拦住了他们问："站住！汝等乃何人？"

　　王鹏他们放下武器，跪在地上，举起手，可怜兮兮地说："将军，吾等是从陕州城里逃出去的宋军。"

　　金将说："汝等既然逃走，为何又返回来了？"

　　王鹏说："将军，外面兵荒马乱，莫有吃的，还不安全。吾等在外面已经饿了好几顿，实在是混不下去了，只好返回来，请将军收留吧。"

　　金将对守城的宋军降卒问："汝认识尔等乎？"

　　宋军降卒说："将军，认识。尔等原来跟吾等是一伙，驻防于陕州城。"

　　金将说："算汝等识时务，吾现在给汝等一个改错机会。若再有二心，背叛吾军，定斩不饶！"

王鹏他们说："将军，谢收留之恩。"

王鹏他们进了陕州城，金将还是放心不下，把他们分到了各营。王鹏他们就在各营里四处活动，笼络宋军，为收复陕州城做准备。

李彦仙看着三嘴山上日益壮大的队伍，陷入了深思。百姓良莠不齐，纪律散漫，私心严重，要想打败金军，若没有铁的纪律，无法与训练有素的金军抗衡，这支队伍就是一群乌合之众。

翠花男人战死沙场，带着儿子东躲西藏，四处流浪。听说李彦仙在三嘴山招兵，带着儿子前来投奔。走到半路，遇上了牛蛋。翠花徐娘半老，模样俊俏。牛蛋起了歹心，对翠花说："三嘴山莫要女人。"

翠花说："如何是好？"

牛蛋说："令汝子先行，吾为汝设法。"

翠花对儿子说："狗娃，汝先上山，吾与汝叔言语言语。"

翠花儿子应着，朝山上走了几步，就返回身，躲在了树后。牛蛋把翠花骗进树林后，四下望了望，见这里十分僻静，顿生恶胆，不顾一切脱了翠花的裤子。翠花挣扎着骂："畜生，猪狗不如，与金兵莫有两样。"狗娃跑到尔们跟前，牛蛋慌忙提起裤子，狗娃看见母亲遭到欺负，气愤地说："妈妈，吾去找李将军评评理。"

牛蛋说："吾乃李将军亲信，救过李将军命。吾与汝母好，是看得起汝等。若汝等不知好歹，告到李将军哪里，到时吾令汝等吃不着兜着。"

牛蛋说着，若无其事地手打了打身上的衣服，朝山上走去。

翠花拉住狗娃说："儿子，如今兵荒马乱，只要吾等团团圆圆，吾亦心满意足。若李将军偏袒尔，吾等莫有安身之地。如今世道很不平安，吾等还是忍一忍。"

狗娃说："妈妈，若李将军偏袒尔，吾等马上离开此地，另找他处。"

翠花说："娃，自古官官相卫，天下乌鸦一般黑。无论走到何处皆然也。汝亦小，不懂社会。"

狗娃说："妈妈，吾相信李将军非那种人。"

狗娃说着扭头冲上山寨，跑进李彦仙帐中，哭着说："李将军，汝亲信侮辱吾妈，汝到底管不管？"

李彦仙说："管！吾决不姑息养奸。"

狗娃擦了擦眼泪，把牛蛋欺负尔妈的事，一五一十告诉了李彦仙。

李彦仙说："目无军法，猖狂至极！军中出此败类，请原谅吾带军无方。"

狗娃说："将军，汝事情多，吾莫怨汝。"

李彦仙说："吾将尔等叫来，请汝仔细辨认，吾定会予汝明确交代。"

李彦仙把所有的亲信叫进帐中，牛蛋看见狗娃，吃了一惊。狗娃对李彦仙说："李将军，就是此畜生。"

牛蛋说："李将军，吾不认识尔，尔岂能开口骂吾？"

狗娃说："李将军，就是这个披着人皮之狼！"

李彦仙走到牛蛋跟前，抢起胳膊，狠狠抽了牛蛋一耳光，骂着："牛蛋，吾脸皆令汝丢尽矣，汝还不老实交代？"

牛蛋说："大哥，为何信尔一面之词？"

李彦仙说："不要叫吾大哥，汝今日行为与金兵有何区别？若真心喜欢人家，汝可以明媒正娶。如今干出龌龊之事，亦不配为吾兄弟。来人，把牛蛋拉出去砍了。"

牛蛋发觉大事不好，扑通跪在了李彦仙面前，赶紧哀求说："大哥，吾错矣，看在吾为汝挡箭份上，请饶恕吾。"

李彦仙说："牛蛋，功是功，过是过，功过不能相抵。"

亲信一齐跪下，为牛蛋求情说："将军，如今正是用人之际，就饶牛蛋此回。"

亲信甲说："将军，牛蛋与汝出生入死，莫有功劳亦有苦劳。"

亲信乙说："将军，最早与汝一起抗金之人只剩牛蛋一人矣。"

李彦仙说："牛蛋对吾好，吾永生难忘。然，吾不能因为牛蛋而寒百姓之心，坏我军规。若纵容牛蛋，吾今后如何带军？如何取信于民，如何战胜金军？牛蛋非杀不可。"

亲信见李彦仙态度坚决，没有回旋余地，只得另想他法。有几个悄悄出了大帐，找到翠花，一齐给翠花跪下说："牛蛋作战勇敢，立过许多战功，是李将军的救命恩人。请大嫂从抗金大局出发，给牛蛋一个戴罪立功的机会。牛蛋还是单身，若这次牛蛋逃过这劫，吾们替汝保媒，让牛蛋明媒正娶，汝看如何？"

翠花暗暗地想：牛蛋是杀是留，还不是李彦仙一句话。若把这伙人都得罪了，自己和狗娃在山寨就无法立足了。当今乱世，不如顺水推舟，给尔们一个面子。翠花违心地说："各位请起，吾前去请求李将军放了牛蛋。"

牛蛋已经被拉出了帐外，李彦仙对部众说："弟兄们，牛蛋乃吾之救命恩人，吾永生难忘，如今牛蛋坏军规，侮辱良家妇女，按军规应该杀头。希望大家吸取教训，引以为戒。吾郑重宣布：从今往后，不论何人，只要在军中胡作非为，吾定斩不饶！"

刀斧手架起了牛蛋，就朝辕门外走，翠花从人群里挤出来，跪在李彦仙面前，高喊："李将军，刀下留人！"

李彦仙说："汝乃何人？"

翠花说："李将军，牛蛋莫有欺负吾，吾等情投意合，两相情愿。"

亲信长出一口气，看来牛蛋有救了。

狗娃来到翠花跟前，说："妈妈，牛蛋侮辱汝，吾亲眼所见。"

翠花"啪"的给了狗娃一记耳光，骂着："大人之事，汝懂什么？"翠花又对李彦仙求情说："李将军，请放了牛蛋，吾与牛蛋真心相爱。"

李彦仙说："大嫂，军规重于泰山，乃立军之本，不能视为儿戏。汝宽宏大量，吾在此替牛蛋谢汝。吾不能为牛蛋而坏军规，立下先例，无法带军。"李彦仙转身对刀斧手说："行刑！"

刀斧手手起刀落，牛蛋被就地正法。

李彦仙背转身，擦了擦眼睛，转过身对部众说："请汝等将牛蛋抬到后山安葬。"

牛蛋被正法后，在军中影响很大，再也没有人为非作歹以身试法了。百姓知道李彦仙军纪严明，纷纷来投。李彦仙妥善安置那些老弱病残的人，安排尔们搞后勤、打打杂。李彦仙从百姓中挑选丁壮的士卒，加强训练之后，带着尔们袭扰金军辎重，劫获金军粮草供给山寨日常开支。三嘴山寨，人人有事做，个个有饭吃，成了百姓向往的抗金堡垒。

金军路过三嘴山，金军探马来报："主帅，山上有一伙宋军，经常袭扰吾军辎重，专门跟吾军作对。"

完颜宗翰问："领头何人？"

金军探马说："主帅，大宋石壕尉李彦仙。"

完颜宗翰说："一群乌合之众，无名之辈，何人愿出战？"

金将甲上前一步，说："主帅，末将愿往。"

完颜宗翰说："予汝三千人马，速战速决，不得有误！"

金将甲领兵来到三嘴山寨，气势汹汹地冲到寨前高声叫阵："李彦仙，宋朝大势已去，快快出寨投降，吾饶汝不死。"

李彦仙对山寨上的士卒说："吾去会会。"

士卒说："李将军，不可轻敌。"

李彦仙单枪匹马，冲出了山寨，以迅雷不及掩耳之势，冲到金将甲跟前，金将甲还莫有反应过来，就被李彦仙生擒了。金兵看得目瞪口呆，三嘴山上的宋军趁势杀出了山寨，金兵狼狈而逃。

李彦仙鸣金收兵，对部众说："金军不会善罢甘休，亦会来攻。"

部众说："李将军，意欲何为？"

李彦仙说："汝等带领一路精兵，埋伏于金军进攻山寨必经之路上，等吾与金军交战之时，汝等从金军身后杀入，吾军两面夹击，金军不战而败。"

部众说："李将军，诺。"

金兵逃回了金营，告诉了完颜宗翰，完颜宗翰说："莫想到李彦仙亦有本事，本帅低估尔矣。何人愿再战？"

金将乙说："主帅，末将愿往！"

完颜宗翰说："好，予汝两万人马。"

金将乙说："主帅，诺！"接过令牌，出了帐外，领兵而去。

金将乙带领人马，气势汹汹地来到三嘴山寨，李彦仙马上打开寨门迎战。

金将乙说："李彦仙，赶快放人，吾于大帅面前向汝求情，饶汝不死。"

李彦仙说："想要放人，问问吾手中长矛，问它答应不答应？"

金将乙说："李彦仙，休要张狂，今日一定踏破山寨！"

李彦仙说："怕汝不是李彦仙，汝来，吾何惧之有？"

金将乙仗着人多，见李彦仙兵少，先下手为强，率部朝李彦仙发起攻击。李彦仙也不示弱，带军相迎。宋金两军在三嘴山寨前，展开了搏斗。喊杀声，武器的撞击声，震耳欲聋，在山谷里回荡着。金兵越战越勇，渐渐占了上风。就在这时，宋军伏兵从金将乙身后掩杀过来，宋军两面夹击，金将乙惊惧，不知虚实，连忙向后退。李彦仙大喊："金军败矣，金军败矣。"宋军士气大增，一鼓作气，像饿狼一样扑向金军。金军士气低落，只顾逃命，李彦仙一路追击，杀敌万余，夺回战马三百多匹，武器无数。

三嘴山大捷传到洛阳、开封，百姓纷纷来投，李彦仙部迅速发展壮大。李彦仙分兵四路，乘胜追击，连克金营五十余座。李彦仙离陕州城已经不远了，马上命令部队停止前进，距陕州城三十里安营扎寨。

部众问："李将军，一鼓作气，收复陕州城，为何停止不前？"

李彦仙说："弟兄们，收复陕州城，吾自有妙计。"

1128年1月，完颜宗翰在崤渑一带失利后，为了挽回颜面，派遣完颜娄室为主将，带领金军主力，打败了张浚，攻取了陕西。2月，金军追到扬州，宋高宗仓促渡过长江，直奔瓜州。大宋危急，急需胜利，提振士气，鼓舞军心。

陕州城宋军降卒，见李彦仙取得了胜利，高兴地说："李将军，打得好，为大宋争光，吾等很快就能回到大宋军中。"陕州城金将得到密报后，悄悄地派人把这些"危险分子"秘密处决后，暗暗地加强了戒备，把守城门士卒一律换上了金兵，金兵对入城的人，严格审查，发现稍微不对劲儿，就地杀头。金将禁止各营随便走动，派金兵暗暗地监视大宋降卒的动向。

李彦仙探知金军加强了陕州城防守后，派兵佯攻洛阳，金军见李彦仙无意攻打陕州城，渐渐地放松对李彦仙警惕。李彦仙暗暗派遣亲信从护城河潜入陕州城，找到了王鹏，跟王鹏约定好攻打陕州城的时日后，亲信义从护城河里返回了李彦仙军中，把陕州城里的详情告诉了李彦仙。

李彦仙沉思了一下，把部众召集起来，果断地说："金军攻占了陕西，追到了扬州，陛下危急，大宋危急，吾们必须快速出击，攻下陕州城，牵制金军，给陛下安全转移赢得宝贵的时间。"

1128年3月，李彦仙率领所部人马，攻打陕州城南门。金将调集重兵，进行反击。李彦仙攻了几次，无法靠近。金军继续在南门增兵，李彦仙达到了攻击的目的，让预伏的水军趁机从东北护城河潜入陕州城，他们与王鹏取得了联系。王鹏带领他们在城中放起了大火。金将见城中起火，慌忙从南城抽兵救火，水军混在金兵中，装着救火，趁机溜到南门，把守南门的金兵说："汝等将城中大火扑灭乎？"王鹏尔们说："吾等将灭扑矣，前来协助汝等守门。"南门金兵没有防备，王鹏他们出其不意，消灭了南门金兵，开了城门。李彦仙带军冲进了陕州城。宋军降卒临阵倒戈，攻击金军，金将处处受敌，分不清敌我，只得弃城而逃。

李彦仙收复陕州城后，从城中百姓当中招募士卒，积极扩军，加强训练。李彦仙动员城中百姓，修筑城墙，疏浚护城河，准备守城物资，随时做好金军攻打的准备。

黄河以北，全部被金军占领，洛阳以西，陕州城以东，已经全部沦陷。李彦仙站在陕州城头，望着滚滚的黄河，深情地望着自己战斗过的河东城，多么想早日打过黄河，收复失地啊。然，在敌强我弱情况下，陕州城能够坚守多久都是未知数啊。

一轮明月慢慢地从崤山关头升了起来，李彦仙望着天上的月亮，一下子想起了自己的亲人，心里不由自主地念叨着："亲爱之人，自河东一别，汝等生死未卜，如今皆在何处？吾想汝等！"李彦仙看着静谧的陕州城，拂拭了一下潮湿的眼角，突然茅塞顿开，快步走下了城头。

李彦仙把士卒召集起来，问道："弟兄们，吾等抗击金军为何？"

王鹏说："将军，保家卫国，令百姓安居乐业。"

李彦仙说："弟兄们说得对，然当今乱世，要想百姓安居乐业，谈何容易？"

士卒一下子都沉默不语。

李彦仙说："弟兄们，如今吾等驻守陕州城，亦能安享太平。吾等父老乡亲，为躲避金军，东躲西藏，担惊受怕，四处漂泊，尔等这种日子，何时才是头？"

李彦仙的话，勾起了士卒对亲人的思念。如今兵荒马乱，亲人颠沛流离，不知道亲人是死是活，现在何方？王鹏号啕大哭，尔的哭声像病毒一样，感染了每个士卒，士卒泪流满面，抽抽噎噎地哭泣着。

李彦仙抹了抹眼泪，哽咽地说："弟兄们，吾与汝等形同，亦不知道妻子儿女现居何方？吾亦想念尔等。"

王鹏说："将军，请让吾等将亲人接到陕州城里。"

李彦仙说："弟兄们，吾同意！"

王鹏激动地说："将军，事不迟疑。"

李彦仙说："弟兄们，汝等马上为亲人带信，令亲人到陕州城居住。"

王鹏说："将军，诺！"

李彦仙说："弟兄们，千万莫让金军发觉。"

王鹏说："将军，诺！"

士卒人托人，四处寻访，互相转告，亲人接到信后，从四面八方陆续来到了陕州城。亲人四处漂泊，在外缺吃少穿，一个个蓬头垢面，面黄肌瘦，失去了人形。看到亲人，士卒激动得热泪盈眶。

王鹏站在陕州城门口，看见人群中的小叫花，扑到跟前，一把抱到怀里，失声地说："儿子，吾乃汝爹！"

小叫花抱住王鹏，哇哇大哭。

王鹏说："儿子，汝妈焉？"

小叫花擦了把眼泪，哭着说："爹，汝走后，金兵亦进村矣，吾妈为金兵所杀。"

父子相见，抱头痛哭。

梦飞看见人群中的妻儿，上前问："爹妈呢？"

妻子哭着说："父病死，吾与母为金军冲散矣。"

梦飞张大嘴喊着："妈——妈——"

人群中有个老头，狗剩到老头跟前，扶住问："爹，家中其他人焉？"

老头淡淡地说："皆死了，唯剩下吾这把老骨头矣。"

国破家亡，妻离子散，百姓无家可归，家家念的都是一样的经。士卒群情激奋，红着眼，对金军恨之入骨。

李彦仙站在城门口，看着他们，一边抹眼泪，一边对大家说："乡亲们，赶紧进城。陕州城就是吾等之家，有李彦仙吃，就有汝等吃，有李彦仙花，就有汝等用，从此吾等皆为一家人。"

百姓感动地说："将军，真乃菩萨转世。"

李彦仙把亲人接到了陕州城，一家人再次重逢，多少人生滋味，尽在不言中。

亲人来到陕州城后，士卒抗金的积极性空前高涨。士卒深深地知道，保卫陕州城，就是保护亲人。只有勇往直前，把金军挡在陕州城外，就能够与亲人长期团聚在一起。在李彦仙的苦心经营下，陕州城成了潼关以东最重要的抗金堡垒。

第十四章　安邑大捷

　　神稷山义军冲破完颜活女包围之后，胡夜圣十分迷茫，不知道何去何从。邵兴带人四处打听，打听到了李彦仙在陕州城，邵兴马上报告说："大头领，李彦仙亲率陕州城人马渡过黄河，在中条山安营扎寨，招兵买马，蒲州、解州乃至太原百姓纷纷去投。吾等不如去投奔李将军。"

　　胡夜圣对官军心怀芥蒂，本想自立门户，重新占据山头，但一时找不到合适的地方。神稷山义军缺吃少穿，异常疲惫，急需休整。胡夜圣无奈地说："吾等暂且投奔李彦仙。"

　　李彦仙正在军中与部众商议攻打解州事宜，守营小校进帐来报："将军，神稷山首领胡夜圣，率领义军五千余人，前来投奔。"

　　李彦仙兴奋地说："好啊，好啊。胡夜圣来得正是时候，吾等抗金多份力量，亦多份胜算。"

　　李彦仙出了大帐，来到营门亲自迎接。胡夜圣快步来到李彦仙跟前，把拳一抱，说："李将军，威名远扬，百闻不如一见，果然乃人中豪杰。"

　　李彦仙拉住胡夜圣的手，激动地说："胡头领，深明大义，带领神稷山五千余壮士来投，热烈欢迎。"

　　李彦仙把胡夜圣迎进军中，进帐落座客套之后，李彦仙说："胡头领，来得正好，黄河防务异常重要，关系吾军安危，一直是宋金争夺焦点，巡查黄河任务吾就放心地交给汝，暂且封汝为河堤提举，不知胡头领以为如何？"

　　胡夜圣心里很不高兴，自己带着五千人马，莫想到李彦仙这么小气，给自己这么小的官。胡夜圣微微一笑，装出感激的样子，说："将军，只要能杀敌报国，吾亦心满意足。"

李彦仙说："胡提举，大人大量，不计较个人得失，令吾佩服！等打败金军，吾一定禀告朝廷，为胡提举请功。"

胡夜圣说："将军，多谢抬爱，在下一定尽力而为。"

李彦仙说："胡提举，有汝这句话，吾亦放心矣。"

胡夜圣回到自己营帐，把邵兴、邵云召集起来，说："二头领、邵头领，吾等所带人马比何人都多，李彦仙不给吾面。此处不留爷，必有留爷处。今天晚上，吾等离开李彦仙，另投明主，汝等抓紧时间，赶快去准备。"

邵兴说："大头领，这样做亦会落下背信弃义之骂名，实为不妥，请大头领三思。"

邵云说："大头领，初来乍到，还莫有立功。等立功之后，李将军是不会亏待吾等。"

绍兴说："大头领，是啊，无功不受禄。"

胡夜圣说："二头领、三头领，有何不妥，李彦仙不义，休怪吾无情。莫要再劝，抓紧时间赶快去准备。"

邵兴、邵云无奈，命令义军做好撤离李彦仙军营的准备。半夜的时候，整个军营里静悄悄的，胡夜圣带着所部，悄悄地离开了李彦仙军营，朝北方而去。王鹏带队巡营，发现胡夜圣营中无人，赶紧来到李彦仙帐中禀报："李将军，胡夜圣带领所部人们离大营而去。"

李彦仙从床上翻起身，问："胡夜圣跑往何处？"

王鹏说："李将军，向北方而去。"

李彦仙说："胡夜圣意欲何为？是投靠金军乎？快给吾牵马，吾追之！"

王鹏说："李将军，胡夜圣人多，将军一个人去追，恐有不测。"

李彦仙说："胡夜圣不敢将吾如何。"

李彦仙提枪上马，出了大营，单骑朝胡夜圣追去。王鹏唯恐李彦仙出事，带着本队人马，尾随而来。李彦仙拿着火把，追上胡夜圣，大喊："胡提举，为何不辞而别？"

胡夜圣问绍兴："李彦仙带多少人马而来？"

绍兴说："唯尔一人一骑。"

　　胡夜圣松了一口气，等李彦仙走到尔跟前，胡夜圣嘲讽地说："李将军，庙大神多，容不下吾等。"

　　李彦仙终于明白了，原来胡夜圣嫌官小。李彦仙心生一计，对胡夜圣说："汝刚走，陛下圣旨亦来。圣旨曰：凡投奔南宋义军皆应重重封赏。汝带五千人来投，按圣旨，应封汝为忠义郎。吾马上派人找汝，而汝带人已走。吾为怕误事，连忙来追，莫想到汝走得如此快，令吾追半日矣。"

　　胡夜圣连忙说："李将军，陛下圣旨在何处？令吾一观。"

　　李彦仙说："胡提举，在吾身上，吾拿于汝。"

　　胡夜圣说："李将军，交吾之人，让尔等拿于吾观。"

　　李彦仙说："胡提举，陛下令吾亲自为汝宣读圣旨。"

　　胡夜圣兴奋地说："李将军，公事公办，快为李将军让开一条道。"

　　李彦仙翻身下马，把长矛插在地上，举着火把，只身从人群里来到胡夜圣跟前，说："胡夜圣，接旨！"胡夜圣连忙从马上下来，和义军士卒一道跪在李彦仙面前。李彦仙把火把插在地上，趁机拔剑刺死了胡夜圣，义军士卒"呼啦"把李彦仙围了起来。

　　李彦仙从容不迫地说："神稷山兄弟们，汝等为了百姓安居乐业，为了大宋子民不再遭受金军蹂躏，组织义军，抗击金军，令人异常佩服。如今敌强吾弱，若吾等莫有团结一心，亦会为金军逐个击破。而胡夜圣为了一官半职，竟然不顾大局，私自带军而逃，影响极坏，不得不除！绍兴、邵云，吾敬重汝等人品，请汝等以抗金大局出发，带领神稷山弟兄随吾回大营，吾既往不咎，吾等亦是好兄弟，汝等以为如何？"

　　绍兴、邵云本来就不同意胡夜圣离开李彦仙，听李彦仙这么一说，两人放下武器，跪拜在李彦仙面前，说："将军，邵兴、邵云愿意跟随将军抗金。"神稷山其余的人见绍兴、邵云归附了李彦仙，他们都纷纷放下武器，对李彦仙说："李将军，吾等愿意跟随将军共同抗金。"

　　李彦仙拉起绍兴、邵云，对神稷山的士卒说："弟兄们识大局，顾大体，令人佩服。汝等都快快起来，欢迎汝等回家。"

　　绍兴说："将军，吾等与胡头领相处一场，总不能让胡头领暴尸荒野。"

　　李彦仙说："绍兴邵云重情重义，吾十分敬重。找个地儿，就地安葬。"

　　这时，王鹏带队追来，邵兴、邵云大惊，李彦仙说："神稷山弟兄们，莫要怕，为防金军，王鹏带队前来接应吾等回家。"

神稷山义军返回李彦仙军营后，李彦仙为了消除邵兴、邵云疑虑，把他们请进帐中，对邵兴说："邵将军，吾封神稷山义军为河北忠义军，自成一体，命汝与邵云共同统领，屯守澄城三门村，不知汝等意下如何？"

邵兴、邵云赶紧施礼，说："李将军，卑职万死不辞！"

邵兴带领河北忠义军来到澄城三门村驻扎后，邵兴招兵买马，训练士卒，修筑工事，加强防守。邵兴常常站在三门村最高处，深情地看着家乡，对邵云说："何时吾等打过黄河，赶走金军，收复安邑，回到故乡？"

邵云说："大哥，吾愿意去安邑，探听金军虚实。"

邵兴说："兄弟，认识汝人多，还是另派他人为妥。"

邵云说："大哥，不入虎穴，焉得虎子。"

邵兴说："兄弟，汝去安邑，吾不放心。"

邵云说："大哥，越危险越安全，吾自有办法，请大哥放心。"

邵云出了三门村，邵兴用渡船把邵云送过了黄河。邵云扮成逃难的百姓，来到安邑城，守门的金兵拦住邵云，问："意欲何为？"

邵云说："军爷，吾进城走亲戚。"

金兵问："汝亲戚乃何人？"

邵云说："军爷，吾亲戚住在骡马巷，赶车为生。"

金兵见邵云从容不迫，操着安邑口音，就放邵云进了安邑城。邵云正走着，有人在邵云背后悄悄地说："胆大包天，往虎口里送，汝不想活矣？"

邵云慢慢地转过身，见是邵继春，邵云连忙压低声音说："侄儿莫要声张，汝父让吾回安邑探金军虚实。"

邵继春走上前来，激动地说："为父就要打回安邑，吾愿做内应。"

邵云说："安邑有多少金兵？"

邵继春说："安邑莫有多少金兵，大部分金兵都调往他处。"

邵云说："为何？"

邵继春说："金军战线较长，兵力不足。"

邵云说："吾马上将此处情况告诉邵将军，到时侄儿与吾军里应外合。"

邵继春说："一言为定。"

邵继春陪着邵云悄悄地在安邑城里转了一圈，邵继春说："叔，回来一趟极为不易，回家看看。"

邵云说："国事为重。"

邵继春将邵云送出了安邑城，邵云来到黄河边，接应的人把船从芦苇荡里划到岸边，邵云坐上船渡过黄河，返回三门村，快步进了营帐，把安邑城里的情况做了详细汇报。

邵兴说："此次汝立大功矣。"

邵云说："多亏侄儿邵继春。"

邵兴说："继春长大矣。"

邵兴修书一封，派小校马上送给了李彦仙。李彦仙十分高兴，马上回书一封，交给小校带回。邵兴拆开李彦仙的书信，只见上面写着：邵兴、邵云，将在外君令有所不受。抓住战机，果断行事，不必拘礼！

邵云事先潜入安邑城，找到邵继春。邵继春联络百姓，积极准备。邵兴带领河北忠义军渡过了黄河，来到安邑城下，佯装攻城。金军马上还击，邵兴与金军战了一会儿，暂时撤出了战斗。

安邑金将对金兵说："宋军自不量力，攻取安邑。乃白日做梦。"

金兵听了"哈哈"大笑。

晚上，邵兴带军攻城，金将率军阻击。邵云和邵继春带人来到金军军械库前，带着事前准备好的桐油、硫黄，放火焚烧。金将看见军械库失火，马上派兵去救。邵云和邵继春一齐杀出，金兵且战且退，邵云和邵继春追上城头，守城金兵纷纷溃退。邵兴趁机冲过护城河，搭起云梯，爬上城头，与邵云和邵继春合兵一处，沿着城墙，分头追杀。金兵逃到城中，负隅顽抗。城中百姓拿着农具，从家里扑出来，围住金兵，金兵招架不住，节节败退。金将无力挽回，带着金兵逃出了安邑城。

邵云说："侄儿此次功不可没。"

邵继春说："爹爹，吾随汝抗金。"

邵兴说："吾儿年幼，暂且在家照看汝母。抗金之事，来日方长。"

邵继春只得作罢。

邵兴乘胜追击，陆续收复了虞乡、正平、芮城、解州等城。

李彦仙接到邵兴捷报，感慨万千地对部众说："邵兴、邵云乃大宋男儿楷模，乃吾最得力左膀右臂。吾要上奏朝廷，请求陛下嘉奖邵兴、邵云！"

同年五月，宋高宗狼狈逃到建康后（今南京），惊魂未定，焦头烂额地对群臣大发雷霆："汝们这群废物，酒囊饭袋，白白拿着朕的俸禄却不能为朕分忧解难，朕被金军追得无路可走，朕养汝们有何用？"

群臣战战兢兢，低头不语，唯恐宋高宗找自己的麻烦。整个建康，就像魔窟一样，阴风森森，令人透不过气来。太监、宫女更是惶惶不安，如同行走在刀尖之上。鸟儿都非常识趣，早就逃得无踪无影，消失在黑漆漆的夜色中。猫头鹰，也闭了口。又是一个可怕的夜晚。

枢密使接到李彦仙捷报，如获至宝，欢实得如同发情的公狗看见了献媚的母狗，连夜扑进宫中。宋高宗辗转反侧，躺在睡榻上，心事重重，难以入眠。大宋军队节节败退，大宋还能坚持多久？自己会不会跟宋钦宗一样，成为阶下囚？想到这里，宋高宗打了个寒战，从睡榻上起来，推开窗户，望着黑漆漆的夜色，返回身，在卧榻前踱着。

一阵急促的脚步由远及近，消失在屋外，太监说："大人，陛下已经安歇矣。"

枢密使说："公公，天大喜事，应让陛下知晓。"

公公说："大人，陛下怪罪下来，吾担当不起。"

枢密使说："公公，陛下知晓后是不会责怪的。"

宋高宗大声地说："何人在外喧哗？"

太监说："枢密使大人有要事禀报。"

宋高宗说："令尔觐见。"

枢密使进了屋，呈上李彦仙的奏报，说："陛下，天大喜事。"

宋高宗疑惑地看着枢密使，接过奏报，奏报龙颜大悦，兴奋地对枢密使说："若大宋将军如李彦仙，为国尽忠，为朕分忧，金人何愁不退？李彦仙接连收复失地，朕此次定当重重有赏，令大宋武将看看，朕乃真心实意抗金收复失地。"

枢密使说："陛下，英明。"

宋高宗说："传朕旨意，封李彦仙为陕州知州兼安抚使、迁武节郎，阁门宣赞舍人。"

枢密使说："陛下，臣领旨，马上去办。"

李彦仙接到圣旨后，心里很不平静，邵兴、邵云立了战功，朝廷却把封赏全给了自己，明着重用武将，实则制造武将之间的矛盾，借武将防武将，达到抑制武将的目的。若不是为了黎民百姓，为这样的朝廷卖力有何用？还不如归隐山林。李彦仙为了抗金大局，为了笼络人心，带着美酒和猪肉，亲自来到解州，慰劳河北忠义军士卒。

邵兴、邵云把李彦仙迎进军中，邵兴说："参见主帅！"

李彦仙挽住邵兴、邵云的手，说："汝等乃大宋功臣，乃陕州城骄傲，吾向汝等致敬！"

邵兴说："主帅，抗击金军，义不容辞！"

李彦仙说："邵兴、邵云，吾愧对汝等！"

邵兴说："主帅，光明磊落，何出此言？"

李彦仙说："汝等接连收复失地，朝廷只给吾封官晋爵，莫有汝等之份，情理上实在说不过去。"

邵兴说："主帅，不必挂于心上，只要能跟随汝抗金，封不封官，吾与邵云无所谓。"

李彦仙说："邵兴、邵云，虚怀若谷，令吾敬佩。吾莫有更好东西犒劳河北忠义军，只有这点酒肉，请见谅。"

邵兴说："主帅，河北忠义军士卒跟随将军喝碗凉水，都高兴。吾等知道陕州城之难处，主帅不易。"

李彦仙说："邵兴、邵云，从今日起，封汝等为陕州城裨将。"

邵兴、邵云说："主帅，吾等肝脑涂地，抗击金军，收复失地，报答主帅知遇之恩，令百姓安居乐业，过安稳之日。"

李彦仙拿出美酒，倒进水缸里，给忠义军将士每人倒了一碗，李彦仙端起酒碗，深情地说："忠义军弟兄们，汝等都是好样的！如今大敌当前，吾莫有更多美酒慰劳汝等，就让吾等同干此酒，一心抗金！"

邵兴、邵云同河北忠义军士卒一起端起酒碗，齐说："主帅，干！"

蓝天，白云，雄鹰搏击长空，英雄有了用武之地，将士们豪情万丈，面对国破家亡，邵兴很想赋诗一首，但想起战死沙场的弟兄们，放弃了作诗的念头。金军不会就此罢休，一定会卷土重来。邵兴感到收复失地，任重道远。

邵兴说："弟兄们，现在亦非庆祝胜利之时，等将金军赶出大宋疆土，吾与诸位兄弟不醉不休！"

　　李彦仙说："邵将军，居安思危，志向远大，汝说得好，说得好。"

　　李彦仙返回陕州城后，邵兴招募士卒，积极训练。邵兴准备物资，打造武器，继续派出探报，监视金军动向，加强安邑城防。

第十五章　打败娄宿

　　建年二年七月，完颜娄室攻占了陕西，被金国封为陕西主帅。完颜娄室乘胜出击，来夺解州。邵兴、邵云接到探报，带领河北忠义军离开安邑，及时抢占了朱家山，在朱家山安营扎寨，挡住了金军的步伐。完颜娄室率军来到朱家山前，傲慢地对邵兴、邵云说："乖乖下马投降，保汝等享不尽荣华富贵。"

　　邵兴说："吾予汝条生路，饶汝不死，滚回金国去。"

　　完颜娄室说："汝知道吾是何人？说出来吓破汝胆。"

　　邵兴说："能吓破吾胆之人还在尔父腿肚子转筋。"

　　金将说："汝在完颜娄室主帅面前，休得无礼！"

　　邵兴说："噢，吾以为是何方神圣？原来乃完颜娄室老匹夫。"

　　完颜娄室大怒，说："无知小儿，休得猖狂！"

　　邵兴说："有本事汝来攻打。"

　　金骑冲到朱家山前，金兵弃马徒步向朱家山发起进攻。邵兴邵云充分利用地形修筑工事，用石块、滚木、弓箭阻击金军。金骑失去优势，损兵折将，屡攻不下。完颜娄室气急败坏，亲自督战。金军发起强攻，冲到半山腰，就被宋军用滚木、石块打下了山。完颜娄室不甘心失败，继续发起强攻。金军在山坡上丢下不少尸体，被打下了山。完颜娄室怒气冲天，大骂金军无能。金军继续进攻，战斗从白天持续到黑夜，金军屡败屡战，没有奏效。完颜娄室对邵兴说："今日暂且饶汝性命，明日定要取汝首级！"

　　邵兴说："完颜娄室，汝不来乃小人！"

完颜娄室带领金兵后撤十里，安营扎寨。

第二天一早，金军发起进攻，双方大战到天黑，金军没有攻破朱家山，撤出了战斗。到了第三日，宋军士气高涨，越战越勇，邵兴、邵云从朱家山上直扑完颜娄室所在中军，发起猛攻，完颜娄室招架不住，向后败退，金军全线溃退，完颜娄室大败而逃。

邵兴打败了不可一世的完颜娄室，取得了朱家山大捷。南方战场上，宋军节节失利，一败再败。这年闰八月，完颜宗弼（金兀术）渐渐逼近建康，宋高宗逃到镇江后，觉得还不安全，10月又逃到了杭州，11月，完颜宗弼渡过长江，攻入建康，宋高宗如惊弓之鸟，从杭州逃到越州，又从越州逃到明州，只顾逃亡。

建年二年冬天，北风呼啸，阴云压顶，陕州城如鲠在喉，成为金军的眼中钉，肉中刺。金军决心彻底消灭李彦仙。乌鲁撒拔率领大军前来攻打陕州。金军浩浩荡荡，军容整肃，旌旗招展，来到陕州城下。李彦仙毫无惧色，出城迎敌。

乌鲁撒拔单骑来到阵前，对李彦仙说："李将军，大宋皇帝昏庸无道，被吾军追得狼狈而逃，迟早亦会为吾军俘虏。自古道：'识时务者为俊杰。'李将军不如早日归顺大金，保汝享不尽荣华富贵。"

李彦仙说："乌鲁撒拔，儿不嫌母丑，狗不嫌家贫。吾生是大宋之人，死是大宋之鬼。汝休要在此胡言乱语。"

乌鲁撒拔说："李将军，人往高处走，水往低处流。将军怎能甘居人下，死心塌地跟着宋高宗这个昏君？"

李彦仙说："乌鲁撒拔，雁过留声，人活留名。人若贪图眼前富贵，于畜生有何两样？汝有本事尽管放马过来！"

乌鲁撒拔恼羞成怒地说："李彦仙，敬酒不吃吃罚酒！大金军队所向无敌，岂能怕汝不成？"

乌鲁撒拔调转马头，回到军中，把令旗一挥，金军像潮水一样，朝宋军冲来。

李彦仙说："弟兄们，亲人正在陕州城上看着吾等，吾等莫有退路！"

李彦仙像猛虎一样，朝金军冲去。

乌鲁撒拔久经沙场，从来没有遇到过不要命的对手。这次遇见李彦仙，算是开了眼。宋军团结协作，抱成一团，步步为营，盾牌手冲在前列，一手拿盾，一手拿刀，遇到骑兵，一齐蹲下，挥刀朝骑兵马腿上砍去，长枪手跟在盾牌手的身后，马上朝骑兵身上刺去。金军骑兵既要顾马下，又要顾马上，手忙脚乱，招架不住，被打下了马，刺死在地。金军骑兵招架不住，向后败退。金军派出步兵，宋军盾牌手一齐向前，合力冲向金兵，金兵用刀砍在了宋军盾牌上，感到软弱无力。宋军长枪手举枪就刺，金兵鞭长莫及，防不胜防，招架不住，乱了阵形，节节败退。

陕州百姓站在城上，为宋军呐喊助威。宋军听到亲人的喊声，想起亲人曾经遭受的罪，怒火中烧，奋勇杀敌，不顾一切冲向金军。金军越战越怯，战到傍晚，损兵折将，乌鲁撒拔只得罢兵，率军撤出了战斗。

百姓冲出陕州城，帮忙抬伤员，打扫战场，把热乎乎的饭菜送到宋军手里，对李彦仙说："李将军，今夜吾等守城。"

李彦仙说："有百姓支持，金军岂能不败？"

百姓说："李将军，吾等乃一家人，理应如此。"

李彦仙对士卒说："今夜有百姓守城，诸位睡个安稳觉，养足精神，明日再与乌鲁撒拔大战。"

第二天，金兵早早吃过饭，乌鲁撒拔对金兵说："大金勇士们，吾军所向披靡，攻无不克，战无不胜，宋军闻风丧胆，成就吾军美名。今日，乃吾军耻辱，吾等愧对陛下，愧对大金，吾军荣誉岂能拱手送予李彦仙乎？不，绝不！大宋皇帝已经无路可逃，整个大宋都是大金帝国的，李彦仙有何惧哉？明日，吾军必须张扬天威，打败李彦仙，夺取陕州城，扬吾军威，血洗前耻！"

金兵齐喊："打败李彦仙，夺取陕州城，扬吾军威！"

次日，乌鲁撒拔信心满满地来到陕州城下。

宋军精神抖擞，随李彦仙出城迎战。

百姓站在城头，挥舞着旗帜，擂着战鼓，助威呐喊，高呼着："金军必败，宋军必胜。"宋军听到父老乡亲的喊声，热血沸腾，士气大振，人人向前，个个争先，打得金军招架不住，向后溃退。乌鲁撒拔命令执法队杀死后退金兵，金兵毫不畏惧，蜂拥而退。乌鲁撒拔制止不住，金军大败而归。李彦仙与乌鲁撒拔在陕州城前鏖战了七天。乌鲁撒拔人困马乏，减员严重，给养不足，士气低落。李彦仙有百姓支持，如鱼得水，士卒补充及时。士卒白天战斗，晚上休息，精神抖擞，士卒越战越勇。李彦仙以较小的代价，重创金军。乌鲁撒拔损兵折将，渐渐不支，只得带着残兵败将主动放弃了陕州城。

百姓兴高采烈涌出了陕州城，帮忙抬伤员，打扫战场，收拾战利品，迎接李彦仙，军民共同庆祝陕州大捷。百姓围在李彦仙四周，高喊："李将军，天下无敌，战无不胜！"

李彦仙说："一根筷子容易折，十根筷子折不断。凭吾一个人，岂能打败乌鲁撒拔？取得今日之胜利，全靠各位共同努力。"

百姓说："李将军威武！若莫有李将军，就莫有陕州城今日。李将军乃战神转世。"

李彦仙说："如今敌强吾弱，不敢自大。"

陕州城的胜利，对于饱经战乱的百姓，是多么难得啊。大家好像忘了战斗刚刚结束，好像忘了战死沙场的亲人。百姓围在李彦仙周围，唱着，笑着，跳着，尽情地欢呼着。李彦仙望北方的天空，好像又看到一支金军，像饿狼一样，朝陕州城扑来。

完颜宗弼（金兀术）像高超的猎人，跟踪追击，追得宋高宗无路可走。宋高宗逃到海上。海浪滔天，船在风雨中飘摇着，不习惯在船上的宋高宗，焦急万分，寝食难安。宋高宗透过船窗，望着茫茫的大海，异常气愤。大宋地大物博，人口众多，竟然如此狼狈。身为大宋皇帝，竟然沦落到大海上。

完颜宗弼立功心切，率领金军入海追击。金人不习水战，追了三百里，没有追上宋高宗。海上天气十分恶劣，完颜宗弼害怕暴风吞噬了金军，只得带领金军撤到了陆地上。

宋高宗逃到定海，暴风渐渐平息了下来。太阳从乌云中露出了小半边脸，江山如画。宋高宗站在船头，久久不能平静。宋高宗上岸后，南宋军队信心倍增，浴血奋战，奋勇杀敌，赶跑了金兵，收复了建康。

1129 年（建炎三年），陕西金军都统完颜娄宿为了雪恨前耻，率领全军，进攻蒲州。邵兴、邵云在蒲州顽强抵抗金军。李彦仙得到消息后，马上派兵增援，援兵没有赶到蒲州城，蒲州城失守了。邵兴、邵云从蒲州撤到解州，金军乘胜追击，攻陷了解州。邵兴、邵云在李彦仙接应下，向陕州城撤退。完颜娄宿带领大军继续向陕州城进犯。

邵兴、邵云来到陕州城，惭愧地进了帅帐，对李彦仙说："主帅，末将丢失蒲州、解州，请主帅治罪！"

李彦仙拉住他们的手，和颜悦色地说："二位将军，汝等何罪之有？此次要好好犒赏汝等！"

邵兴说："主帅，羞煞吾等矣。"

李彦仙真诚地说："邵兴、邵云，汝等为吾军打败完颜娄宿创造了条件，乃大功一件！"

邵兴吃惊地说："主帅，此话怎讲？"

李彦仙说："完颜娄宿自以为是，目中无人，此次尔打败汝等，亦更加猖狂。吾正好利用完颜娄宿骄傲自大，打尔漂亮伏击战。"

邵兴、邵云还是不解，李彦仙说："二位将军，请到地图前来。"

李彦仙用手指着地图，把自己的战略意图给邵兴、邵云一讲，邵兴、邵云恍然大悟，齐声说："主帅高明，吾等明白矣。"

李彦仙对邵兴、邵云说："打败完颜娄宿，关键就在汝等。"

邵兴说："主帅，请汝放心，吾等保证完成任务，不会辜负汝之期望。"

李彦仙说："有汝等这句话，吾就放心矣，汝等马上回去准备。"

邵兴、邵云说："主帅，末将遵命！"

李彦仙命士卒把旗帜插满了陕州城，留下老弱病残的士卒和百姓共同守城后，李彦仙带着陕州城里的精锐人马，偃旗息鼓，悄悄地出了陕州城，朝中条山预定的峡谷走去。

邵兴、邵云回到了中条山后，带着河北忠义军主动出击，寻找娄宿决战。

邵兴对娄宿说："娄宿，别人怕汝，吾等不怕汝，汝能将吾怎样？"

娄宿说："邵兴，有本事汝莫要跑，敢与吾军决战否？"

邵兴说："娄宿，有本事汝来追，汝不是吹嘘本事大？怎么追不上吾焉？汝等岂为缩头乌龟乎？"

娄宿说："邵兴小儿，不抓住汝，誓不罢休！"

娄宿带领大军全线出击，邵兴邵云屡败屡战，一直跟娄宿兜圈子，没事找事，故意找娄宿决战。娄宿费尽九牛二虎之力，没有彻底消灭邵兴邵云，如同狮子斗蚊子，得不偿失。娄宿很不甘心，带领大军紧追不舍，一直把邵兴追进了中条山中的峡谷里。

娄宿部将见形势不妙，劝道："都统大人，邵兴、邵云已成强弩之末，不足为虑，吾等应出兵陕州，与李彦仙决战。"

娄宿说："若不将邵兴、邵云彻底剿灭，传出去吾岂不成笑话矣，吾军颜面何在？"

山势越来越险峻，道路越来越窄，金军只能单行。娄宿部将环视群山，感到山中充满杀气，埋伏着千军万马。娄宿部将心惊肉跳，对娄宿说："都统大人，吾军走在山中，不见飞鸟走兽，说明山中一定埋伏着大批宋军，请三思。"

娄宿傲慢地说："宋军胆小如鼠，不堪一击。如今李彦仙龟缩于陕州城，不敢出兵相救，邵兴、邵云如今逃进山谷，如同煮熟之鸭子，吾岂能让尔等飞矣？"

娄宿部将说："都统大人，杀鸡焉用宰牛刀？不如大军在此驻扎，吾带小股人马前去追击如何？"

娄宿说："如若多言，军法从事。全军全速追击，不得有误！"

部将不敢多言，只得快马加鞭，全力追击。

邵兴无路可走，退到一座山前，停了下来。娄宿追到邵兴、邵云跟前，得意扬扬地说："邵兴、邵云，快快投降，本帅放汝一条生路。"

邵兴说："都统大人，汝快快下马投降，吾饶汝不死！"

娄宿说："邵兴、邵云，汝们莫非昏头脑矣？"

邵兴说："都统大人，吾等清醒得很，汝已经中吾等诱敌深入之计矣。"

娄宿一阵狂笑，说："笑话！本帅现在送汝等上西天！"

这时，李彦仙从面前山头上亮出旗帜，宋军在四周山上一起呐喊。李彦仙把手一挥，宋军静了下来，李彦仙对娄宿说："娄宿，本帅在此已经等汝多时矣，还不下马投降？更待何时？"

娄宿恼羞成怒，也不答话，指挥金兵发动反击。李彦仙居高临下，占据有利地形，金军虽人多，但地形狭窄施展不开。金军屡次进攻，都被宋军打了回来。娄宿带领金军后撤，李彦仙命令宋军用石头、滚木封住山口。金军在山谷中打转，如困兽一般，自相践踏。李彦仙对山谷里的金军喊："放下武器，饶汝们不死！"

困在山谷里的金军为了活命，只得投降了宋军。

娄宿踏着金军的尸体，冲出了山口。李彦仙派兵追击，俘虏金将18人，娄宿带着少数金兵侥幸逃脱。李彦仙杀敌无数，乘胜收复了蒲州、解州。

李彦仙中条山大捷，震动整个朝野。宋高宗兴奋得睡不着觉，召集群臣，激动地说："若吾大宋多出几个李彦仙，何愁金军不退？朕此次加封封李彦仙为右武大夫、宁州观察使兼同洲、虢州制置。"

王伯彦说："陛下，万万不妥。"

宋高宗说："丞相，为何不妥？"

王伯彦说："陛下，李彦仙乃布衣出身，缺乏教养，官职不宜太大，否则，朝廷养虎为患，收拢不住，反为其害。"

宋高宗说："丞相多虑。黄河以北皆为金军所占，大宋心有余而力不足，朕一让再让，金军得寸进尺，朕爱莫能助。李彦仙孤军奋战，在陕州城里能坚持多久，亦是未知。如今国库空虚，金军贪得无厌，不断蚕食朕大宋领土。朕正是用人之际，对李彦仙虽莫有物质鼓励，但在精神上，朕应该大力支持李彦仙一下。朕目下之处境，李彦仙定能体谅到。"

王伯彦惯于溜须拍马，附和着说："陛下高屋建瓴，臣等愚钝。"

第十六章　决战陕州

李彦仙打败娄宿后，彻底激怒了完颜宗翰。如今各路金军齐奏凯歌，金军士气高涨，唯独在李彦仙跟前吃了败仗。完颜宗翰撤换了娄宿，把金将召集起来，说："李彦仙十分可恶，屡次挫败吾军，使大金脸面尽失，何人剿灭李彦仙？"

军师说："主帅，完颜娄室离李彦仙最近，派完颜娄室出战最好。"

完颜宗翰说："好，依汝所言。"

建炎二年冬，完颜娄室和叛将折叵求合兵一处，率领十万金军，浩浩荡荡，朝陕州城扑来。李彦仙接到探报，把邵兴、邵云从蒲州、解州召回陕州城，说："邵兴、邵云，完颜娄室带领十万大军前来攻打陕州城，吾等集中兵力，共同应对。此次，吾等要有思想准备，陕州城凶多吉少，不容乐观。"

绍兴说："主帅，坚决听从您调遣。"

邵云说："主帅，与完颜娄室决一死战！"

李彦仙说："邵兴将军，金军来势汹汹，吾军不宜与金军决战，应该暂时撤出陕州城，扼守山险，避实击虚，与完颜娄室周旋，伺机消灭金军。汝火速前往川陕宣抚处置使张浚大人处，向张大人禀明吾军处境，请张浚大人定夺。"

邵兴说："主帅，诺！"

邵兴昼夜兼程，来到张浚大营，向张浚禀明李彦仙的战略意图。张浚对邵兴说："邵将军，请汝马上回去告诉李将军，如今陕州城乃抗金一面旗帜，陛下与大宋百姓都在看着汝等，请告诉李大人，不准撤离陕州城。吾马上命令曲端将军，火速增援汝等。"

邵兴马不停蹄，返回陕州城，对李彦仙说："主帅，张大人命令吾等严防死守，不准撤离陕州城，命令曲端将军派兵增援吾等。"

李彦仙说："既然张大人如此安排，吾等服从命令，分头准备迎敌。"

陕州城里粮食困乏，坚守不了多长时间。李彦仙正在想办法筹集粮草。完颜娄室带领大军就来到了陕州城下，打破了李彦仙的计划。邵兴对李彦仙说："主帅，陕州城里缺少粮草，即使完颜娄室围而不攻，吾等也坚持不了多久。"

李彦仙说："邵兴将军，诸葛亮草船借箭，吾要学诸葛亮唱空城计，从金军手里借粮。"

李彦仙上了城墙，看着完颜娄室，不慌不忙地坐在了城楼上，说："邵兴将军，摆酒！"

邵兴命令士卒端上酒，李彦仙慢悠悠地喝了一杯，说："邵兴将军，莫有小曲儿，莫有美人伴舞，这酒喝着有何意？"

邵兴赶紧命人请来乐工，请来美人，李彦仙一边听曲儿，一边看着美人跳舞，一边悠闲地喝着酒，李彦仙对完颜娄室说："完颜娄室，请上城来，吾等痛饮一番再战如何？"

折可求对完颜娄室说："主帅，请下令让吾带军攻城！"

完颜娄室对折可求说："折可求将军，不要莽撞，李彦仙一向小心谨慎，恐有埋伏。李彦仙乃将才，吾想招降尔。"

折可求说："主帅，李彦仙死心塌地保卫大宋，屡败吾军。请主帅不要枉费心机，贻误战机。"

完颜娄室说："折可求将军，不要再劝，吾意已决，说服李彦仙，亦是奇功一件。"

完颜娄室来到陕州城下，对李彦仙说："李将军，大金陛下敬重汝乃人才，特意让吾转告汝，若汝投降大金帝国，大金陛下封汝为河南元帅，汝以为如何？"

李彦仙说："河南元帅，官好大，很有吸引力，让吾好好想想，明日一早答复，如何？"

邵兴说："主帅，汝真正要投降完颜娄室？"

李彦仙说："邵兴将军，吾想麻痹尔，为借粮草创造条件。"

完颜娄室兴奋地说："李将军，痛快，一言为定。"

折可求说："主帅，李彦仙狡诈，不得不防！"

完颜娄室说："折可求将军，大宋摇摇欲坠，人人自危，高官厚禄何人不爱？汝不是也弃暗投明，随了吾军。如今十万大军，就在陕州城下，李彦仙岂能不怕？陕州城不是中条山，吾军在各方面都占据着绝对的优势，李彦仙就是有三头六臂，能奈若何？"

李彦仙组织士卒抓紧时间挖暗道，宋军一直把暗道挖到了金军大营。李彦仙把宋军召集起来，说："将士们，今晚偷袭金军大营，愿往之人，向左走。"

邵兴、邵云跟宋军都移动到了左边。

李彦仙说："将士们，勇气可嘉。今晚偷袭金营，只需精干之人，不需要全部去。"

宋军没有人动。

李彦仙说："将士们，都是好样儿的，还是吾亲自来选。"

李彦仙把几个士卒推到右面，尔们哀求着说："李将军，让吾去。"

李彦仙说："今晚偷袭，兵贵神速！汝们明白乎？"

李彦仙亲自选出健壮的士卒，组成敢死队后，说："邵兴将军，汝带人下地道，密切监视金军动向。"

邵兴说："主帅，末将遵命！"

邵兴走后，李彦仙命令敢死队抓紧时间休息，命令其余士卒，做好运粮准备。

金军在陕州城前安营扎寨，绵延数里，望不见头。完颜娄室加强警戒，密切注视着陕州城宋军的动向。

折可求说："主帅，吾军在陕州城前安营扎寨实为不妥。"

完颜娄室说："折可求将军，为何不妥？"

折可求说："主帅，若李彦仙偷袭吾军，吾军如何应对？"

完颜娄室说："折可求将军，吾军人多势众，李彦仙不会贸然行事。"

折可求说："主帅，李彦仙诡计多端，还是小心为妙。"

完颜娄室说："折可求将军，就依汝言。"

折可求带着金军埋伏在大营两侧，密切监视着陕州城。金军等啊等啊，宋军毫无动静。金军等到后半夜，陕州城宋军还是没有动静。完颜娄室说：

"折可求将军，不要小题大做，命令士卒抓紧时间睡觉，明日吾军还要进陕州城举行李彦仙的受降仪式。"

折可求说："主帅，汝太乐观了，还是再等一等。"

完颜娄室说："折可求将军，再等一个时辰。"

折可求说："主帅，诺！"

金军又等了一个时辰，陕州城里的宋军毫无动静，折可求只得让金军去睡觉。邵兴躲在地道里，把完颜娄室和折可求的谈话听得一清二楚，等金军睡后，邵兴回到陕州城里，把探知的情况报告了李彦仙。李彦仙对敢死队说："将士们，速去速回，听从命令，不可恋战。"

宋军带上各种可怕的面具，从地道里摸进了金军大营，四处放火焚烧。金兵冲出营帐，看见宋军如同见了魔鬼，惊惧万分，仓皇逃窜。宋军斩杀无数。金兵大乱。李彦仙趁机冲出陕州城，用火牛阵发起冲击。每头牛头顶上绑竿长矛，再用牛皮护住牛身，在牛尾涂上桐油，点燃牛尾。牛受到惊吓，奋起四蹄，冲向金营。宋军紧跟其后，穷追猛打，一阵掩杀。完颜娄室不明真相，带着金军后撤数里后稳住阵脚，重新安营扎寨。百姓拉着牛车冲出陕州城，扑灭牛尾上的火，再把牛套在车上，把金营里的粮草搬上车，赶回了陕州城。

李彦仙收兵回到了陕州城，邵兴高兴地对李彦仙说："主帅，汝乃当今诸葛亮。"

李彦仙说："邵兴将军，不敢掉以轻心，命令士卒做好准备，明日完颜娄室必定拿出看家本领攻打陕州城。"

邵兴说："主帅，诺！"

完颜娄室恼羞成怒，把众将召进帐中，说："李彦仙背信弃义，偷袭吾军，明日吾军一定踏平陕州城，活捉李彦仙。"

金军诸将齐说："主帅，诺！"

天还没有大亮，金军埋锅造饭，整顿人马，准备攻城器具。金军用过早膳，完颜娄室对金军说："李彦仙背信弃义，偷袭吾军。今日，吾等要血债血偿。第一个攻进陕州城，不论是普通士卒，还是诸位将军，吾重重有赏。若贪生怕死，本帅定斩不饶！"

完颜娄室带领大军来到陕州城下，金军全线出击。

金军鹅车（前身是洞屋，如同一个小屋，外面蒙上一层铁皮，底下有四轮，能够有效保护士卒攻城，后来洞屋又与云梯整合，形状如鹅，也就是鹅车，兼顾防守与攻击。）冲到护城河边，陕州城护城河十分宽，金军鹅车无法越过。宋军集中火箭向鹅车射去。鹅车上包着铁皮，火箭无法射穿，纷纷落地。守城宋军抛下铁链，铁链上带着铁钩，钩住鹅车，宋军利用绞车迅速把鹅车吊起来，就像乌龟翻个过。宋军马上用火箭对着鹅车齐射。失去铁皮保护的鹅车，一下子着了火。金兵从鹅车里纷纷往外逃，宋军趁机朝金兵放箭，金兵中箭而亡。

金兵天轿（抛石头的攻城器具。）疯狂地朝陕州城抛石头。石头不时砸在城墙上、女墙上、城垛上和城内，发出"嘭嘭"的巨响，给宋军和百姓造成了巨大的威胁。宋军以牙还牙，用天轿把石块抛向金兵，不是把金兵砸成了肉饼，就是打成了筛子。

金兵推着火车（一个人推车瞄准，两个人装填弹药和点火，多管火箭炮，火箭犹如条条火龙，一齐从发射筒内喷出，直扑敌阵。）向城头放箭，火箭如条条火龙，带着哨音，扑向宋军。宋军依靠垛口用弓弩向金军射击着。越过城头的火箭，引燃了城内的建筑物。城内燃起了熊熊大火，百姓赶紧扑救。

金军依靠冲车（是一种安有八个车轮，高五层的攻城塔，最下层是推动车前进的士兵，其尔四层装载攻城的士卒。车高约 12 米，宽 6 米，长 8 米，以冲撞的力量破坏城墙或者城门的攻城主要兵器。）向城头上宋军放箭，宋军站在城头，依靠垛口做掩护，与金军对射。

金军动用多种攻城器械，轮番上阵，疯狂攻打陕州城。金军攻打了一天，没有取得进展。完颜娄室气急败坏，把诸将召集起来，大声训斥："吾军动用一切攻城器具，竟然毫无进展。汝们简直都是饭桶，大金的脸面都让汝们给丢尽了。"

金将都没面子，低头不语。

完颜娄室说："从明天开始，全军分为十队，每队自成一军，每军攻打一天，若攻打不下来，退下来暂且歇息；第二军接着继续攻打，若莫有进展，第三军接着攻打；后面诸军，以此类推。第一轮攻打结束后，若莫有拿下陕州城，十军合成一军，合力攻打一天，若莫有攻下陕州城，按照前面的攻打顺序，接着继续攻打，三轮结束后，必须攻破陕州城。"

诸将说："主帅，诺！"

完颜娄室说："每军攻城，必须拿上攻城器具，带上云梯，拿上刀斧、弓箭，全力攻打，不得有误。"

诸将说："主帅，诺！"

完颜娄室说："每军攻击，必须听从鼓声，鼓声就是军令，击鼓一下，前进一步，鼓声不停，前进不止。既是刀山火海，万丈悬崖，也必须服从。违背鼓声者，就是违背军令，本帅定斩不饶！"

诸将说："主帅，诺！"

完颜娄室说："折可求将军，汝带第一军，马上攻城！"

折可求带军列队完毕，完颜娄室下令说："击鼓！"

折可求随着鼓声，带着金兵，带着攻城器具，步步向陕州城逼近。折可求越走越近，李彦仙望着走进射程的叛军，说："宋军弟兄们，不要像折可求一样，当金人走狗，若执迷不悟，再向前一步，不要怨吾不顾同胞之宜！"

叛军听见李彦仙的喊声，迟疑不前。

折可求说："汝等还在等什么？若谁后退，吾定斩不饶！"

完颜娄室看见折可求军放缓了进攻步伐，命人来催："折可求将军，汝在等什么？"

折可求赶紧说："请汝转告主帅，吾军马上出击！"

叛军在折可求的威逼下，只得继续前进。

李彦仙下令："放箭！"

走在前面的叛军中箭倒在了地上，后面的叛军在完颜娄室督战下，没有退路，只得硬着头皮继续向前冲。

李彦仙说："尔等为何？不顾生死，岂能中魔法矣？"

完颜娄室对鼓手下令说："不准停，快点儿敲！"

战鼓声声，金兵不敢止步，人人向前。

金兵火炮对着城门猛轰，爆炸声震耳欲聋，碎石四处飞溅。宋军赶紧用沙袋堵住城门。金兵在鹅车、天轿、火车、冲车掩护下，冲到护城河边，搭起浮桥，冲车上金兵与宋军对射，掩护金兵顺利过了护城河。金兵火车发射火箭，接二连三，在城头炸裂。金兵冲到城墙根儿，搭起云梯，争先恐后，向陕州城墙上爬。

陕州城宋军一边躲避着金兵火箭，一边用滚木、石块、石灰朝云梯上金兵砸去。金兵被滚木、石块砸下了云梯，石灰钻进金兵的眼睛里，金兵捂着眼睛，四处胡扑。宋军把油泼下城，用火箭引燃，大火烧得金兵哭爹喊娘，纷纷扑进了护城河里。不一会儿，护城河里就填满了金兵的尸体。陕州城前的金兵，在鼓声逼迫下，踏着同伴尸体，拿着攻城器具，继续攻打陕州城。

金军一次又一次强攻，付出了比宋军还要大的代价，始终没有攻上陕州城。金军天轿、火车、冲车对宋军威胁很大，宋军伤亡惨重。宋军轻伤不下火线，继续顽强作战。重伤在百姓帮忙下，被抬下了城。营帐里伤员很多，止血药、跌打损伤药越来越少。受伤严重的士卒，经过先生检查，又被抬出了营帐。士卒减员严重，无药可治，陕州城多处女墙、垛口、城楼、城内建筑被毁，一片疮痍，惨不忍睹。

李彦仙站在城上，凝重地翘首西盼，默默念叨："张大人啊张大人，金兵有备而来，动用各种攻城器具，多次攻城，都被吾军击溃，吾军同样损失惨重，救兵何时才能赶到，解陕州城之围焉？"

邵兴说："主帅，吾等撤军乎？"

李彦仙说："邵兴将军，君子一言，驷马难追。张大人不会食言，绝不会坐视不管，吾们还是再等等。"

邵兴说："主帅，援军指靠不住。"

李彦仙说："邵兴将军，为何？"

邵兴说："主帅战功累累，无人能敌。大宋武将，骄奢淫逸，虚怀若谷者能有几人？"

李彦仙望着城下绵延数里的金营，说："邵兴将军，讲消极话能解决什么问题？在士卒面前，一定要说救兵马上就到，莫到最后关头，吾等决不能放弃，希望总比绝望强。"

邵兴心里沉甸甸地，看着李彦仙，点了点头。李彦仙给宋军鼓气，说救兵马上就到，纯粹是自欺欺人，根本解决不了问题。然，李彦仙为了兑现对张浚承诺，竟然以死相报，让邵兴佩服。就是这次粉身碎骨，跟着李彦仙抗金也不枉然在人世走一回。

第十七章　舍生取义

　　泾源路都统曲端接到张浚的命令后，暗暗思忖。张浚一介文官，没有战功，位居自己之上，自己出生入死，经营陕西多年，得不到朝廷重用，还要受命文官指拨。这些文官指手画脚，只会纸上谈兵瞎指挥，没有真本事，跟赵奢没有两样。李彦仙占据陕州城，碰巧取胜，朝廷多次为尔加官晋爵，李彦仙既然本事这么大，何必请求援兵？张浚既然答应李彦仙出兵相救，为何张浚却要指派吾去？张浚乃司马昭之心，给吾玩小把戏，还想借刀杀人把吾赶出陕西。张浚啊张浚，用心何其歹毒？曲端想到这里，倒吸一口冷气，对使者说："李彦仙张扬过分，完颜娄室带领十万大军围攻陕州城，皆尔自找。若吾们增援李彦仙，完颜娄室亦会乘机进攻陕西，与其做无用增援，亦不如按兵不动，保存实力，为保卫陕西积蓄力量。非吾不欲出兵相救，而是吾要确保陕西万无一失。请汝回去告诉张大人，吾亦是无能为力，爱莫能助焉。"

　　张浚使者返回大营，把曲端的原话给张浚复述了一遍。

　　张浚部将说："张大人，屈端目中无人，不听大人调遣，不如趁曲端违抗军令，上奏朝廷，将曲端调往他处。"

　　张浚说："曲端驻扎陕西数年，熟悉陕西情况，曲端说得亦有道理，若陕西为金军攻占，金军亦会攻占四川，若金军顺江南下，大宋危矣。大敌当前，吾等勿要感情用事，制造内讧，令亲者痛，仇者快，予金军可乘之机。事到如今，皆吾当初莫有听取李彦仙建议，令李彦仙死守陕州城，铸成今日之结局，吾愧对李彦仙。汝等马上召集军队，吾要出兵援助李彦仙。"

部将说："张大人，请三思而后行。"

张浚说："汝等勿要再劝，吾不能辜负李彦仙信任。"

张浚亲自带兵来援李彦仙，完颜宗翰亲自带兵阻击。金军大兵压境，挡住了张浚的来路。张浚对着陕州城方向，默默念叨："李将军，对不住矣，请汝多多保重。"张浚恐怕陕西有失，铸成大错，只得罢兵。

北风呼啸，阴云密布，陕州城陷入了孤立无援境地。百姓为了支持李彦仙抗金，把节约下来的粮食都给了宋军。陕州城与外界失去了联系，粮食日益匮乏，士卒忍饥挨饿，坚守城头，顽强地抵抗着金军攻击。李彦仙为了整补士卒，多次在百姓中征兵。开始没有选上的，到了后来，都是最好的士卒。李彦仙充满希望，多次对士卒说："张大人岂能食言，定出手相助。如今正处于相持阶段，如若坚持下去，胜利必属于吾军。吾等打起精神，耐心等待。等熬过此阵，张大人派兵之时，吾等前后夹击，金军必败无疑。"

士卒看着李彦仙，说："主帅，汝于吾等面前言数次矣，张大人何时而来？"

李彦仙说："将士们，快矣，快矣，也许张大人明日亦来。"

陕州城弹尽粮绝，士卒死伤满营，靠煮豆、杀马充饥。几个士卒饥饿难忍，悄悄地找来一具死尸，用刀割下死尸屁股上的肉，架到火堆上烤熟后，狼吞虎咽地吃着。其尔士卒闻着肉香，赶过来问："啥东西这么香？"尔们说："别问，吃不吃？"赶来的士卒说："只要不是人肉，啥肉都不嫌弃。"尔们继续从尸体上割肉，给赶过来的士卒吃。有一个士卒出于好奇，悄悄跟在尔们身后，看见尔们在死尸腿上割肉，一下子呕吐了起来，几乎把肠子肚子都吐出来，大声地斥责说："汝们这群魔鬼，竟然吃起了同伴的死尸。"其余的士卒一拥而上，把这个士卒活活掐死后，割下身上的肉，架到火堆上烤。尔们饿得前心贴到了后背，都放开肚皮尽饱吃，第二天，尔们浑身浮肿，眼睛肿得挤到一块儿，看不清走路。士卒报告了李彦仙，李彦仙来到尔们身边一看，擦了擦泪水，长叹一声，默默地离开了。过了几天，尔们都肿死了。

1130年1月1日（农历正月初一），宋军士卒站在城头，看见金营里张灯结彩，庆祝新年。金兵围坐在篝火前，吃着香喷喷的烤全羊，划拳猜宝，大碗大碗地喝酒，高喉咙大嗓子，唱着萨满歌，跳起了萨满舞。

完颜娄室端起酒碗，对金兵说："勇士们，汝等今日尽情食、尽情喝，痛痛快快玩，等过今日，吾等必须攻破陕州城，活捉李彦仙。"

金兵端起酒碗，齐说："大帅，攻破陕州城，活捉李彦仙。"

完颜娄室说："勇士们，吾等比试摔跤，得头彩者赏银五十两。"

金兵马上放下酒碗，腾开场子，一个个跃跃欲试。金营里喝彩声不时传到陕州城。站在城头的宋军，眼巴巴地看着金营，肚子饿得咕咕叫。

阿凡塔打败了无数对手，没有人敢挑战，阿凡塔骄傲地来到完颜娄室面前，就要拿赏银。完颜娄室酒兴正浓，对阿凡塔说："不论胜败如何，赏银皆为汝有。吾与汝摔跤如何？"

阿凡塔说："大帅，小的岂敢！"

完颜娄室说："莫事，汝莫要客气。"

完颜娄室脱去外衣，站到场子里，做出摔跤的架势，看着阿凡塔，阿凡塔只得进了场子，硬着头皮比试。

金兵大声叫好，喊着："阿凡塔，摔啊，摔啊！"

阿凡塔只得抓住完颜娄室的胳膊，校尉对尔们说："大帅，开始！"

阿凡塔担怕伤了完颜娄室，到时不好收场，使出了半分力气，被完颜娄室重重地摔在了地上。完颜娄室对阿凡塔说："汝不要让吾，吾赢亦莫意。吾等实打实摔次如何。"

阿凡塔从地上翻起来，冲到完颜娄室跟前，抓住完颜娄室的胳膊，使出浑身力气使劲儿摔，感觉完颜娄室有千斤重。

金兵大声吆喝着："阿凡塔，摔啊，摔啊！"

完颜娄室说："起——"阿凡塔被甩出两丈远。

金兵齐喊："大帅，威武！"

阿凡塔从地上翻起来，心悦诚服地对完颜娄室说："大帅，吾甘拜下风，吾不要赏银。"

完颜娄室说："吾等事前有言在先，赏银归汝。汝虽败犹荣，不愧为大金勇士！"

阿凡塔打心眼里佩服完颜娄室，本事过硬，说话算话。

完颜娄室越来越喜欢上李彦仙这个对手了，1月2日，完颜娄室亲自来到陕州城下，对李彦仙说："李将军，吾不记仇，吾十分看重汝，河南元帅一职，吾为汝留着。按照大宋年历，今日乃走亲戚之日，吾请汝往吾军中，畅饮一番如何？"

李彦仙说："大金令吾做皇帝，吾都不稀罕！"

完颜娄室说："李将军，吾等除过打打杀杀，亦莫有其他语言可以沟通乎？汝军中已经断粮多日，汝不去吾军中，吾不勉强汝。过新年，吾予汝带着酒肉，汝岂能拒绝？"

李彦仙说："完颜娄室，吾早将生死置之度外矣。"

完颜娄室说："李将军，各为其主，只好兵戎相见。若莫有战争，吾等必定会成为至交。如今战死者无数，岂能不够焉？"

李彦仙说："完颜娄室，若金国不挑起战争，岂有今日之事？"

完颜娄室说："李彦仙，汝甚爱惜己身之羽毛矣，汝为名留青史，竟然令众人与汝陪葬，汝于心何忍？"

李彦仙说："完颜娄室，莫要强词夺理，尽管放马过来，是非曲直，自有后人评说。"

完颜娄室说："李彦仙，汝不怕吾屠城乎？"

李彦仙说："完颜娄室，汝不怕遭报应，下地狱焉？"

完颜娄室仰天大笑，说："李彦仙，汝杀吾等诸人，汝不怕遭报应乎？"

李彦仙说："完颜娄室，吾站正义一方，汝站邪恶一面，若遭报应下地狱，应该是汝。百姓无罪，此事与百姓无关。汝乃魔鬼也！"

完颜娄室说："李彦仙，若莫有百姓支持，汝能坚持到今日？百姓乃汝帮凶，尔等应该得到惩罚！"

1月14日，陕州城已经没有吃的，除了人，所有的动物都杀掉吃了，饿死的人接二连三地倒下去了。完颜娄室又来到陕州城下，说："李彦仙，陕州城指日可破，吾劝汝还是降矣，免得生灵涂炭！"

李彦仙说："完颜娄室，战死沙场，马革裹尸，乃男儿本色，人各有志，不可强求，汝勿要多言。"

完颜娄室说："李彦仙，破城之日，吾必屠城，血债要用血来偿！"

李彦仙说："完颜娄室，百姓无罪，有本事汝冲吾来！若汝屠城，必遗臭万年。穷兵黩武之民族，灭亡之日指日可待矣。"

完颜娄室说："李彦仙，历史由胜利者书写，汝看不到此日。是非曲直，全在吾等。"

完颜娄室命令金军发动强攻，金军天轿向城里抛石，火车向城上发射火箭，冲车上的金军射得宋军无力还击，金军鹅车过了护城河，冲到城门前，几次破门都被宋军及时给堵上了。宋军视死如归，顽强地把金军赶了回去。

晚上，暂时没有战事，李彦仙从城头回到家里，把家人召集起来，深情地环视了一下，说："城破之后，汝等能逃则逃，逃不走之人，不准苟且偷生，必须以死殉国。逃走之人，定要报仇雪恨，必誓死将金人赶出大宋。"

家里的气氛异常压抑，妻子说："无路可走乎？"

李彦仙说："山穷水尽，无路可走。"

李彦仙说完这些，头也不回地走出家门，迎着户外凛冽的寒风，朝城头走去。

1月底，完颜娄室孤注一掷，对金兵说："陕州城已为吾军击得千疮百孔，摇摇欲坠。宋军已成疲惫之师，如瓮中之鳖。吾军今日必须破城！"

金军动用一切攻城器具，发起了最后的冲锋，宋军疲惫不堪，饥肠辘辘，抵挡不住金军凌厉的进攻，被打得七零八落，一个个倒在了血泊中。

金军终于攻破了陕州城。宋军残部依靠民房、街道，顽强抵抗。金兵如狼似虎，宋军像羔羊似的，任凭金军宰割。

完颜娄室高喊："将士们，杀光宋军，活捉李彦仙，本帅重重有赏！"

金兵团团围住李彦仙。李彦仙左臂被金兵砍断，血流如注。李彦仙右手捡起刀与金兵周旋，继续顽强反击。这时，王鹏带领一小股宋军在撤退的时候，发现李彦仙被围。王鹏冲进金军包围圈中，来到李彦仙跟前说："主帅，吾掩护，汝赶紧走。"

李彦仙说："王鹏，汝赶紧带领尔等撤，莫要管吾。"

王鹏带领宋军帮李彦仙杀出一条血路，命令两个宋兵强行掺着李彦仙冲破了包围。冲上来的金兵，用刀捅在王鹏腹部，王鹏看着李彦仙尔们拐进一条巷子，倒在了血泊中。

巷子里的宋军全部被金兵杀死了。其他金兵看见他们，就朝他们扑来。宋兵把李彦仙推进民房，一起朝金兵冲去。

民房后面有条河流，李彦仙推开窗子，跳进河里。河里漂浮着大量宋军和百姓尸体。李彦仙藏在尸体里，顺河泅渡。金军赶到河边，向河里放了一阵箭后，向别处寻去。河与护城河相通，李彦仙从河里潜进护城河，出了陕州城，遇上了逃出来的宋军，李彦仙带领残部逃到了黄河北岸。

金兵冲进李彦仙家中，对李彦仙妻子说："只要汝投降，吾饶汝全家不死。"

李彦仙妻子说："怕死非李彦仙家人！"说着自杀了。

李彦仙家人饥肠辘辘，不是金兵对手，除一弟一子逃出了金兵魔爪，其余人，全部牺牲了。

完颜娄室搜遍了全城，没有找到李彦仙。李彦仙的家人誓死不降，激怒了完颜娄室。完颜娄室把心一横，发狠对金兵说："李彦仙走矣，陕州百姓亦在，若非李彦仙誓死抵抗，大金岂能损失众多士卒。不杀光尔等，难消吾心头之恨。陕州城内，鸡犬不留！统统杀光！以泄吾心头之愤。"

完颜娄室一声令下，陕州城血流成河。上至白发苍苍的老人，下至嗷嗷待哺的婴儿，还有奄奄一息的伤兵，无人幸免。陕州城成了人间地狱，成了一座死城，散发着血腥的气息。洛阳西潼关东这座抗金堡垒，就这样被金军瓦解了。

李彦仙逃到黄河北岸，听到完颜娄室屠城，捶胸顿足，异常悲愤地说："完颜娄室之所以杀戮过当者，以吾坚守不战故也，吾有何面目复见人世乎！"

士卒劝着说："主帅，汝莫要过于自责，完颜娄室乃恶魔，尔暴行只能激起更多之人反抗金国。"

李彦仙说："人固有一死，活到多大才是个头。尔等皆战死矣，吾活于人世亦有何意。汝等莫要再劝，吾意已决！"

李彦仙悲愤地投进了滚滚的黄河里，终年 36 岁。李彦仙这面抗金旗帜就这样倒下了，留给后人无限的叹息和遐想。李彦仙的死讯传到朝廷，宋高宗伏案大哭，对群臣说："朕失李彦仙，犹如庙堂缺失一根椽柱哉！"

王伯彦假惺惺地安慰着宋高宗说："陛下保重，莫要过于悲伤，为臣者理应为国尽忠。李彦仙死得其所，乃臣子楷模。"

宋高宗抬起头，看着群臣说："传朕旨意，追赠李彦仙为彰武节度使，建庙于商州。"

群臣说："陛下英明。"

邵兴九年，又立庙于陕州，号曰义烈。乾道八年，赐李彦仙谥号忠威。这是后话。

邵云被金兵围住，身负重伤，被金兵活捉后，押到完颜娄室跟前，完颜娄室说："邵云，只要汝投降，吾封汝为千户长。"

邵云说："吾生乃大宋人，死亦为大宋鬼，汝何必多言？要杀要剁，请便！"

完颜娄室怒气冲天，对金兵说："尔乃解州人，将尔钉于木架，放于解州东门外，令解州百姓看看，尔等心中英雄，竟然沦落到此种地步！"

金兵把邵云押到解州，放在东门外示众。解州百姓从邵云身边经过，都不忍心看。有一恶少，来到邵云身边，用手抚摸着邵云背上金兵写的涅文，戏弄着说："将汝皮扒下来，可以为吾刀鞘。"邵云大怒，曳倒木架砸死了恶少。

五天后，刽子手行刑，拿着刀在邵云身上割肉，邵云笑着对刽子手说："要杀要剐尔痛快点！磨磨唧唧如娘们！"

刽子手吓得手发颤，把刀掉到了地上，当场吓死了。

第二个刽子手拿起酒壶，猛灌一阵，趁着酒劲儿，用刀挖掉邵云的眼睛，摘掉邵云的肝子。邵云对刽子手骂着说："汝等禽兽，猪狗不如。汝等杀吾，吾变成厉鬼，走遍天涯海角，皆要报仇雪恨，找汝等算账——"

金将对刽子手说："割断尔喉咙，令尔闭嘴。"

刽子手割断了邵云的脖子，邵云英勇就义。

邵兴拼死冲杀，带着少数士卒，趁着混战，冲出了陕州城。邵兴反复打听，打听到李彦仙投河的消息后，邵兴跪对着黄河，带着士卒对天发誓说："老天在上，金兵不灭，邵兴誓不罢休！"

安邑已为金军占领，邵继春和母亲四处流浪，当知道父亲的下落时，与母亲一起赶到了陕州城。陕州城一片死寂，大街小巷，堆满了死尸。邵继春与母亲翻遍了大街小巷里的死尸，没有找到父亲的遗体。他们四处打听，听说父亲去了南边，他们马上离开了陕州城，向南边赶去。

第十八章　以退为进

　　刘豫祖籍河北，世代为农，利用农耕闲暇，苦读诗书。功夫不负有心人，终于金榜题名，高中进士，被任命为殿中侍御史。刘豫曾经劣迹而遭到谏官攻击，宋徽宗不想揭发刘豫旧日偷同学白金盂、纱衣之事，压制谏官包庇刘豫。刘豫不知道收敛，对宋徽宗上书，大讲礼制局的事。宋徽宗恼怒地说："农夫刘豫，偷鸡摸狗，岂能懂得礼制？"宋徽宗一怒之下，把刘豫贬为两浙察访，后又改为判国子监，为河北提刑。刘豫心中不满，对宋徽宗怀恨在心。宋金之战后，刘豫弃官逃到仪真避乱。

　　1128 年 1 月，刘豫因好友推荐，被宋高宗任命为济南知府。山东盗贼蜂起，刘豫不愿意去，请求改任到东部某郡。宋高宗不许，刘豫负气来到济南上任。这年冬天，金军包围了济南。刘豫让儿子刘麟出战，张荣增兵来援，金兵撤退后派人来劝降刘豫。金人对刘豫说："刘知府，汝岂能忘记宋徽宗讥讽汝不懂礼制之事乎？"刘豫顿时面红耳赤，好像掘了祖坟一样急了眼，金人说："宋高宗看不起汝，宋高宗莫有眼光，不懂得欣赏。大宋几百年才出汝一人，大金帝国欣赏汝才干，不如汝随大金帝国干。"刘豫说："女为知己者容，人为知己者死。汝等如此器重吾，吾若执迷不悟下去，亦愧对汝等信任矣。"金人说："汝手下武将关胜神勇，难于收买，迟早会坏汝大事。"刘豫说："汝等不必忧虑，对付关胜吾已有计策。"金人走后，刘豫派人对关胜说："关将军，速来府中商议抗金大事。"关胜信以为真，没有提防，来到府中。埋伏在府里的刀斧手趁关胜不备，杀了关胜。刘豫出了府，来到大街上，对百姓说:"关胜不识时务,已为吾杀。大金帝国顺应天时,吾等投降金人。"百姓说:"吾等乃大宋子民,绝不降金。"刘豫说:"此事由不得汝等!"金军来到济南城下,刘豫开城投降。刘豫降大金帝国后,得到了金国重用,金兀术把刘豫调到东平府,任命刘豫为京东西、淮南等路安抚使,黄河以南,全部由刘豫统领。

川陕乃南宋战略要地,宋高宗于1129年授命张浚为川陕宣抚处置使,派张浚主政陕西。同年年3月,宋高宗为了躲避金人,渡过长江。1130年3月,完颜宗弼(金兀术)与韩世忠在镇江交战失败后,完颜宗弼引军走建康,与韩世忠再战长江,金军乘风纵火,打败韩世忠。金军渡过长江,屯守在六合县。

金军灭亡北宋之后乘势南下,遭到南宋军民强烈抵抗,宋金激战多年,金军虽在军事上节节胜利,但在战略上却没有使南宋屈服,战事愈演愈烈,金军损兵折将,得不偿失。金国以改全面进攻为重点进攻,把军事力量集中到陕西一线,准备从秦陇攻入四川,控制长江上流,顺江东下,迂回包围,置南宋于死地。陕西成了宋金交战的主战场。1130年9月,宋金在富平交战,宋军人数占据绝对优势,由于宋军骄傲自大,将领各怀叵测,张浚指挥不力,将领胆怯临阵脱逃,宋军全线溃退,撤到兴州(今略阳)、和尚塬、大散关、阶州(甘肃武都)、成州(甘肃成县)等地,重新设防。

和尚塬是渭水翻越秦岭进入汉中地区重要关口之一,在大散关东边,地势险要,属于川陕门户。宋秦凤路经略使吴玠、吴璘奉张浚之命,收集几千散卒誓死保卫和尚塬。1131年5月,金将乌鲁撒拔和叛将折合求率军准备在和尚塬会师,合围吴玠、吴璘。和尚塬一带尽是山谷,道路狭窄,金骑发挥不了应有的优势。吴玠、吴璘奋不顾身,率军与金军展开了生死搏斗,战斗异常惨烈。金军在人数上占绝对优势。吴玠、吴璘发挥地形优势,挡住了金军数次进攻。突然,天气突变,大雨如注,金军士气不振,宋军乘胜追击,道路泥泞,金军狼狈逃窜,吴玠、吴璘打败了乌鲁撒拔和折可求。1131年10月,大战爆发,完颜宗弼(金兀术)亲率金军进攻和尚塬。吴玠、吴璘为了对付金骑,自制弓弩,弓弩杀伤力超强,能把马射杀之后,死死地钉在地上。金军不断反扑,战况激烈,吴玠、吴璘顽强拼搏,金军遭到重创。完颜宗弼(金兀术)中箭,仅以身免。和尚塬大捷,金国震动,吴玠、吴璘一战成名,享誉大江南北,长城内外,成为抗金名将。

金国不断在陕西增兵，完颜宗辅等在富平打败南宋名将张浚，占领了陕西六路。然金军也付出了沉痛的代价。金国审时度势，完颜昌献言献策说："陛下，吾军最终于陕西取胜，然吾军亦伤亡惨重。大金帝国应调整策略，采取'以和议佐攻战，以僭逆诱叛党'之策，于占领区寻找一儿皇帝，替大金帝国料理占领领土，作为大金帝国与南宋缓冲地带。陛下以为如何？"

金世宗说："众爱卿以为如何？"

朝臣齐说："陛下，此计甚好，可行。"

金世宗说："完颜昌，朕准矣，汝全权处理。"

完颜昌说："陛下，诺！"

完颜昌出了宫，回到府上，派人把秦桧叫进帐中，和气地说："秦桧，汝愿回南宋否？"

秦桧吃了一惊，赶紧说："完颜大人，是要赶秦桧走乎？"

完颜昌盯着秦桧说："秦桧，大金帝国待汝如何？"

秦桧发自肺腑地说："完颜大人，大金帝国乃秦桧再生父母。"

完颜昌微笑着说："秦桧，大金帝国放汝归去，汝应从南宋内部彻底瓦解抗金力量。汝莫要辜负大金帝国对汝之期望。"

秦桧坚定地说："完颜大人，秦桧万死不辞。"

完颜昌满意地看着秦桧，说："汝及早归回南宋，尽早为大金帝国效命。"

秦桧谦卑地说："完颜大人，诺！"

秦桧带着妻子王氏，离开了金国，朝南宋走去。

刘豫打听到大金帝国的意图后，对儿子刘麟说："吾儿带上厚礼，马上前去金国拜见左监军完颜昌，请求完颜昌，令金世宗封吾为帝。"

刘麟来到金都，贿赂了完颜昌，说明来意。完颜昌对刘麟说："汝父亲乃不二人选，此事亦包于吾身。"

完颜昌派使来到刘豫所部，询问刘豫部属："汝等畅所欲言，莫要拘束，汝等之中，何人可以为帝？"

刘豫同乡张浃超越级搭话说："大人，刘知府可担当此大任！"

金国使者给完颜昌复命后，完颜昌说："诺，封刘豫为儿皇帝。"

1131 年 7 月 28 日，金国派大同尹高庆裔、知制诰韩册封刘豫为皇帝，国号齐国，建都大名府。1131 年 9 月 9 日，刘豫即位，大赦境内，遵用金的年号，称天会八年。刘豫回到东平，升东平为东京，改东京为汴京。1132 年，刘豫迁都开封。

金军所到之处，跟蝗虫一样，掠夺一空。刘豫为了讨好金国，在汴京四处搜刮，没有找到像样的东西。刘豫愁眉不展，便装出了府，在大街上闲转。突然，刘豫眼前一亮，地摊上一件奇珍异宝，深深地吸引了尔。刘豫快步来到地摊前，俯下身子，拿起宝物，爱不释手，仔细把玩。摊主从刘豫穿戴上，看出买主不仅是个有钱主儿，而且还识货。摊主不动声色，盯着刘豫，准备狠狠地宰刘豫一把。

刘豫问："此件宝物从何而来？"

摊主说："客官好眼力，此件乃稀世珍品，十分难得。"

刘豫随从走上前，对摊主说："齐国陛下在此，休要胡言！"

摊主听说是皇帝，吓得离开摊子，扭头就跑。手下就要放箭，刘豫连忙说："莫要伤尔，莫要伤尔。"刘豫随从抓回摊主，摊主吓得面如土色，尿湿了裤子，浑身战栗。

刘豫和颜悦色地说："汝莫怕，汝乃齐国奇才！只要汝道出此件宝物来历，朕不予汝定罪，朕亦要重重赏汝。"

摊主硬着头皮说："陛下，奴才从宋室宗室墓地偷盗而来。"

刘豫高兴地说："朕封汝为齐国淘沙官，汝以为如何？"

摊主跪着对刘豫说："陛下莫要嘲笑奴才，天底下莫有此官衔。奴才不要宝物矣，请陛下饶奴才此回。"

刘豫对摊主说："汝莫要怕，朕予汝撑腰。汝只管盗墓，有好东西，予朕拿来，朕不亏待于汝。"

摊主连忙叩头说："陛下，奴才领命！"

摊主没有想到，自己生活落魄，到了盗墓的份上，竟然还在齐国做上了官。

刘豫在百姓面前，装出一副勤俭节约的样子，实际上过着荒淫无耻的生活。刘豫虽贵为皇帝，骨子里还流淌着下里巴人的血。刘豫放屁从不避人，也从来不控制。在朝堂上，说放就放，有时放得很响。有时放连环屁。朝臣脸都静得平平地，尽量控制住自己的表情，唯恐刘豫追责。刘豫每顿都是大鱼大肉，对素菜不屑一顾，胖得如头猪。刘豫父子妻妾成群，生活萎靡腐化，目光短浅，胸无大志，视金钱如废土。为了满足奢侈的生活，让淘沙官专门挖掘宋室宗亲墓葬。宋高宗对刘豫恨之入骨，对外放出狠话，若大金帝国与大宋讲和，必须罢免了刘豫，最好能把刘豫脑袋割下来。刘豫用这些墓葬品既贿赂金世宗，又供自己挥霍，根本不管百姓死活。

金国攻占关中、陕北后，交给了刘豫，大大地壮大了刘豫的实力。陕南还在南宋手里，刘豫决定物色一位得力干将，恩威并举，收复陕南，统一陕西。

伪齐官吏侯浞，贪赃枉法，伪齐丞相人赃俱获，准备明日早朝启奏刘豫。侯浞回到家里，惶惶不可终日。这时，女儿来到侯浞身边，关切地问："爹爹，何事愁眉不展？"

侯浞长叹一声，说："女儿，爹爹为家，为汝吃好穿好，莫有约束住自己，偷拿国库银两。丞相发觉，大发雷霆，明日早朝，启奏陛下，吾必死无疑矣。"

女儿说："爹爹，如何是好？"

侯浞说："女儿，如今唯有汝能救为父。"

女儿说："爹爹，吾有何法？"

侯浞说："女儿年轻貌美，正合陛下胃口。"

女儿说："爹爹，刘豫年老体衰，妻妾成群，岂能将女儿往火坑里推？"

侯浞说："女儿，为父无路可走。"

女儿说："爹爹，吾不允！"

侯浞咬咬牙说："女儿，汝真莫良心，平时汝吃爹爹之食，花爹爹之财，爹爹有事，汝岂能漠然视之？若爹爹正法矣，汝亦无好日子过。此事由不得汝，莫有商量余地！"

侯浞连夜晚上，把女儿绑着送进了刘豫宫中，亲手献给了刘豫。

刘豫问侯浞："候大人，为何如此慷慨，以女儿相赠焉？"

侯浞说："陛下，有人告吾贪赃枉法，言吾中饱私囊，像吾此等忠厚老实之人，岂会干出龌龊之事乎？请陛下为吾做主。"

刘豫说："朕以为乃多大之事，候大人，小事一桩，汝莫怕，如今吾等一家人，朕为汝做主，何人敢动汝？"

侯浞说："谢陛下！"

早朝的时候，刘豫看着丞相故意问群臣："众爱卿，侯浞此人如何？"

丞相上前一步，禀告说："陛下，侯浞贪赃枉法，应该下狱。"

刘豫说："众爱卿，如今有些官员，恃才傲物，有些本事将尾巴翘上天，不知天高地厚。朕觉得有过错之人更懂知恩图报，懂得收敛。因此，任命有功之人，亦不如任命有过错之人。如今大金帝国将陕西交予朕，朕决定选派一德才兼备之人，前去宣抚陕西。朕觉得，侯涚乃最佳人选。朕决定封侯涚为金牌天使，宣抚陕西。"

官员窃窃私语说："侯涚将女儿献于皇帝。"

"难怪！"

"厚颜无耻！"

"禽兽不如！"

"世上竟然亦有此父！"

"现如今，只要达到目的，可以不择手段，何事情做不出来？汝等莫要大惊小怪！"

刘豫说："既然无人反对，朕定矣。"

侯涚白了丞相一眼，丞相鄙夷地看着侯涚，侯涚趾高气扬来到刘豫跟前，行礼后说："陛下，臣谢主隆恩！"

刘豫被金国封为齐国皇帝后，像疯狗一样朝南宋发动反扑。刘豫为了配合金国灭宋，招募丽琼、李成、孔彦舟、徐文等恶贯满盈的江南群盗，拼命凑集军队，组成了傀儡签军十二军。这些盗贼为虎作伥，甘心为刘豫卖命，壮大了刘豫的军事力量。

侯涚带着丽琼签军，从南阳出发，浩浩荡荡，打着齐国旗帜，举着金牌天使牌子，趾高气扬，沿着商於古道，朝陕西而来。百姓看见侯涚，纷纷指指点点，窃窃私语："此等老东西，莫脸之人，将女儿献于刘豫糟老头，换取官衔！"

"猪狗不如！"

"世上竟然亦有此父！"

"有何奇怪，百人百姓！"

"只要有钱花，莫怕胡子扎！"

"哈哈哈——"

侯涚骑着马，装聋作哑，目视前方，人模狗样儿，继续朝前走。

武关东接南阳，西通龙驹寨、蓝田，北依高峻的少习山，南濒险要的武关河。关城略成方形，用土筑城，建在峡谷间一座较为平坦的高地上。东西各开一门，均用砖石包砌卷洞。关西地势平坦，西门上书："三秦要塞"。关东延山腰盘曲而过，崖高谷深，狭窄难行。东门上书："武关"。

武关守将田俊山站在东门城楼上，镇静自若，调兵遣将，已经做好了抗击签军的准备。武关军民，严阵以待，城头旗帜林立，迎风飘扬。

侯涊来到武关东门，抬头一看，只见武关军容整肃，防守森严，侯涊眼珠子一转，来到城前，高声说："田将军，陕西已为金军攻占，金军将陕西交予齐国治理，汝顺应时势，投降齐国，吾保汝高官照做！"

田俊山说："叛贼，认贼作父，休要猖狂。"

侯涊说："田俊山，莫要一意孤行，南宋将亡，该为汝留条活路。"

田俊山说："侯涊，休要胡言。"

侯涊说："田俊山，赵构已逃亡于海上，汝好为己想想。"

田俊山说："侯涊，卖主求荣，竟然甘心做金国走狗。"

侯涊说："田俊山，执迷不悟，休怪吾无情！"

田俊山说："侯涊，尽管放马过来，别人怕伪齐，吾不怕刘豫！"

侯涊恼羞成怒，说："丽琼将军，攻城！"

丽琼率军攻打武关城，签军乃盗贼出身，个个如狼似虎，蜂拥攻城。宋军人少，招架不住。田俊山一边据城而战，一边派小校去龙驹寨求援。龙驹寨守将刘国忠接到信后，惊慌失措，赶紧收拾东西，准备弃城逃往商洛县。

张得全马上和耶律胡进了寨子，来到守将府。刘国忠已经收拾好了行李，整好人马，就要逃跑。张得全拦住刘国忠说："刘将军，大敌当前，应率军积极防御，为何弃百姓而逃？"

刘国忠说："张得全，少管闲事，此处非汝说话之地。"

张得全说："刘国忠，吾乃高宗钦封忠义郎，今日吾要为国铲除叛逆！"

刘国忠说："童党叛逆，汝想造反乎？"

刘国忠先下手为强，挥刀朝张得全杀来。张得全提长矛仓促应战，刘国忠暂时占了上风。

刘国忠亲信围住了张得全和耶律胡。

张得全与刘国忠战了十余回合，张得全将刘国忠刺下了马。

宋军大惊失色。张得全说："弟兄们，此事与汝等无关，愿意留下抗击伪齐之人，吾双手欢迎，不愿意留下抗金之人请自便！吾决不勉强。"

士卒说："张将军，大敌当前，吾等愿意与汝一道抗击签军，保卫龙驹寨。"

张得全说："弟兄们，汝等皆为龙驹寨好男儿。"

张得全马上派耶律胡带着一部分士卒火速去武关增援田俊山，自己带着一部分士卒准备守城物资，在龙驹寨东门口一带，挖陷阱，设障碍。耶律胡走到桃花驿，遇见了田俊山先头部队，得知丽琼已经攻破了武关。耶律胡马上返回了龙驹寨。

龙驹寨坐北向南，离商洛县城只有八公里，北靠陡峭鸡冠山，南临汉江最长支流丹江，东有小龙河（俗称东河），西有西河，地理位置独特，是天然的要塞。然大宋重文轻武，在城防建设上投资不足。虽张得全在任守将期间带着士卒一直整修寨子，然龙驹寨寨墙低矮，年久失修。护城河已经堵塞，长满了河草，形同虚设。

耶律胡撤回龙驹寨，把军情禀告了张得全。张得全马上鸣金报警。龙驹寨百姓听到警报，纷纷出了家门，惊慌失措地站在街上，不知道何去何从，百姓跑到守将府，问："张将军，出了何事？"

张得全说："乡亲们，伪齐签军乃群盗贼，尔等已经攻破武关，马上到龙驹寨矣，汝等赶紧回家收拾东西，从西门出城，逃命要紧！"

百姓说："张将军，龙驹寨不是还有汝等？"

张得全说："乡亲们，龙驹寨士卒缺乏训练，兵员不足，寨墙低矮破旧，阻挡不住签军，吾等亦非签军对手。为减少汝等损失，吾等必付出最大牺牲，确保汝等出城。"

百姓说："张将军，汝等亦要撤出龙驹寨乎？"

张得全说："乡亲们，吾提议修寨子，莫人帮忙。后来吾被解职，修寨墙之事亦搁置矣。刘国忠目光短浅，不修武备。如今大敌当前，不撤离龙驹寨，岂能全军覆没？如今吾莫有更好办法可想。"

百姓恍然大悟，赶紧回到家里，收拾好行李，扶老携幼，赶着牲口，出了家门，慌慌张张来到西门南门，分别向冠山沟和寨子沟后面的大山里逃命。

田俊山撤到龙驹寨东门口，看见城上张得全，惊惧地说："张得全，汝造反矣？"

张得全说："田将军，刘国忠弃城逃跑，已为吾杀。"

田俊山说："张将军，做得对，刘国忠死有余辜。汝放下吊桥，让吾等进城，签军亦在吾等身后。"

张得全把田俊山放进城中。田俊山上到城头，张得全对小校说："快去报告商大人，签军马上就到龙驹寨。吾军掩护百姓撤出龙驹寨后，与商大人会合，于商洛县抗击签军。"

田俊山说："张将军，龙驹寨不能失守，丢龙驹寨，商洛县无险可守矣。"

张得全说："田将军，龙驹寨虽号称天然要塞，然年久失修，目下还无法抵御签军，吾不能让士卒白白送死。"

这时，侯浞和丽琼来到龙驹寨城下，对张得全说："张将军，汝已被解职，何必为大宋卖命？若汝将田俊山拿下，交予吾军，吾保汝高官照做。"

张得全说："侯浞，吾不稀罕！"

耶律胡说："张将军，令吾出城杀杀签军锐气。"

张得全说："耶律兄弟，莫要感情用事，签军来势汹汹，乃亡命之徒，不必争一时之勇。要充分利用商洛山，巧妙与签军周旋，如蚕吃桑叶一样，慢慢地蚕食尔等。"

耶律胡想起那些投降金国的契丹贵族，发狠地对张得全说："得全兄弟，吾最恨侯浞此等小人。"

张得全说："耶律兄弟，人无骨气，不知其可也！"

张得全又对侯浞说："侯浞，认贼作父，羞汝先人！"

侯浞不再多言，下令丽琼攻城。签军攻城略地，所向披靡，人多胆壮，一拥而上，冲到龙驹寨城下，搭起云梯，亡命攻城。

张得全指挥士卒一边抗击签军，一边问小校："百姓皆撤出龙驹寨乎？"

小校说："张将军，百姓皆撤离龙驹寨矣。"

张得全对士卒说："兄弟们，撤！"

签军攻上城头，朝张得全杀了过来。张得全杀死冲到面前的签军，对耶律胡说："耶律兄弟，留得青山在不怕莫柴烧。快撤！"耶律胡热血沸腾，杀得正过劲儿，只得随着张得全和田俊山从西门撤出了龙驹寨。丽琼派出骑兵，紧追不放。张得全、田俊山和耶律胡断后，一直跟签军处于胶着状态，士卒损失较多。张得全为了摆脱签军骑兵追击，只好暂时放弃了去商洛县的打算，率军顺着小路朝冠山沟逃去。

　　侯浞急于求功，鸣金收兵，丽琼只好放弃了追击田俊山和张得全部，留下部分签军把守龙驹寨，带着主力迫不及待地朝商洛县奔来。

　　冠山沟地形狭窄，田俊山与张得全摆脱了签军，逃进了冠山沟，合兵一处，收拾残部，招募士卒，准备援助商洛县。

第十九章　智挫签军

北宋时期，商洛县隶属商州，后属上洛郡，属永兴军路。商洛县地处商淤古道中段，是丹江河冲积出来最宽盆地之一，坐东朝西，城南依着滔滔丹江，对着巍巍商山，城北是连绵起伏丘陵，逶迤群山，城西与棣花古镇相连，城东与龙驹古寨相通。商洛县城墙遭到风吹雨淋，已经残缺不堪。城墙上有几处已经裂开了缝，城头上长满了茅草。城门年久失修，烂了几个洞，狗都能从外面钻回来。城池形同虚设，显得越发破旧。

商虢连忙把众官吏召进县衙大堂，说："各位人人，金牌天使侯浞与丽琼前来宣抚商洛县，吾等如何决断？"

县尉说："大人，请求商州派兵增援。"

商虢说："各位大人，汝等莫要忘，签军乃群亡命之徒。"

县尉说："大人，即使粉身碎骨，亦要与伪齐血战到底。"

县丞说："大人，宁为玉碎不为瓦全。与伪齐同归于尽！"

其尔官吏说："大人，与伪齐血拼到底！"

商虢说："各位大人，吾决定投降齐国！"

大家一致说："大人，万万不可。"

商虢说："各位大人，为何不可？"

大家说："大人，投靠刘豫，遗臭万年。"

商虢说："各位大人，人生在世，快活一日乃一日，考虑长远亦有何必？"

夫人从后堂里走出来，对商虢说："大人，舍生取义，自古皆然！"

商虢说："夫人，此处非汝言语之地。"

夫人说："大人，肝脑涂地，为国尽忠。"

商虢说："夫人，进退自如，能屈能伸，方为上策。"

夫人说："大人，危难之中方显英雄本色，汝岂能如墙头草一般，见风使舵，摇摆不定？"

商虢说："夫人，汝糊涂！南宋亦要灭亡，齐国如日中天，到时齐国史官大笔一挥，吾亦成齐国开国功勋矣。"

夫人冷笑着说："痴心妄想，做春梦去！"一头撞在了柱子上，血流如注，当场死亡。

商虢摇头叹息着说："莫想到夫人如此固执，吾与夫人真乃同床异梦。事已如此，暂且将夫人遗体抬于后堂。"

官吏一哄而散，逃出了县衙，在城里喊着："签军来矣，商虢投降伪齐，大家快跑！"百姓听见喊声，有一部分从西门逃出了商洛县，越过了丹江河，朝商山中逃去。还有一部分百姓，举棋不定，在街上观望着。商虢出了县衙，对百姓说："汝等莫怕，何人来此汝等皆为百姓，与汝等莫有关系，汝等随吾出城迎接签军。"

百姓看着商虢，躲回了家。

商虢只得带着衙役出了城，站在东门口，虔诚地迎接签军。

侯浞和丽琼来到商虢面前，侯浞高兴地说："商大人，果真英明！"

商虢说："金牌天使大人、丽琼将军，汝等请！"

侯浞和丽琼进了商洛县城，进了县衙，侯浞问："商大人，其余人等何在？"

商虢说："金牌天使大人，皆亡矣。"

侯浞说："商大人，为何不拦？"

商虢说："金牌天使大人，人各有志，不可强求。"

侯浞说："商大人，顺齐者昌，逆齐者亡！"

这时，签军小校从外面进来报告说："金牌天使大人，武关俘虏如何处置？"

侯浞说："统统杀头！令商洛县百姓看看，与齐国作对都莫有好下场。"侯浞走出县衙，签军把百姓赶到城南商山四皓墓前，侯浞环视了一下四周，对小校说："就在此地处置！"

叶治国从百姓中走了出来，不亢不卑地对侯浞说："大人，四皓墓乃圣地，冒犯不得。"

侯浞斜视着叶治国，恶狠狠问："为何？"

叶治国说："大人，此处安葬着秦朝四博士，人称商山四皓。历朝历代，皆有严格规定，文官下轿，武官下马。"

侯浞"嘿嘿"一笑，说："老头，汝立大功矣。四皓墓里定有价值连城之葬品乎？"

叶治国说："大人，万万不能盗墓！四皓乃人中真君子，安贫乐道，靠商芝度日，岂有奢侈品？"

丽琼拔剑威吓叶治国说："汝想试试吾剑锋利否？"

叶治国说："为商山四皓献身，何惧之有？"

商虢赶紧来到丽琼身边，悄悄地说："丽琼将军息怒，叶先生于商洛县县学坐馆，德高望重。商州董知府乃先生学生，吾亦要敬先生三分。"

侯浞说："哦！墓里岂能莫有葬品？"

商虢说："金牌天使大人，四皓乃秦朝四个博士，隐居商山。四皓去世之后，埋于商洛县，墓里焉有何物？"

侯浞说："商大人，汝能确定？"

商虢说："金牌天使大人，商洛县处于商淤古道，来往人员复杂，若墓里有值钱陪葬品，岂会留到现在。"

丽琼把剑放回了剑鞘，侯浞对小校说："将武关俘虏统统吊于商洛县西门之上！"

侯浞对叶治国说："叶先生，请汝做吾幕僚。"

叶治国说："吾宁愿死，亦不与伪齐为伍。"

商虢对侯浞说："金牌天使大人，亦是另找他人。"

侯浞说："商大人，宣抚商州，亦要靠尔。"

商虢说："金牌天使大人，高瞻远瞩，令人佩服！"

侯浞转身对叶治国说："叶先生，吾已经给足汝面，此事莫有商量余地。来人，好生伺候先生，不得有误。"

小校说："大人，诺！"

签军小校将叶治国带进军营，软禁了起来。

张得全和田俊山率军走到半路，听说商虢已经降了伪齐，只好带军撤回了冠山沟，继续征集士卒，抓紧时间训练。

侯涅纵容士卒在商洛县四处掠夺，挖古墓，掘祖坟，聚敛财富。签军把商洛县搞得乌烟瘴气。签军挖了商虢的祖坟，商虢族人赶到县衙，找到商虢，气愤地说："汝引狼入室，签军挖商家祖坟，汝有何颜面面对祖宗？"

商虢气愤地说："岂有此理，签军极不像样，吾找侯涅去。"

商虢快步来到军营，进了大帐，对侯涅说："金牌天使大人，商洛县民风淳朴，崇尚节约，墓里岂有贵重陪葬品？士卒将吾家祖坟挖矣，吾有何面目面对列祖列宗？"

侯涅说："商大人，此次签军不挖，汝能保证宋军不挖？汝莫要过于悲伤，世上钱世上花，留于死人处做何用？"

商虢说："金牌天使大人，伤风败俗，要不得！"

侯涅说："商大人，汝头脑混乱，吾帮汝理理。汝要学会舍得放下，切莫斤斤计较。一切从大局出发，不要发表危言耸听言论，扰乱军心。商大人，不必生气，等到南宋灭亡，吾定为汝重修祖坟。陛下于齐国专门设立淘沙官，专门负责盗墓之事。"

商虢说："金牌天使大人，竟然于祖宗头上动土，岂有此理！岂有此理！"

侯涅说："商大人，何必大惊小怪？"

商虢气呼呼离开了侯涅，碰上了签军小校，小校把商虢拉到一边，悄悄地说："商大人，汝有所不知，候大人监守自盗，为躲避丞相大人追责，将令媛献于陛下，换来金牌天使肥缺。"

商虢莫有退路，若有所思地说："原来如此，原来如此。"

侯涅带着叶治国和商虢离开了商洛县，来到商州城前。商州偃旗息鼓，城门大开，知府董先带着商州官吏，站在城门前迎候。董先看见侯涅和丽琼，驱步走上前来，说："金牌天使大人、丽琼将军，汝等辛苦矣。"

侯涅高兴地抓住董先的手说："董知府，顺应时代潮流，站位很高，董知府，汝头脑清醒，果然乃人中能人。"

董先说："金牌天使大人，汝过誉矣。"

侯涅转身对叶治国说："叶先生，教导有方，董知府果然青出于蓝而胜于蓝，比老师亦有远见。"

董先马上说："金牌天使大人，先生谆谆教导，卑职永生难忘记！"

叶治国对着董先唾了一口，说："无耻！无耻之极！身为朝廷命官而不好好履职，临阵投敌，妄食君恩！妄为读书人！真是瞎眼睛矣，教出如此败类？"

董先说："先生，怎出此言？先生不是已经投靠齐国乎？"

叶治国说："舍生取义，乃吾底线。吾虽失去人身自由，然吾精神高贵。怎会与尔等反贼为伍？"

侯浞对丽琼说："丽琼将军，董大人如今已做出明智选择，弃暗投明，汝老顽固已经莫有利用价值，将尔拉下去砍了！省得在此发表消极言论，蛊惑人心。"

董先说："丽琼将军，手下留情，叶先生乃吾恩师！"

叶治国说："吾与汝恩断义绝。杀身成仁，有何惧哉？青史留名，此生足矣！"

商虢说："丽琼将军，叶先生乃龙驹寨张得全之舅舅，亦有利用价值。"

丽琼说："商大人，莫要长尔人志气，灭吾等威风。张得全算老几？亦是尔亲爹吾照杀不误！"丽琼手起刀落，砍下了叶治国的人头，提到董先跟前。叶先生怒目圆睁，就像活的。董先异常难受，抱住头，头嗡嗡作响，犹如钢针在扎。

丽琼说："董大人，汝无恙乎？"

董先说："丽琼将军，快快令人将先生人头拿走，好生安葬。"

丽琼说："董大人，人已经死矣，汝何怕之有？"

董先说："丽琼将军，求学之时，吾不用功，挨过先生不少板子。先生严厉之态，至今历历在目。先生每次来访，吾总是提心吊胆，惶恐不安。"

丽琼仰天大笑，对小校说："来人，快快将人头拿走。"

董先谦卑地说："金牌天使大人、丽琼将军，府里请！"

侯浞和丽琼进了商州，董先在府衙设宴摆酒，招待尔们。签军进了商州，胡作非为，抢店铺，进酒馆，闯民房，肆意妄为。商州城里人心惶惶，百姓对签军恨之入骨，暗暗咒骂董先引狼入室，盼着宋军早日到来。

宋军探报从商州回来，把叶治国的事告诉了张得全。张得全放声大哭了一阵，说："耶律兄弟，不能令舅舅暴尸荒野，吾要去商州替舅舅收尸！"

耶律胡说："得全兄弟，认识汝人多，吾去比较稳妥。"

张得全说："耶律兄弟，吾必须亲自去。"

耶律胡说："得全兄弟，既然如此，吾等同去。"

田俊山说："张将军，汝等皆去，吾照看军营。"

张得全和耶律胡当天带着几个得力干将，扮成签军，混进了商州城，来到城东，找到远房亲戚。亲戚激动地拉住张得全说："张将军，签军这群野兽，将百姓糟蹋苦矣。百姓眼睛皆滴血矣，盼汝等早日收复商州。"

张得全说："吾此次来主要是替舅舅收尸。"

亲戚说："张将军，董先乃王八蛋，恩将仇报。"

张得全说："舅舅尸体在何处？"

亲戚说："张将军，应该在城西郊外乱坟岗。城西有签军把守，吾伙数人，准备夜间去找叶先生尸体，莫想到汝这么快就来矣，吾领汝等去。"

张得全他们出了城西，来到乱坟岗，发现一群野狗，正在啃食尸体。张得全他们驱赶着野狗，野狗极不情愿，发出了示威的呜呜声。张得全从地上挖起一块儿石头，砸在了一只狗头上，狗发出惨叫，其余的狗边跑边扭头看，见张得全莫有离开的意思，狗们才悻悻地离开了乱坟岗。张得全他们在乱坟岗找了半会，都莫有找到叶治国的尸体。天慢慢地黑了下来，越来越难找了。

张得全说："将火把点燃。"

亲戚说："张将军，危险！签军看见如何是好？"

张得全说："莫怕！正好收拾几个祭奠舅舅。"

张得全他们点起火把，在乱坟岗里找着。城西签军发现后，派出一队人马，出城奔到乱坟岗，小校装着胆子问："何人在此？"

张得全不慌不忙地从死人堆里拉起一具尸体，背靠背地背着，慢慢地退着向小校挪，发出了恐怖的笑声。耶律胡他们也学着张得全的样子，恐怖地笑着，背着死尸朝小校走去。

小校喊："放箭！"

士卒放箭之后，死尸继续朝前移动，小校毛骨悚然地喊："有鬼，赶紧撤！"

签军仓皇朝城里跑去。

张得全尔们在乱坟岗找了一整夜，最后在一堆尸体中发现了一具无头尸体，张得全对耶律胡说："应是这具矣。"

张得全绑了一个简易担架，把叶治国尸体抬到商洛县，用木头削了一个人头，按在尸体上，把叶治国葬进了叶氏祖坟里。

张得全站在叶治国墓前，发誓说："舅舅，汝乃吾这辈子最崇拜之人，吾定赶走签军，收复商洛县，绝不辜负汝教导之恩。"

龙驹寨留守签军人数较少，张得全回到冠山沟军营，跟田俊山商量之后，让耶律胡化装成签军，打着侯浞的旗号，趁着黄昏来到龙驹寨西门前。

签军校尉站在西门之上，警惕地问："何人？"

耶律胡骑马上前一步，说："金牌天使大人与丽琼将军唯恐龙驹寨有失，特意派吾等从商州回来增援。"

签军校尉问："可有凭证？"

耶律胡说："来时匆忙，忘记索取。"

签军校尉说："金牌天使大人与丽琼将军有令，莫有凭证，不准进城。"

耶律胡说："既然如此，吾等原路返回。"

这时，张得全和田俊山两人分别从东门北门向龙驹寨里的签军发起进攻。东门北门小校分别来到西门，对签军校尉禀告说："大人，宋军正在攻城！"

校尉问："有多少人？"

小校说："天暗看不清。"

耶律胡说："丢失龙驹寨，金牌大人与丽琼将军怪罪下来，责任汝负！"

张得全和田俊山发起强攻，东门北门小校又来告急。校尉对耶律胡说："既然汝是金牌天使大人与丽琼将军派来救援龙驹寨，就请汝将东门北门宋军赶走！"

耶律胡说："诺！"

耶律胡带军冲到北门，与张得全假装厮杀了一阵，田俊山从东门赶过来助战。耶律胡佯装败退，狼狈逃到西门，对签军校尉说："快开城门，快放吾进去，宋军亦要追来矣。"

签军校尉信以为真，对城上小校说："放下吊桥，快让尔进来。"

耶律胡进了西门，杀死守门签军。张得全和田俊山紧随其后，冲进了西门。签军校尉后悔不已，知道上了当，跟宋军激战了一会儿，败退撤出了龙驹寨。

张得全说："签军不会善罢甘休，定卷土重来，田将军守寨子，吾与耶律将军于商鞅封邑附近设伏。"

田俊山说："张将军，吾与耶律将军去。"

张得全说："田将军，吾熟悉此地。"

田俊山说："张将军，恭敬不如从命！"

商洛县留守签军听说龙驹寨已失，火速出兵，很快来到了商鞅封邑遗址前。张得全一声令下，宋军从两侧土塬上杀下来。张得全和耶律胡身先士卒，奋勇争先。士卒深受鼓舞，猛冲猛打。商洛县签军中了埋伏，大惊失色，狼狈逃窜。张得全乘胜追击，签军败回了商洛县，派人向商州签军告急。小校来到商州，进了商州府，董先正在摆酒设宴，款待侯涊和丽琼。小校快步来见侯涊面前，上气不接下气地说："金牌天使大人，宋军已经将龙驹寨夺去矣。"

侯涊问："何人所为？"

商虢说："金牌天使大人，除过张得全莫有别人。"

侯涊说："商大人，张得全乃何许人也？"

商虢说："金牌天使大人，龙驹寨冯家塬人。"

侯涊说："商大人，此次莫要让张得全跑矣。"

第二天一早，侯涊带着签军骑兵，出其不意地包围了龙驹寨。龙驹寨寨墙低矮，特别是北门，靠近坡塬，地势较低。签军步兵站在坡塬上，居高临下，朝寨子里放箭。签军用木板铺条天路。签军骑兵在步兵掩护下，顺着天路，冲上寨墙，沿着寨墙一路追杀，把宋军赶下了城墙，开了寨门。侯涊、丽琼带着签军涌进寨子，击败了宋军，张得全带着残兵冲出东门，逃向了涌峪沟。

侯涊一不做，二不休，在商虢带路下，包围了冯家塬。签军将冯家塬百姓赶出了家门，集中到村中古树下。

侯涊站在碾盘上，用马鞭指着百姓说："何人乃张得全家人？快站出来。吾不为难其余百姓。"

张叶氏走出了人群，说："莫要为难百姓，吾乃张得全之妻。"

侯涊说："商大人，是否？"

商虢说："金牌天使大人，正是。"

侯涊对小校说："带走。"

张龙驹从人群里挤出来，对商虢说："商大人，汝岂能忘记吾？"

侯涊说："汝乃何人？"

张龙驹大大咧咧地说："大人，吾乃张得全之子。"

侯浞仰天大笑后，说："张得全聪明一世，竟然有白痴之子！。"

张叶氏说："龙驹，忙上添乱！"

侯浞说："带走！"

张龙驹咧了咧嘴，做了个鬼脸，没有言语。张龙驹随母亲进了龙驹寨，被关进了军营。签军把张叶氏绑在柱子上，过来就要绑张龙驹。张龙驹摊开手，对签军说："吾一小孩，手无缚鸡之力，甘愿与母亲来龙驹寨里为汝等人质，汝等绑吾与不绑吾皆然也。若吾父投靠签军，到时吾父亦为汝等上司，到时吾找汝等后账，汝等人人吃不着兜着，汝等亦是何必？"张龙驹一张小嘴把签军哄得滴溜溜转，签军看了看张龙驹，没有绑他。

侯浞写出告示，四处张贴。宋军探子揭了张告示，拿回来交给了张得全。张得全看后，递给了耶律胡和田俊山。

耶律胡说："得全兄弟，与签军拼了！"

田俊山对耶律胡说："耶律兄弟，人质亦在签军手里，不能硬拼！"

张得全说："耶律兄弟，吾等好好合计合计。"

田俊山说："张将军，吾等不如将计就计。"

田俊山把想法给张得全一说，张得全高兴地说："田将军，此计甚好，亦这样办。"张得全尔们带着士卒来到龙驹寨东门，张得全高声对城上签军喊："快快告诉金牌天使大人，吾乃张得全，吾愿意投靠签军。"

侯浞和丽琼听到小校的报告后，带着骑兵出了东门，侯浞对张得全说："张将军，欢迎汝加入签军，请汝随吾入城。"

田俊山站在张得全身边，抽刀架在了张得全脖子上，义正词严地说："张得全，若汝投降伪齐，吾亦杀汝。"

侯浞说："汝乃何人？"

田俊山说："武关守将田俊山。"

侯浞说："田将军，只要汝杀张得全，投靠签军，吾封汝为商洛县守将。"

田俊山说："吾不稀罕！"

张得全说："金牌天使大人，吾真心投靠签军，汝为何出尔反尔，置吾于死地？"

田俊山说："张得全，侯浞出尔反尔，汝为何执迷不悟？"

张得全说："田将军，吾与妻子情投意合，请汝成全。"

田俊山说："张得全，国家利益高于儿女私情！"

张得全说："田将军，父母予吾起名为得全，吾有子莫有女，亦莫完全，请汝高抬贵手，让吾圆父母之梦矣。"

田俊山说："笑话！"

侯浞和丽琼看着张得全与田俊山争持不下，丽琼对签军说："汝等为何发愣着？鹬蚌相争，吾等得利。杀——"

侯浞和丽琼带着骑兵朝张得全、田俊山追去。

耶律胡从南门密道摸进了龙驹寨签军军营，杀死了守卫，冲进营中，四处寻找，莫有找到张叶氏和张龙驹。城上签军，发觉军营出事，纷纷从寨墙上朝军营里跑。张龙驹趴在窗户上，拿起饭碗，使劲地用筷子敲着，大声喊着："吾与母亲在此！吾与母亲在此！"耶律胡闻声冲了过来，破门而入，解下张叶氏，拉起张龙驹，从密道里撤出了龙驹寨，躲开签军追捕。城上签军进了军营，发现留营签军被杀，尔们冲到牢房，已经不见了张叶氏和张龙驹，守城小校赶紧出城去向侯浞和丽琼报告。

田俊山劫持着张得全掉头就跑。

张得全无奈地对着侯浞喊着："金牌天使大人，快来救吾。"

侯浞紧追不放，签军追过小龙河，埋伏在红土岭上的宋军，一齐放箭，签军躲避不及，纷纷中箭坠落下马。

张得全继续喊："金牌天使大人，快来救吾！"

田俊山对张得全说："汝等败类！死到临头亦不悔改！"

张得全继续说："金牌天使大人，吾为妻子，真心投靠签军，汝为何见死不救焉？"

丽琼恼羞成怒，派兵进攻到红土岭。签军只得骑兵下马，继续朝红土岭上宋军发起进攻。宋军居高临下，利用石块、滚木，打得签军鬼哭狼嚎，滚下了红土岭。侯浞见宋军早有预谋，只好命令丽琼撤离了红土岭。

侯浞安慰丽琼地说："丽琼将军，宋军已起内讧，吾等达到目的矣。"

丽琼说："金牌天使大人，汝岂莫有看出来，张得全与田俊山联手演双簧，故意引诱吾等上当。"

侯浞说："丽琼将军，汝莫要忘记，张叶氏和张龙驹亦在吾等手里。"

这时，龙驹寨守城签军小校慌慌张张跑到侯浞跟前说："金牌天使大人，大事不好，宋军已从牢中将张叶氏与张龙驹劫走。"

侯浞气急败坏地对小校说："一群饭桶！蠢猪！"

商虢说："金牌天使大人，张得全狡猾，须加强防备。"

侯浞说："可恶！实在可恶！张得全狡诈无比！下次遇见，定斩不饶。"

张得全、田俊山和耶律胡率军返回冠山沟。

张得全回到住处，张叶氏说："吾莫想到，龙驹如此伶俐！"

张叶氏叙述了一下经过，张得全抚摸着儿子的头说："龙驹，父亲率军打击签军，难免对汝们照顾不周。汝如今已经是男子汉矣，不论何时，都要保护汝母，替吾分忧。"

张龙驹看着父亲，重重地点了点头。

侯浞派出探报，打听到张得全一家正在冠山沟里，侯浞挑了六个精干的签军，化装成百姓，进了冠山沟，遇见了张龙驹。签军掏出身上的牛肉干，问："小孩，张将军家住冠山沟何处？耶律将军派吾等前来送粮。"

张龙驹见他们贼眉鼠眼，鬼鬼祟祟，探头探脑的，不像一般百姓。张龙驹眼珠子一转，爽快地说："吾知道，吾带汝等去。"

张龙驹把签军带到冯小虎家门上，指着院子说："此乃张家。"

签军推开院门，一齐冲了进去。

张龙驹对着院里喊："五虎，贼进院里。"

冯小虎家里养了五只狗，它们听见动静，一齐扑向签军。签军惊慌失措，扭头跑出了院子。张龙驹从地上挖起石头，狠狠地砸在冯小虎院前大柿树葫芦包蜂窝上。葫芦包蜂号称气死牛，遭到攻击后，恼羞成怒，一齐飞出了蜂窝，追住肇事签军不放。签军狼狈逃窜，两个签军被蜂蜇死了，另外四个签军慌不择路，扑下了崖，摔断了腿，晕了过去。张龙驹找来绳子，把他们五花大绑，捆了个结结实实之后，进了军营，兴冲冲地告诉了父亲。

张得全摸着儿子的头，说："此法从何而出？"

张龙驹说："吾与小虎一块儿玩，发现小虎门前柿子树上有个'鸟窝'，吾捡起石头就砸，'鸟窝'里却飞出了蜂，将小虎头蜇了一个大疙瘩，肿得像个猪尿泡。小虎妈对吾等说，那非'鸟窝'，乃葫芦包蜂窝，这次算它客气，它号称蜇死牛，汝等以后玩，离它远点儿。"

耶律胡听了"哈哈"大笑，对张得全说："此乃遗传，吾父言过。"

张得全说："这个浑小子，歪主意一套一套的。"

耶律胡说："歪打正着，刚刚好耶。"

侯浞和丽琼此计莫有得逞，返回了商州。张得全、田俊山、耶律胡在商洛县城郊神出鬼莫，时而分兵出击，时而聚在一起，时而出现在商洛县，时而出现在商州，拾掇签军散兵游勇，火烧签军粮草、军械库，使签军防不胜防，侯浞和丽琼奈何尔们不得。侯浞与董先、商虢一计不成，再生一计，尔们在商州城、商洛县主要路口，张贴告示。

告 示

　　商州战乱不止，百姓急需休养生息，为避免商州再起刀兵，齐国侯浞与南宋张得全约定于三月十四日于棣花比武，败者主动退出商州。敬请百姓光临，亦为做个见证。

宋军探报揭了张告示，拿回营中，张得全、田俊山和耶律胡看过之后，田俊山说："签军抓不住吾等，想诱捕汝，吾等不能上签军当。"

耶律胡说："得全，即使吾等胜矣，签军亦不会将商州与商洛县交于吾等。"

张得全说："兄弟，签军还与不还商州莫有关系，吾等不能失去商洛县民心。"

田俊山说："张将军，签军狼子野心，想将吾等一网打尽，汝岂能看不出来？"

张得全说："田将军，为让百姓看透签军嘴脸，就是上刀山下火海，吾等皆往。"

擂台前，站满了商州、商洛县百姓。张得全带着耶律胡混在百姓中间，警惕地朝四周看着。百姓渴望和平，期盼安居乐业，相信比武之后，商洛县就会太平无事。百姓早早地赶到了比武现场，莫有看见张得全，大失所望。

侯浞和丽琼在签军小校簇拥下，带着一个黑铁塔，走上了擂台。侯浞对百姓说："张得全此时莫有露面，宋军已经承认失败，商州与商洛县今后亦为齐国所有。"

侯浞话音未落，张得全从人群中飞身上了擂台，对侯浞说："侯浞，吾于擂台前等汝等多时矣。莫有比试，难以下结论。"

百姓看见张得全，激动地喊："张将军、张将军——"

张得全向百姓招了招手，百姓安静了下来。

侯涅说："张将军果然乃人中豪杰，候某佩服。请董知府检查汝等身上，是否藏有暗器？"

董知府在张得全身上仔细搜了搜，莫有找到武器。董知府又在黑铁塔身上象征性地摸了摸，说："金牌天使大人，现在可以开始比武现了。"

黑铁塔冲到张得全身边，左一拳，右一拳，张得全左躲右避，躲开了黑铁塔的铁拳，踢在了黑铁塔腿上，好像踢在了树桩上。黑铁塔抓住张得全的双肩，用力一甩，把张得全甩出了五丈开外。张得全踉踉跄跄疾走几步，差点儿摔下了擂台。黑铁塔追到张得全跟前，双拳如铁锤似的朝张得全砸来。张得全借力还力，趁势抓住黑铁塔的双臂往回一带，从黑铁塔的腋下返回中场，一拳打在了黑铁塔背上。黑铁塔回转身，抓住张得全使劲抡了四五圈，猛一松手，扔到了空中。

侯涅拍手说："好，好，摔死尔！"

耶律胡闭上了眼睛，暗暗地说："完亦。"

台下百姓长叹一声："唉——"

张得全情急之下蹬在了擂台前面的柱子上，柱子折断倒了下去。张得全缓缓地落在了擂台中央，发现擂台四周，埋伏着大量签军。

百姓兴奋地拍着手喊着："好——"

耶律胡长长地出了口气。

黑铁塔暴跳如雷，"哇哇"大叫着，瞪着张得全。

侯涅说："抓住尔，摔死尔！"

张得全挑逗着说："黑鬼，来耶！"

黑铁塔大步冲到张得全身边，露出了手中的暗器，左右开弓，挥拳把张得全逼到了擂台角落。张得全发现擂台后面，丽琼正指示签军弓箭手向尔瞄着。

耶律胡喊："签军使诈，暗器伤人！"

百姓暗暗地为张得全捏了一把汗，紧紧地盯着张得全和黑铁塔。黑铁塔手握暗器，双雷贯耳，朝张得全打来。张得全迅速蹲下身，以牙还牙，狠狠地打在黑铁塔裆中。黑铁塔莫有想到张得全使出这一手，黑铁塔捂住裤裆，一个趔趄，差点儿跌倒。

百姓咧开嘴笑了。

侯涅来到擂台后面，对丽琼说："准备放箭！"

耶律胡发现侯涅去了后面，对张得全喊："得全，小心后面！"

张得全勾着手，说："来耶，来耶！"

黑铁塔已经乱了阵法，气急败坏地挥拳朝张得全扑来。张得全退到擂台边，一跃而起，抱住柱子，在空中转了半圈，抬脚踢在了黑铁塔的后背上，黑铁塔站立不稳，跌下了擂台。百姓抬脚在黑铁塔身上踩着，踢着。张得全不敢停留，趁势跳下了擂台，钻进了百姓中间。

百姓欢呼着："宋军胜矣！宋军胜矣！商州与商洛县仍为大宋所有！"

侯涅冲上擂台，对丽琼说："丽将军，快追！莫要放走张得全！"

百姓跑来跑去，掩护张得全逃出了比武场。张得全和耶律胡跑到丹江河边。丽琼紧追其后。埋伏在丹江河边的田俊山，拦住签军，迎头痛击，签军狼狈溃退。田俊山也不恋战，掩护张得全、耶律胡上来船，率军渡过丹江河，进了笔架山。

侯涅谎言不攻自破，百姓看清了他们的真面目，盼着宋军早日赶走签军，继续给张得全送消息和粮草，有力地支持了张得全抗击签军。

第二十章　收复商州

宋金在南方对峙后，双方处于相持阶段，战事相对较少。金军把进攻南宋的方向放到了陕西，陕西成了宋金交战的焦点。

陕州城失陷后，邵兴突围南下，改名邵隆。邵隆想起李彦仙壮志未酬，为了完成李彦仙遗志，从南方折转来到陕西，毅然投奔到吴玠帐下。商州（今商洛市商州区）、虢州（今河南灵宝市）都属陕西路，属吴玠战区。邵隆做事很有章法，引起了吴玠注意，吴玠从邵隆部众口里，知道了邵隆真实身份，吴玠把邵隆请进帐中，诚恳地说："邵将军，汝来投奔吾，为何不提李彦仙将军？李将军忠勇可嘉，乃吾敬重之人，亦是吾效仿之榜样。"

邵隆说："主帅，败军之将，有何颜面提当年之事？"

吴玠说："邵将军，胜败乃兵家常事，汝等孤军奋战，于陕州城坚持抗金，成为抗金一面旗帜，败犹荣，令吾佩服。邵将军，汝乃有策略之人，今后作何打算？"

邵隆说："主帅，只要能赶走金军，收复河山，救民于水火，吾亦心满意足矣。"

吴玠说："邵将军，汝乃人才，待于此地屈才。商州乃陕西东南大门，地理位置十分重要。商州知州董先与商洛县令商虢均已投靠伪齐刘豫。为阻止金军入川，吾又抽不开身，欲请汝于商州独当一面，汝以为如何？"

邵隆说："主帅，请派吾收复商州。"

吴玠说："邵将军，吾马上奏报朝廷，请求朝廷封汝为商州知州。"

邵隆说："主帅，当不当知州都无所谓，请令吾与商州百姓在一起，同呼吸，共命运。"

吴玠说："邵将军，莫要着急，等朝廷派兵赶走签军，汝再去商州亦不迟。"

邵隆说："主帅，吾让商州百姓知晓，商州乃大宋之商州，大宋莫有遗弃尔等。"

吴玠说："邵将军，龙驹寨守将张得全与武关守将田俊山一直活动于商洛县。汝去商州之后，定与张得全田俊山取得联系，汝利用商洛山地形，与签军周旋，伺机消灭签军。"

邵隆说："主帅，诺！"

邵隆以代理商州知州的身份离开了和尚塬，带领所部人马悄悄绕道蓝田，进入秦岭，翻山越岭，从山阳绕过商州，来到商州与商洛县交界的棣花，进入了棣花南面的笔架山中，打出了商州知州旗号，在笔架山中安营扎寨，招兵买马。逃到山中的百姓，纷纷来投。

商虢来到商州，把邵隆在笔架山招兵买马的事告知了侯涊和丽琼。侯涊说："丽琼将军，商州民心向宋，趁邵隆立足未稳，马上出兵剿灭。"

丽琼说："金牌天使大人，消灭邵隆如同捏死一只臭虫！"

侯涊说："丽琼将军，切莫大意。"

丽琼说："金牌天使大人，汝拭目以待。"

商虢和丽琼返回商洛县，商虢派出细作，扮成商洛县百姓，从棣花过了丹江，混入百姓当中，跟着百姓来到笔架山邵隆营中。细作把营里的情况探得一清二楚后，跟百姓上山打柴的时候，装出脚崴了的样子，等百姓走后，细作急急忙忙溜下了山，返回了商洛县，报告了商虢和丽琼。丽琼率军从商洛县南门过了丹江，进入商山后，顺着山岭一直向西，神不知鬼不觉从笔架山南坡摸上山，杀死宋军守卫，冲进邵隆营中，趁势掩杀。邵隆听到喊杀声，出了大帐，发现签军进了山寨，组织宋军阻击。丽琼占据有利地形，居高临下，向宋军发起攻击。宋军大部都是新募集的士卒，缺乏经验，仓促应战，招架不住，节节败退。

邵隆率军逃出了山寨，顺着山脊朝南而逃。丽琼把山寨抢掠一空，一把火烧了山寨，把笔架山上俘获的百姓吊死在大树上，下令签军继续追击。

邵隆逃到天竺山前，望着高耸入云的天竺山，暗暗地说："此地岂是吾军葬身之地？"

邵隆、丽琼追到天竺山前，说："勇士们，活捉邵隆，赏金千两。"

签军人多势众，都是盗贼出身，为了赏金，豁出亡命，朝宋军杀来。

天竺山道路崎岖，山大林深，十分陡峭，异常难走。邵隆掩护士卒上山，与签军殊死搏斗。山下杀声震天，彭寨主闻讯急忙带领寨兵下了山，碰上了上山的宋军，宋军惊慌失措，扭头纷纷朝山下退。邵隆看见退下来的宋军，暗暗地叫苦："签军前后夹击，完矣，完矣。"

丽琼对邵隆说："邵隆，赶快投降，饶汝不死！"

彭寨主冲到邵隆跟前说："将军莫怕！逆贼休得猖狂！"

彭寨主带领寨兵冲进签军里，奋起反击。邵隆和彭寨主合兵一处，杀向签军。签军招架不住，落荒而逃。彭寨主上前一步，对邵隆说："将军受惊矣，吾乃彭寨主，曾随张得全将军带师勤王，投奔于康王帐下。兵败之后，张将军返回龙驹寨，吾上天竺山。"

邵隆说："彭寨主，请随吾一起抗金。"

彭寨主说："将军，吾老矣，不想离开天竺山矣。"

邵隆说："彭寨主，吾尊重汝之选择。"

在彭寨主的动员下，邵隆在天竺山附近组织起一支人马，返回到笔架山中，重新整修山寨，继续扩充士卒。

丽琼回到商洛县，商虢出门相迎，问："丽琼将军，战果如何？"

丽琼说："商大人，实在可恶，吾军追到天竺山，邵隆本来无路可走，谁知天竺山上下来一伙草寇，救走邵隆矣。"

商虢说："丽琼将军，乃匪首彭豹子，尔是吾等之对头。"

丽琼说："商大人，不剿灭这伙草寇，誓不罢休！"

商虢说："丽琼将军，彭豹子与张得全走得近，杀了彭豹子，如同断张得全一只手矣。"

丽琼从商州搬来援兵，神出鬼莫包围了天竺山，签军攻了几次都莫有奏效，反而丢下不少尸体。丽琼愁眉不展，一阵山风吹来，丽琼眼前一亮，下令士卒纵火烧山。天竺山燃起了大火，火趁风势，从山底一下子窜上了山顶，像巨大烟囱，浓烟滚滚。寨兵退到山顶，如同熏肉，处在烟火风口，无处躲身，逼上绝路。彭寨主带头跳下了悬崖，寨兵紧随其后，全部壮烈牺牲。

邵隆闻讯，带军来救。丽琼后军改为前军，挡住了邵隆。邵隆心急如焚，拼死冲杀，无法突破签军防线。签军发起反攻，邵隆损兵折将，大败而回。

签军退后，邵隆派人上山，掩埋了寨兵的遗体。宋军在悬崖找到彭寨主的尸体，已经烧成了黑炭。邵隆在天竺山找了一块风水宝地，予以厚葬。

丽琼腾出手脚，多次围攻笔架山，重创邵隆。邵隆士气低落。邵隆看着黑漆漆夜空，陷入了深思。如何在商洛山中生根发芽，摆脱眼前困境？邵隆突然想起了吴玠的话，一下子豁然开朗。派人四处打听，终于在冠山沟找到了张得全和田俊山，与他们取得了联系。张得全派人及时给邵隆送来了粮草和军需品。邵隆为了提振士气，主动与张得全、田俊山联手，打了签军几次伏击，取得了胜利，鼓舞了士气。张得全与邵隆互为犄角，当丽琼攻打邵隆的时候，张得全就攻打商洛县，丽琼无法对邵隆发起有效打击。

百姓暗暗地给邵隆送粮食，送情报。丽琼派兵剿灭邵隆时，邵隆及时得到情报，早做准备，有效地保护了自己，适时地打击了签军。丽琼就像狮子打蚊子，效果不佳，焦躁不安，异常恼火。探报装成百姓，四处打听，终于探明了究竟，返回商洛县，禀告说："将军，卑职现已查明，邵隆屡次得逞，主要是棣花百姓一直暗暗地给邵隆送情报和粮食。"

丽琼火冒三丈，从虎皮椅上站起来，恼怒地说："可恶！实在可恶！要让棣花百姓知晓，签军有几只眼！"

探报说："将军，请明示。"

丽琼说："晚上行动，命令士卒马上安歇。"

探报说："将军，诺！"

签军睡到天黑，吃过晚饭，扮成宋军，悄悄地来到棣花。签军分头敲着百姓的窗户，压低声音对百姓说："吾等乃邵大人之人，请汝将粮食借予吾等，等赶走签军，加倍还汝。"百姓听说邵隆进了棣花，欣喜若狂，把粮食从窗户里递了出来，签军在献粮百姓门上做下了记号，悄悄地撤回了商洛县。

第二天一早，百姓来到村子里的大榆树旁，说起了昨晚的事。黑子说："邵大人快要回来了。"

灰灰说："汝如何知晓？"

黑子说："昨晚到吾家借粮。尔等莫去汝家？"

灰灰说："吾等皆盼这日。"

其余人跟着说："是啊，是啊，盼得头发都白矣。"

突然，签军包围了整个村子，百姓从大榆树旁急急忙忙跑进家，关上大门，躲进了屋子，隔着大门、窗户疑惑地看着签军。百姓发现，凡是昨晚捐粮的百姓，全家人都被签军带走了。灰灰看见签军砸开黑子的门，黑子站在门口对签军说："为何抓吾？"

签军说："汝心里清楚。"

黑子说："吾不明白。"

签军说："昨晚汝将粮从窗户里递予吾，汝忘乎？"

黑子一下子傻了眼。

签军说："汝看，汝家口袋亦在吾手。"

黑子推开签军，扭头就跑。签军拉弓搭箭，黑子中箭倒在了灰灰茅厕旁。签军冲进黑子家里，把黑子家里的男女老少统统赶出了家门，一把火烧了黑子的家。

灰灰对家人说："坏矣，坏矣，签军昨晚扮成宋军要粮。吾等赶紧从后院逃，再不逃就走不矣。"灰灰的家人翻后院墙逃出了家，很快就被签军发觉了，签军紧追不放。

灰灰父母年迈，腿脚不便，父母对灰灰说："汝等赶紧逃，吾等实在跑不动矣。"

灰灰说："吾扶汝等走。"

父母说："汝想让签军将吾等一锅烩？"

父母把灰灰一推，签军眼看追了过来，灰灰含着泪，独自一人，顺着村中巷子，七绕八拐，进了庄稼地，签军追到丹江河边，灰灰扑到河里。签军朝灰灰放箭。灰灰扎进水中，潜到河对岸芦苇荡里上了岸，急急忙忙地朝笔架山跑来。

邵隆吸取了上次的教训，不敢大意，在每个山口都设有暗哨。

灰灰跑得上气不接下气，大汗淋漓，口干舌燥，来到山涧小溪边，俯下身子，掬一捧甜丝丝的溪水，美美地喝着。

在山口放哨的宋军发现灰灰，悄悄地跟在灰灰身后，等灰灰喝过水，宋军用刀抵在灰灰腰上说："举起手来！"

灰灰吓得一激灵，举起了手，慢慢地转过了身，发现四五个宋军拿着武器对着他，灰灰一下子抱头蹲在地上，"哇哇"地哭了起来。

小校问："老实交代，莫要在此演戏。"

灰灰说："吾要见邵大人，吾有话对邵大人讲。"

小校说："蒙上尔眼。"

灰灰被蒙上眼睛押上了山，押到邵隆面前。

邵隆上下打量着灰灰，对小校说："为尔解开绳索。"

灰灰看见邵隆，"扑通"跪在邵隆面前，哭诉着地说："邵大人，快去救救棣花百姓！"

邵隆说："请起！何事？快讲！"

灰灰说："大人，昨晚丽琼冒充宋军到棣花筹粮。今日一早，凡是昨晚献粮百姓皆为丽琼所抓矣。"

邵隆说："丽琼阴险狡诈，实在可恶！百姓血不能白流，吾定为棣花百姓报仇。"

灰灰说："大人，丽琼杀吾全家，吾要参军，为家里人报仇。"

邵隆说："好。"

邵隆写了封信，派人交给了张得全和田俊山。张得全给邵隆写了封回信，让来人捎回。邵隆看后，趁着夜晚，在灰灰带路下，从笔架山渡过了丹江，大柳树、大杨树、柿子树、核桃树上，挂满了百姓尸体，最小还是婴儿。血腥场面，触目惊心。

邵隆对士卒说："丽琼残害百姓，必须血债血偿。"

士卒义愤填膺地说："血债血偿！"

邵隆摸到棣花签军兵营，碉楼上的签军发现了宋军，大喊："宋军偷营来矣！"

邵隆射死了碉楼上的签军。签军校尉听见喊声出了大帐，对签军喊："莫要慌，快到栅栏后面去。"

签军依靠栅栏向宋军放箭。

签军校尉发觉宋军人数很多，马上向商洛县射出了三支响箭。丽琼接到警报后，整顿人马，前来救援。

邵隆说："将火把扔进签军军营，烧死尔等。"

宋军把火把扔到栅栏边，栅栏燃起了大火，签军赶紧向营中退，宋军冲到栅栏跟前，一边向签军射箭，一边继续向签军军营里扔火把，签军军营里燃起了大火。大火熊熊，签军无处可躲，如困兽一样，在营里团团转。签军为了活命，只得冒死往外冲。宋军堵住路口，冲出来的签军不是烧死，就是中箭而亡。

邵隆快刀斩乱麻，消灭了棣花签军后，带着宋军迅速来到上塬，埋伏在商淤古道大路两侧。丽琼急匆匆出了商洛县，马不停蹄，赶到了上塬，发现棣花签军军营火光冲天。丽琼对签军说："加快迅速，此次莫让邵隆跑矣。"

签军进了邵隆的包围圈，邵隆喊："放箭！"

签军倒在了商淤古道上。

丽琼对签军说："区区宋军，有何惧哉？莫要慌！"

签军拿着盾牌，背靠背，勇敢地朝商淤古道两侧的宋军发动反击。

邵隆说："扔火把！"

商淤古道，大火熊熊，如同白昼，签军站在明处，宋军躲在暗处，签军盲目地朝宋军放箭。宋军同时进攻，签军成了宋军的活靶子。签军前后受敌，顾此失彼，无暇顾及，死伤较重。丽琼仗着人多，负隅顽抗，对小校说："即刻去商洛县搬救兵。"

张得全按照约定，已经带着士卒绕过了商洛县东门，埋伏在商洛县西门一带，密切监视着商洛县签军。签军小校疾驰而来，张得全对士卒说："拦住尔，千万莫要让尔跑矣。"签军小校被绊马索绊倒在地，两个宋军赶上来扭住了他的胳膊，押到张得全面前。

张得全看着签军小校说："汝去搬救兵？"

签军小校低头不语。

张得全说："汝若配合，吾放汝条生路。"

签军小校看着张得全，说："嗯。"

张得全说："帮吾叫开商洛县城门。"

签军小校低头不语。

张得全说："若不允，吾送汝上路。"

签军小校说："好。"

张得全跟着签军小校来到商洛县城下，签军小校对西门上的签军喊："十万火急，快开城门！丽琼将军派吾归来搬救兵！"

　　西门签军发现是自己人，马上放下了吊桥，开了西门。张得全跟着签军小校进了西门。签军小校趁张得全没有防备，用腿把马一夹，马一阵狂奔，冲进城中。签军小校扭头对西门上的校尉喊着："尔乃宋军，快拉吊桥！"西门签军一下子反应过来，一齐朝张得全扑来。张得全冲到他们跟前，如切菜似的，解决了他们。宋军见张得全得了手，一齐从西门冲进了商洛县。张得全虚张声势，让宋军喊："莫要让商虢跑矣！"商虢闻言，惊慌失措，赶紧换上便装，弃城从北门而逃。商虢惊魂未定，仓皇来到丽琼跟前，气喘吁吁地说："丽琼将军，大事不好，宋军夺取商洛县矣。"丽琼大惊失色，率军拼死冲杀，杀出一条血路，跟商虢沿着商淤古道朝商州逃去。

　　邵隆也不追赶，返回商洛县，与张得全合兵一处，打着丽琼的旗号，灰灰扮成丽琼，来到龙驹寨西门，随从士卒对守城签军喊："快开城门！"

　　龙驹寨签军校尉见是丽琼旗号，不敢怠慢，放下吊桥，开了西门。宋军从西门进了龙驹寨，趁势掩杀。签军知道中了计，也不抵抗，慌忙从东门逃出了龙驹寨。邵隆也不追赶，把龙驹寨交给张得全，撤回了商洛县。

　　丽琼和商虢逃回商州，报告了侯涎。侯涎连夜带着商州签军来到了商洛县西门。邵隆提着长矛走下城头，开了西门，带着宋军出了城，一字排开，与丽琼迎面相对。商洛县前，火把通明。

　　丽琼手拿双刀，冲到阵前。邵隆指着丽琼说："叛贼，还不下马投降？"

　　丽琼说："汝乃何人？"

　　邵隆说："大宋商州代理知州邵隆。"

　　丽琼恼羞成怒，挥刀就砍。邵隆举枪相迎。两人战了数十个回合，丽琼不敌，败回签军阵中。宋军一齐呐喊："邵将军威武！"守城宋军擂起战鼓，邵隆一马当先，冲向签军，宋军紧随其后，杀向签军。张得全带军增援，签军不敌，侯涎、丽琼和董先朝商州败退。邵隆、张得全、田俊山乘胜追击，丽琼、董先逃回商州。邵隆、张得全追到商州东门，发起强攻。商州百姓同仇敌忾，在城里放起大火，烧了签军粮草，冲到东门，杀退东门签军，开了城门。宋军冲进商州城，与签军展开了巷战。商州全民皆兵，签军处处受敌，无心恋战，且战且退。侯涎、丽琼、董先、商虢无力回天，只好放弃了商州，越过了秦岭，朝关中逃去。

第二十一章　大战兀术

邵隆进了商州城，抢修城墙，修理城门，准备防守物资，积极备战。张得全回到龙驹寨，不敢怠慢，抓紧时间，修补毁坏了的城墙。

十二能是龙驹寨远近闻名的能工巧匠，寨子里所有大型建筑，都是他一手监工建造的。十二能姓冯名军良，因为聪明透顶，人们给他启了这个雅号。他的雅号大名鼎鼎，妇孺皆知。知道他姓和名的人已经不多了。

张得全来到冯家𡎚十二能家门前，翻身下马后，轻轻地敲着门问："冯老伯，吾乃得全，汝在家里乎？"

十二能开了院门，连忙说："张将军，屋里请！何事烦汝亲自来到寒舍？"

张得全赶紧说："老伯，吾要重修寨子，请汝做总监。"

十二能说："好，寨子早应重修矣。何时动工？"

张得全说："汝看明日如何？"

十二能说："行，明日亦明日，越早越好。"

张得全与十二能大致商量了一番之后，张得全从冯家𡎚返回守将府，派人把龙驹寨各村里正请进了守将府。张得全对里正说："宋金已经开战，签军虽败，然金军不会善罢甘休，随时会来。重修寨子已经迫在眉睫，应该早作准备。如今寨子残破不堪，签军都挡不住，岂能抵御金军？若金军来攻，龙驹寨就会沦为金人之手，与其让金军追着逃，不如守住寨子与金军周旋。此次莫有商量余地，有钱出钱，有力出力。若违抗军令，决不轻饶。汝等回去抓紧时间组织劳力。寨子附近村子，明日必须出工，其余村子最迟迟不过后日。"

里正出了守将府，回到村子里，把百姓召集起来，把张得全的命令很快就传达了下去。里正根据各家实际，安排好劳力，准备明日修寨子。

张叶氏对里正说："为何不安排吾家出工？"

里正笑着说："汝家此次免矣。"

张叶氏说："吾等乃龙驹寨人，应为龙驹寨出力。若汝免吾家徭役，亦将得全推到不仁不义之境地，别人亦会效法吾家，这样亦会使得全难堪。若汝执意不派，吾明日亦去工地。"

里正说："大嫂深明大义，明日吾等同去。"

张得全的本家长辈，本来不想去，还想狐假虎威，然听说张叶氏明天去修寨子，他们都无话可说了，乖乖地服从了里正的安排。

寨子里的商户，自发动员，把捐来的钱拿到守将府，对张得全说："将军，若上次听汝所言，吾等损失亦不会如此大。汝此次重修寨子，吾等大力支持。这笔钱乃全体商户一片心意，请将军收下。"

张得全说："汝等深明大义，开好头矣，吾应该谢谢汝等。如今大敌当前，吾等应该团结起来，共同应对才是。"

第二天，龙驹寨附近和寨子里的里正带着本村的劳力，来到了寨子东关土地庙前，张得全代表百姓给土地爷上香。张得全对土地爷说："土地爷爷，得全不才，为保护龙驹寨百姓，准备重修龙驹寨城池，请土地爷爷确保修筑平平安安。"

百姓与张得全一起对土地爷三叩九拜之后，"噼里啪啦"的鞭炮响过之后，张得全高声地说："开工！"

十二能把各村里正召集起来，根据工程需要，安排百姓修城门，砌寨墙，打工具，运石料，运木料，运土方，清理淤泥，修水坝。百姓服从安排，干得热火朝天。修筑寨子的工程在有条不紊中顺利进行着。

水坝已毁，河道堵塞，十二能派人用木桩和石块在水下斜斜地修了一条水坝，既不妨碍航行，又能拦起丹江河水，使河水顺利流进了护城河。如今护城河已经干涸，张叶氏站在护城河里，把淤泥清理出来，装进土筐里，站在护城河上的人用滑轮拉上寨墙，把淤泥当土方填埋在寨墙里。为了加高加宽寨墙，需要大量土方，取土的地方在商鞅封邑遗址边，离寨子较远，制约了工程进度。十二能焦虑地对张得全说："张将军，如今土方成问题矣。"

张得全说："冯老伯，除商鞅封邑遗址边土塬外，别处皆不方便。"

耶律胡说："兄弟，吾有一计，不知可行否？"

张得全说："兄弟，请讲！"

耶律胡说："龙驹寨三面环水，一面靠山，地形狭窄，不利于屯军。若于寨子挖地道，既解决土方问题，又解决屯军与防守问题。"

张得全说："兄弟，一举两得，此法甚妙。"

腊月到了，一个崭新的龙驹寨矗立在百姓面前。张得全站在龙驹寨城上，环视壮丽的河山，长长地出了口气。张得全最近在军营里睡觉，常常被噩梦惊醒。张得全心神不宁，回到家里，吃过晚饭，异常疲惫地早早上了床，打起了鼾声。张叶氏觉得很不正常。半夜时分，张得全又被噩梦惊醒了。张得全一骨碌从床上坐起来，发现张叶氏坐在床上没有入眠。

张叶氏侧身问："得全，汝有何事？"

张得全说："亦做噩梦矣。"

张叶氏温柔地问："梦见何事？"

张得全说："梦见一匹马与一条龙从地上斗到天上，斗得天昏地暗。那匹马十分凶残，围着龙又撕又咬。龙伤痕累累，竟然非马对手。龙躲于吾后，马对吾又踢又咬。吾纳闷不已，汝说怪不怪？"

张叶氏说："汝此梦做得亦甚离奇。龙乃神物，马岂能斗得过龙乎？"

张得全说："吾亦好生奇怪。"

张叶氏说："龙驹寨龙驹寨，会不会汝等内部出现内讧？"

张得全说："绝对不会。"

张叶氏说："马代表游牧民族，预示金国；龙通蛇，蛇预示地方。龙马相斗，预示着金人亦要进攻龙驹寨矣。"

张得全茅塞顿开，把张叶氏抱在怀里，亲了又亲，激动地说："夫人，汝分析得对，此梦困扰吾多日矣，令吾百思不得其解，今日经夫人点拨，令吾豁然开朗，吾要抓紧时间，早作准备。"张得全说着就要起床，张叶氏温柔地钻进张得全怀里说："得全，汝天天于军营里忙，难得今晚回家，汝不是盼有女儿乎？汝不给，吾如何生焉？"

张得全说："夫人，大战即将爆发，国事为重。龙驹寨需要备东西亦有许多，不抓紧时间准备，如何行呢？"

张叶氏说："得全，不用汝多少时辰，片刻即可。"

张得全说："兵荒马乱，亦是不生为好，生下来汝与娃皆受罪。"

张得全轻轻地推开张叶氏，起了床，低着头不敢看张叶氏那张哀怨的脸，慌忙出了家，掩好家门。月亮还挂在山边，地上就像铺了一层厚厚的白霜。张得全快步来到寨子，喊着："快开寨门，吾乃张得全。"守寨士卒听到张得全的声音，不敢怠慢，赶紧开了寨门，对张得全说："将军，来得真早！"张得全没有答话，径直来到守将府，没有惊动耶律胡，悄悄地对值班小校说："把里正和各村铁匠都给吾请来，吾有事与尔们商量。"手下赶紧说："将军，诺！"手下拿着名册出了守将府，挨家挨户地对铁匠和里正说："马上到守将府里议事，不得有误！"

里正和铁匠不敢怠慢，陆续来到守将府。张得全对里正说："城上滚木与石块亦不够，请各村安排人，马上补够。"

里正说："将军，要打仗了？"

张得全说："不，有备无患。"

里正说："将军，诺！"里正说着出了守将府。

张得全对铁匠说："马上整修军械，不得有误。"

铁匠们说："将军，诺！"

天亮后，耶律胡把士卒召集起来，按时操练。

完颜晟重新派完颜宗辅、完颜昌权左右副帅，与伪齐合兵渡过淮河，南宋震恐。完颜宗弼（金兀术）乘胜进攻仙人关，被吴玠打败。1133年1月，完颜宗弼不甘心失败，与伪齐遥相呼应，再度进攻和尚塬。和尚塬被金军占领，商州、商洛县闻之震动。

金将撒离喝为了进攻四川，趁着大宋过年，亲率主力进攻商州。邵隆带领商州军民坚守商州城，在西门与金军打得难解难分，撒离喝动用多种攻城器具，发起疯狂攻击，商州军民抱着视死如归的精神，浴血苦战，多次挫败了撒离喝的进攻。

龙驹寨百姓沉浸在新年之中，村村都在准备社火表演，庆祝元宵节。伪齐派出签军，从武关出兵来到龙驹寨东门下。耶律胡趁着签军立足未稳，带兵主动出击。田俊山从丹江河绕到鹿池，从签军背后发起攻击。签军遭到前后夹击，大败而逃。张得全腾出手脚，率军冲破金军防守线，在商州宋军接应下，从东门进了商州城，来到西门参见了邵隆。邵隆感激地说："张将军，汝来得正是时候。"

张得全说："大人，请吩咐。"

邵隆说："张将军，金军这次有备而来，商州城凶多吉少。"

张得全说："大人，商州无险可守，不如放弃商州，退守龙驹寨如何？"

邵隆说："张将军，商州城刚刚回到大宋手里，暂时亦不能放弃。"

张得全说："大人，汝不是经常教育吾等，要充分利用地形瓦解金军优势？何必为商州与金军拼个鱼死网破？"

邵隆说："张将军，如今完颜宗弼与伪齐遥相呼应，攻占和尚塬，占领大半个陕西。若现在撤出商州，亦会动摇军心，滋长金军气焰。金军既然来攻商州，就应该打击金军嚣张气焰，让金军于商州城下付出沉重代价，不敢小觑吾军。"

张得全说："大人，深谋远虑，在下佩服！"

龙驹寨守军箭法高超，训练有素，对金军威胁很大。

邵隆说："张将军，汝军箭法乃何人所授？"

张得全说："大人，耶律兄弟。"

邵隆说："张将军，耶律将军何在？"

张得全说："大人，耶律将军在龙驹寨。"

邵隆说："到时予吾引荐一番。"

张得全说："大人，一定。"

撤离喝亲自督战，金兵弓箭手朝宋军还击。金兵拿着盾牌和短刀，藏在鹅车里，带着云梯冲过护城河。宋军用滚木和滚石狠狠地朝金军砸着。金军安然无恙来到护城河边，架起浮桥，冲过护城河，搭起云梯，拿着盾牌和大刀，顺着云梯朝城上冲着。宋军朝金兵放箭，城下金兵用火箭掩护金兵攻城。金兵来到城墙前，飞快地用锄头挖着城墙。金兵冲车与城上宋军对射着，双方死伤惨重，互有伤亡，没有人退缩，都杀红了眼，只会进攻，无人后退。金军渐渐地占了上风，形势危急。

张得全焦急万分，看着城下的金军对邵隆说："大人，金军此次有备而来，若继续消耗下去，吾军必败无疑。不如暂时撤出商州城，利用龙驹寨地形，挫败撒离喝，伺机反击，收复商州。"

邵隆说："张将军，莫要着急，吾等再等等。"

宋军浴血奋战，把硫黄、火药、柴草扔到金军鹅车周围，用火箭引燃，熊熊大火，烧得金军逃出了鹅车。金军支起大炮，轰得商州城石块四处飞扬，打得士卒血肉模糊。商州城下，护城河里，堆满了金军和宋军的尸体，战况越战越惨烈。金军继续攻城，宋军耗尽了守城物资，眼看金军鹅车冲过了护城河，来到城门前而无能为力，金军用千斤柱终于撞开了商州城门。金兵一拥而上，杀退宋军，攻进商州城。金骑机动灵活，发挥金骑优势，杀得宋军七零八落，宋军逃进巷中，金骑紧追不放，宋军死伤较重，节节败退。

撒离喝大喊："彻底剿灭宋军，莫让邵隆跑矣。"

张得全说："大人，再不撤全军覆没矣。"

邵隆看着凶残的金军，只得说："张将军，撤！"

金骑冲到邵隆和张得全跟前，把他们紧紧围住。撒离喝赶过来，对金兵说："擒贼先擒王，抓住邵隆赏银千两！"重赏之下必有勇夫，金兵亡命朝邵隆和张得全扑来。张得全杀退眼前金兵，朝撒离喝冲去。金兵围住邵隆，邵隆左推右挡，杀退金兵，冲到张得全跟前，合力冲杀，杀出一条血路，带着城内宋军从东门冲出了商州城，朝龙驹寨里撤。

邵隆来到棣花，对张得全说："张将军，吾带领龙驹寨守军在此阻击金军，汝火速去商洛县，通知百姓朝龙驹寨里转移，让商洛县守军把军械和粮草统统运到龙驹寨，吾们在龙驹寨阻击金军。"

张得全说："大人，请多多保重！"

撒离喝带领大军追到棣花，邵隆率军阻击撒离喝，当探报告诉邵隆商洛县百姓已经撤到了龙驹寨，邵隆且战且退，撤进了商洛县。商洛县里已经空无一人。商洛县城墙低矮，多处已经毁坏，无法坚守，邵隆利用商洛县跟撒离喝周旋了一会儿，率军主动从东门撤出了商洛县，朝龙驹寨里跑。张得全、田俊山和耶律胡打开寨门，及时接应，邵隆安全返回了龙驹寨，看着耶律胡对张得全说："此乃耶律胡将军。"

耶律胡上前一步，说："邵大人，正是在下。"

邵隆说："久闻大名，今日总算见到真人矣。"

耶律胡说："邵大人，说笑矣。"

这时，撤离喝追到了龙驹寨西门。邵隆看着撤离喝，嘲讽地说："撤离喝，四个蹄子比两条腿跑得真快！"

撤离喝指着邵隆说："邵隆，休要猖狂！"

邵隆说："撤离喝，龙驹寨非商州，此地乃汝葬身之地。"

撤离喝说："邵隆，休出狂言！不踏平龙驹寨，决不撤军。"

张得全说："撤离喝，汝来耶来耶！"

龙驹寨西门地势险要，护城河前就是冠山河。撤离喝仔细观察后，把金兵分成数股，派金兵轮番上阵攻打龙驹寨。

整修过的龙驹寨寨墙，高大坚固，护城河又宽又深。张得全经过充分准备，龙驹寨守城物资储备充足。金军刚刚冲到护城河边，就被宋军给射死了。金军尸体在护城河边越积越多，金军利用金兵尸体做掩护，越到护城河边，搭起浮桥，扛着云梯，从浮桥来到城墙根儿，金军云梯够不着城头。宋军站在城头，用石块砸得金兵滚下云梯，跌进了护城河里，护城河里堆满了金兵的尸体。

撤离喝派出一队金兵攻城，这队金兵很快就被龙驹寨宋军给消灭了。撤离喝又派一队金兵继续攻城，又被宋军给消灭了。撤离喝焦头烂额，无计可施。

武关签军在河南签军策应下，从龙驹寨东门发起攻击。张得全来到东门，指挥宋军多次挫败了签军进攻。等到夜深人静，田俊山带着宋军从北门出了龙驹寨，从龙潭沟绕过签军，打着签军旗号，悄悄摸到武关，从密道进了武关城，摸进签军兵营里，抓了不少签军俘虏。田俊山对签军俘虏说："欲活命者请举手！"

签军俘虏看着田俊山，都举起了手。

田俊山说："汝等出武关城之后，予攻打龙驹寨签军报信，武关已为宋军所夺矣。"

签军俘虏低下头，不敢言语。

田俊山说："莫要怕，照实言。"

签军俘虏朝田俊山点了点头，出了武关西门，跑到了龙驹寨东门前，签军校尉问："汝等为何而来？"

签军士卒说："宋军收复武关矣，将吾等均已赶出武关城矣。"

签军校尉畏惧，担怕宋军前后夹击，自动从龙驹寨撤走了。田俊山主动放弃了武关，在桃花铺设伏，打得签军狼狈逃窜。

签军不辞而别，撤离了龙驹寨。撤离喝气得暴跳如雷，对部将说："签军这群乌合之众，根本靠不住。刘豫老鬼，辜负大金帝国一片苦心，迟早要废！"

部将说："主帅，宋军占据有利地形，吾们有多少人马都会被宋军吃掉，吾们已经拿下了商州、商洛县，小小的龙驹寨对吾们莫有多大用处，吾们的目标是四川，不必在龙驹寨跟宋军浪费时间。"

撤离喝说："吾攻城无数，若败于龙驹寨，岂不成千古笑话？"

部将说："大帅，大金帝国所要乃大宋江山，大帅不必在意一城一地之得失。"

撤离喝说："吾等迟早会拔掉龙驹寨这颗硬钉子。"

部将说："大帅英明！"

撤离喝命令金军收拾行李，准备撤离龙驹寨。

金兀术取得和尚塬大捷后，为了进一步扩大战果，亲率十万大军越过秦岭。撤离喝接到探报，大惊失色，命令部队停止收拾行李，继续进攻龙驹寨。金军浩浩荡荡，金兀术来到龙驹寨西门。

邵隆站在西门上对张得全说："张将军，金兀术亲率大军来攻，龙驹寨凶多吉少。"

张得全说："大人，吾等应该早作打算。"

邵隆说："张将军，立即通知百姓从东门撤离龙驹寨。"

张得全说："大人，诺！"

撤离喝来到金兀术面前，说："末将参拜大帅！"

金兀术怒气冲冲地说："废物！小小之龙驹寨岂能阻挡吾军南下步伐？大金帝国脸面皆让汝丢尽矣！"

撤离喝无言以对。

金兀术亲临阵前，指挥金军发起进攻。金军架起二十多门火炮，对着龙驹寨西门狂轰滥炸，龙驹寨西门被金军炸成了一片火海。守城宋军伤亡严重，寨内多处建筑被毁。西门被金军炸矮了一截。金兵万箭齐发，宋军防不胜防，城上、寨内士卒死伤无数。

撤离喝亲率金兵攻打龙驹寨，金兵士气大振，以一当十，奋勇争先，宋军无法抵御金军凌厉进攻，损兵折将。撤离喝带着金兵攻上了龙驹寨西城头。

百姓撤离了龙驹寨，邵隆和张得全从东门撤出了龙驹寨，向北进入了涌峪沟，朝界岭逃去。

金兀术占领了龙驹寨后，派董先、商虢留守商州和商洛县，与撒离喝合兵一处，亲率金军主力从武关、竹林关向上津、金州进犯。金军所向披靡，途径州县，纷纷被金军攻陷了。撒离喝为了一洗前耻，阵前请命率军攻克了陕南重镇金州（安康），立下了赫赫战功。

第二十二章　棣花比武

　　1136 年，宋高宗正式任命邵隆为商州知州。同年，岳飞为了恢复中原，率军北伐伪齐。折转在商洛山中的邵隆、张得全、田俊山接到探报，马上密切配合，给岳家军带路，送粮草。岳家军不费吹灰之力，收复了武关、龙驹寨和商洛县，商虢逃进了商州。商洛县百姓扶老携幼，敲锣打鼓，拿着食物，热烈欢迎岳家军。

　　岳飞谢绝了邵隆盛情邀请，带着岳家军从商洛县穿城而过。岳飞乘胜追击，奔袭商州。董先听说岳飞亲自来攻，早就吓破了胆，硬着头皮派出守将跟岳飞激战了一阵后，和商虢一道，狼狈逃出了商州城，朝关中逃去。

　　岳家军顺利收复了商州。岳飞临行前，把邵隆请进商州军中，语重心长地对邵隆说："邵知州，商州地理位置十分重要，乃连接关中与东南交通要道，亦是进攻四川跳板，不敢有半点闪失。失去商州，四川难保，失去四川，江南亦会无险可守。"

　　邵隆坚定地说："岳元帅，卑职竭尽全力，确保商州万无一失。"

　　岳飞恳切地说："邵知州，收复中原，直捣黄龙，乃吾平生夙愿。吾将商州交予汝矣，金军不会善罢甘休，汝亦要多多保重。"

　　邵隆激动地说："岳元帅，一路保重！"

　　岳飞豪迈地说："邵知州，直捣黄龙，与诸君痛饮。"

　　邵隆说："岳元帅，吾等皆盼此日。"

　　岳家军收复豫西、陕南大片失地后，马不停蹄，沿着商於古道，返回了河南，继而又在安徽藕塘（安徽定远东南）大败伪齐。

邵隆在商州不敢懈怠，时时用岳飞的话鞭策自己，每天起早贪黑，励精图治，整肃吏治，关心百姓疾苦。商州城西，有一陈氏里正，仗着弟兄们多，家族户面大，州府有人撑腰，在村中为所欲为，称王称霸。朝廷每次征兵，陈氏里正就派李氏家族男丁去顶替，李氏一门男丁大多战死沙场，朝廷抚恤金亦为陈氏里正所霸占。陈氏里正变本加厉，恃强凌弱，侵吞李氏一门地产。李氏忍气吞声，敢怒不敢言。陈氏里正在村中扬言，若李氏敢告，他就灭了李氏一门。李氏家里妇女，年纪轻轻就成了寡妇，陈氏里正玩弄权术，把李氏一家当成了自己后花园。李氏一儿媳，生性刚烈，不堪侮辱，悬梁自尽，引起了李氏家族强烈不满。趁着陈氏派来监视的人不注意，抱着试试看的心理，跑到商州城里击鼓鸣冤。邵隆马上升堂，问明情况后，大吃一惊，在自己的辖区竟然还有如此龌龊之事。邵隆异常震怒，带领人马包围了村子，把陈氏一门全部抓捕归案，按照情节轻重，一一审理判刑。抄没了私通陈氏里正官吏的财产，并将之斩首以正法纪。

邵隆为了避免类似事件再次发生，常常微服私访，到村中与老者座谈，询问村情，坚决打击村子里豪强势力，维护了百姓正当利益。

邵隆利用节日，到士卒家中慰问，对战死沙场士卒，减免亲属赋税、徭役，对立过军功士卒，树为村中楷模，在村里乡里立碑撰文，大力表彰，白姓竟向效仿。

邵隆发展农业生产，开通商道，确保商户利益，商州城商业慢慢地兴隆了起来。商州城风清气正，百姓渐渐地过上了安稳日子。

邵隆召集人马，训练士卒。召集百姓，修筑商州城，积极备战，努力将商州建成了抗金的主要战略要塞，岳家军主要后勤保障基地。邵隆把商州的粮草和士卒，源源不断送往岳家军中，有力地支持了岳飞收复失地。

邵隆检查龙驹寨防务时，张得全、耶律胡陪同邵隆走上龙驹寨城头，邵隆环视龙驹寨一周之后，对他们说："张将军、耶律将军，龙驹寨地理位置得天独厚，乃天然要塞，然仅仅依靠龙驹寨现有城防亦不够，必须于龙驹寨四周修筑堡垒，才能确保龙驹寨万无一失。"

张得全说："邵大人，请明示！"

邵隆又仔细察看了一番，让张得全拿出龙驹寨地形图，说："张将军，应该于东面鹿池、南面寨子沟、西面古城村、北面鸡冠山上分别修座城池，称为东寨、南寨、西寨、北寨，与龙驹寨城池互为犄角，龙驹寨才会万无一失。"

张得全说："邵大人，说得是，吾马上安排人去办。"

邵隆说："张将军，龙驹寨丢矣，商州亦彻底完矣。"

张得全说："邵大人，请放心，吾定确保龙驹寨万无一失。"

张得全在家设宴款待邵隆，耶律胡作陪。张叶氏知道邵隆是山西人，专门学做了一顿刀削面，邵隆尝着家乡的美食，看到张得全一家人和和睦睦、其乐融融的样子，一下子勾起了对亲人的思念。

邵隆说："张将军，吾好生羡慕，汝有温馨之家。"

张得全说："邵大人，谢谢！"

邵隆说："张将军，自从解州一别，吾亦不知家人是死是活？"

张得全说："邵大人，汝放心，吉人自有天相。"

邵隆说："张将军，但愿如此。"

邵隆从张得全家里回到商州，晚上在灯下看书，看着看着，打起了盹儿，看见小鬼押着李彦仙朝地狱里走，邵隆赶紧走到小鬼面前说："李将军乃好人，为何亦要下地狱？"

小鬼说："莫非李彦仙于陕州城负隅顽抗，金军亦不会屠城，亦不会死诸多百姓。像李彦仙此等不识时务之人，不下地狱何人下地狱？"

李彦仙愧疚得低着头，没有言语。

邵隆对小鬼说："李将军保家卫国，岂能不是好人？"

小鬼对邵隆说："汝言李彦仙乃好人，金人言李彦仙乃坏人，汝等评判标准不一，吾等亦押李彦仙下地狱接受审问。"

邵隆对小鬼说："李将军真乃好人耶！"

小鬼对邵隆说："若汝等设庙祭拜李彦仙，李彦仙乃神，亦不属阎王爷管，吾等无权抓李彦仙。"

邵隆一激灵，醒了过来，熬到天亮，找来工匠，在商州城里为李彦仙建庙。庙建成之后，邵隆亲自祭拜，对着李彦仙的塑像发誓说："李将军，汝功高盖世，必将彪炳史册！等吾收复陕州城，定于陕州城为汝建庙。"

金国占领大宋的地盘越来越大，金国越来越感到兵力不足了，已经力不从心。金国就在占领区征兵，补充兵员。而占领区的百姓都不愿为金国卖命，金兵从数量上看着十分庞大，然作战能力已经远远不如当初。南宋抗击金军不断，金国发动了多次战争，始终没有把宋高宗消灭，南宋军队反而越战越勇，屡次挫败金军。刘豫没有发挥应有作用，达到金国预期目的，金国尚书省弹劾刘豫治国无方，应当废掉。金国审时度势，决定改变国策，由武力征服南宋改为议和安抚。为了使南宋就范，为大金服务。金国为了显示诚意，决定首先罢免刘豫，为和谈创造条件。

1137 年 11 月 18 日，金军经过精心准备，诱捕了刘豫儿子刘麟之后，金兀术带着三名骑兵，突然进入汴梁东华门，看见刘豫在讲武殿上射箭。金兀术来到刘豫身边，抓住刘豫的手，挟持刘豫来到宣德门前，强迫刘豫骑上赢马。两边金兵露出利刃胁迫刘豫出了宫，把刘豫囚禁在了金明池。第二天，金兀术带数千骑兵围住宫门，派小校在大街小巷巡逻，在汴梁城里扬言说："从今日起，金国不签发汝等当兵，不收取汝等免行钱，替汝等击杀貌似猛兽之人，请汝等旧主少帝来此。"于是，汴梁城里的人心才稍微安定。金兀术、完颜昌把伪齐百官召集上朝。

完颜昌说："刘豫治国无方，横征暴敛，荒淫无耻，降为蜀王。"

刘豫哀求说："大帅，当初乃汝保举吾为齐国皇帝，吾予汝送许多珍贵礼物，吾等父子莫有对不起大金之地耶。"

完颜昌说："刘豫，休要血口喷人。从前赵比少帝离开京城，自姓有自焚赴死之人，号泣之声远近皆能听见。现在汝被废，莫有一个人可怜汝，汝不自责乎？"

刘豫说："大帅，何出此言？吾背叛大宋，一心为大金，而今大金过河拆桥，卸磨杀驴，令吾寒心。"

完颜昌说："刘豫，汝有何脸面予吾言此？汝走亦是不走？"

刘豫逼迫离开了汴梁，住到相州韩琦宅第。金国还是不放心，为了防止刘豫余党兴风作浪，就把刘豫父子迁到了临潢，改封刘豫为曹王。1139 年 1月，宋高宗不顾岳飞等主战派将领反对，暗暗派秦桧与金国和谈，秦桧本来就是金国的走狗，不惜出卖国家利益，积极撮合，宋金达成正式议和，南宋代替伪齐政权成为金国的附属国，对金称臣。金国归还河南、陕西给南宋。

金兀术异常气愤，对主战派说："吾们拼死拼活，好不容易占领了河南、陕西，文官一纸文书，就把吾们占领的陕西、河南给了南宋，真是岂有此理？"

主战派附和着说："是啊，真不知文官如何打算？"

金兀术说："吾决不答应。"

主战派说："对，吾等决不答应。"

金兀术说："汝等带上大金武士，到南宋各地设擂比武，拾掇南宋武林高手，动摇南宋民心，为今后进攻南宋积极准备。"

主战派说："大帅，诺！"

撒离喝带着金国勇士来到了商州，拜见邵隆，撒离喝说："邵知州，别来无恙？"

邵隆说："撒离喝将军，汝有何事？"

撒离喝说："邵知州，闲着莫事，想在商州设擂，以武会友，与商州同道切磋切磋武学，不知邵知州同意否？"

邵隆说："撒离喝将军，商州卧虎藏龙，恐怕亦让汝失望矣。"

撒离喝说："邵知州，吾将比武地点设于棣花，汝以为如何？"

邵隆说："撒离喝将军，请便！"

撒离喝就在棣花设擂，百姓都来凑热闹。这天，陈武师去了龙驹寨紫阳宫，他四个大徒弟听说棣花设擂比武，出了武馆，来到比武现场。撒离喝站在擂台上，指着大金勇士，对百姓说："宋金已经议和，宋金现在就是朋友，金国本着以武会友的精神，千里迢迢来到棣花，愿意在擂台上结识更多的商州豪杰。凡是打败大金勇士者，赏银千两。"

大金勇士是位帅哥，风度翩翩，跟南宋百姓心中的勇士相差甚远。撒离喝命人拿起银子，向擂下百姓炫耀。黑牛认识陈武师的四个徒弟，对他们说："大金真是莫有人了，派来了位衣裳架子，尔怎能顶得起汝等打？擂台上那一千两银子还不是给汝等准备的。"

大徒弟说："师傅交代，练武是为了强身健体，不是为了恃强凌弱，吾等不敢违抗师傅定下的规矩。"

黑牛对大徒弟说："金国在家门口挑衅，汝等教训尔不是恃强凌弱？而是报效国家，张扬国威。汝不去，吾去！"

百姓对黑牛说："汝莫有练过武，上去还不是送死。"

黑牛说："宁死阵前，不死炕上。总比当怂囊鬼强！"

二徒弟拽住黑牛的衣领说："汝怎么骂人？"

黑牛说:"有本事在大金勇士身上使,欺负吾算啥本事?"

大徒弟说:"老二,不得无礼。吾去便是了!"

百姓兴奋地说:"好!好!商洛县人才济济,怎么能被金人唬住?"

大徒弟上了擂台,百姓喊着:"打倒尔!打倒尔!"大徒弟对百姓拱了拱手,转身对撒离喝说:"吾愿意向大金勇士讨教。"

撒离喝说:"壮士,比武难免有所伤亡,请英雄先签生死文书。"

大徒弟说:"请便!"

撒离喝说:"壮士,请问尊姓大名?"

大徒弟说:"吾乃棣花陈家沟陈武师之大徒弟。"

撒离喝说:"幸会!幸会!"

大徒弟把大笔一挥,签上自己的大名,走到擂台中央。

撒离喝说:"比武开始!"

大徒弟伸手朝大金勇士打来,大金勇士也不躲避,抓住大徒弟的手,轻轻一带,大徒弟从擂台上飞了下去,撞在了地上,一命呜呼。二徒弟报仇心切,冲上擂台,被大金勇士一抬脚踢死了。三徒弟喊着:"吾跟汝拼啦!"跑上擂台,被大金勇士一掌打得口吐鲜血,扑倒在地。四徒弟冲上擂台,撒离喝轻轻吭了一声,大金勇士心领神会,一个扫堂腿,把四徒弟踢下了擂台,四徒弟折了一条腿,一瘸一拐,含恨出了比武场。擂台下,顿时鸦雀无声,百姓张大了嘴,吃惊地看着大金勇士。撒离喝不动声色地品着茶,漫不经心地看着台下百姓。无人敢上,擂台一下子冷清了下来。

陈武师从龙驹寨紫阳宫返回棣花,从比武场出来的百姓遇见尔就喊:"陈武师,金国在棣花设擂比武,汝徒弟与大金勇士比武,大徒弟、二徒弟、三徒弟被大金勇士给打死了,四徒弟被打折了腿。"

陈武师二话莫说,径直来到比武现场,走上了擂台,指着大金勇士说:"比武就比武,何必伤人性命?"

撒离喝说:"英雄息怒,比武难免有所伤亡,吾等事前已签订生死文书。"

台下百姓喊着:"陈武师,打死尔!打死尔!"

陈武师指着大金勇士,对撒离喝说:"吾与尔比试比试。"

撒离喝不热不冷地说:"请英雄先签生死文书。"

陈武师在生死文书上签下大名,来到了擂台中央,气沉丹田,拉开架势。

大金勇士轻蔑地来到陈武师跟前，陈武师挥拳朝大金勇士打来。大金勇士跟陈武师周旋了一会儿，发现陈武师下盘空虚，瞅准时机，猛攻陈武师两腿，陈武师慌忙缩手护腿。大金勇士虚晃一招，朝陈武师头上打来。陈武师丢开下盘，朝大金勇士反手一击。大金勇士内心窃喜，抓住时机，一脚踢在了陈武师胸上。陈武师口吐鲜血，仰面倒在了擂台上。大金勇士一个健步，冲到陈武师跟前。陈武师慌忙从擂台上翻起身。大金勇士一掌打在了陈武师胸口。陈武师像一片落叶飘下了擂台，口吐黑血，重重地摔在了地上。台下百姓扶起陈武师，喊着："陈武师！陈武师！"陈武师一声不吭。百姓把手搭在陈武师鼻息上，陈武师已经没有了呼吸。

撤离喝站在擂台上问："若无人应战，今日比武到此结束。明日再见！"

撤离喝不屑看了看台下，大金勇士随撤离喝走下了擂台。

百姓把陈武师抬回了家，四徒弟看着师傅、师兄的尸体，放声痛哭，等安葬了他们，四徒弟瘸着腿，来到了龙驹寨守将府前，对小校说："吾要见张将军！"

小校说："汝乃何人？"

四徒弟说："吾乃陈武师之四徒弟，吾想请张将军为吾师父报仇。"

小校说："汝在此等着，容吾进去通禀。"

过了一会儿，小校从守将府里出来，对四徒弟说："张将军有请！"

四徒弟一瘸一拐地进了守将府，跪在张得全面前。

张得全说："吾皆知晓，汝快快请起！"

四徒弟说："张将军，请汝为吾等报仇！"

张得全说："此仇必报，请汝先回！"

四徒弟走后，张得全派人把田俊山请来，对田俊山说明情况后，接着说："金国于大宋宣扬武力，想不战而屈人之兵，让大宋从骨子里屈服，吾等绝不答应！大金勇士既然于棣花设擂比武，必有过人之处，不能大意。"

田俊山说："张将军，若比武失利，亦会动摇民心。"

耶律胡说："田将军，吾愿一试！"

田俊山说："耶律将军，不可！"

耶律胡说："田将军，为何？"

田俊山说："耶律将军，汝非宋人，汝胜矣，大宋脸上亦莫有光彩。"

耶律胡说："田将军，吾与汝等并肩作战，岂能说吾非宋人？"

张得全说："耶律兄弟，田将军为汝担心。"

耶律胡说："张将军，吾与金国有不共戴天之仇，请答应吾去比武。"

张得全不忍心拒绝耶律胡，勉强地说："耶律兄弟，好吧。"

第二天，张得全尔们来到了棣花比武现场。撒离喝看见张得全，热情地迎上来，问："张将军，汝来比武？"

张得全说："撒离喝将军，杀鸡焉用宰牛刀？吾来观战。"

撒离喝说："张将军，何人应战？"

耶律胡说："吾！"

撒离喝上下打量着耶律胡，说："汝乃辽人？"

耶律胡说："以前是，现在乃宋人。"

撒离喝仰天大笑说："张得全，商州无人，竟派辽人送死！"

耶律胡说："撒离喝，休得猖狂！吾乃耶律家族后人！"

撒离喝说："耶律家族这些大辽余孽，竟然跑到龙驹寨矣。今日要斩草除根，以绝后患。来人，将生死文书呈上来。"

耶律胡知道撒离喝在激自己，不动声色地签过生死文书，来到擂台中央，看着大金勇士。大金勇士傲慢地说："辽国皆为金国所灭，放汝一条生路，赶紧滚。"

耶律胡淡淡地说："现在下去，以后于大宋无法混。"

大金勇士说："现在不下去，亦无以后。"

耶律胡说："既然来矣，容吾试试。"

张得全悄悄地对田俊山说："若耶律胡败了，吾亦出战。"

田俊山说："张将军，只得如此。"

大金勇士冲到耶律胡身边，耶律胡感到一股阴风朝自己袭来，灵巧地绕到大金勇士身后。大金勇士连忙转身，挥拳朝耶律胡打来。耶律胡绕到大金勇士前面。三招之后，耶律胡已经试出大金勇士外柔内刚，耶律胡不与大金勇士硬碰硬，腾、挪、闪与大金勇士在擂台上兜圈子，被大金勇士追着跑。张得全、田俊山终于出了口气，心里坦然了不少。百姓聚精会神，紧盯着台上，他们提心吊胆，屏住了呼吸，暗暗为耶律胡担心。

大金勇士步步紧逼，耶律胡左躲右闪，避了再避。大金勇士越战越勇，故意露出破绽，引耶律胡上钩。

突然，张得全喊："耶律兄弟，小心！"

大金勇士把耶律胡逼到了擂台边，耶律胡一跃而起，一脚踢在大金勇士后背上。大金勇士回手一掌，打在了耶律胡腿上。耶律胡失去了重心，跌下了擂台。

张得全连忙来到耶律胡跟前，扶起耶律胡关切地问："伤到何处？"

耶律胡羞惭地看着张得全，说："莫关系，只是给大宋丢人，辜负汝等信任矣。"

张得全说："兄弟，莫关系，胜败乃兵家常事。"

百姓一声长叹："唉——"

撒离喝对着台下说："何人还想迎战？"

张得全把耶律胡交给了田俊山，高声地回应着说："撒离喝将军，本人不才，愿意向大金勇士讨教！"张得全说着，飞身上了擂台。

撒离喝说："张将军，拳脚无情，先将生死文书签了。"

张得全说："好！"

金兵把生死文书拿到张得全面前，只听擂下有人高喊："张将军，慢着！"张得全回头一看，觉得此人异常面熟，像是在哪里见过，但又想不起来。此人飞身上了擂台，撒离喝说："汝乃何人？报上名来！"

此人高声说道："吾乃邵隆之子邵继春！"

张得全说："难怪如此面熟。汝何时而来？邵大人知否？"

邵继春说："张将军，父亲上神稷山抗金，后来随李彦仙将军抗金，李彦仙将军在陕州城兵败后，父亲下落不明。金军占领解州后，吾与母亲一直在河南流浪。在乞讨的过程中，听说父亲在商州为知州，前来投奔。走到棣花，听百姓说金人在此设擂比武，前来凑凑热闹。"

张得全说："大金勇士非一般人等。"

邵继春说："张将军，请放心，吾自幼随父亲习武。"

张得全说："若汝有个三长两短，吾如何为邵大人交代？"

邵继春说："张将军，不足为虑，吾已在擂下观察了多时。"

邵继春说着拿起笔，在生死簿上写上下了自己名字。

撒离喝对大金勇士使了个眼色，说："比武开始！"

大金勇士心领神会，使出浑身力气，招招歹毒，处处都想置邵继春于死地。张得全、田俊山看得心惊肉跳。张得全后悔地说："这如何是好，这如何是好啊！"邵继春刚才在台下看大金勇士和耶律胡比武，已经对大金勇士有所了解，他采用了耶律胡的战法，一直跟大金勇士在台上兜圈子。大金勇士急于求成，招招落空，心慌意乱，渐渐乱了章法，邵继春抓住时机，乘虚而入，虚晃一掌，大金勇士还手一挡，邵继春一脚把大金勇士踢下了擂台。

台下百姓大喊："好！好！"

张得全来到撤离喝跟前，说："大金勇士已败，汝亦有何颜面站于此地？"

撤离喝恨恨地说："张将军，后会有期！"

张得全说："撤离喝将军，吾等何时怕过汝？"

撤离喝带着大金勇士，灰溜溜地离开了商洛县。

张得全跟邵继春走下擂台，受到了百姓热烈的欢迎。邵继春来到母亲身边，对张得全说："张将军，此人乃家母。"

张得全、田俊山和耶律胡赶紧走到跟前行礼说："见过嫂夫人！"

邵氏说："张将军，汝等免礼！"

张得全说："请嫂夫人随吾等回龙驹寨，让吾等尽地主之谊。"

邵继春说："张将军，汝等不必多礼，吾与家母与为父分别太久，吾等后会有期！"

张得全见挽留不住，就在棣花雇了辆马车。邵继春和母亲上了马车，朝商州而去。

第二十三章　天日昭昭

1140 年 5 月，金兀术晋升为都元帅，以金兀术为代表的主战派很快在金国占了上风，他们不满朝廷为了议和把河南、陕西归还给南宋，鼓动皇帝撕毁和议，分兵四路，大举向南宋发起了进攻。

金国出尔反尔，背信弃义。宋高宗十分气愤，迫于国内抗金形势，不顾秦桧反对，重用主战派。首先起用刘琦阻击金军。刘琦不负所望，率领八字军在顺昌打败了金兀术，取得了顺昌大捷，为南宋扳回了颜面，打击了以秦桧为首的投降派。岳飞精忠报国，带着岳家军东征西讨，捷报频传，打得金军丢盔弃甲，一败涂地。百姓欢欣鼓舞，看到了希望。宋高宗碍于抗金形势，逼迫把陕西、中原宋军划归岳飞指挥。

金军盘踞河南多年，已经把河南建成了自己的后院。岳家军进入金军腹地，孤军深入中原，虽把金兀术打得节节败退，然金兀术实力雄厚，岳家军无法全歼金兀术。金兀术认为消灭岳家军时机已到，组织金军在汴梁城附近朱仙镇与岳家军决战，金军使出撒手锏，出动铁浮屠、拐子马，杀向岳家军。

岳家军兵分三队，第一队用大刀砍掉金军铁浮屠马蹄子，第二队用钩镰枪勾掉金兵头上护甲，第三队趁机用刀斧砍掉金军头颅，挫败了金兀术铁浮屠和拐子马，金军大败。金兀术很不甘心，组织金军再战。岳飞带着四十余骑，杀进金军阵中。金兵看见岳飞，惊惧万分，喊着："战神来啦！战神来啦！"金兵失去斗志，望风而逃。金兀术制止不住，带着金军退回了汴梁城。金兀术无心再战，命令士卒收拾行李，准备从汴梁撤军，返回大金，永不踏入大宋。

岳飞重创金兀术，岳家军士气大振。

岳飞豪迈地对岳家军说："直捣黄龙，与诸君痛饮耳。"

岳家军诸位将士跟着高呼："岳元帅，直捣黄龙，迎回二帝！"

岳飞经过反复思考，认为天时地利人和，一应俱全，对岳家军十分有利。收复汴梁，打败金军在此一举。若不抓住战机，就会功亏一篑。金军占据中原多年，中原已经是金军的后方，金军众多，凭岳家军一军之力，想要彻底打败金军，也不是一件容易的事。岳飞马上向宋高宗上书说："岳家军于朱仙镇打败金军，金军人心涣散，已无斗志，请陛下速派刘琦、韩世忠、张俊带兵增援。吾军一鼓作气，收复中原，直捣黄龙，迎回二帝。"

岳飞的奏章送到大宋皇宫时，天已经黑了，垂拱殿里的蜡烛还燃着，宋高宗披着便装，心事重重地斜躺在龙床上。太监进来禀报："陛下，岳飞奏报。"

宋高宗没有说话。太监把岳飞的奏报递给宋高宗，宋高宗浏览了一下，龙颜大悦，马上从床上坐起来，兴奋地说："将秦相国请来。"

太监应着，出了垂拱殿，朝秦相府走来。秦桧心狠手辣，对外出卖国家利益；对内排挤异己；对宋高宗阿谀奉承，灌迷魂汤，使劲摇尾巴，渐渐地得到宋高宗的信任，被封为相国。

太监进了相国府，对秦桧说："秦相国，陛下请汝进宫。"

秦桧说："公公，夜深矣，陛下有何事？"

太监说："秦相国，陛下接到岳元帅奏报，龙颜大悦。"

秦桧说："公公，岳元帅奏报之上所写何事？"

太监说："秦相国，老奴不清楚。"

秦桧说："公公，今后只要有岳元帅奏报，先送到吾处，懂乎？"

太监说："秦相国，诺。"

秦桧赏了太监一些银两，太监说："谢谢秦相国。"

秦桧说："公公，吾等皆为一家人，莫要客气。"

秦桧出了相府，看了看黑漆漆的天空，跟着太监一边朝宫里走，心里一边盘算着对策，等秦桧进了宫，秦桧已经想好了主意。

秦桧对宋高宗说："陛下，万岁，万岁，万万岁。"

宋高宗说："秦相国，不必多礼，快快请起！"

秦桧站起来，毕恭毕敬地看着宋高宗。

宋高宗对秦桧说："秦相国，夜深矣，朕将汝唤来，汝知何事？"

秦桧装着平静的样子，慢吞吞地说："臣愚钝，请陛下明示。"

宋高宗把岳家军大捷奏报拿给秦桧看，说："秦相国，岳元帅于朱仙镇打败金兀术，岳元帅请求朕派遣援兵，等岳元帅收复故都之后，岳元帅再收复燕云十六州，等到那时，朕乃中兴之主。"

秦桧平静地说："陛下当真相信岳飞奏报乎？"

宋高宗一愣，秦桧敲着宋高宗的龙书案，嘟囔了一句，说："陛下，这才不过仅仅十几年耶。"

宋高宗十分清楚，十几年前，宋军听到金军闻风丧胆，不战而逃，就是勉强上了马背，等马跑起来就会跌落下马。这些事情，宋高宗亲眼所见。然宋高宗转眼又一想，若没有岳家军挡住金兀术的进攻，金军早就打到了临安城，临安城里就不会有现在的歌舞升平。自己也许还在海上躲着。宋高宗知道，岳飞精忠报国，不会用假战报糊弄自己，然秦桧的话又使宋高宗犹豫不决。武将手里有兵，他们随时会推翻自己，取而代之，不得不防啊。

秦桧不动声色地说："陛下亦记得前两年淮西军变乎？陛下亦记得杜冲此人乎？"

宋高宗的心咯噔一下子提了起来，这些事过去没有几年，武将太不可信了，朕对他们那么好，他们忘恩负义，投降金军，拥兵自重，跟朕作对。若岳飞跟他们一样，这还了得？

秦桧不动声色，继续说："陛下岂能忘记苗、刘军变乎？"

宋高宗一下子紧张了起来，浑身起鸡皮疙瘩。苗、刘二位将军，发动宫廷政变，把朕囚禁了起来，让朕主动禅位，此事才不过两三年。宋高宗历历在目。然宋高宗还是不能相信岳飞会造反。秦桧看着宋高宗，内心窃喜，宋高宗已经对岳飞有了疑心，自己罢免岳飞的目的很快就要达到。

宋高宗犹豫着敲着桌子，说："秦相国，岳飞乃忠臣焉。"

秦桧不动声色，使出了绝招，轻轻地说："陛下，太祖皇帝于龙兴之前，亦乃忠臣焉。"

宋高宗听了秦桧的话，脊梁凉飕飕地，眼前出现了太祖皇帝逼迫后周皇帝退位的情景，马上在银盘里烧了岳飞的奏报。

秦桧这时跪在宋高宗面前，平静地说："陛下圣明。如今见好就收，省得再出现城下之盟，到时议和亦不好收场。陛下一把年纪，经不起折腾了，也应该享享福矣。陛下应该抓住时机与金国和谈。"

宋高宗赶紧站起来，对秦桧说："秦相国考虑周全，朕差点儿上岳飞当矣。依秦相国所言，朕马上让岳飞收兵回营。"

秦桧说："陛下圣明！"

秦桧不动声色出了皇宫，看着大宋的天空，得意地笑着，心里说："岳飞，吾秦桧一人之下，万人之上，汝竟然不知天高地厚，逞一己之能与吾作对，汝好日子亦要到头矣。"

岳飞望眼欲穿，都没有等到朝廷的援兵。岳飞坐在帅案后，由于多日劳累，竟然进入了梦乡。梦中，朝廷派来援军，岳飞带领大军与金兀术在汴梁城外决战，金军大败，金兀术仓皇而逃，岳飞和岳云、张宪紧追不舍，金兀术回头一看，岳飞眼看就要追上自己了，金兀术索性停了下来。岳飞他们赶上来，把金兀术团团围住。

岳飞说："金兀术，快快下马投降！"

金兀术把手中的武器一扔，狂笑着对岳飞说："岳飞，汝于战场胜矣，并不代表汝亦在战术上赢吾矣。"

岳飞说："金兀术，笑话！汝败局已定，亦不服输？"

金兀术说："岳飞，亏汝亦是元帅，亦如此幼稚，连南宋国情都不懂。"

岳飞说："金兀术，休得花言巧语。"

金兀术说："岳飞，汝别忘记宋太祖是如何夺取后周皇位的？汝功高盖主，绝对莫有好下场。"

岳飞说："金兀术，吾精忠报国，问心无愧！"

金兀术说："岳飞，何人证明？"

岳飞说："金兀术，南宋百姓，岳家军将士，亦有母亲于背上所刺之字均可证明。"

金兀术说："岳飞，让吾看看。"

岳飞脱下衣服，金兀术看后"哈哈"大笑。

岳飞说："金兀术，汝为何发笑？"

金兀术说："岳飞，让汝儿好好看看，汝背上之字现在何处？"

岳飞连忙说："岳云——"。

岳云看后低着头说："爹爹，莫有矣。"

岳飞说："这如何是好？吾岳飞一世清白，何人证明？"

金兀术说："岳飞，唯有吾！"

岳飞说："金兀术，这是为何？"

金兀术说："岳飞，莫非汝誓死抵抗，南宋早亦为吾所灭。"

岳飞说："吾多么可悲，吾之清白亦要敌酋来证明。"

岳飞一头从马上跌了下去。原来是场梦。岳飞从椅子上滚下了地，惊得出了一身冷汗。岳飞从地上站起来，感觉后背冷飕飕的，用手摸了摸背上的字，母亲刺的字还在，岳飞心事重重地躺在床上，再也无法入睡。

岳飞早早地出了大帐，看着晨雾中的军营，焦急地等着朝廷的回复，等得异常心焦。岳飞徘徊着，念叨着："陛下，机不可失！"

众将来到中军帐，说："岳元帅，何时收复汴梁？"

岳飞说："朝廷亦莫答复。"

众将说："元帅，时不待吾。"

岳飞说："吾再为陛下写封奏章。"

岳飞摊开纸，想起自己连年征战，将士跟着自己出生入死，百姓家破人亡，流离失所，国破山河碎，岳飞浮想联翩，抑制不住感情，满怀深情地写道："陛下，宋金交战多年，金军攻城略地，一直于军事上占据绝对优势，如今岳家军在朱仙镇一战，予金军致命一击，金军人心惶惶，已无斗志，而岳家军士气高涨，正是收复汴梁之大好时机，望陛下速速派兵，臣肝脑涂地亦在所不惜。"

宋高宗接到岳飞的奏报，看都没看，连续给岳飞下了十二道金牌，命令岳飞撤军。岳飞悲愤交加，仰天长叹，说："陛下，岳家军多年努力，皆要付诸东流矣。"

众将说："岳元帅，将在外君命有所不受！"

岳飞说："诸位将军，为将者，贵忠不贵勇，服从命令乃军人天职，吾等有一万个理由，亦必须撤军。"

众将说："元帅，请汝三思！"

岳飞说："陛下已经下令，吾必须服从。"

岳云说："父帅，金兀术眼看要灭，万万不能撤军。"

岳飞说："儿啊，吾一生精忠报国，一世清白，汝想让为父落下抗旨叛国之罪乎？"

百姓听说岳飞就要撤军，百姓自发组织起来，来到岳家军军营，一起跪下，对岳飞说："岳元帅，中原乃汝故乡。"

岳飞擦了擦眼泪，对百姓说："吾知晓，吾有何法？吾乃朝廷命官，必须服从陛下旨意。汝等请起。"

百姓跪着不动，继续说："岳元帅，岳家军来时，吾等为岳家军送粮草，岳家军走矣，金军杀回来，吾等该如何？"

岳飞拿出宋高宗下的十二道金牌，对百姓说："乡亲们，君命不可违。既然如此，不如随吾南下。"

百姓知道撤军是圣上的旨意，岳飞别无选择。百姓只得收拾行李，跟着岳家军一道南下。岳家军看着苦苦拼杀收复的河山，就这样拱手让给了金人，将士悲愤交加，不忍离去。

汴梁城金兵兴高采烈，正在收拾行李。战争就要结束了，就要回家与家人团聚了。

大宋书生来到汴梁城，守城门的金军喝道："站住！"

书生半静地说："吾要面见四太子。"

守城金兵见书生气宇轩昂，不敢怠慢，马上进去通报。

金兵说："大帅，城外有位大宋书生前来求见。"

金兀术说："尔有何事？"

金兵说："尔莫有说。"

金兀术说："不用管尔，令尔走。"

金兵出了城，对书生说："大帅令汝走，大帅不见。大帅正在收拾行李，吾等亦要撤离汴梁城矣。"

书生说："吾有重要话对四太子言。"书生说着就要往城里闯，金兵拦住了书生，对书生说："大帅不见汝，汝走。"

书生说："好，吾在此地等候四太子。"

金兀术带着大军出了汴梁城，书生扑到金兀术马前，金兀术吃了一惊，呵斥说："汝乃何人？"

书生拉住金兀术的马头说："大王不管吾乃何人，请大王莫要撤离汴梁城。"

金兀术十分惊异，赶紧下马问道："先生，为何？"

书生说："四太子，听吾一言何妨？"

金兀术和颜悦色地说："先生，请讲！"

书生说："四太子，自古未有权臣在内，而大将立功于外者。岳少保自身性命尚且不能保，何况其成功乎？"

金兀术听了书生的话，如梦初醒，抓住书生的手，说："先生一席话，胜读十年书。先生，请受金兀术一拜。"

书生说："四太子，不必多礼。"

金兀术说："先生既是大宋之人，为何要帮吾焉？"

书生说："安居乐业，乃百姓企盼。金国兴起，大宋灭亡，乃历史趋势。僵死之人，苟喘延年，祸害百姓，留尔何用？"

金兀术说："先生，帮人帮到底，当吾军师如何？"

书生说："山野匹夫，不受拘束，喜好闲云野鹤般生活，四太子不必强求。"书生说着，离开了汴梁城。

金兀术对着书生的背影，深深地鞠躬后，对金军说："吾一生与大宋书生有缘分。想当初，吾被岳飞与韩世忠围困于黄天荡，大宋书生为吾指点迷津，让吾逃出岳飞与韩世忠精心合围。如今，大宋书生又为吾指路，令吾茅塞顿开，如梦初醒。大宋竟然昏庸到如此地步，如此有本事之人皆得不到重用，吾等不灭亡大宋皆对不起上天！岳飞一世聪明，亦不如一介书生，竟连此种道理亦不明白？"

金军卸下行李，重新布防，镇守汴梁。

岳家军带着百姓，绵延十几里，行动迟缓。

岳云说："父帅，吾军战线较长，若金军来攻，难以集中，吾军必定损失惨重，不如丢弃百姓，吾军先行。"

岳飞说："百姓乃岳家军衣食父母，岳家岂能为自身安全而舍弃百姓？汝休要多言。"

金军探报对金兀术说："岳家军已经撤军，正在掩护大宋百姓缓慢南行。"

金兀术说："传吾将令，即刻追击岳家军！"

金军追上岳家军，趁机掩杀。岳家军为了保护百姓，首尾不能兼顾。金军动用铁浮屠、拐子马在百姓中间冲来冲去，如同巨大的绞肉机一样，杀得百姓血流成河，尸横遍野。岳家军损兵折将，损失惨重。岳家军没有岳飞命令，宁死也不忍心离开百姓。岳飞带领岳家军苦苦硬撑，将百姓护送到了临安。

岳飞回到临安城，宋高宗明升暗降，封岳飞为副枢密使，解除了岳飞兵权。秦桧以莫须有罪名把岳飞关进了天牢，岳飞站在天牢门口，望着大宋北方天空，悲愤地说："天日昭昭？天日昭昭啊？"

邵隆时刻关注中原战局，军需官每次从岳家军中送粮回来，邵隆都要亲自过问战况。

军需官从岳家军中回到商州，急急忙忙来到商州府，悲愤地对邵隆说："大人，朝廷下令岳家军撤回江南，放弃收复之国土。"

军需官的话如晴天霹雳一般，一下子使邵隆懵了。

邵隆吃惊地说："此乃为何？金兀术亦要败逃矣。"

军需官深深地叹了口气，说："大人，朝廷给岳元帅下十二道金牌。岳元帅让吾转告汝，一定要守住商州。商州失守，四川危矣；四川失守，大宋难保！"

邵隆说："岳元帅，身处险境，牵挂苍生！岳元帅，光明磊落，一身正气！乃吾等楷模也。"

邵隆仰望天空，大宋已经不是他想象中的大宋了，大宋的天变了，百姓倒了大霉。邵隆时时牵挂着岳飞的安危，岳飞进了天牢，捶胸顿足，对天怒喊："岳飞无罪！好人难做，世事险恶。大宋不仅是赵家的天下，更应该是百姓生活的乐土。朝纲不正，百姓遭难，天理何在？天理何在？"

邵隆悲愤交加，来到李彦仙庙里，跪在李彦仙的塑像前，哭诉着："李将军，岳元帅拼死拼活，竟然被关进大牢。吾该如何而为？"

一阵风吹来，李彦仙好像在对邵隆说："时局如此，学会隐忍，顺其自然，用心去做，留予后人评说。"

邵隆叹息着，好人本性难移，就是遭受再多的不幸，仍旧一如既往，不改初心，一条道走到头，即使吃屎喝尿，也无怨言。小人见风使舵，春风得意，吃香的喝辣的，不论何时何地，都能八面玲珑，应付自如。好人为了身后名，在现实中吃尽了苦头，受尽了罪，而小人却活在当下人们的吹捧中。

邵隆浮想联翩，想起了吴起、伍子胥、廉颇等一代名将，他们不顾自己的遭遇，为了社稷苍生，不改初衷，坚持正义。邵隆马上振作起来，大步走出了李彦仙庙，回到商州城，抓紧时间，操练士卒，积极备战。

第二十四章　　洪门堰之战

　　1141年（绍兴十一年）1月，商州城沉浸在浓浓的新年里，人们在走亲访友，在摆酒设宴欢度新年，在城隍庙前看戏消遣，在收拾耍社火用的狮子皮、竹笼、旱船等物品准备闹元宵节。邵隆不敢有丝毫的懈怠，为时局担忧。大宋已经自毁长城，金兀术必定卷土重来。邵隆日夜在商州城头上巡视着。

　　突然，西门外一匹快马如闪电一般，朝商州城里奔来。邵隆马上下了城，回到州府。信差跟着就跑了进来，说："报——大——人，八百里加急！"

　　州衙差役从信差手里接过信，递给邵隆，邵隆拆开一看，信上写着："金将撒离喝派珠痕男勒率领步骑五万，前来攻打商州。"

　　邵隆打发走信差，让差役把百姓召集到府前，邵隆说："过年之日，汝等酒亦莫有喝够，肉亦莫有吃饱，亲戚亦莫有走到头，吾还莫有顾上给各位拜年，金军已急急忙忙要赶到商州串门，吾等长辈之人，切莫失礼，按照大宋年历，长辈亦要为晚辈发压岁钱。"

　　百姓一下子都笑了。

　　邵隆说："这年头，吾等亦不易，家家有本难念之经。宋金交战，日子都很艰难，为金军将压岁钱发多了吾拿不出来，发少了亦显得吾小气，有失长辈之体面。发多少呢？吾当不了家，做不了主，汝等说了算。"

　　百姓看着邵隆都轻松地笑了。

　　邵隆说："朋友来矣，吾等亦是将身上之肉予朋友食，吾等皆心甘情愿。金军来了想吃屎，吾等都不想给。金军将屎吃矣，吾等狗吃何物？庄稼靠何物？对，应该为金军留座空城，吾看最合适矣。"

百姓说："大人，吾等要撤离商州城。"

邵隆说："金军来势汹汹，商州城无险可守，若让张得全派兵来援，若金军攻破商州城，到时亦无退路，不如令张得全原地待命，固守龙驹寨，帮吾等看住商州东大门。为避其锋芒，保存实力，此次只能放弃商州城，希望汝等带走所有物品，不为金兵留下一丝一毫可用之物，将金军困死于此。"

百姓说："大人，吾等听从汝之安排。"

邵隆说："留得青山在不愁莫柴烧。商州城乃吾等之家，等消灭金军，吾等亦会归来。洪门堰（今商州红门河）乃好地方，所有士卒暂时撤往洪门堰。"

百姓听从邵隆的安排，赶紧回家收拾东西，能拿的拿走，拿不走的就地掩埋，热热闹闹的商州城，不一会儿，就变得空荡荡的，显得异常冷清。百姓扶老携幼，带着物品，一路向西，撤进了秦岭山中。

珠痕男勒来到商州城，只见宋军旗帜林立，军容整肃。珠痕男勒不敢大意，派阿穆尔贝勒带领小股金军试攻。邵隆让宋军放箭，珠痕男勒发现宋军外强中干，下令金军攻城。邵隆在城头与金军激战了一会儿，带领宋军主动从北门向外撤。一只小狗，蹒跚着，哼哼着，跟在宋军身后。邵隆翻身下马，抱起小狗，对士卒说："它亦是大宋之狗，不能留予金军。"邵隆抱着小狗，带领士卒出了商州城，从北边绕到西面，朝洪门堰撤去。珠痕男勒攻进了商州城，商州城里一片狼藉，空无一人，是座空城。珠痕男勒异常恼火，说："邵隆戏耍吾，尔亦是逃到天涯海角吾都要将尔逮回来。"

阿穆尔贝勒说："大帅，吾军攻上城头时，发现宋军从北门逃走矣。"

珠痕男勒说："赶紧带人查清邵隆下落。"

阿穆尔贝勒沿着北门追了数里，仔细察看，终于在洪门堰，发现了宋军。

宋军瞭望哨发现了阿穆儿贝勒，马上向邵隆报告："大人，前边不远，发现金军。"

邵隆走出大帐，对士卒说："金军探子，不足为虑。"

阿穆尔贝勒继续往前，金兵说："将军，吾军人数较少，宋军已经发现吾等。"

阿穆尔贝勒说："宋军胆小如鼠，弃城逃到此地，如惊弓之鸟，不会主动出击。"

金兵说："将军，此地离宋军很近，吾等已经完成侦查任务，切莫大意。"

阿穆尔贝勒说："有吾在，汝等怕什么？"

邵隆派出宋军，虚张声势，吸引金军注意。

阿穆尔贝勒对着邵隆驻扎的地方，仔细观察了一会儿，返回了商州城，进了帅帐说："大帅，邵隆胆小如鼠，现在苟延残喘，躲于洪门堰。请大帅下令，让吾消灭尔。"

珠痕男勒说："将军不必着急，今日劳累一日，明儿再战。"

金兵埋锅造饭，找遍了商州城，莫有找见水井。

金兵只得派人，到城外丹江河里取水。

金兵远道而来，早已人困马乏，吃过饭后，早早地歇息。

夜深人静，宋军从洪门堰悄悄地来到商州城边，从密道里潜回商州城，来到金营，放起大火，大喊："宋军进城矣！"金兵面面相觑，迷迷糊糊，仓皇从营帐里跑了出来，没有发现宋军。金兵扑灭火，返回营帐，刚刚睡着，营帐外又传来喊声："宋军来矣。"金兵出了营帐，没有发现宋军，只得回到帐中睡觉。宋军在商州城反复折腾，金兵一夜没有休息好。清早，金兵没精打采，起了床，用过早饭，珠痕男勒把金兵召集起来，说："全军向洪门堰出发！务必全歼宋军！"

金兵齐喊："全歼宋军！"

金军气势汹汹地来到洪门堰，这里山势险要，地形狭窄，不利于大军作战。珠痕男勒看到这里，眼珠子一转，马上计上心来，纵马来到洪门堰前，高声叫阵："邵隆，何必偷偷摸摸，袭扰吾军？有本事出寨与吾军大战一场如何？"

邵隆说："珠痕男勒，金军不是号称攻无不克战无不胜乎？有本事来攻！"

珠痕男勒下令攻城，金兵冲到洪门堰前，被宋军用箭射得退了下去。珠痕男勒亲自督战，金兵继续冲锋，又被宋军杀退了。宋军居高临下，占据优势，金兵始终没有接近洪门堰。珠痕男勒只得下令金军停止了进攻，暂时在洪门堰前驻扎了起来。

珠痕男勒派人将阿穆儿贝勒叫进帐中，说："吾军正面进攻洪门堰，伤亡惨重。若能绕到洪门堰后面，前后夹击，亦能消灭邵隆。汝马上带人前去探路，不得有误。"

阿穆儿贝勒从军营里挑了几个人，化装成百姓，装成难民，出了军营，来到洪门堰前面的山上，发现山上密林之中有个窝棚。他们悄悄摸到窝棚前，发现里面藏着一家人。

阿穆儿贝勒进了窝棚，狗剩问："汝等从何而来？"

阿穆儿贝勒说："河南。"

狗剩说："此地正在打仗，汝等不知？"

阿穆儿贝勒说："吾等走到此地，发现金兵，亦悄悄地从金兵后面绕道而来。"

狗剩说："汝等到何处去？"

阿穆儿贝勒说："想绕过洪门堰逃到汉中。"

狗蛋说："到汉中直接向南走就行，不须绕过洪门堰。"

阿穆儿贝勒说："走到此地迷路矣，有几人走散，想到洪门堰后面找一找？"

狗剩还想说，狗蛋扯了一下狗剩的衣角，狗蛋说："都是大宋百姓，汝等直接到洪门堰前去找，宋军是不会为难汝等的。"

阿穆儿贝勒一把抓住狗蛋，狠狠地说："汝说不说？吾等乃金人。"

狗蛋说："汝等莫揭尾巴，吾亦看出来矣。想从吾处探知消息，莫门！"

阿穆儿贝勒一刀捅死了狗蛋，对狗剩说："讲不讲？"

狗剩看着阿穆儿贝勒没有言语。

阿穆儿贝勒看见狗剩身边女人手里的孩子，阿穆儿贝勒把孩子夺在手里，女人哭哭啼啼地对阿穆儿贝勒说："求求汝，放下吾子。"

阿穆儿贝勒说："只要尔带路，吾放汝子。"

狗剩说："吾给汝等带路。"

阿穆儿贝勒带领金兵紧紧地跟在狗剩身后，给后面的金兵递了递眼色，朝前边走去。过了一会儿，后面的金兵赶了上来，会意地向阿穆尔贝勒点了点头。狗剩带着金兵在山上转来转去，转得阿穆儿贝勒气喘吁吁，汗流浃背。阿穆儿贝勒擦了一下脸上的汗，恶狠狠地说："若戏要吾，吾即刻宰汝。"

狗剩装着可怜兮兮的样子说："吾岂敢。"

狗剩将金兵带上山顶，指着对面的山对阿穆儿贝勒说："走下此座山就到矣。"阿穆儿贝勒边擦汗，边问："汝所言乃何座山？吾莫有看清。"

狗剩用手胡乱地指着说："乃面前此座。"

阿穆儿贝勒弓着腰，抬头朝前看着。狗剩把阿穆儿贝勒向山前一推，自己向山后一扑，在厚厚的树叶上打了滚，像滑雪一样，整个身子向山下滑去。金兵扶起阿穆儿贝勒，朝狗剩追时，已经没有了狗剩的踪影。阿穆儿贝勒对金兵说："去刚才之地把守。"

狗剩返回窝棚，发现全家已经被害。狗剩不敢停留，从另一条小路来到洪门堰，对守寨宋军说："吾有重要军情，当面禀告邵大人。"守寨宋军放下吊篮，狗剩坐在吊篮里，被宋军拉上了寨墙，送到邵隆面前。

狗剩说："大人，吾要参军，吾要为家人报仇。"

邵隆说："何事？请讲。"

狗剩说："大人，金兵今日杀吾全家矣。"

邵隆说："金兵现在何处？"

狗剩说："大人，金兵在对面山上。"

邵隆说："金兵到对面山上为何事？"

狗剩说："大人，金兵想寻条通往洪门堰后面之道。"

邵隆说："原来如此。"

阿穆儿贝勒返回窝棚，守了一宿，没有等到狗剩回来。第二天一早，金兵吃了点儿干粮，阿穆儿贝勒带着金兵在山上继续寻路。邵隆从军中抽出一部分士卒，邵继春带着他们上山打柴。打柴士卒来来往往于山上与山寨之间，阿穆儿贝勒看得真真切切。阿穆儿贝勒为了进一步探明路径，冒险来到打柴宋军跟前，邵继春问："汝等乃何人？"

阿穆儿贝勒说："将军，过路之人。"

邵继春说："汝等贼眉鼠眼，恐怕是金军探子。"

阿穆儿贝勒说："将军，吾等乃逃难百姓。"

邵继春说："两军交战，汝等赶快离开。"

阿穆儿贝勒说："将军，马上走。"

邵继春回到军营，对邵隆一说，邵隆说："珠痕男勒明日必定攻打山寨，守住密道，不可大意。"

邵继春说："父帅，孩儿谨记。"

阿穆儿贝勒回到军营，对珠痕男勒说："大帅，吾发现密道，直通洪门堰山寨后面。"

　　珠痕男勒说："等吾军攻破洪门堰山寨，为汝请功。明日汝从山上密道绕到邵隆身后，吾于正面吸引邵隆，汝得手之后，两面夹击，邵隆必败。"

　　阿穆儿贝勒说："大帅，诺！"

　　第二天，珠痕男勒带着金军来到洪门堰山寨前，高声叫阵："邵隆，缩头乌龟，赶紧出来应战！"

　　邵隆站在寨头，指着珠痕男勒说："休要猖狂，今日吾亦会会汝。"

　　珠痕男勒暗暗得意，邵隆上钩了。邵隆出了洪门堰山寨，珠痕男勒骑马来到邵隆阵前，说："邵隆休走！"

　　邵隆提枪纵马来到珠痕男勒面前，说："金将看枪！"

　　珠痕男勒与邵隆枪来刀往，战在一起。两边士卒看得眼花缭乱，大声叫好。两人大战了二十多回合，不分胜负。珠痕男勒不时朝山上看着，心想：就是爬，也应该到了。

　　邵隆早就看出了珠痕男勒的心思，嬉笑着对珠痕男勒说："今日亦让汝失望矣。"

　　珠痕男勒说："邵隆，笑到最后方为赢家。"

　　邵隆说："吾等拭目以待！"

　　阿穆儿贝勒顺着山中小路，朝洪门堰山寨后面绕去。金兵贴在悬崖上，抓着崖壁枯藤，挪着步子，颤颤巍巍地走着。邵继春一声令下，宋军用石块、滚木砸向金兵。金兵哭爹喊娘，落下了山谷。阿穆儿贝勒望崖兴叹，无法突破邵继春的防线，丢下金兵尸体，只得退了回去。

　　阿穆儿贝勒狼狈来到珠痕男勒军前，珠痕男勒知道阿穆儿贝勒偷袭失利，率军撤出了战斗，返回了大营。邵隆也不追赶，带着宋军返回了山寨。

第二十五章　智取商州

　　珠痕男勒从正月一直围到二月初，久攻不克，在洪门堰与宋军对峙着。撤离喝异常震怒，派亲信亲自督战。珠痕男勒对金军说："勇士们，吾等五万人，与人数上占据绝对优势。宋军人少，若再不攻克洪门堰，吾等皆为大金帝国之罪人。大金军队所向披靡，攻无不克，唯有吾军为大金帝国丢脸矣。明日必须攻破洪门堰，活捉邵隆，扬吾国威！"

　　金兵齐喊："活捉邵隆，扬吾国威！"

　　邵隆把邵继春叫进帐中，说："吾军孤军作战，若继续坚守下去，粮草接济不上，定会困死在此。珠痕男勒来商州已有月余，金军莫有丝毫进展，必定急于与吾军决战。明日让老弱士卒守住山寨，汝到北面虚张声势，吾于洪门堰东、西、南三面设伏，金军必定从南面过来与汝决战，到时吾从三面杀出，打金军措手不及。"

　　邵继春说："父帅，诺！"

　　金军前来攻打洪门堰，宋军从北面出了洪门堰，邵继春命令宋军高喊："珠痕男勒，欺人太甚，今日吾要与汝决一死战！"

　　阿穆儿贝勒说："主帅，宋军主动出击，出乎反常。"

　　珠痕男勒说："宋军龟缩于洪门堰已有时日，吾军奈何宋军不得。既然宋军出洪门堰主动与吾军决战，吾等求之不得。汝做先锋，吾殿后，此次莫要放走宋军一兵一卒，必须全歼邵隆所部，为占领商州扫除障碍。"

　　阿穆儿贝勒说："主帅，诺！"

珠痕男勒一声令下，阿穆儿贝勒朝邵继春攻去。

珠痕男勒完全进入宋军包围圈后，邵隆一声令下，宋军如下山猛虎，同时从三面发起进攻。金军四面受敌，惊慌失措，乱了章法，如没头苍蝇在山谷里四处乱窜。阿穆尔贝勒知道中了埋伏，赶紧调转马头向回撤军。邵继春紧追不放，宋军英勇追杀。金兵自相践踏，死伤无数。珠痕男勒挥刀大喊："后退者死，前进者生！"金兵乱成一团，早就失去了斗志，继续溃败。珠痕男勒挥刀砍死了后退的金兵，仍旧制止不住。珠痕男勒只好带着金军向商州城方向逃去。

邵隆一边追击，一边高喊："抓住珠痕男勒，赏银千两！"

宋军跟着喊着："莫让珠痕男勒跑矣！"

珠痕男勒对挡道的金兵喊："快让开！快让开！"金兵躲闪不及，被珠痕男勒的马撞倒在地。阿穆尔贝勒慌不择路，马失前蹄，跌倒在地上，宋军赶上来，用长矛团团围住，阿穆儿贝勒只得束手就擒。珠痕男勒带着残兵败将逃进了商州城。

邵隆大获全胜，带着宋军包围了商州城。宋军把阿穆儿贝勒押到商州城下，邵隆说："珠痕男勒，阿穆儿贝勒已落入吾手中，汝有本事来夺。"

珠痕男勒站在城头，看着阿穆儿贝勒，对邵隆说："尔已无用矣。汝有本事来攻！"

邵隆缺乏攻城云梯，宋军在商州城前安营扎寨之后，邵隆把邵继春叫进帐中，说："吾军莫有云梯，无法攻城，汝马上派人去找木匠，前来军中赶制云梯。"

邵继春说："父帅，商州城中水井已为吾军填埋，不如吾军撤离商州城，在金军取水只事上大做文章。"

邵隆说："此计甚妙，按吾儿所言而行。汝马上找几个得力之人，来吾帐中，吾有要事吩咐尔等。"

邵继春应着："父帅，诺！"

邵继春出了帅帐，从军中找来狗剩他们，狗剩他们来到邵隆帐中，邵隆说："吾军撤走之后，汝等躲于丹江河边芦苇荡中，将金军拉水时间与次数务须查得清清楚楚。"

狗剩他们说："大帅，诺！"

狗剩他们出了帅帐，换上百姓衣服，离开了军营，过了丹江河，潜伏在芦苇荡里。

邵隆离开了商州，撤到商洛县，对张得全说："马上筹集部分砒霜，越快越好。"

张得全说："大人，有何用？"

邵隆说："张将军，莫要多问。"

张得全说："大人，诺！"

金兵出了商州城，来到丹江河边拉水。狗剩他们记下了金军取水时间和次数。三天后，狗剩他们返回军营，向邵隆做了汇报。邵隆把邵继春叫进帐中，说："莫要操之过急，适可而止。"邵继春说："父帅，诺！"邵继春出了大帐，带着张得全送来的砒霜，绕过商州城，来到丹江河边，按照金军取水的时间，提前在上游投下砒霜。金兵前来取水，发现河面上漂着死鱼，起了疑心，停止了取水。空中盘旋的水鸟，发现河面上的死鱼，盘旋了一会儿，滑翔到河边，吃了死鱼，扑腾了一阵，倒在了河边。金兵返回了商州城，对珠痕男勒说："大帅，宋军于河中投毒，有死鱼与水鸟为证。"

珠痕男勒眼珠子一转，说："汝等莫慌，继续取水，吾自有想法。"

金兵说："大帅，诺！"

金兵若无其事继续在丹江河里拉水。邵继春担心药量太轻，让士卒又放了一些，马上赶回商洛县，告诉了父亲，邵隆与张得全合兵一处向商州出兵。宋军出了商洛县，过了棣花，来到夜村，张得全发现丹江河上漂浮着大量的死鱼，还有部分水鸟，张得全命令士卒下河把死鱼和死鸟捞上来，发现死鱼和死鸟都是中了剧毒，张得全一下子明白了过来，连忙来到邵隆跟前说："大人，此计瞒不过珠痕男勒。"

邵隆看着张得全，张得全接着说："大人，金军必有防备，吾军应另做打算。"

邵隆说："张将军，如今吾等只有将计就计了。"

珠痕男勒带着金兵藏在城头，发现宋军在商州城前安营扎寨后，就没有了动静。珠痕男勒暗自说："邵隆，邵隆，何其歹毒？一计不成亦想偷袭？今晚吾让汝有来无回。"珠痕男勒对部将说："将箭皆搬于城头之上，吾有妙用。"

金将说："主帅，诺！"

珠痕男勒对部将说："留部分人守城，其余人等皆可歇息。"

部将说："主帅，吾军无水做饭。"

珠痕男勒说："令将士们将就一晚，今晚必定破敌！"

部将说："主帅，诺！"

邵继春来到中军大帐，对邵隆说："父帅，兵贵神速！"

邵隆说："速去扎三千个稻草人。"

邵继春说："父帅，为何？"

邵隆说："吾让汝适可而止，汝为何自作主张？不听为父所言，暴露吾计策。莫非张将军及时发现，后果不堪设想。汝勿要多言，快点将张将军请到帐中。"

邵继春说："父帅，诺！"

张得全进了中军帐，邵隆说："张将军，马上准备三四百块木板，不得有误！"

张得全说："大人，诺。"

夜半时分，宋军举着稻草人，跟在木板后面，悄悄地朝商州城而来。珠痕男勒站在城上看得真真切切，等宋军靠近商州城，珠痕男勒命令："放箭！"

金军箭如雨点，射在了"宋军士卒"身上。倒在城下的"宋军士卒"，发出了痛苦的呻吟。宋军继续攻城，又被金军射倒了。邵隆气急败坏地大喊："汝等莫要怕，金军已经中毒，坚持不过多久。今晚破城，吾军志在必得！"

珠痕男勒鼓励金军说："消灭邵隆亦在今晚，狠狠地打，射光所有之箭，明日吾与诸位将士于商洛县痛饮耳。"

金军精神抖擞，射光了城上的箭，宋军还在攻城，珠痕男勒下令说："去，将库存之箭皆搬于城头。"

商州城下，躺满了"宋军士卒"的尸体。

天亮的时候，金军的箭所剩无几，珠痕男勒向城下一看，宋军正从稻草人身上拔箭，珠痕男勒异常震怒，赶紧命令金兵："停止射箭！"

邵隆对着城上高喊："珠痕男勒，多谢！来日定当如数奉还。"

珠痕男勒指着邵隆，气得说不出话来。

金将说："主帅，商州城里莫有水，不如吾军暂且撤离商州城。"

珠痕男勒说："莫有大帅命令，吾等只能在此坚守等待援兵。汝马上组织士卒打井，以解燃眉之急。"

金将说："主帅，诺！"

邵隆不费吹灰之力，得到了金军大量的箭，邵继春对邵隆说："父亲，趁着士气正旺，不如吾等马上攻城。"

邵隆说："不可。"

邵继春说："父亲，此乃为何？"

邵隆说："金军多次攻入商州，百姓死者死，逃者逃，难以征集士卒。若吾军硬攻，金军必然负隅顽抗，与吾军拼个鱼死网破，吾军虽夺得商州城，必定损失惨重，难以在商州长期固守。"

邵继春说："父亲，不如吾等挖地道。"

邵隆说："好，汝马上带人去干。"

邵继春说："父帅，孩儿遵命！"

金军在商州城里打井，宋军在城外挖地道，他们打着、挖着，站在井里和地道里的士卒，都听见了对方的响声，马上向各自的主帅汇报。阿穆儿贝勒对金将说："抓紧时间，在城墙下多打几口井，亦能掌握宋军在何处挖地道矣。"

金将说："主帅，诺！"

邵继春返回大帐，对邵隆说："父帅，吾等打地道之时，能听到金军打井之声。"

邵隆说："只要金军将井挖成，金军亦能监听吾等地道之走向，此计已经行不通矣，汝让士卒挖一会儿，歇一会儿，吾等将金军拖垮。"

邵继春说："父帅，诺！"

金军沿着城墙打了不少枯井。金军站在井里，听不到宋军挖地道的动静。金军疑惑不解，派兵蹲在井中，耳朵贴在井壁，静静地听啊听啊，听不到一点儿声音。金兵等得不耐烦了，刚想换班，宋军又不紧不慢地挖开了。金兵只得贴着井壁继续监听。邵继春让宋军抡起锄头，在原地挖一阵后，就停下歇半天。金兵一刻也不能闲着，轮流在井下监听。宋军掌握着主动权，金兵都累得够呛。

邵隆把张得全叫进帐中，说："张将军，汝马上带人赶制云梯与天骄，等时机成熟，吾等主动出击，攻打商州城。"

张得全说："大人，诺。"

冬天来临的时候，邵隆把宋军召集起来，说："大宋将士们，今日，吾等要把金军赶出商州城，汝等有信心乎？"

宋军将士齐喊："大人，有！有！"

邵隆说："攻城！"

邵继春站在天骄上，把商州城上的金兵看得清清楚楚。邵继春命令弓箭手向城头金军放箭。金军没有箭，无法还击，又无法躲避，纷纷中箭。张得全带领步兵，拿着刀，扛着云梯，冲过护城河，来到城墙根儿。金军举起石块、滚木，就被宋军弓箭手射死了。张得全搭起云梯，迅速爬上城墙，带领步兵沿着城墙朝金兵追去。守城金兵被张得全赶下了城头，宋军如潮水一样从城墙上进了城。珠痕男勒带领金军与宋军激战了一阵，宋军打开了城门，邵隆带着宋军从城外涌了进来。宋军两面夹击，珠痕男勒带着金军撤出了商州城。

第二十六章　扭转战局

早春的商州，还异常寒冷，带着哨音的寒风把死气沉沉的树木吹死又吹活，吹得昏昏欲睡。山中寒气逼人，藏在山中的百姓听说邵隆收复了商州城，高高兴兴，从山中纷纷回到了家，家里残垣断壁，门、窗、房梁、木制家具等已经化为灰烬。百姓默默无言，慢慢地拾掇着。商州城经过这番战乱，已经残破不堪，城中的建筑物几乎被毁殆尽，到处都是马粪，都是垃圾。士卒清理着城头，工匠维修城门，加固城墙。商州城百废待兴，一切都要从头再来。百姓不知疲倦，天不亮就起床，夜已经很深了还不休息，人们加班加点，紧张地忙碌着，修缮房子。渐渐地，商州城有点儿样子，粘上了人气儿，像是人待的地方了。

清晨，薄薄的雾霭笼罩着商州城，远处的山峦消失得无影无踪。阵阵闷雷滚滚而来，邵隆看了看天，早春时节，怎么会响雷呢？邵隆把耳朵贴在地上，静耳细听，果然是马蹄声。难道金兵又来攻打商州城？邵隆急急忙忙出了府，上到城墙上，透过雾霭，睁大眼睛仔细看，终于发现了金军骑兵。邵隆对士卒说："金军来矣！鸣金报警！"守在城门上的士卒急忙拉起吊桥，关闭城门。邵继春带着士卒冲上了城墙，金军已经兵临城下了。邵隆没有想到，金兵来得这么快。

撤离喝站在金军中央，望着西门，下令金兵攻城。

邵隆果断地对邵继春说："汝带一队人马，掩护百姓从东门撤出商州，再派人告知张得全，令尔前来接应吾军撤离。"

邵继春说："父帅，诺！"

邵继春来到东门，百姓赶紧给他让路，东门小校赶紧说："少将军，百姓皆要出城，如何办？"

邵继春说："快开城门，令百姓走。"

小校说："若引来金兵，如何是好？"

邵继春说："父帅有令，快开城门！"

百姓扶老携幼，前呼后拥，拿着行李，仓皇出了东门，朝北面山上逃去。金兵架起火车，对着西门发射，西门火光冲天，碎石乱飞。金兵利用鹅车作掩护，搭起浮桥，撞击西门，西门还没有完全修复好，经不起金军撞击，很快就被金军给撞破了。金军冲进了西门，与宋军战在一起。邵隆手持长矛，带领宋军从城上下来，死死地把金兵堵在了西门口。

撒离喝见状恼羞成怒，对火车队校尉说："对准西门放箭。"

金军火车队校尉说："大帅，西门口有吾等之人。"

撒离喝看着邵隆，对金军校尉怒吼着："延误战机，格杀勿论！放箭！"

金军火车手对着西门一起放箭，火箭烧得金兵和宋军哭爹喊娘，痛苦挣扎。从城里冲来的宋军发现邵隆身上着火，连忙帮邵隆扑灭，对邵隆说："大人，金兵已经攻上城头。"

邵隆擦了擦脸上的血，对身边的宋军说："撤！"

在邵继春的掩护下，邵隆冲出了东门。金军先锋珠痕男勒紧追不放。珠痕男勒追到商洛县时，张得全从珠痕男勒两侧杀出，珠痕男勒溃败。张得全也不追赶，掩护邵隆进了商洛县。商洛县里静悄悄的，邵隆问："张将军，百姓该如何处置？"

张得全说："大人，商洛县无险可守，吾已经安排百姓转移矣。请大人到龙驹寨与撒离喝一决高下。"

邵隆："张将军，汝做得好！"

邵隆主动放弃了商洛县，与张得全合兵一处，撤到了龙驹寨。撒离喝连得两座空城，士气十分高涨，金军直奔龙驹寨而来。

龙驹寨西寨守军拦住了撒离喝的去路，撒离喝勒住马缰绳，环视西寨之后，发现西寨北边地势高，撒离喝对珠痕男勒说："汝带领一队人马，带上火车，马上占领西寨北边制高点，压制宋军，向西寨内宋军放箭，不得有误！"

珠痕男勒说："主帅，诺！"

西寨宋军在土丘上没有设伏。金兵火车三人一组，抬着火车，轻易占领了土丘。珠痕男勒命令金兵支好火车，对着西寨放箭，火箭如同条条火龙射进了西寨里，不一会儿，西寨里的建筑物燃起了熊熊大火。

撒离喝对金兵说："攻寨！"

宋军石块砸在鹅车篷上，如雹子似的，"嘭嘭"作响，宋军射的箭像没长眼睛似的，无力地从车篷上滑了下去。宋军扔下滚木，挡住了鹅车前进的道路，金兵从鹅车里冲出来，把滚木推到一边，金兵鹅车继续向前。金兵在壕沟里铺上木板，鹅车顺着木板过了壕沟，冲到寨门前，金兵一起用劲儿，用千斤柱撞击寨门。守在寨门的宋军泼下滚油，烫死了一部分金兵。躲在鹅车里的金兵继续撞击寨门，宋军从寨门上对准鹅车放火箭，火箭引燃了鹅车，金兵从鹅车里逃了出来，后面的鹅车又赶了上来，他们与前边的金兵合兵一处，奋力撞击寨门，寨门已经着火，金兵反复撞击，撞破了西寨门。

西寨内宋军一边放箭阻击金兵，一边扛着沙袋堵住寨门。珠痕男勒在北面山丘上不断调整火车射程，金兵推着火车顺着北坡缓慢移动，达到了火车最佳射程。火车不断放箭，西寨内宋军两面受敌。金兵攻破了寨门，撒离喝命令骑兵冲击，金军骑兵冲进了西寨。西寨宋军逼迫从寨后翻下了寨墙，朝龙驹寨逃去。

撒离喝在西寨安营扎寨后，带领金兵过了西河，来到龙驹寨西门前，对着城上高喊："邵隆，开城投降。此次汝逃不脱矣。"

邵隆说："撒离喝，吾已等汝多时矣，此次吾与汝于龙驹寨一分高下。"

撒离喝说："邵隆，整个商州已经为吾拿下矣，小小龙驹寨岂能挡住吾军南下之步伐？"

邵隆说："撒离喝，有本事就来攻，何必多言？"

撒离喝说："邵隆，再逃乃孬种！"

邵隆说："撒离喝，吾岂能怕汝？"

龙驹寨西门前约莫半公里地，是冠山沟，沟里有条小溪，流水潺潺，一年四季都不断流。每逢雨季，溪水暴涨，把河道撕得很开。山上巨石顺着溪流而下，被溪水丢在河道两旁，东一块儿，西一块儿。西门地势相对金军所处位置，要高出许多。西门地形狭窄，不利于金军作战。撒离喝久经沙场，吸取了上次攻打龙驹寨的教训，把珠痕男勒叫到身边，指着龙驹寨北面那座山说："若吾军占领此山，攻打龙驹寨必定胜券在握。"

珠痕男勒说："主帅，末将愿往！"

撒离喝说："兵贵神速，马上带领一支人马，顺这条沟进去，从山后面登顶，占领此山。"

珠痕男勒说："主帅，诺！"

撒离喝从军中挑出能爬山的士卒交给珠痕男勒，珠痕男勒带着他们进了冠山沟后，发现鸡冠山阴坡更加陡峭，不易攀爬。珠痕男勒带着金兵直向北走，等登上北面的山坡，再向东沿着山脊朝西向鸡冠山而来。山顶道路狭窄，只能单行。两面都是悬崖深谷，金兵小心翼翼地挪着步子。

北寨的宋军早已把金兵的动向看得清清楚楚，他们占据有利地形，主动出击，向金兵发起突然袭击。金兵正在鸡冠山山脊上提心吊胆地走着，受到宋军惊吓，心慌意乱，脚步不稳，鬼哭狼嚎，落下了悬崖。后面金兵见山势险要，胆怯不前。在珠痕男勒逼迫下，金兵拿着盾牌，提着刀，硬着头皮，猫着腰，沿着山脊继续朝前走。宋军向金兵放火箭，金兵一倒一大片。金兵爬在鸡冠山山脊上，畏怯不前。珠痕男勒见这样对峙下去对金军不利，带着余众原路返回到金营。

珠痕男勒对撒离喝说："主帅，卑职莫用。"

撒离喝说："宋军早有先见之明，于山顶设有伏兵？"

珠痕男勒说："主帅，正是。"

撒离喝说："原来邵隆将吾引到此地，早有预谋矣。既然如此，吾军必须啃下龙驹寨这个硬骨头，才能彻底使商洛县臣服于大金帝国。"

撒离喝绕开西门，命令金兵沿着鸡冠山山根丘陵地带转攻北门，北寨守军从鸡冠山上抛下石块、滚木，砸得金兵躲进了紫阳宫。金兵进了紫阳宫，负隅顽抗，对北门守军威胁甚大。北门守军依据寨墙，连续向紫阳宫里的金兵射火箭，紫阳宫起了火，北门宋军和北寨宋军前后夹击，金兵没有占到丝毫便宜，只好从紫阳宫里退了回去。

张得全看着紫阳宫里的大火，对邵隆说："大人，紫阳宫乃龙驹寨一绝。"

邵隆说："张将军，两国交兵，难免玉石俱焚。"

张得全说："大人，紫阳宫乃龙驹寨人生活之一部。"

紫阳宫道长带着道士和百姓来到邵隆面前，说："大人，请允许吾等出去救火。"

邵隆说："好吧，速去速回。"

道长、道士和百姓出了北门，经过奋力扑救，扑灭了紫阳宫大火，保住了紫阳宫。紫阳宫是道教南派创始人紫阳真人的修炼之地，北面是鸡冠山，南面有丹江。道观内古柏参天，香烟缭绕，环境优雅。三间现殿，中间为通道，两边跨着钟楼、鼓楼。南端山墙略呈八字形，屋顶砖刻鸟兽，隶书砖刻一副楹联："三尺剑犹鸣，其容忍幽水藏身，蓬头斩妖；十万灵最著，如共见丹心救世，赤足降魔。"殿后是厢房，围成口字形。晨钟暮鼓，十里开外都能听见。现殿南四十米有一座乐楼，提额："响遏行云"。院内三棵古柏，粗约两人合抱。大殿三间，明檐明柱，硬山花脊，雕梁画栋，风格古朴。殿内正中塑有紫阳真人坐像，墙上绘有道教故事，异常壮观。每逢道教节日，四方宾客，前来朝拜，戏台上演道家故事，紫阳宫里更是热闹非。

撤离喝对金将说："吾亦不信龙驹寨乃一块铁板？珠痕男勒，汝带领士卒顺着丹江靠北岸后，攻打龙驹寨南门。"

珠痕男勒说："主帅，诺！"

珠痕男勒带领金兵从百姓手里夺得一部分船只，他们顺着丹江向东漂流，等船到南门时，珠痕男勒带着金兵弃船上了北岸，来攻南门。

南寨守军为了减轻珠痕男勒对南门的压力，主动出击，在珠痕男勒身后发起猛攻。珠痕男勒既要攻城，又要提防，前后受敌，兵力明显不足。

撤离喝接到珠痕男勒求援后，马上派兵增援。金兵船只刚到河心，南寨守军一边放箭射杀金兵，一边派出"水鬼"驾船来到金兵船边。金兵不习水战，看着河水，两腿哗哗颤，金兵本来就在船上站立不稳，没有心思应战。宋军冲上金兵船上，与金军搏杀。金军站在船上左右摇晃，失去了重心，如饺子似的跌进了丹江河，成了宋军刀下鬼。

撤离喝战了数日，损兵折将，没有进展。龙驹寨果然是天然要塞，难怪邵隆会退到这里与吾鏖战。撤离喝站在西寨城头，望着高大坚固的龙驹寨，对诸将说："吾等所站之地，乃商鞅封邑。秦国采用商鞅变法，迅速强大，最后统一六国。要想于龙驹寨扬名立传，令后人永远记住吾等，吾等唯一能够攻破龙驹寨途径亦是从西门发起强攻。"

诸将说："主帅，诺！"

金兵动用各种攻城器具，对龙驹寨西门发起了强攻，金兵箭如雨下，火箭如火龙似的，射向城头、寨内，龙驹寨守军依靠盾牌、垛口做掩护，躲着金兵的箭，然寨内的建筑物却被火箭引燃，燃起了熊熊大火。

百姓不忍心看着房屋被大火烧掉，前去救火，被金兵的流箭射倒在地。邵隆对百姓说："只要有人在，等金兵退缺之后，吾等可以重建。"在邵隆的劝说下，百姓进了地道，站在地道口，眼巴巴地看着房子被大火烧掉。

邵隆对百姓说："待于地道，有吾等吃，就有汝等吃。诸位莫慌！"

百姓感激地说："邵大人，汝真乃吾等之救命恩人。"

邵隆说："只要心齐，金兵奈何吾等不得。"

百姓说："邵大人，吾等听汝所言。"

邵隆回到军中，对军需官说："金兵此次来势汹汹，亦不知何时而退，汝将寨子所有粮食集中起来，统一供应。要做长期坚守之打算。"

军需官说："邵大人，诺！"

军需官根据实际，不上火线的伤兵和百姓一天吃一顿，守城士卒一天吃两顿。百姓和伤兵都没有意见。宋军减员严重，邵隆就在百姓中征集，百姓踊跃参军，随邵隆上城抵御金兵。

金兵攻打龙驹寨西门一个多月，损失惨重，没有进展，撒离喝停止了进攻。派珠痕男勒向金兀术借来十门火炮，对着龙驹寨西门狂轰滥炸，西门被金兵大炮炸成了片片子。城上垛口被彻底炸飞。宋军死伤一片。邵隆看着金军火炮发出的火舌，发出了无奈的叹息。金军火车万箭齐发，宋军防不胜防。金兵在炮火的掩护下，依靠鹅车，拿着云梯，朝西门扑来。寨子里，多处建筑物着火、坍塌。宋军前赴后继，不怕牺牲，继续冲上城头，冒着金兵的炮火、火箭，依据女墙，向金射箭。

天黑的时候，撒离喝罢兵。邵隆、张得全、耶律胡来到大街上，龙驹寨一片狼藉，民房已经被烧毁，许多百姓受伤，军营里到处都是伤兵，人们脸上布满了愁云。百姓看见邵隆尔们，关切地问："邵大人，何时撤退？"

邵隆坚定地说："此次无论付出多大代价，吾等都不会放弃龙驹寨矣。龙驹寨乃撒离喝葬身之地，吾等皆为撒离喝之掘墓人"

百姓和伤兵深受鼓舞，百姓激动地说："邵大人，吾等相信，支持汝之想法。"

邵隆说："谢谢！"

邵隆、张得全和耶律胡返回城头，看着连营的金军，邵隆说："金兵火炮对吾军威胁甚大，要想打败撒离喝，必须破坏金军火炮。"

张得全说："大人，谈何容易！火炮乃金军攻城利器，金军必定派重兵看守。"

耶律胡说："大人，让吾去炸金军火炮。"

张得全说："兄弟，此事还轮不到汝。"

耶律胡说："大人，汝有所不知，吾乃契丹耶律家族之人，金军杀害吾全家，吾与金军有血海深仇，汝就成全吾。"

张得全说："大人，千真万确，吾祖父之命亦是耶律兄弟祖上所救。"

邵隆理解地说："好吧，耶律将军，汝多多地保重。"

耶律胡说："大人，吾要重新开始，重新生活，与大宋融为一体，赶走金军。"

邵隆说："耶律将军，此次必须成功，不能有半点闪失，若打草惊蛇，想要再次炸毁金军火炮，就比登天还难。吾等必须好好计议一番。"他们商议之后，张得全和耶律胡出了邵隆大帐，回到军中，准备所需东西。

午夜时分，撒离喝放心不下火炮阵地，在部下陪同下，悄悄朝火炮阵地而来。珠痕男勒不敢怠慢，亲自巡视。突然发现一队人朝火炮阵地走来，撒离喝断喝："站住！再向前走吾亦要放箭矣！"

部将说："珠痕男勒，大帅来矣，不得无礼！"

珠痕男勒说："谁来都莫有用。"

部将说："珠痕男勒，汝不想活矣？"

珠痕男勒说："不说口令休要过来。"

撒离喝说："猫头鹰。"

珠痕男勒说："可以过来矣。"

撒离喝走到珠痕男勒跟前，珠痕男勒赶紧跪下说："主帅，末将多有冒犯，请主帅治罪！"

撒离喝扶起珠痕男勒说："将军做得对！吾于全军之前嘉奖汝！"

珠痕男勒站起来，撒离喝说："吾军火炮对宋军构成了巨大威胁，宋军不会善罢甘休，一定会来偷袭。珠痕男勒将军，汝要多加小心，确保火炮阵地万无一失。"

珠痕男勒说："主帅，诺！"

撒离喝在火炮阵地上仔细察看了一番，指着火炮阵地后面的无名高地说："珠痕男勒将军，此处有人把守乎？"

珠痕男勒说："主帅，宋军鞭长莫及，不会到此处。"

撒离喝说："珠痕男勒将军，自大与轻敌乃为将者大忌。若宋军偷袭无名高地，火炮阵地亦彻底完矣。汝马上派暗哨秘密把守，不得有误。"

珠痕男勒说："主帅，诺！"

珠痕男勒抽出一部分人上了无名高地，撒离喝放心地回到了帅帐。

耶律胡带着宋军，从地道里出了龙驹寨，从死人堆里爬到冠山沟河西岸，朝金军大营里察看着。金军火炮阵地设在大营中央一个土坡上，阵地四周就是金营，金营里灯火通明，四周布满了岗哨。金军巡逻队在营中反复穿梭，数十条猎狗在营中转来转去。耶律胡找来找去，终于发现金营北面，有个土坡离金军火炮阵很近。耶律胡带着宋军离开金营，顺着冠山沟向北走了七八里，转向爬上西山后，朝南沿山而下。

天光大亮，金军吃过早饭，发起炮轰。龙驹寨西门一带，石块横飞，宋军被炸得血肉模糊，寨子里火光冲天。邵隆、张得全冒着金军火箭、火炮，依靠垛口，指挥宋军顽强地与金兵战斗着。

耶律胡发现了无名高地上驻有金兵，耶律胡带着宋军猫着腰，在蒿草的掩护下，躲避着无名高地上金兵。宋军一不小心，把石头蹬下了坡。无名高地上的金兵发现了宋军，金军校尉喊着："宋军来矣！杀光尔等！"金兵边放箭边朝山上宋军进攻。

耶律胡说："汝等吸引金兵，吾去完成任务。"

宋军说："将军，诺！"

宋军站在山坡，边放箭，边虚张声势。金军校尉带军朝山上攻击。耶律胡绕开金兵，趁机从西侧滑到一棵核桃树后，拿出弓弩，装上火箭，朝金军火炮旁的火药桶上射去，只听"轰、轰、轰——"一阵阵巨响，金军火炮飞上了天。火炮阵地上，金军死的死，伤的伤，珠痕男勒被震晕在地。金军校尉回头发现了耶律胡，像暴怒的狮子，调头朝耶律胡追来。耶律胡迎着金兵边放箭，边向西边跑。突然，耶律胡中箭跌下了坡，滚进了草窝。金军校尉放心不下，朝耶律胡倒下地方寻去。耶律胡手举弓弩一跃而起，射死了金军校尉。宋军趁机下了山，一阵掩杀，金兵失去头领，无心恋战，纷纷逃下了坡。

金军冲到龙驹寨城下，没有火炮支援，被宋军赶下了云梯。

耶律胡顺利返回北寨，等到晚上，从地道里返回了龙驹寨。

百姓、士卒看见耶律胡，大声说："大英雄回来矣！"

耶律胡说："谈不上，谈不上！"

耶律胡来到大帐，邵隆看着耶律胡，兴奋地说："耶律将军，打败撒离喝，汝功不可没！"

张得全说："兄弟，龙驹寨百姓应该感谢汝！"

耶律胡说："兄弟，吾如今食于龙驹寨，住于龙驹寨，吾亦是龙驹寨之人。"

张得全说："兄弟，吾代表龙驹寨之人欢迎汝！"

耶律胡说："大人，金军失去火炮，必定人心惶惶，吾军应该趁热打铁，今晚偷袭金营，大人以为如何？"

张得全说："大人，吾赞成！"

邵隆说："二位将军，撒离喝久经沙场，必有防备。"

耶律胡说："大人，机不可失。"

邵隆说："耶律将军，切莫深入金营。"

耶律胡说："大人，诺！"

张得全说："大人，让吾去。"

邵隆说："张将军，汝于城上监视金营，随时准备接应耶律将军，不得有误！"

张得全说："大人，诺！"

邵隆说："二位将军，越是胜利在望，越要谨慎行事。急于求成，必将出错，遗恨终生，自古皆然。"

张得全、耶律胡说："大人，诺！"

金兵撤回西寨营中，撒离喝说："诸位将军，今晚宋军必定偷营，吾等必须抓住机会，让宋军有来无回。"

诸将说："主帅，诺！"

晚上，耶律胡带着宋军从地道里出了龙驹寨，摸到金军营边，发现金营里黑灯瞎火，岗哨很少。耶律胡大喜过望，忘了邵隆嘱咐，带着宋军冲进了金营，杀向金军中军大帐。金营里突然亮起了火把，撒离喝从中军帐中走了出来，对金兵说："宋军猖狂至极，小看吾军无人！莫要放跑宋军。"

耶律胡后悔不已，拼死抵抗，身中数刀，宋军纷纷倒在了血泊里。张得全看见金营突然灯火通明，知道耶律胡中了埋伏，带领宋军火速出了龙驹寨，冲进金营，拼力冲杀，撕开一道口子，接应耶律胡出了金营。撒离喝紧追不放，把他们追到龙驹寨西门口。邵隆带着宋军在西门前策应，邵继春带着宋军在城头掩护，张得全和耶律胡撤回了龙驹寨。

撒离喝返回了金营，说："诸位，宋军遭此一击，不敢再来。汝等好好歇息，明日一早，攻打龙驹寨。"

诸将说："主帅，诺。"

耶律胡回到寨子，进了大帐，对邵隆说："大人，请治吾罪！"

邵隆说："耶律将军，何罪之有？"

耶律胡说："大人，吾轻敌冒进，差点儿全军覆莫。"

邵隆说："耶律将军，汝这次亦立头功！"

耶律胡说："大人，为何？"

邵隆说："耶律将军，汝为吾军今晚偷袭金营扫除障碍矣，金军必定放松了警惕，相信吾军不敢再次偷营矣。"

张得全说："大人，吾军亦要偷营？"

邵隆说："二位将军听令！"

张得全、耶律胡齐说："大人，诺！"

邵隆说："二位将军，打败金军，亦在今晚。"

张得全、耶律胡齐说："大人，诺！"

黎明时分，宋军出了寨子，来到金营。张得全拾掇了岗哨，躲过巡逻队，进了帐篷，金兵鼾声四起，睡得正香。张得全发出暗号，邵隆杀进金营，宋军放火焚烧，金兵惊慌失措，冲出营帐，成了宋军刀下鬼。撒离喝闻之大惊，慌忙翻身出了大帐，组织反击。金兵已经乱了方寸，无心抵抗，向西逃窜。撒离喝带着残兵败将离开了西寨，顺着老君峪口，向河南逃去。

邵隆一鼓作气，带着宋军一路追击，撒离喝慌不择路，从潼关仓皇逃到虢州（今河南灵宝市），虢州金军开城接应。邵隆一马当先，冲上护城河，砍断吊索，虢州金将站在城头高喊："快关城门！"邵隆纵马冲到城门前，城上金兵扔下滚木，邵隆把滚木挑向守城门的金兵，冲进城门口，守城门的金兵望风而逃。宋军涌进虢州城，撒离喝无心恋战，带着金兵逃出了虢州，朝陕州而来。

邵隆追到陕州城下，想起李彦仙、邵云、邵翼，邵隆脱掉铠甲，光着膀子，手拿大刀盾牌，带领宋军扛起云梯，冲过护城河，来到城墙边，用盾牌挡着箭、石块，顺着云梯迅速向城头爬。邵继春带领弓箭手掩护邵隆攻城。宋军士气大振，紧跟邵隆身后，朝陕州城上攻。

金军扔下滚木，邵隆用盾牌一挡，滚木落下了城头。邵隆抢起大刀，左推右挡，攻上了陕州城，左砍右劈，守城金兵纷纷滚下城头。张得全带领宋军爬上城头，跟邵隆会合后，杀得城上金兵人头落地，血流成河。金兵节节败退，退下城头。邵隆带着宋军追进城中，邵隆想起了与金兵鏖战的艰苦岁月，顿时热血沸腾，越战越勇。邵隆怒吼着，追杀着，金兵吓破了胆，仓皇逃窜。邵隆砍开城门，耶律胡带着宋军涌进城中，撒离喝带着残部逃出了陕州城。

1141年冬天，对于邵隆来说，是个值得纪念的日子。邵隆带领商州宋军，连续作战，收复了商州、虢州、陕州。邵隆站在陕州城头，遥望黄河，热泪盈眶，焚香遥拜，大声地说："李将军，李将军，汝听见乎？陕州城唯吾收复矣，如今亦回到大宋手中，汝可以瞑目矣。"

邵隆兑现了自己的诺言，在陕州城里为李彦仙立庙。庙修成之后，邵隆带领宋军、百姓集体祭拜。邵隆返回商州，在商州设庙祭奠李彦仙。

金军惊惧，不敢小觑商州。龙驹寨大捷彻底扭转了宋金在商州对峙的局面，金军退回了关中。商州百姓欢欣鼓舞，可以过上太平的日子了。

第二十七章　不改初心

　　宋军取得了胜利，宋高宗见好就收，有了谈判资本，派秦桧负责议和，秦桧开出了丰厚的议和条件，然金国没有答应。金国提出首要的一条不是土地，不是钱财，也不是美女，而是要一个人的性命。这个人让金国畏惧，也让宋高宗害怕。这个人深得百姓爱戴，竟然成了宋金议和的筹码。可见这个人是多么的重要，又是多么的可悲。

　　1142 年 1 月 27 日，岳飞在风波亭遇害。一代名将岳飞，就这样陨落在大宋的天空，成为政治牺牲品，留给后人无限哀思。

　　邵隆闻讯，感觉自己的心脏停止了跳动，浑身冰凉冰凉的，邵隆泣不成声，向南遥祭，对着上苍祈祷说："岳少保，一路走好！"邵隆哽咽着，潸然泪下，说不下去了。过了一会儿，邵隆擦了擦眼泪，从迷茫中挣扎出来，抽抽噎噎地说："岳少保，汝未竟的事业，吾们接着完成。"

　　秦桧利欲熏心，把持朝纲，排除异己，打击与岳飞有来往的人。秦桧的人来到商州，威胁邵隆说："邵知州，岳飞谋反，朝廷已有定论，请汝以大局出发，不要妄议国政，自找麻烦，希望汝管住自己的嘴和腿，不要做出出格的事，影响汝的仕途，对汝和汝的家人是莫有好处的。"

　　邵隆说："何人手再大，亦不能一手遮天；何人权再大，亦捂不住所有人之嘴。是非曲直，历史自有定论。"

　　差役说："邵知州，汝思想异常危险，吾奉劝汝，莫要一意孤行，越陷越深。与秦相国作对，皆无有好下场。自古道：'识时务者为俊杰。'请汝莫要犯傻，做出格之事。"

邵隆说："请汝告诉秦相国，吾头脑简单，想事单一，乃一根筋，认准之事，十头牛都拉不回来。"

差役说："邵知州，不识抬举，汝要吃大亏！汝好自为之！"差役拂袖就往外走。

邵隆说："不送！"

差役回到临安相国府，把邵隆的话给秦桧复述了一遍，秦桧说："小小知州岂能泛起多大之浪？先不管尔。等逮住机会，连本带利与尔一起清算。"

宋金和议后，秦桧派差役来到商州，差役对邵隆说："邵知州，接旨！"

邵隆带领商州官吏跪在大堂上，齐说："吾皇万岁，万万岁！"

差役说："奉天承运，皇帝诏曰：宋向金称臣，拜金国陛下为父，甘为儿皇帝。宋与大金帝国东以淮河中流为界，西以大散关（陕西宝鸡西南）为界，宋割唐（今河南唐河）、邓（今河南邓州）及商（今陕西商县）、秦（今甘肃天水）二州之大半予大金帝国（商洛县依鹘岭之半界金）。宋每年向大金帝国进贡白银 25 万两，丝绢各 25 万匹。钦此！"

邵隆愣住了，不相信宋高宗会把商州割给金国，邵隆没有伸手接旨。

差役说："邵知州，接旨。"

邵隆说："莫非弄错矣？莫非弄错矣？商州亦在大宋手中。"

差役说："大胆邵隆，怀疑圣上，妄议国策，该当何罪？"

邵隆长叹一声，接过了圣旨，还是不相信这是真的。自己浴血奋战，在商州与签军、金军苦苦争夺，到了最后竟然是这种结局。可悲！可叹！可笑！

差役把秦桧的书信递给邵隆说："宋金已经和议，请汝将阿穆儿贝勒将军交于吾手，令吾带回临安，予秦相国复命。"

邵隆没有接信，说："不用看矣，汝请便。"

差役把阿穆尔贝勒从商州带走后，邵隆悲愤交加，对随从说："拿酒来，今日一醉方休，以解千古愁。"

随从说："大人，酒醉亦有酒醒之时，汝多保重！"

邵隆说："朝廷竟然腐败到如此程度，让人心寒。人活于世，亦应睁一只眼闭一只眼，清白不了糊涂了，但愿长醉不醒。"

随从说："大人，身体要紧！"

邵隆拿起酒壶，一阵猛灌，连喝三壶，醉得一塌糊涂，在床上躺了三天三夜。

秦桧把阿穆儿贝勒交给撒离喝，撒离喝派阿穆尔贝勒带着金兵来到商州城。金兵兵临城下，邵隆出城迎敌。

阿穆儿贝勒对邵隆说："邵隆，吾等亦见面矣。"

邵隆说："为何是汝？"

阿穆尔贝勒说："邵隆，莫想到吧。"

邵隆说："早知今日，当初就应该杀了汝。"

阿穆儿贝勒冷冷地说："邵隆，吾莫空与汝战，宋已经将商州割于大金帝国，吾今天来接管商州城。汝赶紧带兵滚出去。"

邵隆说："汝有本事就从吾手里将商州夺走，否则，只要吾在，汝休想进城。"

阿穆尔贝勒说："邵隆，汝不怕落下破坏议和之罪乎？"

邵隆说："吾有何惧哉？"

阿穆尔贝勒冷冷一笑说："邵隆，不识时务，必定莫有好下场。"

邵隆一肚子怨气无处发泄，现在全部倾泻到阿穆尔贝勒头上。阿穆尔贝勒不敌，带着金军大败而逃。阿穆尔贝勒逃回撒离喝军中，撒离喝奏请朝廷，金国派使来到临安，金使怒气冲冲地对秦桧说："秦相国，宋想要撕毁和议，与大金帝国开战，一切还来得及。"

秦桧说："大人，这是为何？"

金使说："秦相国，阿穆尔贝勒将军按照宋金和议条款前去接管商州，遭到邵隆攻击，吾军损兵折将，应该由汝等赔偿损失。"

秦桧说："大人，吾向汝等保证，不会再有类似之事发生矣。"

金使说："秦相国，有何策？"

秦桧说："大人，吾马上将邵隆调往金州。"

金使说："秦相国，若大宋再次拒绝履约，吾军一定南下。"

秦桧拿出礼物送给金使，陪着笑说："大人，请于四太子面前替吾多多美言。"

金使拿着礼物出了相府，离开了临安。

秦桧异常恼怒，草拟诏书一封，命差役送到商州，差役进了府衙，见到邵隆说："邵隆，接旨！"

邵隆赶紧跪在了大堂上，说："吾皇万岁，万岁，万万岁！"

差役说："皇帝诏曰：邵隆抗金有功，为宋将楷模。为彰显皇恩浩荡，从即日起，邵隆立即到金州（今安康市）赴任，钦此！"

邵隆愣愣地看着差役，没有接旨。

差役说："邵隆，接旨！"

邵隆接过圣旨，问："何人接替商州知州？"

差役说："邵隆，此事不需汝操心，请汝立即到金州赴任！"

邵隆说："容吾在商州逗留几日如何？"

差役说："邵隆，圣旨上写得十分清楚，邵大人亦是明白人，莫要令吾为难，赶快收拾东西离开商州。"

在差役的监督下，邵隆收拾好行李，带着妻子儿子，赶着马车，出了西门。百姓堵在西门口，拦住邵隆的马车，一齐跪下，哀求着说："大人，汝走矣，吾等该如何办？"

邵隆从马车上下来，擦了擦眼角的泪水，对着百姓深深地鞠了一躬，伤感地说："汝等请起，都回去。圣命难违，如今大宋已将商州割让予金国，汝等好自为之。"

百姓痛哭流涕地说："大人，大人！汝走矣，吾等怎么办？吾等随大人出生入死，斩杀过金人耶。"

邵隆说："圣上已经下旨，吾不能抗旨。汝等保重，该撤就撤，小心金人报复。"

百姓见邵隆执意要走，没有办法，只得站起来，给邵隆让开了一条路。邵隆看着百姓，心如刀绞。百姓跟着自己出生入死，而今自己却抛下他们远赴金州，自己愧对商州百姓的信任啊。邵隆擦了擦眼眶，从马车里探出身来，深情地对百姓挥挥手，看着自己奋战过的商州，埋下头，泪如雨下，泣不成声。邵继春伤感地赶着马车，泪水也模糊了邵继春的双眼。商州的一草一木，一山一水，已经与自己深深地融为一体了，如今随父亲远赴金州，何时才能回到商州？

突然，马车后面传来了急促的马蹄声，惊醒了沉思的邵隆。邵继春回头看了看，狠狠地抽着马，对邵隆说："父亲，金军追上来矣。"

邵隆透过车窗，回头看见阿穆尔贝勒带着金骑，紧追不放。

邵隆说："儿子，金军要将吾等赶尽杀绝，汝与汝妈赶紧逃矣。"

邵继春说："父亲，死有何惧？要死就死在一起，吾等与金兵死拼！"

妻子伤感地说："是啊，能死在一起，亦是幸福之事，吾亦知足矣。如今大宋，已经莫有一块干净之地供吾等一家人容身矣。"

邵继春拿着马鞭子拼命地在马背上抽着，马儿奋力向前，挣得大汗淋漓，还是赶不上邵继春心中的速度。马车顺着古道，左摇右摆，邵隆和妻子一会儿向左，一会儿向右，在马车里摇晃得厉害。邵继春抓住马缰绳，连续在马背上抽着。马越走越慢，邵继春不时回头朝金骑看着。马车顺着山道拐过一个山弯儿，到了洪门堰，阿穆尔贝勒带着金骑赶了上来。

阿穆尔贝勒喊着："邵隆，汝今天跑不矣。"

邵隆对儿子说："停车！"

邵继春勒住了马缰绳，邵隆提着长矛走下马车。阿穆尔贝勒来到邵隆面前说："大宋腐败无能，冤死岳飞，自毁长城。邵大人，吾敬重汝之人品，汝投降吧！"

邵隆说："人固有一死，死有何惧？"

阿穆尔贝勒说："邵隆，今天吾要汝帮吾收回名誉，吾要在此雪恨前耻！"

邵隆说："汝不说吾亦忘矣，原来汝乃手下败将。今天，汝尽管放马过来，吾让汝败得心服口服。"

金骑围住邵隆、邵继春，邵隆为了保护妻子，身上多处负伤。

邵继春说："爹爹，吾掩护，汝带吾母离去！"

邵隆说："儿子，休要多言！"

阿穆尔贝勒说："邵隆，今日吾成全汝等，送汝等一家人上路。"

这时，张得全带着一对宋骑出现在阿穆尔贝勒身后，张得全高声喊："休得猖狂！"

阿穆尔贝勒回头看见张得全，慌忙下令说："撤！"带着金骑落荒而逃。

张得全来到邵隆跟前，赶紧下马说："邵大人，吾来迟矣，让汝受惊矣。"

邵隆说："张将军，汝来得正是时候。"

张得全说："邵大人，吾一直担心汝之安危，当吾探知朝廷将商州割让予金，汝逼迫离开商州城，吾担心大人路上遭遇不测，特地从龙驹寨里赶来护送。"

邵隆说："张将军，多谢！"

张得全说："邵大人，不必客气。"

张得全连忙拿起酒壶斟满酒杯递给邵隆，说："邵大人，请饮此杯！"

邵隆接过酒杯一饮而尽。

邵隆说："张将军，请汝帮大宋看住商洛县。吾到金州之后，定与汝联手，派军袭扰商州金军。"

张得全说："邵大人，吾等端着朝廷饭碗，必须服从朝廷指挥。为将抗金进行到底，吾派耶律胡袭击金军。"

邵隆说："张将军，李彦仙将军对吾有知遇之恩，吾对李彦仙将军发过誓，不赶走金人，誓不罢休！"

张得全说："邵大人，不论大宋风云如何变化，汝与岳元帅皆为吾之榜样。誓杀金贼，决不改悔！吾与汝联手抗金。"

张得全派人更换了邵隆之马，又给邵隆加派了一些人手，两人就在洪门堰分手，邵隆继续朝金州驶去。

张得全返回龙驹寨，把邵隆的意图说给了耶律胡。张得全和耶律胡经过商量，从军中挑出精干士卒，组成抗金敢死队交给耶律胡。耶律胡带着他们离开了龙驹寨，绕过棣花，进入了秦岭山。

商州金军缺粮草，阿穆尔贝勒派金军从监关取回了粮卓。秦岭山险路陡，金兵行动迟缓。金军校尉边擦汗边对运粮金兵说："快走快走，等翻过秦岭山，吾等亦安全矣，再歇！"

金兵说："宋金已经议和，宋军不敢袭扰吾们，将军怕什么？"

校尉说："少啰唆，快点儿赶路！"

金兵说："将军，歇一会儿，容吾等喘口气。"

校尉说："不行！等翻过秦岭再歇。"

金兵跟在马车后面，慢悠悠地赶着路。

金兵来到宋军的埋伏圈，耶律胡低声说："放箭！"走在前面的金兵中箭而亡。

金兵喊着："有埋伏！"

金兵校尉抽出刀，喊着："莫要慌！"

金兵惊慌失措，躲在马车后四处观望。耶律胡带着宋军冲下山，来到粮车跟前，耶律胡杀死了金军校尉，金兵丢下粮草仓皇逃回了商州，对阿穆尔贝勒说："将军，宋军在秦岭之上劫吾等粮草。"

阿穆尔贝勒脸色乌青，强压住心中怒火，对金兵说："汝等先下去。"

阿穆尔贝勒又派出一队金兵，来到了蓝关，校尉递上阿穆尔贝勒的书信，蓝关金将看后准备马车，装上了粮食，对商州校尉说："汝等可以运粮回商州矣。"

校尉说："将军，秦岭上有宋军。"

金将说："若宋军来夺粮草，汝等莫跑，想尽一切办法缠住宋军，吾与阿穆尔贝勒将军前后夹击，将宋军一网打尽。"

校尉将信将疑，带着金兵，来到秦岭，金兵提心吊胆，跟在马车边，慢慢地走着。金兵来到宋军的埋伏圈，黑虎说："将军，打吧。"

耶律胡说："再等等。"

黑虎说："将军，再等金兵就过去矣。"

耶律胡说："阿穆尔贝勒不会那么傻，相同错误一犯再犯。"

黑虎说："将军，吾等要放走金军？"

耶律胡说："金兵押着粮草，行动缓慢，要想赶上尔等，易如反掌。此次金军小心翼翼，莫有一丝紧张，必定有诈。"

金军校尉押着粮草过了山口，离开了宋军埋伏圈。宋军发现商州押粮草金兵后面，尾随着蓝关金兵。商州金兵出现在秦岭山顶，与蓝关金军照会后，接应押粮草金兵下了山。

黑虎说："将军，深谋远虑，吾等佩服。"

耶律胡说："弟兄们，追进商州金军，见机夺粮。"

金兵没有遇见宋军，渐渐放松了警惕，慢慢地朝商州走着。耶律胡跟在商州金军后面，从侧翼快速穿插，越过了商州金兵，潜伏起来。等金兵过来时，耶律胡带着宋军从草丛里冲出来。金兵仓促应战。宋军穷追猛打。金兵招架不住，向商州溃退。耶律胡也不追赶，夺了金军的粮草，退进了秦岭山中。

阿穆尔贝勒气急败坏，派使来到商洛县，对张得全说："吾军粮草接连被劫，汝要对此事负责！"

张得全说："有证据乎？莫要恃强凌弱，恶人先告状！"

金使说："若让吾军抓住把柄，一定到南宋朝廷起诉汝，让汝吃不着兜着！"

张得全说："狗仗人势，吾不怕汝！"

金使返回商州，给阿穆尔贝勒说明情况。阿莫尔贝勒没有真凭实据，只得另想他法。秦岭山高林密，地域广阔，大军出动难以奏效，若以夷制夷，必定事半功倍。人常说："赌博场上无父子。"赌徒见钱眼开，见利忘义，是世上最不讲信用、最没有良心的一类人。阿穆尔贝勒想到这里，换上便装，出了金营，朝西关走来。西关赌场很多，最著名的就数刘家赌场。阿穆尔贝勒来到刘家赌场门前，看见四五个恶汉拳打脚踢一个汉子，汉子抱着头，一个劲儿地求饶说："刘掌柜，再宽限一段时间，吾一定还钱。"

肥猪一样的刘掌柜冷冷地说："黑子，这句话汝言多少次？汝亦想骗吾到何时？今儿不拿钱，把汝女子送进妓院顶账。"

黑子抱住刘掌柜的腿，哀求着说："汝大人大量，再宽限吾一段时间吧。"

阿穆尔贝勒明白了事由，上前问刘掌柜："尔欠汝多少银子？"

刘掌柜上下打量着阿穆尔贝勒，说："连本带利十两。"

阿穆尔贝勒说："只要是钱能解决之问题亦不是问题。"

刘掌柜说："一分钱难倒英雄汉，有本事汝替尔把账还矣。"

阿穆尔贝勒扶起黑子，递给黑子二十两纹银，说："此银两够还账否？"

黑子擦了擦鼻血，感激地说："够！够！恩人，如今吾亦是汝豢养之狗，汝令吾咬何人，吾亦咬何人，吾命乃汝所有，暂且寄存吾处，汝随时来拿。"

阿穆尔贝勒说："说这些为何？先进去玩玩！好运气神鬼挡不住。掌柜，莫要狗眼看人低！还玩不玩？"

刘掌柜赔笑说："当然玩，来者皆是客。"

阿穆尔贝勒不动声色地来到赌桌前坐下，掏出身上的银子，放到面前，看着庄家。赌客看见阿穆尔贝勒面前的银子，两眼放光，上下打量着，琢磨着阿木尔贝勒的来头。

庄家摇着色子，吆喝着："押！押！——"

赌客马上转移视线，根据感觉，朝桌上抛着钱。玩了一个时辰，黑子输光了钱。阿穆尔贝勒把十两银子放到黑子面前，说："拿着玩，输了准吾的，赢了还吾。"

黑子说："吾不能再拿汝钱矣。汝已经帮了吾大忙矣。"

阿穆尔贝勒说："只要人对品，四海之内皆兄弟。"

不一会儿，黑子又输了个精光。

阿穆尔贝勒说："今儿手背，汝先歇歇。"

赌场散伙的时候，阿穆尔贝勒对黑子说："走，喝酒去！"

黑子说："莫再让汝破费矣。"

阿穆尔贝勒说："吃顿饭能花几两银子。"

阿穆尔贝勒把黑子拉进一家饭馆，对店小二说："上好菜好酒。"

小二高兴地说："好。"

两人进了雅间，坐到饭桌前，黑子起身关上房门，来到阿穆尔贝勒身边，压低声音说："兄弟，做何种生意？"

阿穆尔贝勒冲着黑子一笑，说："胡混！"

黑子说："兄弟，汝胡混亦能过得如此好，让吾沾沾汝光。"

阿穆尔贝勒说："喝酒不谈正事，喝酒！吃菜！"

黑子说："兄弟，吾们有缘，一定帮帮吾！"

阿穆尔贝勒说："如今兵荒马乱，吾等普通百姓，快活一日是一日，莫要想得太多，只要快活，平安亦好。不管宋朝亦是金国，只要何人对吾好，吾就跟着何人走。"

黑子说："兄弟，请明说！"

阿穆尔贝勒说："吾帮金国做事。"

黑子说："兄弟，汝乃汉奸！"

阿穆尔贝勒说："岳飞精忠报国，还不是死于风波亭？忠臣又能怎样？如今大宋最大之汉奸应为宋高宗！宋高宗都能舍得祖宗基业，百姓为何参合？"

黑子说："兄弟，小心被人听见。"

阿穆尔贝勒说："何惧之有？事实如此。况且如今商州乃金国地盘，汝还怕啥？愿意干矣吾帮汝，不愿意干矣拉倒，全当吾莫有说。汝要想清楚。"

黑子说："兄弟，都做何事？"

阿穆尔贝勒说："很简单，就是帮金军探探路，搜集搜集宋军情报。此事来钱快，莫有生命危险，可保险啦。"

黑子说："兄弟，吾实在是走投无路混不下去矣。"

阿穆尔贝勒说："汝还为何犹豫？"

黑子说："兄弟，令吾做何事？"

　　阿穆尔贝勒掏出十两银子，递给黑子，说："汝明日进秦岭山，打探秦岭山宋军行踪之后，金营里来找吾，到时吾领汝去见阿穆尔贝勒，再领余下十两银两，汝以为如何？"

　　黑子说："兄弟，一言为定。"

　　阿穆尔贝勒说："汝发誓不背叛金国。"

　　黑子说："兄弟，有必要乎？"

　　阿穆尔贝勒说："为人贵忠不在勇。这点十分重要。"

　　黑子说："兄弟，若吾背叛金国，吾全家不得好死！"

　　阿穆尔贝勒说："好，请汝记住今晚对吾所言。"

　　黑子说："吾铭记在心。"

　　黑子酒足饭饱，跟阿穆尔贝勒出了饭馆，两人分手后，黑子哼着小曲，踉踉跄跄地朝家里走去。阿穆尔贝勒调头跟在黑子后面，一直尾随黑子进了家门口才调头往回返。

第二十八章　英雄末路

天不亮，黑子出了商州城，进入秦岭山，扮成收山货的客商，走村串户，在秦岭山中的村子里转悠着。秦岭山大谷深，树木葱郁，是野兽栖息之地。黑子来到野猪岭，野猪岭山险路陡。黑子小心翼翼爬着坡，一脚没有踏实，滑下了山。黑子惊慌失措，两手乱抓，抓住野藤负不住黑子，继续向山下坠落，就要坠下了悬崖，一棵大树挡住了黑子，黑子狠狠地碰在了崖边的大树上，头破血流，眼冒金星。一只豹子正在树上睡觉，受到了惊吓，吃了一惊，看到送上门的猎物，轻轻一跃，从树上跳了下来，朝黑子扑来。黑子扯着嗓子叫着，眼睁睁地看着豹子朝自己扑了过来。

耶律胡正在野猪岭打猎，听见有人坠下了山，连忙透过树缝仔细寻。发现一只豹子，连忙拉弓搭箭，豹子中箭倒在了地上。

耶律胡顺着陡峭的山崖来拣豹子，发现豹子旁边躺着的黑子，连忙把手搭在黑子鼻子上试了试。黑子呼吸微弱。耶律胡扛起黑子，抠着崖壁，小心翼翼地攀上了野猪岭，顺着崎岖的小路来到了宿营地，对医官说："抓紧时间看看。"

医官说："将军，诺。"

医官察看了一下黑子的伤势后，对耶律胡说："将军，莫有大碍。"

耶律胡说："主要是被豹子吓着。"

医官连忙为黑子上药。

过了一个多时辰，黑子苏醒了过来，看见医官连忙问："豹子呢？"

医官说："已经被吾所杀。"

黑子说："何人救吾矣？吾要当面致谢。"

医官说："汝受到惊吓，还需要休息。"医官出了黑子的帐篷，进了耶律胡的大帐，说："将军，尔醒矣。"

耶律胡进了黑子的帐篷，来到黑子面前问："汝进山为何？"

黑子说："为了生计，进山收点山货。"

耶律胡说："汝住何处？"

黑子说："商洛县棣花。"

耶律胡说："汝如何称呼？"

黑子说："黑蛋。"

耶律胡说："好，汝安心养病。"

黑子说："多谢。"

耶律胡回到自己的帐篷，找来几个得力的士卒，对峰峰说："汝马上去棣花查找此人。"

峰峰说："将军，诺！"峰峰领命而去。

耶律胡对黑虎说："汝要将此人为吾看好！若让尔跑矣，吾就砍掉汝脑袋。"

黑虎说："将军，早知如此，汝何必救尔？"

耶律胡说："如今形势险恶，不敢相信外人，否则就会酿成大祸。吾救尔是出于本能，汝监视尔亦是出于本能，两者不可混淆，汝懂乎？"

黑虎说："将军，诺。"

黑子出了帐篷，发现这里正是宋军藏身之处，黑子大喜过望。黑虎看黑子出了帐篷，马上来到黑子面前，跟黑子拉着家常，陪着黑子在军营里四处转悠着。

耶律胡带着部分宋军出了军营，黑子压低声音问："将军带尔等去何处？"

黑虎说："到蓝关袭击金人。"

黑子问："听口音，汝乃龙驹寨人。"

黑虎说："汝经商之人，打听此事为何？"

黑子害怕引起怀疑，不再多问。

峰峰来到棣花，经过询问，棣花没有此人。峰峰连忙从棣花赶回来，把情况告诉了耶律胡，峰峰说："将军，此人必定是金军探子，吾杀之。"

耶律胡说："不用吾等动手，让金兵拾掇尔。"

峰峰说："将军，诺！"

黑子来到耶律胡帐篷里，对耶律胡说："将军，多谢汝出手相救，吾现在已经康复，为避免家人牵挂，吾不能再为汝等添麻烦矣。"

耶律胡说："既然如此，吾就不留汝。此处野兽经常出莫，吾派人将汝送一程。"

黑子说："将军，莫用麻烦。"

耶律胡说："好吧，汝一路多加保重。"

黑子出了军营，耶律胡把黑虎叫进帐中，说："汝暗中跟着，看尔向何方而去。等探明之后，马上回来报告。"

黑虎说："将军，诺！"

黑虎出了军营，暗中跟着黑子，慢慢下了山。过了一会儿，黑虎返回了军营，对耶律胡说："将军，此人回商州矣。"

耶律胡说："好，汝带一部分人留在此处，等饵上钩之后，消灭尔等。吾带人进商州城，趁机凑凑热闹。"

黑虎说："将军，诺！"

耶律胡让宋军把重要东西搬出军营后，指挥宋军在军营里面挖陷阱，设机关，安放火药桶之后，让黑虎带着部分宋军守营地，自己带着宋军去了商州。

黑子鬼鬼祟祟下了秦岭山，顺顺当当返回了商州城，来到了金营。金兵进去报告之后，阿穆尔贝勒换上便装，见了黑子。黑子把进山找到宋军的经过给阿穆尔贝勒叙述了一遍。阿穆尔贝勒说："好，事不迟疑，汝马上带领金军前去消灭尔等，等汝回来之后，赏银二十两。"

黑子说："尔等救吾命矣，吾去不妥。"

阿穆尔贝勒说："干吾等这行，亦不能心慈手软。豹子莫有伤汝，说明汝运气好，汝何惧之有？"

黑子说："吾难过良心关。"

阿穆尔贝勒说："汝莫病矣？与钱治气！良心值几钱？"

黑子说："好吧。"

耶律胡来到商州城外，看见黑子带着金军出了城。夜深了，黑子带着金军小心翼翼摸到宋军营地。宋营里静悄悄的，营中的篝火燃得正旺，黑虎和峰峰在营地四周转了一圈后，黑虎说："天快明矣，吾等歇息。"

峰峰说："若金兵来矣，如何是好？"

黑虎说："金兵岂能找到此地。"

峰峰说："金兵万一找到此地，又该如何？"

黑虎说："此地山高林密，野兽出莫，金军岂能找到？汝言笑矣。"

峰峰说："好吧，吾等歇息。"

黑虎和峰峰伸着懒腰，打着呵欠，钻进了窝棚。

金军校尉一声令下，金兵冲进宋营，点燃了窝棚，引爆了窝棚里的火药桶，霎时地动山摇，火光冲天，炸得金兵哭爹喊娘，四处乱窜，东躲西藏，跌进了陷阱，触动了机关，各种对付野兽的暗器像雨点似的扑向金兵，金兵躲避不及，当场击毙。黑子和金军校尉惊慌失措，赶紧躲到大树后面，躲过了一劫。

金军校尉指着黑子说："好啊，汝竟然勾结宋军，暗害吾等。"

黑子辩解说："吾莫有耶。"

金军校尉说："汝对阿穆尔贝勒将军解释去。"

埋伏在宋营四周的宋军看见黑子和金军校尉，对黑虎说："要活者亦是要死者？汝给句话。"

黑虎说："放尔等走。"

黑子和金军校尉狼狈朝商州逃去。

宋军换上便装，接二连三混进城里，分散住进了客栈。耶律胡在商州城里四处转悠，转来转去，转到了金军草料场。耶律胡在草料场四周看了看，又找到了金军军械库。耶律胡返回客栈，命令士卒赶紧休息。夜深人静，耶律胡叫起士卒，从窗户溜出了客栈，穿街绕巷，来到金军草料场。耶律胡带人翻过围墙，杀死守卫，摸进守卫草料场的金兵营房，杀死金兵，点燃草料，撤了出来。不一会儿，草料场燃起了大火，火光冲天，照亮了整个商州城。

阿穆尔贝勒被金兵叫醒，跑出府，气急败坏地对小校说："快去将百姓赶出家，抓紧时间救火。"

金兵把百姓从家里赶出来，命令百姓救火。干草烈火，越烧越旺，脸像炙烤一样灼痛。头发、眉毛吱吱作响，无法接近。百姓提着尿桶，不管是水井还是粪池，提着就往火前跑。泼到火上，无济于事。燃起的草木灰，纷纷扬扬，像下雪。水井供不应求了。阿穆尔贝勒命令金兵开了城门，让百姓到护城河里取水。

耶律胡又在军械库放了一把火，烧得阿穆尔贝勒焦头烂额，耶律胡他们混进了取水百姓当中。百姓怨声载道，埋怨宋军。

"有本事与金兵真刀真枪干，何必偷偷摸摸，害操百姓？"

"宋军烧草料场，百姓亦得遭殃。"

"也不知宋军是如何打算？"

"唉，百姓命真苦矣，何人都在百姓头上挖抓。"

耶律胡没有言语，带着宋军出了城，朝秦岭山走去。

金军校尉和黑子回到了商州城，进了金营，校尉对阿穆尔贝勒说："吾等上黑子当矣，中宋军埋伏矣，全军覆莫。"

阿穆尔贝勒说："黑子，两头讨好，两边通吃！汝要付出沉痛代价！"

黑子说："吾莫有背叛汝等。"

阿穆尔贝勒说："黑子，事到如今汝还狡辩？"

黑子说："吾也莫有想到会是此种结局！"

阿穆尔贝勒一刀砍了黑子，对校尉说："汝带人去尔家，一个不留，统统杀光！"

金军校尉按照阿穆尔贝勒的指点冲进黑子家，黑子的家人说："吾等乃良民，汝等意欲何为？"金兵校尉也不答话，挥刀就砍，金兵一齐动手，黑子家人稀里糊涂成了刀下鬼。

阿穆尔贝勒对校尉说："将商州各村里正给吾叫来，宋军烧吾草料、军械，亦由百姓赔偿。大宋不是有句古话：'羊毛出在羊身上。'吾要借题发挥，做好这篇文章，激起百姓对宋军的仇恨。"

金军校尉说："将军，诺！"

商州各村里正进了金营，阿穆尔贝勒说："宋军胆小如鼠，不敢跟吾等明火执仗，硬碰硬对着干，只会偷偷摸摸玩小把戏，吾军跟宋军莫完。然，宋军烧吾等草料，毁吾等军械，吾等损失必须由汝等出。各村限期十天，每户每人，交草料八十斤，交生铁十斤，不得有误！宋军如今就是吾等共同之敌人。"

里正回村传达了金军的命令，百姓虽怨声载道，然为了生存，只得上坡割草，砸锅毁农具，想办法完成任务。草料可以上坡割，而生铁就难住了百姓，百姓在家里搜集不到，就想办法购买，催生了商州的生铁买卖。商贩看到了商机，他们打通关节，与洛南、山阳、商洛县、龙驹寨商人合作，悄悄地收购烂铁，拿到商州来买，个个都发了财。商贩们私下里说，这样的事情天天发生才好，我们就成了富翁。

阿穆尔贝勒与关中金军联手，开展铁壁合围，遇见村庄就烧，发现百姓就杀，百姓迫不得已，纷纷搬出了秦岭山。阿穆尔贝勒采用连坐之法，若勾结宋军，或者知情不报，格杀勿论。金军每次运送粮草，派出大队人马护送，商州金军出城迎接。宋军如无鱼之水，在秦岭山活动极为不便。在金军高压态势下，宋军筹不到粮草，在秦岭山上失去了生存的空间。士卒忍饥挨饿，担惊受怕，随时都会被金军消灭。

耶律胡对宋军说："弟兄们，如今金军切断了吾等外援，吾等要克服困难，于秦岭山上生根，犹如鱼刺卡于金军喉咙，使金军腾不出手脚，向商洛县开战。"

宋军说："将军，诺！"

这天，宋军在山中打猎。他们翻过一道山又翻过一道山，越走越远，见不到猎物。耶律胡站在山岗上，望着绵绵的群山，又饥又渴，不知道向哪里走。

黑虎说："将军，快看！草鹿！"

耶律胡透过树林，发现一群草鹿正在溪边喝水。耶律胡马上指挥宋军小心翼翼地顺着山坡，朝小溪边走来。

金军正在密林里搜索宋军，也看见溪边的草鹿，金军校尉向金兵招了招手，金兵慢慢朝山下溪边走。金兵发现了宋军，金军校尉示意金兵藏到了树后。

耶律胡射死了一头草鹿，其余草鹿受了惊，朝对面树林里扑。宋军兴奋地冲出了密林，朝草鹿追去。

峰峰猛然发现了林中的金兵，大喊："金兵来矣！"

金军校尉命令："放箭！"

峰峰为了吸引金兵，冲出树林，中箭而亡。

金军校尉说："杀——"

金兵纷纷朝宋军士卒跟前扑。

金兵人多，耶律胡不敢恋战，带着宋军冲过小溪，钻进了密林，一路狂奔，朝南而逃。金兵像猎犬一样，紧紧地咬住自己的猎物，死不松口。宋军逃得快，金兵追得急。天黑的时候，宋军被金兵赶上了天竺山主峰。

金兵在天竺山下安营扎寨，把天竺山团团围住。宋军又饥又冷，看着山下的金营，不敢点火取暖。宋军垂头丧气，异常疲惫。耶律胡暗暗地想：若等到天亮，金军放火烧山，就是死路一条。难道自己又要做第二个彭寨主？一阵冷风吹来，耶律胡打了个寒战。耶律胡看着瑟瑟发抖的宋军，挑选了三个精壮士卒，对黑虎说："汝带尔等设法下山去给邵大人通风报信，不得有误！"

黑虎说："将军，诺！"

黑虎摸索下了山，刚刚走到路口，就被金军的巡逻队发现了，金兵喊着："宋军士卒下山矣。"

金兵一阵乱箭，射死了他们，黑虎连爬带滚躲过了金兵的箭，返到山上，对耶律胡说："将军，金军防守森严，要不是吾躲得快，也与尔等一样，亦为金军射死。"

耶律胡说："汝先下去歇息。"

到了后半夜，耶律胡又找了几个士卒，命令黑虎带他们下山，他们还是没有突围出去。耶律胡对黑虎说："既然吾等无法与邵大人取得联系，明天吾等与金军决一死战，尔等以为如何？"

黑虎说："将军，诺！"

耶律胡带着士卒搬石块修掩体。耶律胡边干边跟黑虎拉家常。

耶律胡问："汝今年多大？"

黑虎说："将军，吾五十有余。"

耶律胡说："老家何处？"

黑虎说："将军，龙驹寨西关。"

耶律胡说："家有何人？"

黑虎说："将军，家里已无他人，皆为签军金军所杀。"

耶律胡说："汝想报仇乎？"

黑虎说："将军，报何仇？混一日算一日。"

耶律胡说："恨签军金军乎？"

黑虎说："将军，生于乱世，恨亦能怎样？不恨亦能怎样？"

耶律胡说："若逃出去，汝欲何为？"

黑虎说："将军，吾想出家，找一世外桃源，过安闲之日。"

耶律胡没有言语。安享太平是百姓的期盼，生活在太平盛世就这么的难。

宋军简陋的掩体总算完了工。

耶律胡对士卒说："弟兄们，歇一歇。"

宋军士卒一屁股坐在地上，就像散了架似的，滚在了冰冷地地上，打起了鼾声。耶律胡努力睁着眼，但眼皮就是不争气，好像有千斤重，耶律胡睁了几次都莫有睁开，终于合上了眼，打起了鼾声。

各种噩梦吓醒了耶律胡，耶律胡睁开眼时，天已经亮了。金兵正在朝山上冲来。耶律胡冲到士卒身边，摇醒士卒，大声地说："金兵冲上来矣。"士卒连忙翻身拿起武器，朝山下看着。金兵越走越近，耶律胡喊："放箭！"走在前面的金兵中箭倒了下去。宋军连忙用石块砸向金兵，金兵躲避不及，鬼哭狼嚎被石头砸下了山。金兵朝山上冲了几次，都没有攻上来。

宋军居高临下，占据有利地形。金军改变了策略，停止了全面进攻，轮翻派小股士卒骚扰。宋军饥肠辘辘，一刻也不敢大意。耶律胡派黑虎带人上山顶去找食物。黑虎在山顶转来转去，什么也莫有找到。宋军饥饿难忍，挖草根充饥。天黑的时候，金兵退下了山。宋军躺在掩体里，黑虎说："将军，与其饿死在此，不如冲下山与金军决一死战。"

耶律胡说："冲下山亦会全军覆莫。"

黑虎说："将军，总比磨死在此强。"

耶律胡说："待在山上亦有活命之希望，邵大人一定会救吾等。"

黑虎说："将军，要等到何时？"

耶律胡说："吾亦说不准，也许马上就来，也许就在明日。"

黑虎叹息着，望着南山，山连着山，连绵不断。黑虎眼巴巴地看着，都盼望出现奇迹，盼望邵大人早日来。

耶律胡说："弟兄们，邵大人一定会带上好酒好肉，款待吾等。吾最爱吃烤羊肉。在老家时，顿顿都有烤全羊，真是百吃不厌。"

黑虎咽了咽口水，肚子饿得咕咕叫。黑虎说："将军，莫要讲，汝越说吾等肚子越饿。"

耶律胡说："汝等睡，吾来守夜。"

耶律胡坐着坐着打起了盹，打起了鼾声。朦胧中，听到了喊杀声，惊出了一身冷汗，暗暗地说："完矣，完矣！"努力睁开了眼，发现喊杀声来自山下。耶律胡看了看身边的士卒，发现士卒睡得正香。耶律胡没有打搅士卒，独自朝山下走，走到半山腰，看见邵隆带着宋军正在与金兵激战，金兵显得力不从心，节节后退。邵隆紧追不放，金兵抵挡不住，朝商州方向逃去。

耶律胡返回山上，兴奋地对士卒说："醒醒，邵大人打败金兵矣！"

士卒激动的翻起了身，随耶律胡下了山，来到邵隆面前，邵隆说："耶律将军，汝等受苦矣。"

耶律胡说："邵大人，多谢出手相救。"

邵隆说："耶律将军，一家人不说两家话。"

邵隆派人给耶律胡尔们做了一顿可口的饭菜，等耶律胡尔们吃过，邵隆对耶律胡说："从今往后，汝等就在此地抗击金军，有何困难吾帮汝等解决。"

耶律胡说："邵大人，甚好，吾等有后援矣，再也不怕金军矣。"

在邵隆的支持下，耶律胡在天竺山一带带领士卒主动出击，袭扰金军，多次长途奔袭商州，使金军防不胜防，十分头痛。天竺山一带都是山地，不利于骑兵作战，金军派出大军剿灭耶律胡，邵隆从金州派兵增援，宋金两军为了一个山头，为了一块儿地方，你争我夺，互不相让。邵隆尔们在天竺山一带与金军激战了数年，金军损兵折将，始终没有占到便宜。阿穆尔贝勒把此事禀告了撒离喝，撒离喝告诉了金兀术，金兀术大怒，派使去了临安，金使进了相府，见到秦桧。

秦桧说："大人，远道而来，有何高见？"

金使说："秦相国，不要揣着明白装糊涂？"

秦桧说："大人，请明示！"

金使说："秦相国，邵隆贼心不死，一直于宋金边界搞摩擦，汝为相国，岂能不知？"

秦桧惶恐地说："又是邵隆，实在可恶。大人，吾马上派人去办。"

金使说："秦相国，最好令邵隆消失，以绝后患。"

秦桧说："大人，邵隆乃岳飞余党，吾早有此意。"

秦桧草拟了一道圣旨，把邵隆从金州（今安康）调往叙州（今四川宜宾）。邵隆临行前，耶律胡从天竺山赶来相送。

邵隆想起自己带领宋军民在商洛县抗击金军的事，悲愤交加，对手下说："拿酒来！"手下把酒递给邵隆，邵隆拿起酒壶，一仰脖子，喝了大半。邵隆看着南宋的天空，悲愤交加，提笔挥毫，在墙上写下了诗作《笔架山》（一）：

> 南宫泪眼看山河，浩劫只等奈若何。
> 栋宇成灰人物尽，含悲临安哭风波。

邵隆想起了李彦仙、岳飞，越想越来气，满腹苦水无从发泄，又一仰脖子，喝光了酒壶里的酒，把酒壶扔在了地上，提起笔，再次一挥而就，写下了诗作《笔架山》（二）。

> 金虏寇陕西，豫贼侵河南。
> 何处干净土，惟有笔架山。

人间正道是沧桑！

邵隆扔下笔，痛苦万分，自己忧国忧民，得不到重用，反遭打压，邵隆仰天长叹："天日昭昭！天日昭昭！秦桧误国，陛下知乎？"耶律胡说："大人，珍重！"

邵隆说："耶律将军，抗金大业亦拜托于汝矣。"

耶律胡说："大人，吾绝不会辜负汝之期望！"

邵隆悲愤地对耶律胡和邵继春说："吾自抗金以来，从山西转战到河南，又从河南转战到陕西，从商州转战到金州，如今又从金州转战去叙州，吾抗击金军志向从来莫有变过，然，吾离抗金前线却越来越远矣。吾何时才能返回解州安邑，看一看故乡之天，喝一口家乡之水乎？"

耶律胡和邵继春默默无语，不知何言相劝。

邵隆说："吾随李彦仙将军在山西、河南抗金，那是吾人生最惬意之时。吾初心莫变，但现在处处受到打压，活得异常憋屈。"

耶律胡说："大人忠心耿耿，百姓有目共睹。"

邵隆痛苦地摇了摇头，翻身上马。

耶律胡把邵隆送出了金州城，耶律胡对邵继春说："邵大人得罪秦桧，秦桧为人奸诈，不会善罢甘休，汝等要多加小心。"

邵继春说："耶律将军，如今汝等莫有外援，新任知州必定亲近秦桧，加害汝等，此地不宜久留，请汝带宋军速回龙驹寨。"

耶律胡说："少将军，就此告别。"

耶律胡目送邵隆一行出了金州后，带着士卒返回了龙驹寨，把邵隆调到叙州的事，告诉了张得全。张得全说："邵大人，多多保重！秦桧卖国，必将遗臭万年。"

邵隆来到叙州，不改初心，积极备战。春暖花开，邵隆在叙州街头看到青年男女出双入对，突然内疚起来，自己一心为国，亏欠儿子的太多了。儿子到了成家立业的年龄，自己也该享受天伦之乐了。邵隆返回府，派人把邵继春叫进书房，邵隆说："吾这一把老骨头亦要扔于叙州。"

邵继春说："父亲，吾等一定能打回解州去。"

邵隆说："这些年只顾抗金，耽误吾儿大好青春矣。"

邵继春说："父亲，吾不急。"

邵隆说："如今叙州无战事，正好趁此机会，了却为父心愿。"

邵继春说："父亲，遵命。"

邵隆为了补付儿子，千挑万选，终于为儿子物色了一个姑娘，姑娘知书达理，贤淑美丽，双方很快就定下了婚约。

1145年1月，秦桧正在临安城里陪宋高宗赏灯，秦桧走着走着，来到一户民宅前，看见灯上有一"邵"字，秦桧突然想起了邵隆，问手下："邵隆现居何处？"

手下说："回相国，邵隆在叙州任知州。"

秦桧说："留尔何用？大宋无人乎？"

手下说："秦相国，诺！"

秦桧一手遮天，手下拿着秦桧草拟的圣旨，快马加鞭，朝叙州赶来。

正月这天，晴朗的天空突然布满了乌云，刮起了大风，风中带着丝丝细雨。新娘子进了邵家门，人们兴高采烈，邵隆夫妇看着儿子儿媳合不拢嘴，司仪精神抖擞，喊着："二拜高堂！"一行官差闯进了府。

叙州师爷问："官爷，有何贵干？"

秦桧手下说："圣旨到！"

师爷说："官爷，等举过婚礼，再传圣旨。"

秦桧手下说："不行！岂能将公事当儿戏？邵隆在何处？"

师爷不敢怠慢，把官差带到邵隆面前，官差说："邵隆，接旨！"

婚礼只得暂时中断。

邵隆走进官衙，跪在了大堂上，邵隆说："吾皇万岁，万万岁！"

秦桧手下拿出圣旨，冷冷地看着邵隆，盛气凌人地念着："皇帝诏曰：邵隆治理有方，爱民如子，朕甚爱之。特赐美酒一壶，即刻请饮此酒，不得怠慢！"

邵隆说："陛下，臣谢主隆恩！"

秦桧手下说："邵知州，皇恩浩荡，请领旨！"

邵隆说："上差，容吾儿婚礼结束之后，吾再饮此酒如何？"

秦桧手下说："邵知州，不可！"

邵隆一下子明白了过来，秦桧为了掩人耳目，假借圣旨，要对自己下手了。若自己不喝，就会落个抗旨的罪名。邵隆想到这里，冷笑着说："自古忠臣无下场，唯有青史美名杨。可悲！可叹！"

秦桧手下说："邵大人，快喝，皇上还在等着吾等复命？"

邵隆说："秦桧借刀杀人，必将遗臭万年！"

秦桧手下拔刀威胁着说："邵隆，汝想抗旨乎？在这个世界上，公理掌握在秦相国手中，秦相国一手遮天，汝知乎？"

邵隆接过酒壶，看着府上"正大光明"的牌匾，一仰脖子，喝下了毒酒，立即倒在了大堂上。秦桧手下快步出了府，邵继春冲进了大堂，抱起倒在地上的邵隆，失声喊着："父亲！父亲啊！"

邵隆嘴角黑血直流，断断续续地对邵继春说："只能让朝廷负吾，吾决不负朝廷。"邵隆说罢，倒在了邵继春怀中。

邵继春在大堂上骂着说："秦桧奸贼，不得好死！"

邵夫人冲进大堂，看见邵隆的遗体，晕倒在地。师爷边派人去请郎中救治邵夫人，边对邵继春说："先办婚事，再办丧事，若先办丧事，婚事就得等到三年之后，这样对不起新娘子。"

邵继春精神恍惚，如坠噩梦，糊里糊涂，在人们的搀扶下，来到婚礼现场，勉强举行过婚礼，把新娘子送进了洞房。邵继春和新娘子马上换上丧服，婚礼现场已经成了灵堂。人们撤去了双喜，换上了大大的"奠"，挂上了白灯笼，贴上挽联。叙州百姓自发吊唁。邵府内外哭声震天。当天晚上，天气突变，狂风大作，雷电交加，大雨如注，一直下到清晨才住，跟早春的气候极不相符，像是在为邵隆喊冤。

　　一代名将邵隆，就这样被秦桧用毒酒害死在了自己任所叙州，壮志未酬，走完了自己人生旅程。如今安邑解州还在金国手中，故土难回。多少个日日夜夜，魂牵梦绕，都在解州徘徊。今生今世，何时才能回到故园？如今客死尔乡，回到故园竟然成了一场梦。邵继春看着父亲的遗体，从悲痛中挣脱出来，踏遍了整个叙州，终于找到了一个山清水秀地清闲之地。父亲身处乱世，为了报效国家，一辈子颠沛流离，在马背上打杀，没有过上一天舒心的日子。如今父亲去了，在九泉之下的父亲可以安安静静地过上与世无争的日子了。

　　邵继春跪在父亲墓前，泪流满面，默默哀悼："父亲，您安息吧。朝廷昏庸，重用奸臣，为了黎民百姓，汝未竟之事业，亦是赴汤蹈火，吾接着继续完成。"

　　邵继春擦干眼泪，站起身，面对着山谷，像困兽一样，发出了无奈地怒吼："啊——"

第二十九章　尘埃落定

宋金已经停止了大规模的战争，然，局部争夺还在继续着，特别是交界的地方，宋军为了夺回失地，金军为了扩大战果，双方都不甘心，战事断断续续，时有发生。

金兵在棣花沿村征集民夫，他们不顾百姓的死活，命令百姓加班加点，在棣花修筑要塞。百姓稍微慢一下，就会遭到金兵的毒打。百姓忍受不了，趁着夜晚偷偷逃到了商洛县。金兵冲进逃跑百姓的家中，放火烧了他们的家园，杀死了他们的亲人。棣花一带的百姓，继续偷偷地朝商洛县里跑，金兵屡禁不止。

阿穆尔贝勒接到棣花金军校尉的报告后，派使来到商洛县，金使对张得全说："张将军，请汝将逃跑棣花之百姓交出来，让吾带回棣花去。"

张得全说："百姓来去自由，吾无权干涉？"

金使说："张将军，宋金已经议和，若汝不交出尔等，爆发战争，汝要负全部责任。"

张得全说："何必多言？"

金使说："张将军，汝应为汝今日所言负责！"

张得全说："吾是吃红薯米汤长大。非汝所吓大！汝等想来就来，吾奉陪到底！"

金使返回商州，把张得全的原话给阿穆尔贝勒复述了一遍，阿穆尔贝勒说："好，吾知晓矣，汝先下去。"

金使说："将军，此事算矣？"

阿穆尔贝勒说："莫有那么便宜！"

金军在商州大量征集民夫，加快了修筑棣花要塞的进度。不久，棣花要塞就竣工了。人常说："关口渡口，气死霸王。"百姓要想两边走动，别无出路，必须经过棣花。棣花原来是商洛县固有领土，百姓来往自由。现在百姓走亲戚，形同出国。当太阳出来的时候，金兵开城放行；当太阳落山的时候，金兵就关了城门。百姓来早了不行，回去迟了也不行。金兵实行双向收费，小商小贩，不仅要交交易税、人头税，还要过路费。百姓样样都要交税，严重地影响了两边百姓的正常生活。

金兵对百姓百般刁难，趁机敲诈。特别是女人，若模样稍有点儿姿色，金兵明着搜查，实则调戏。这儿摸一摸，那儿捏一捏，细细"检查"。谁反抗，谁倒霉。被拉进军营，安上奸细的帽子，成为金兵发泄兽欲的工具。女人没有天大的事，一般不从棣花过。金兵的做法，大大地加重了棣花附近百姓的负担。百姓怨声载道，苦不堪言，盼望宋军早日赶走金军，恢复百姓通行自由。

金军在棣花虎视眈眈，紧紧地盯着商洛县。棣花离商洛县很近，只有八公里路。商洛县宋军也不敢懈怠，时刻严阵以待。张得全一直想把棣花夺回来，把金军赶回商州，扩大商洛县缓冲空间，消除安全隐患。

棣花百姓逃到商洛县，金军时常趁着夜晚袭扰商洛县郊区的百姓。金军打着宋军的旗号，在茶坊烧杀抢掠，离间宋军与百姓的关系。张得全带着宋军赶到茶坊，劫杀金军。宋军人多势大，金军不敌，败回了棣花要塞。金军依靠棣花要塞，负隅顽抗。商州金军接到求援，火速增援。宋军久攻不下，撤回了商洛县。

夏秋收获季节，张得全派兵来到茶坊，白天保护百姓收割庄稼，晚上就在村子里巡逻。金军无机可乘，百姓安然无恙。

米家源老李头出嫁女儿，亲家老杨头对老李头说："亲家，偷偷给娃将喜事办矣，省得金军捣乱，闹出不愉快。"

老李头说："亲家，人一生只有这么一次。"

老杨头说："亲家，如今兵荒马乱，还是低调点儿，安安然然最好。"

老李头说："亲家，要不再等等，吾只有这么个宝贝疙瘩。"

老杨头说："亲家，吾等一块儿去求张将军，让尔派兵保护。"

老李头说："亲家，吾等给娃结婚，烦扰张将军不妥。"

老杨头说："亲家，有何不妥？"

老李头说："亲家，试试看。"

老李和老杨来到商洛县，找到张得全，说明情况，张得全说："娃结婚乃大事，就应该热热闹闹的。汝等有多大力成，就成多大经，尽管承办。百姓之事都是大事，不到万不得已，汝等是不会开口求人的。汝等放心，吾亲自带军去，到时还要向汝等讨杯喜酒喝。"

老李头和老杨头欢天喜地地说："张将军，莫问题，莫问题，让汝喝个够。"

金军听说米家塬有人办喜事，出了棣花要塞，刚到米家塬村口，遭到了宋军伏击。张得全带军追击。金军狼狈而逃。张得全追到棣花，金军龟缩进了棣花要塞。从那以后，金军再也莫有出过棣花要塞。商洛县迎来了短暂的和平。

张得全深深地知道，平静的海面下，必定暗流涌动。金军不会就此罢休，一定会卷土重来，为了打探金军动向，张得全派暗探进了商州。

宋军暗探进了商州，被金军探子发觉后，他们报告了阿穆尔贝勒。阿穆尔贝勒将计就计，找来十几个金兵，吩咐一番。金兵三三两两出了兵营，就在人多地方散布消息。金兵甲和金兵乙米到南街，南街商贩云集，叫卖声此起彼伏，人流涌动，十分繁华。四海酒楼豪华气派，吃客如潮。两人走进四海酒楼，在临街座位上坐下。金兵甲敲着桌子，掏出身上所有银两，对店小二喊："来壶好酒，上最好菜肴。"

店小二说："军爷稍等，马上就来。"

金兵乙说："今儿为何如此大方？"

金兵甲说："唉，撤离喝将军就要进攻四川矣。"

金兵乙说："汝如何知晓？"

金兵甲说："撤离喝将军兵力不足，从商州抽兵增援。"

金兵乙说："不可能。"

金兵甲说："吾等刚刚接到命令，明日就走。"

金兵乙说："唉，汝这一走，不知吾等何时才能见面。"

金兵甲说："是啊，也不知晓这把老骨头到时葬于何处。"

这时，店小二把酒菜给尔们上齐了。金兵乙说："喝酒！喝酒！"

金兵甲说："喝！真希望长醉不醒。"

金兵甲和金兵乙喝得醉醺醺的，他们摇摇晃晃出了四海酒楼，踉踉跄跄返回了军营。第二天，阿穆尔贝勒大张旗鼓，带领金兵出了西门，走了十五多公里，阿穆尔贝勒命令金兵在路边树林里休息。傍晚时分，金兵用过饭后，趁着天黑调头朝商洛县而来。

宋军探子唯恐金军有诈，尾随阿穆尔贝勒向西走了五六公里，信以为真，马上返回了商洛县，对张得全说："张将军，阿穆尔贝勒带兵去关中矣。"

张得全说："金将去关中为何？"

探报说："张将军，商州金军增援撤离喝，准备攻打四川。"

耶律胡说："张将军，吾愿带军收复棣花。"

张得全说："耶律兄弟，如今商洛县亦有金军暗探，必须小心行事！"

耶律胡说："张将军，诺！"

天黑以后，耶律胡带着宋军轻手轻脚出了商洛县，来到棣花。金兵守卫在棣花城上巡逻着。耶律胡没有发现异样，对黑虎说："上！"黑虎带着十几个善攀爬士卒，越过壕沟，来到城下，向城上抛出飞虎爪。黑虎抓住绳子，使劲拉了拉，觉得十分牢实，率先攀爬。黑虎尔们爬上城头，躲在女墙后的金兵马上刺死他们。金军小校从垛口探出身子，向城下使劲地挥挥手。耶律胡对宋军说："黑虎已经得手，快上！"，宋军拿上云梯，冲过了壕沟，来到城墙下，搭起云梯。耶律胡把刀入鞘后，率先朝城上攀爬。突然，金兵点燃火把，城上灯火通明。耶律胡赶紧喊："快撤！"棣花城门大开，金兵拿着火把出了要塞。阿穆尔贝勒来到了耶律胡身后，说："大辽已亡，大金岂能容忍大辽余孽苟活于世？放箭！"

耶律胡也不答话，用刀左推右挡，中箭而亡。

宋军全部中箭壮烈牺牲。

金兵换上宋军的衣服，偃旗息鼓，抬着耶律胡尸体，来到了商洛县西门，对着西门上的宋军高喊："快开城门，耶律将军在棣花中埋伏矣，身负重伤，生命垂危，急需救治！"

西门宋军不敢怠慢，马上开了城门。阿穆尔贝勒带着金军涌进西门，杀死西门宋军。城中巡逻宋军发现情况不对，呼喊着："金军进城矣！金军进城矣！"城上宋军知道上了当，马上鸣金报警。张得全听见警报，出了府，组织宋军来到西门阻击金军。金军有备而来，士气正旺，人数众多。宋军仓促应战，内心惊惧，渐渐不敌，慢慢地向东门退却。混战中，一支流箭射在了张得全胳膊上，张得全拔下箭，对宋军说："将士们，杀！"

阿穆尔贝勒高喊："勇士们，活捉张得全，赏金万两！"

金兵如狼似虎，人人争先。宋军拼死反击，无力回天，节节后退。张得全带领宋军从东门撤出了商洛县，在西寨宋军策应下，撤回了龙驹寨。

阿穆尔贝勒在商洛县大开杀戒，屠杀手无寸铁百姓。张得全悲愤交加，在田俊山支援下，带领龙驹寨宋军来到商洛县。商洛县城上城下到处都是百姓尸体。宋军同仇敌忾，以一当十，与金军展开激战。战斗持续到天黑，不分胜负，双方约定明日再战。

第二天吃过早饭，两军在商洛县前接着继续交战，战到中午，撤离喝派来铁骑，金骑如同闪电，左右冲杀，来回冲击，宋军阵脚不稳，乱了阵形，渐渐不敌。金骑抓住时机，猛冲猛打，包抄宋军两翼，金军步兵对宋军中军发起猛攻，宋军全线溃退。金骑紧追不舍，趁机掩杀，宋军惊慌失措，大败而逃。张得全大喊："弟兄们，莫要慌！吾来断后！"张得全的话犹如定海神针，稳住了军心，宋军且战且退。金骑射杀宋军，张得全身中数箭，被田俊山抢回了龙驹寨。

小校抬起张得全朝守将府里跑，张得全从担架上挣扎着坐起来，对小校说："请将吾抬上龙驹寨西城楼，吾要亲眼看着汝等打败金军。"

小校不敢违命，将张得全抬上了西门。

张龙驹跑到父亲身边。张得全挂着长矛，站在城楼上，对宋军说："龙驹寨乃吾家乡，家乡里有吾年迈之父母，有吾可爱之妻子与儿女。金军如饿狼，若让金军进入龙驹寨，妻儿亦遭殃，吾等亦会家破人亡。吾等亦会遭到龙驹寨百姓之唾弃焉！"

张得全如泣如歌、断断续续的话语，激发了宋军的潜力。宋军怒目圆睁，冒着金兵火炮和箭雨，视死如归，在城头拼死防守。金军动用各种攻城器具，轮番上阵，没有奏效。张龙驹拿起父亲身边弓箭，依靠垛口，射杀金军。龙驹寨经过几次整修，如今固若金汤，金军无法夺取，撤离了龙驹寨，占领了商洛县。

宋军将士来到张得全跟前，兴奋地说："张将军，金军退了！"

张得全嘴角一笑，倒在了西门城楼上，离开了他心爱的将士们，离开了他心爱的龙驹寨，离开了他亲爱的妻儿。张龙驹跪在父亲身边，抱住父亲的遗体，号啕大哭。张叶氏走上城头，用龙驹寨清泉为张得全擦去脸上血迹，拾起张得全用过的长矛，递给张龙驹，坚定地说："龙驹，汝父乃英雄，尔莫给龙驹寨丢人。汝要像汝父一样，誓杀金军，保护龙驹寨。"

张龙驹接过长矛，点着头说："妈妈，父亲乃吾之榜样，吾为父亲自豪！"

在田俊山主持下，龙驹寨宋军披麻戴孝，龙驹寨百姓自发为张得全送葬。

金军占据商洛县后，田俊山带领武关和龙驹寨守军依据龙驹寨，在商洛县前与金军反复拉锯，商洛县数易其手。残酷的战争，使商洛县百姓锐减，十室九空。

金军派出重兵，架起火炮，对龙驹寨狂轰滥炸。守城宋军冒着金军炮火，英勇顽强，依据垛口、女墙射杀金兵。城上火光冲天，弹片飞溅。宋军防不胜防，死伤惨重。龙驹寨没有外援，士卒减员严重，百姓冒着金军炮火冲出了地道，冲到城头，捡起武器，抗击金兵。青壮年战死了，老年人接着守城；老年人倒下了，妇女继续守城；妇女倒下了，张龙驹领着娃娃兵继续坚守。龙驹寨人前赴后继，面对金军凌厉攻势，没有人退缩。鲜血已经染红了整个寨子。

田俊山身中数箭，举起石块朝金兵砸着。金军攻上城头，田俊山对张龙驹喊："龙驹，龙驹，赶紧撤！收复龙驹寨之重任亦落于汝头之上。"

张龙驹说："田将军，吾要与龙驹寨共存亡！"

田俊山说："龙驹，汝等皆战死矣，龙驹寨亦无希望矣，莫要感情用事，为龙驹寨留下根，赶紧带着尔等撤！"

张龙驹说："田将军，多多保重！"

张龙驹提枪带着龙驹寨娃娃兵下了城头，寨子里火光冲天，到处都是残垣断壁。他们顺着龙驹大街，一直朝寨子东面冲去。

金兵蜂拥攻上城头，围住田俊山，一齐出击，万刀穿心，田俊山倒在了地上。金兵砍下田俊山的头颅，挂在了龙驹寨的西门上。

龙驹寨这座英雄的寨子，在宋金交战中，打击了金军的气焰，屡次挫败金军，有力地鼓舞了商州百姓抗金决心。

金将站在龙驹寨西门上，看着大批金军尸体，恼羞成怒，对金兵下令："格杀勿论！鸡犬不留！"

金军冲进街巷民房，疯狂地杀戮着。龙驹寨遭到金军屠城。

1154 年，金军占领商洛县。商洛县人口不足县的标准，金国降商洛县为商洛镇，并入上洛县，划归商州，改属河南路。一个延续了千年的古县，就这样在宋金交战中，湮没在历史的烟云中。

1161 年（绍兴三十一年）10 月，宋将任天赐先后收复商洛镇、丰阳镇和商州，俘虏金将完颜守能。张龙驹率领龙驹寨热血男儿，投奔到任天赐帐下，继续抗金。

1211 年（金大安三年），金国为了立志表界，为了把棣花永久纳入金国的版图，金国按照喇嘛寺造型，融合汉人建筑风格，在棣花修建了二郎庙。二郎庙以东为宋，以西为金，棣花成了宋金分界线。

1223 年（元光二年）5 月，商州改属河南路，领上洛、洛南。

1264 年（景定五年）8 月，元军占领陕南，蒙古军万户府石扎剌部千余人驻守商州、丰阳一带屯田。同年，撤上洛县，以州代县，属商州直辖。

后　记

　　我是土生土长的龙驹寨人，讴歌龙驹寨，责无旁贷。龙驹寨厚重的历史成为我创作的源泉，我愿继续为龙驹寨讴歌。我的每部作品都打上了龙驹寨标签，虽然龙驹寨不是大名鼎鼎，可我心甘情愿。在我的每部作品中，都有龙驹寨人活动的痕迹。

　　《龙驹寨传奇》是我第五部长篇小说，也是最后一部以龙驹寨冠名的长篇小说。这部小说是一部反映宋金战争的小说，发生在商州、棣花、商镇（商洛县）、龙驹寨、武关，书中有大量的历史人物，他们都跟这片土地直接或间接发生过关系。这部小说素材是从丹凤县政协文史资料中挖掘出来的，根据真实史料创作而成。

　　我崇尚现实主义创作手法，在写这部小说的时候，我虽做了大量的知识储备，然一动笔，却感到无法下手。短短不足百字的史料，要写成长篇，对于稚嫩的我来说，谈何容易？为了还原历史真相，我边写边在网上搜集资料，边修改，边调整人物布局和自己的思路。故写起来很不顺手，十分艰难，写写停停，停停写写，写了删，删了写。每次都是写五六万字就写不下去了。我回头看看，一点儿感觉都没有，笔在手里，感到冰凉冰凉的。我毫不保留地删除了，一点儿痕迹也没有留下。每当夜深人静，我躺在床上辗转反侧。我对自己的写作水平产生了怀疑，自己还能不能把这部小说写完？于是我停下笔来，一边查找资料，重新找思路，一边阅读优秀的文学作品，从中找感觉，寻求突破口。我很庆幸生活在这个伟大的时代。我感谢互联网，它帮了我不少忙，给我提供了许多有益材料，节约了大量时间。

时代在发展，社会在进步，在新的历史时期，面对瞬息万变的社会，我常常独自思索，好的文学作品不论何时何地，都是老少皆宜，经得起岁月考验，而英雄是社会和文学作品唱响的主旋律，英雄们的业绩，常常激励着一代又一代人，砥砺前行。所以，我想把《龙驹寨传奇》写成一部英雄史诗，然而写出来仍不尽我意。我十分困惑，就暴食优秀的世界名著，从中汲取营养，再从大师文论中吸收有用的东西，提高自己写作水平。在修改过程中，我阅读了《战争与和平》《日瓦戈医生》《静静的顿河》《飘》《拿破仑》《斯巴达克斯》《李自成》，从中汲取营养，反复找感觉，提高自己的文学素养。这些文学名著成了我的指导老师。

人生短短几十年，一晃而过，就像《最大的麦穗》中，苏格拉底教育弟子说的那样，人人都想找到最大的机遇，取得最大的成功，然而，我们最关键的还是要把眼前的机遇抓住。我只想安安静静地生活，踏踏实实地做事，做自己愿意做的事。只要每天有事做，自己就不感到寂寞，活着就踏实愉快，别人关注不关注都无所谓。

我是一个业余文学爱好者，只能在教书之余从事文学创作。文学创作，耗费了我大量的业余时间，双休日、节假日是我写作的最佳时段。我从心里感谢我的家人，他们埋解我、支持我。我陪家人旅游、散步、逛街的时间太少了，使我倍感内疚。我们一家人都在积极向上，孩子们都很听我话，大娃在读中医研究生，小娃上高一，她们都很努力，让我安心干自己喜欢的事。我很满足，也很自豪。我是小学老师，教书是我的职业。我有固定工资，生活有保障，我不必为了生计四处奔波。我有饭吃，有事做，何必看人脸跟人转。我的家庭和睦，日子过得美满。我能够专心致志地从事创作，我感到我生在了福窝里。在生活上，我没有更高的要求，只要有饭吃，有衣穿，有房住，有事干，一家人平平安安，和和睦睦，我就很满足了。

我马上就奔五了，我要珍惜时间，好好努力。随着年龄的增长，我感到时间紧迫，自己想干的事还没有干完，还没有满足自己的愿望，所以我很少参加活动。不是我不想去参加活动，主要是去了没有多大收获，跑来跑去，互相恭维，没有多大意思。

如今谦虚的人少，骄傲的人多，见不得人批评。善意的忠告反而成了攻击的靶子。浮躁的人多，静心的人少。文学若离开了评论，文学就到了头。文学批评也不健康，雪中送炭者少，锦上添花者多。跟风者多，冷静思考者少。注重结果者多，注重过程者少。大家急于求成，忘记了生活本来就是慢慢品尝，慢慢体会。只有阅历与知识丰富者，才不盲从，敢于说真话、做真事，他们的作品才充满了真知灼见，不论时过境迁，仍令人百读不厌。

人还是低调为好，多做有益的事情，静静思考，从纷乱社会中，发掘最打动人心的事物，把最美的东西留给后人，让他们从中得到启迪，勇敢面对人生。有时，我也十分后悔，后悔自己走错了路，上错了船。若不从事写作，每天快快乐乐，潇潇洒洒了此一生，岂不美哉。而今，自己走上了写作这条道，感到十分艰难，每天像苦行僧一样，向文学高峰慢慢地攀登。我身负文学梦这个重壳，每向前挪一步，都要付出常人难以想象的代价。丹凤文化人都很牛，在我的面前，就矗立着他们。他们是我的榜样。每当我气馁的时候，只要一听到他们的名字，我就像打了鸡血似的，重新扬帆起航。现在我是欲罢不能，就像"鸡肋"一样，食之无肉，弃之有味。若就此罢休，实在是不甘心啊。我的生命还没有走到尽头，还有一定的回旋空间，我要不断地提升自己，发展自己，超越自己，努力写出作品，给自己一个满意的交代。

我欣赏那些大器晚成者，他们功成名就，在享受生活的同时，更重要的是尽到了自己的责任。他们上对得起国家、社会，下对得起父母、儿女和后代。他们是社会上最负责任的人。我不熬夜，睡觉、休息、工作、学习互不影响，到啥时候该干啥就干啥，从不加班加点，即使写得最顺手的时候，我也是该停就停。

最后，我感谢妻子、孩子的精神、物质支持，大哥张富群，文友刘志丰、陈典锋、冯元兴、于国奇的关怀，特别是二哥张存仓，他是我每部作品的第一位读者，给我提出了许多宝贵建议，还有许多亲们对我的关怀和支持，在此一并表示感谢。

2017 年 12 月 28 日初稿于铁峪铺镇李山小学

2018 年 7 月 1 日定稿于龙驹寨家中